묵향 7
외전-다크 레이디
드래곤의 아들

묵향 7
외전-다크 레이디

초판 1쇄 발행일 · 2007년 06월 22일
초판 4쇄 발행일 · 2024년 04월 30일

지은이 · 전동조
펴낸이 · 유용열
기 획 · 김병준
편 집 · 김은희. 유지원. 최승현
펴낸곳 · 도서출판 스카이미디어

주소 · 서울시 동대문구 용두동 234-35번지 대명빌딩 201호
전화 · (02)922-7466
팩스 · (02)924-4633
E-mail · skymedia62@hanmail.net
출판등록 · 제6-711호

Copyright ⓒ 전동조 2024

값 9,000원

ISBN · 978-89-92133-12-8 04810
ISBN · 978-89-92133-00-5 (세트)

※ 온라인상의 불법 복제물의 유포나 공유는 저작자의 재산권을 침해하는
  중대한 범죄 행위로 관련법에 의거해 처벌 대상이 됩니다.
※ 작가와의 협의에 의하여 인지는 생략합니다.
※ 잘못된 책은 본사나 구입하신 서점에서 교환해 드립니다.

DARK STORY SERIES II

묵 향
외전-다크 레이디

전동조 장편 판타지 소설

7 드래곤의 아들

차례
드래곤의 아들

다크의 변신, 사랑스러운(?) 여자 되기 ············7
아르티어스의 아들·································17
환골탈태 ···25
칼 ···35
홀로 서기 ··48
제2친위 기사단 조직 ······························62
군사 재판 ··75
아르곤의 사신 ······································92
유쾌한 하루 ··105
새로운 모험 파티 ································122
드래곤의 아들 찾기 ······························135
미심쩍은 여행 ····································151
배신의 준비 ·······································163

차례
드래곤의 아들

드래곤 사냥	172
썩은 시체를 찾아 모이는 까마귀들	191
소녀, 정체불명	207
교섭	216
일방적인 전투	226
또 다른 접전	235
드래곤 본의 행방	249
일종의 속임수	260
드래곤의 유희	273
희미한 용언의 힘	285
용언의 힘을 가진 인간	294
드래곤과 인간의 결투	309

다크의 변신, 사랑스러운(?) 여자 되기

아르티어스는 소녀와 생활하면서 무지막지한 고생을 해야만 했다. 도대체 자신의 몸도 제대로 다스리지 못하는 소녀는 처음 봤던 것이다. 보통의 사람들은 일곱 살도 되지 않아 분별력을 갖게 되지만, 현재 소녀의 뇌는 자신의 몸을 컨트롤할 수 없었다. 그 때문에 아르티어스는 소변을 보는 것부터 시작해서 모든 것을 처음부터 하나하나 가르쳐야만 했다.

아르티어스는 처음에는 위대한 골드 드래곤인 자신이 왜 인간 따위에게 이런 봉사를 해야 하는지 억울하기도 했지만, 한 3일 지나고 나자 그런 생각은 완전히 없어졌다.

소녀는 매우 총명했고, 마치 스펀지처럼 아르티어스가 가르치는 것을 잘 흡수했다. 또 제법 애교도 떨기 시작했고, 예쁘게 미소도 지었다. 그리고 무섭게 굴면 울기도 잘 울었고……. 역시 여자의 모든 감정은 학습에 의해 배워진다는 것이 사실인 것 같았다. 한마디로 총명한 다크를 가르치는 것은 아르티어스의 무료했던 생활에 빛을 던져 주었고, 아르티어스는 그 잔잔한 재미에 빠져 들고 있었다.

음식물을 요리(料理)해서 먹는 동물은 그렇게 많지 않다. 무식한 오우거 같은 경우 사냥물을 날로 먹지만, 지능이 제법 높은 오크나 고블린은 대강 불에 그슬려서 먹는다. 엘프의 경우 사냥이나 채집을 하기 때문에 별로 요리가 발달되어 있지 않았고, 드워프는 덩치에 비해 많이 먹기는 했지만, 음식의 종류를 가리지 않다 보니 음식의 가짓수는 많지 않았다.

오직 모든 몬스터들에게 호비트라고 불리는 족속인 인간들만이 겨우 10분 남짓 되는 식사를 위해 과도하게 많은 시간을 투입해서 수많은 요리를 만들어 낸다.

아르티어스는 소녀에게 요리를 가르쳤다. 아쿠아 룰러의 얘기로는 과거 남자였는지 모르지만, 디스라이크에 걸려 여자가 되어 버린 이상 그것을 해제할 방법은 없었다. 디스라이크는 제약 사항이 많아 걸리기도 어렵지만 풀기는 더욱 어려운 저주의 마법이다. 그러니 평생 여자로 살아갈 바에는 이 기회에 요리라도 좀 배워 두는 게 낫지 않을까 생각한 것이다.

아르티어스는 과거 거의 6백여 년간 인간 세상을 떠돌면서 방랑을 했고, 인간 세상에 대한 이해도 깊었다. 원래 드래곤은 성(性)이 정해져 있지 않는 양성체(兩性體)이기에 남자로든 여자로든 트랜스포메이션할 수 있다. 그렇기에 엘프 따위와 사랑에 빠져 버린 키아드리아스의 경우 여자 모습을 하고 있지만, 대부분의 드래곤은 어떤 특이한 형상에 구애받지 않고 트랜스포메이션을 했다.

아르티어스 또한 수많은 형상으로 대륙을 떠돌았었다. 결혼 생활 10년 만에 지겨워서 야반도주하긴 했지만 금발의 미녀가 되어 샤므렌이라는 젊고 멋진 백작과 살아보기도 했고, 또 긴 흑발을 휘날리는 멋진 마법사로도, 우람한 근육질의 전사로도, 또 오크가 되어 무자비한 산적질도 통쾌하게 했었다.

보통 드래곤들은 3천 살쯤 되면 자가 수정(自可受精)을 하거나 또는 마음에 드는 다른 드래곤과 만나서 자식을 낳기도 한다. 드래곤은 양성체이기에 자신이 직접 만든 정자와 난자를 수정시켜 자식을 만드는 자가 수정이 가능했다. 보통 드래곤은 일생을 통틀어 단 한 마리의 새끼를 낳는데, 드래곤의 유전자는 인간 따위의 유전자처럼 불완전하지 않아서 근친 교배를 넘어서 자가 수정을 해도 아무런 문제가 없었다. 하지만 아르티어스는 보통 드래곤들이 아이를 낳고 기르는 그 시기에 거의 방랑 생활을 했기 때문에 자식을 낳지 않았다. 그래서 그런지 4천여 세에 이른 지금 저쪽 구석에서 밀가루 반죽을 하느라 정신이 없는 소녀에게 거의 자식과 같은 사랑을 느끼고 있었다.

'나중에 저 아이가 떠나면 아이를 하나 낳아 봐야겠군. 그 성질 더럽던 키아드리아스가 한낱 엘프 따위에게 빠져서 산다는 말을 듣고 놀랐지만 지금 생각해 보니 그것도 재미는 있을 것 같아. 저 아이하고 겨우 일주일 정도 같이 생활했는데, 그전의 생활을 회상해 보면 너무 쓸쓸하거든.'

"다 됐어요."

벽난로 옆에 준비된 오븐 속에 밀가루 반죽을 집어넣은 후 소녀는 자랑스레 말했다.

"또 소금으로 간 맞추는 거 잊지는 않았겠지요?"
"잊지 않았어요."
자랑스레 말하는 소녀에게 아르티어스는 따뜻한 미소를 보냈다.
"빵이 만들어지면 어떻게 할 건데요?"
"응, 채소 스프를 끓였으니까, 버터하고 치즈, 그리고 어제 만든 사과잼도 있죠. 그렇게 모두 꺼내 놓고 먹으면 맛있을 거예요."
"좋아요. 요리는 끝이 중요하니까, 빵 타지 않게 조심하세요."
"예."
조금 지나자 다크가 맛있는 향기를 뿜어내고 있는 알맞게 익은 빵과 버터, 잼 따위를 가져다가 식탁에 가지런히 올려놓는 것을 보면서 아르티어스는 흐뭇한 미소를 지었다. 맛을 보니 매우 잘 만든 빵이었다. 아르티어스는 활짝 미소 지으며 소녀를 향해 아낌없이 칭찬을 던졌다.
"아주 맛있군요. 잘했어요. 그럼 오늘 저녁부터는 바느질을 배워보기로 하죠."
"바느질이요?"
"예, 나중에 결혼하면 꼭 해야 하는 거예요. 아주 고난도의 작업이랍니다."
식사가 끝난 후 시작된 바느질 강의는 확실히 매우 어려웠다. 고난도의 손재주를 요구하는 것으로 조금만 방심하면 손가락에 구멍이 송송 뚫린다는 추가적인 위험 요소까지 존재했기 때문이다. 하지만 소녀는 매우 섬세한 손재주를 가지고 있었고, 몇 시간 지나지 않아 아르티어스가 오랜 시간 구석에 처박아 뒀던 바느질감들을 모두 처치할 수 있었다. 그다음으로 조각보 만드는 요령이나 손수

건에 수놓는 방법 등을 가르치는 동안 이미 날이 저물어 있었다.

아르티어스는 잠자리에 든 소녀의 아름다운 이마에 키스를 해 주며 잘 자라고 인사를 했다. 자신이 지금 뭔 짓거리를 하고 있는지 모르겠지만, 어쨌든 그놈의 기억만 안 돌아온다면 저 소녀는 이대로 평범한 일생을 보낼 수 있을 것이다. 하지만 그게 다일까?

아르티어스는 여태껏 그녀를 가르치면서 그녀의 영리함과 또 섬세한 손재주, 집중력, 기억력, 재빠른 몸놀림에 놀라고 있었다. 하루가 다르게 그녀의 몸놀림은 부드럽고 재빨라지고 있었다. 그 말은 곧 정신이 육체의 지배를 거의 완료해 가고 있다는 말이었다.

"과연 이대로 좋을까?"

아르티어스는 한숨 섞인 어조로 자문해 보았다. 이제 3주가 지나면 반지의 정령이 약속한 대로 그녀의 기억이 돌아오겠지만, 지금 자신에게 배운 것들도 유지될 것이다. 그녀의 그 유연한 몸놀림으로 봤을 때, 또 그녀의 몸속에 쌓여 있는 경악할 만한 강력한 마나를 봤을 때, 그녀가 평범한 여자로서 살아갈 가능성은 전무후무하다고 봐야 할 것이다. 그렇다면 지금 여자로서 필수적으로 익혀야 할 가사(家事) 따위는 쓸 일도 없을 거고, 또 검술 따위를 가르쳐 줘 봐야 드래곤인 자신에게 배운 것보다는 그녀가 과거 익혔던 것이 더 나을 게 분명했다. 그렇다면 지금 그녀에게 마법이나 가르쳐 주는 것이 앞으로 삶을 살아가는 데 더 도움이 되지 않을까? 그녀의 미래는 언제나 피를 동반할 테니까 말이다.

드래곤과 마법은 뗄레야 뗄 수 없는 자연스런 연관성을 가진다. 최고, 최강의 생명체라 할 수 있는 드래곤은 그 강인한 정신력으로 강대한 마법을 구사했고, 그들만의 독특한 용언 마법(龍言魔法)까지 개발해 냈다.

　체외의 마나를 제어하는 것이 아닌 체내에 쌓인 방대한 마나를 직접 통제하여 사용하는 용언 마법은 트랜스포메이션한 상태에서는 그리 강한 위력을 낼 수 없었지만, 본체인 상태에서는 무적의 위력을 자랑했다. 거기에 자신이 노력만 한다면 백 년도 안 되어 궁극의 마법까지 깨우칠 지능과 정신력이 있었고, 거의 무한에 가까운 생명까지 주어져 있었다. 또 그들은 두터운 금속성의 외피와 뼈를 가지고 있었기에 나약한 헤즐링(5백 살 이하의 어린 드래곤) 시기를 벗어나면 거의 무적에 가까웠다.

　"끄응, 어떻게 할까?"

　아르티어스는 앉아 있던 푹신한 의자에서 일어서서는 조금 서성이다가 뭔가 결심을 하고 다크가 잠들어 있는 방으로 걸어갔다. 혼자서 결정을 내릴 수는 없었기 때문이다.

　"부르셨습니까, 아르티어스 님?"

　"그래, 부작용을 없애는 작업은 순조롭게 진행되고 있냐?"

　"예, 예정대로 3주 정도 후에 그녀는 완치될 것입니다."

　"흐음, 그러니까……. 에잉! 너하고는 상의할 수가 없으니 나이아드를 불러와."

　아르티어스는 뭔가 말을 꺼내려다 망설였다. 사실 반지의 정령은 아무런 힘이 없었기에, 그녀와 상의해서 뭔가 결론을 만든다 하더라도 그건 나이아드에 의해 곧장 부도 수표가 될 가능성이 높았다. 그의 말에 반지의 정령은 약간 놀라운 표정으로 반문했다.

　"예?"

"나이아드에게 내가 할 말이 있다고 전하라구."
"알겠습니다, 아르티어스 님."
 정령은 다소곳이 인사를 건넨 후 사라졌다. 만약 아르티어스가 물을 관장하는 실버 드래곤이었다면, 나이아드를 곧장 불러낼 수 있을 정도의 능력이 있었겠지만, 그는 바람을 관장하는 골드 드래곤이었기에 어쩔 수 없이 나이아드의 상판대기를 구경하려면 반지의 정령에게 도움을 받아야만 했다. 다섯 종류의 드래곤들은 5대 정령 각각과의 친화력만을 가진 채 태어나기에 그건 어쩔 수 없는 일이었다.
 곧 소녀의 왼손에 끼워져 있던 아쿠아 룰러가 엷은 빛을 내면서 물을 뿜어냈고, 그 물은 자신은 물이 아니라고 굳게 주장하듯 침대 위를 흐르면서도 시트를 적시지 않았다. 그 물은 곧장 아래쪽으로 떨어져 흐른 후 '물은 높은 곳에서 낮은 곳으로 흐른다'는 불변의 진리를 비웃듯이 거대한 덩어리를 형성하며 위로 솟기 시작하더니 사람의 형상으로 바뀌었다.
 그 형상은 매우 아름다운 여인이었는데, 가슴이 푹 파인 도발적인 복장에 터질 듯한 가슴이 옷을 뚫고 삐져나오려고 용을 쓰고 있었다. 아름다운 보라색 머리카락을 날리며 매우 섹시하게 윙크를 한 후 미소를 짓는 나이아드는 놀라울 정도로 선정적이었다.
"오랜만이군요, 아르티어스."
 아르티어스는 간드러지는 그녀의 목소리를 듣고는 어이없는 듯 떨떠름한 표정으로 말했다.
"나 역시……. 그런데 그건 뭔가? 그새 취미가 바뀌었나?"
"왜요? 내 몸매가 멋지지 않아요?"

"황당한 짓거리 하지 말고 옛날 모습으로 하자구. 정령왕의 모습으로는 너무 안 어울려."

"그럼 이건 어때요?"

여자의 얼굴 부분이 순간적으로 물 덩어리로 변하더니 다음 순간에는 금발의 매우 청초하면서도 아름다운 지적인 얼굴의 여성으로 바뀌어 있었다. 하지만 옷차림은 바뀌지 않았고 몸매도 변함이 없었기에 그 도발적인 몸매와 얼굴은 도저히 어울리지 않았다.

"장난 치냐?"

"흠……. 여체의 아름다움을 모르는 놈이군."

도저히 그런 얼굴을 가진 미녀의 입에서 튀어 나왔다고 생각되지 않는 대사를 외친 후, 나이아드는 얼굴은 놔둔 채 또 한 번 변신을 시도했다. 신체의 일부분이 물로 되었다가 다시 육체로 바뀌는 것이 뭔가 변신 괴물 같은 인상을 주어 기괴함을 나타냈지만, 그 변화에 걸리는 시간은 정말 순간적이라는 말이 무색할 정도로 빨랐다.

이번에는 작은 가슴에 쫙 빠진 몸매, 상의는 좀 점잖아졌지만 허벅지까지 잘려 있는 치마는 늘씬한 다리를 드러내고 있었다.

"이번에는 어때?"

"에휴……. 그래도 좀 낫군. 남자로는 안 되는 거냐?"

"뭐? 그럼 취미가 그쪽이라고 진작 말하지 그랬어?"

이 대사를 진짜 인간 남자에게 했다면, 청초하면서도 아름다운 여자에게 그따위 말을 들은 그 남자는 자살하고 싶었겠지만 아르티어스는 아니었다. 드래곤인 자신은 남자도 여자도 될 수 있는 몸. 상대가 여자건 남자건 상관없었다.

"더 이상 시간 끌며 말도 안 되는 소리 하지 말자구. 나는 수컷이 아니야. 드래곤이라구. 저 아이는 어쩔 거야?"

나이아드는 깊이 잠들어 있는 소녀를 순진해 보이는 눈길로 바라보다가 다시 아르티어스에게 눈을 돌리며 빙그레 미소 지었다.

"왜? 내 장난감에 흥미가 있어? 하지만 이건 나도 양보 못 해. 거의 천 년 만에 보는 진짜라구. 카렐도 괜찮긴 했지만 그 녀석은 나보다는 플레임 스파우터를 더 좋아했지. 못된 녀석! 내가 이프리드를 싫어하는 걸 뻔히 알면서 그 녀석만 불러내다니."

이프리드는 플레임 스파우터에 계약되어 있는 불꽃의 정령왕이다. 정령왕들은 자아가 있는 만큼 서로 좋아하는 상대와 싫어하는 상대가 있었다. 그중 특히 서로 간에 꼴도 보기 싫어하는 상대가 이프리드와 나이아드였다. 불과 물의 관계니 그건 당연한지도 모르겠지만, 그 때문에 두 정령왕을 한꺼번에 불러내어 계약을 이행시키는 것은 불가능한 일이었다.

"양보를 좀 해 주면 안 될까? 나는 저 아이의 기억을 봉인하고 여자로서의 평범한 삶을 살아가게 해 주고 싶어."

"그건 안 돼. 너는 저 아이의 진짜 성질을 몰라서 그렇지, 그 호전성, 임기응변 능력, 재빠른 몸놀림, 뛰어난 기술, 응용력! 가히 천재적인 검사야. 내가 왜 그런 멋진 녀석을 포기해야만 해?"

"저 아이를 포기한다면 아쿠아 룰러에게 정말 멋진 주인을 찾아 주지. 너도 저런 나약하게 생긴 아이보다 진취적이고, 영리하며, 야망 있고, 터프하고, 잘생기고, 멋진 놈을 더 좋아하잖아. 안 그래?"

"흐음, 아냐. 그 말에 넘어갈 수 없어. 저 아이도 괜찮아. 내가 데리고 놀기에는 딱 좋은 거 같아. 성질도 제법 괄괄한 편이고, 야망

이 없는 게 좀 걸리지만 뭐 그것도 좋잖아? 나를 꼬실 생각은 하지 마. 나는 너보다 몇만 년은 더 살아온 정령왕이야. 이 멍청한 드래곤아."

아르티어스의 제안에 나이아드는 약간 솔깃해하는 것 같았지만, 그의 마지막 말은 비웃음을 한껏 머금고 있었다. 나이아드가 비꼬며 거절하자, 열 받은 아르티어스가 소리를 질렀다.

"이런 제기랄! 그렇다면 내가 저놈의 아쿠아 룰러를 봉인해 버릴 테다."

그 말에 나이아드는 코웃음을 치며 이죽거렸다.

"할 수 있으면 해 봐라. 아무리 드래곤이라도, 아니지 아무리 네가 에인션트급에 다가서고 있는 절정기의 힘을 지닌 드래곤이라도 봉인은 어려울걸? 아쿠아 룰러를 만든 자는 저 위대했던 에인션트 드래곤 쟈키므로네였으니까 말이야. 네 마법력이 그를 능가한다면 모르겠지만 그렇지 않고서는 불가능해."

"제길! 그럼 맹약을 해지해 버리면 되겠지. 그럼 아쿠아 룰러도 보통의 반지가 될 테고, 네놈도 다시는 세상에 못 나올 테니까."

나이아드는 말도 안 된다는 듯 비웃었다.

"내가 그 맹약을 지키고 싶은 한은 맹약이 깨질 수 없어. 한 번씩 세상에 나오는 것도 꽤 재미있는데, 내가 왜 맹약을 무위로 돌리겠어? 안 그래? 이 멍청한 드래곤아."

"크아악! 제길!"

나이아드는 분노에 몸을 떠는 아르티어스를 통쾌한 듯이 바라보다가 침실 바닥을 물바다로 만들면서 사라져 버렸다.

아르티어스의 아들

나이아드에게 놀림까지 당해 꽤나 열이 받은 아르티어스는 다크에게 마법을 가르치기 시작했다. 자신이 사랑하는 딸이 나이아드 따위가 가지고 놀 수 있을 정도로 허약한 아이가 되기를 원하지 않았기 때문이다.

물론 아르티어스가 다크에게 가르치기 시작한 마법은 정상적인 마법은 결코 아니었다. 겨우 3주 동안 무슨 제대로 된 마법을 가르칠 수 있단 말인가? 마나의 개념과 그 통제력의 기본만을 가르치는 데도 3주일은 모자랐다. 그만큼 자신의 체외에 흩어진 마나를 끌어 모아 활용하는 것은 매우 고차원적인 집중력을 필요로 했고, 또 그것을 효과적으로 통제하는 것은 아주 위험한 작업이었다.

그렇기에 이 음흉한 아르티어스 어르신은 다크에게 용언 마법을 가르쳤다. 용언 마법은 일반 마법과 달리 체외가 아닌 체내의 마나를 사용한다. 그 말은 곧 마나를 끌어 모아 통제하는 그 귀찮은 작업이 없어도 된다는 것을 의미했다. 하지만 용언 마법을 인간에게 적용시키는 것은 매우 힘든 일이었다. 드래곤에게는 드래곤 하트라는 마나가 집중되는 작은 기관이 있었고, 이 드래곤 하트를 이용해 마나를 압축하고 가속하는 일을 행함으로써 용언 마법을 사용할 수 있다. 하지만 인간에게는 드래곤 하트가 없었던 것이다.

하지만 다크의 체내에는 용언 마법을 사용하기에 충분한 방대한 마나가 쌓여 있었기에 아르티어스는 이리저리 궁리한 끝에 인간의 단전이라 불리는 마나가 모이는 기관을 이용하기로 결정했다. 그리고 일주일이란 시간을 투자하여 용언 마법을 인간이 사용할 수 있도록 개조해 내는 데 성공했다. 아르티어스가 드래곤 하트를 단전으로 대체하는 신기술을 겨우 일주일 만에 개발할 수 있었던 것은 따지고 보면 다크에 대한 맹렬한 사랑이 있었기에 가능했던 것이다. 물론 그 일주일이란 기간 동안 다크는 밥하고 빨래하고 바느질도 하고 과일을 따다가 잼도 만들고, 하여튼 수많은 가사 노동에 시달려야 했지만, 어김없이 밤마다 시작되는 아르티어스 교수의 마법 강좌를 꼭 들어야만 했다.

"화염구(火炎球)!"

주문을 외치자마자 순식간에 소녀의 손에서 날아가 바위에 작렬하는 불덩어리를 보며 아르티어스는 희열을 느꼈다.

'으헤헤헤, 총명한 녀석 같으니······.'

"잘했어요, 잘했어요. 정말 재능이 있군요."

아르티어스는 다크가 제대로 했을 때 칭찬을 아끼지 않았다. 물론 잘 못 하면 눈물을 찔끔거릴 정도로 혹독하게 야단을 쳤지만 말이다. 어쨌든 아르티어스는 용언 마법 외에도 아쿠아 룰러의 사용법 또한 가르쳤다.

"아쿠아 룰러는 성능이 뛰어난 일종의 마력 증폭 장치예요. 계약에 의해 사용자가 아쿠아 룰러에게 준 마나의 몇 배 위력에 해당하는 마법을 사용할 수 있게 해 주는 장치죠. 복잡한 중간 과정이 있지만 사실 그건 사용자가 알 필요가 없어요. 그냥 사용법을 익혀 쓸 줄만 알면 될 뿐."

아르티어스는 반지의 정의를 내린 후 그 사용법을 가르쳤다.

"아쿠아 룰러는 두 가지 효용이 있어요. 하나는 직접 사용이고 하나는 간접 사용이죠. 직접 사용은 그때 말해 준 대로 마나를 쏟아 부으며 행하는 공격 및 방어 마법이에요. 간접 사용은 조금 달라요. 이건 나이아드의 허락 하에 사용할 수 있는데, 나이아드가 상당 부분 개입하기 때문에 소용되는 마나에 비해 매우 폭넓고도 방대한 위력을 갖죠. 구름을 불러 모으거나 폭우를 쏟아지게 할 수 있어요. 그것도 매우 광범위하게 말이에요. 자연 재해를 일으켜 웬만한 나라 하나를 알거지로 만드는 것은 문제도 아니라는 말이죠. 알겠어요?"

"예."

다크는 스펀지처럼 아르티어스의 지식을 흡수했고, 그런 그녀의 총명함을 아르티어스는 더욱 사랑했다. 어쨌든 뛰어난 스승에 뛰어난 제자였던 것이다.

어느덧 바쁜 가운데 3주일이 후딱 지나가 버렸다. 아르티어스는 그날도 일찍 일어나서 식사 준비를 하고 있는 귀여운 소녀를 바라보며 흐뭇한 미소를 짓고 있었지만, 뭔가 평소와 다르다는 걸 깨닫는 데는 오랜 시간이 걸리지 않았다. 아침마다 소녀가 해 주던 모닝 키스가 빠졌던 것이다. 아르티어스의 딸은 그와 생활한 지 일주일 만에 붙은 버릇대로 상냥하고 귀여운 얼굴로 다가와 자신의 뺨에 가벼운 키스를 해 주며 잘 잤느냐고 인사를 했어야 정상인데, 그냥 말로만 인사를 했던 것이다.

아르티어스도 처음에는 그걸 그냥 무심결에 넘겼지만, 조금 시간이 지나자 뭔가 빠진 것 같은 허전한 기분이 들었다. 그래서 드래곤의 그 뛰어난 기억력으로 오늘 아침에 있었던 일과 어제 아침에 있었던 일을 비교해 봤다. 아르티어스의 머릿속에는 두 대의 영사기가 돌아가듯 화면들이 겹쳐졌고, 곧이어 무엇이 빠졌는지 깨달을 수 있었다. 또 오늘이 그가 영원히 오지 않았으면 하고 바랐던 그날이라는 것도…….

아르티어스는 부드러운 목소리로 소녀에게 물었다.

"기억은 돌아왔나요?"

소녀는 잠시 멈칫했지만 정직하게 말했다.

"예."

"난 다크가 전에 뭘 했었고, 또 어떤 사람인지는 신경 쓰지 않아요. 또 다크를 잡고 싶은 생각 또한 없습니다. 드래곤이란 원래 강한 만큼 고독해야 하는 존재니까요."

"꼭 강하다와 고독하다가 연관성이 높아야만 하나요?"

"내가 4천 년 정도 살아오면서 느끼기로는 그랬습니다. 강자는 약자를 친구로 받아들일 아량이 있을지 모르지만, 약자가 강자를 열등감 없이 순수하게 친구로 받아들일 배짱을 가지기는 힘들지요. 그 정도 배짱이 있다면 그는 이미 약자가 아니거든요. 무슨 말인지 알겠어요?"

소녀는 고개를 끄덕였다.

"나는 당신이 꼭 딸처럼 생각되는 것이 사실입니다. 나를 부모로 생각할 수는 없을까요?"

그 말에 소녀는 씁쓸한 표정으로 고개를 가로저었다. 아르티어스는 절망했다.

"역시……."

"딸은 어렵지만 아들은 안 될까요?"

소녀의 의외의 말에 아르티어스는 매우 감동 어린 표정으로 그녀를 지그시 바라봤다. 여태껏 단조로웠던 그의 생애에서 4천 년을 살아오면서 느낀 감동보다 짧았던 이 한 달간의 감동이 더 진했던 게 사실이었다. 아르티어스는 가냘픈, 자신이 가장 사랑하는 그 소녀를 살며시 껴안으며 중얼거렸다.

"내 아들아……."

다크는 아르티어스에게 배우기 시작한 마법이란 것에 꽤나 흥미가 있었고, 또 자신만큼이나 강한 자와 함께 있을 수 있다는 것에 매우 만족했기에 기억을 되찾았다고 밖으로 떠돌 생각은 없었다.

그녀는 의부와 차원 이동에 대해 폭넓은 의논을 했다. 하지만 드래곤인 아르티어스에게도 그에 대한 답을 얻을 수는 없었다. 아르티어스가 기억을 되찾은 다크에게 별로 도움이 되는 것은 아니었지만 그의 씀씀이가 꽤나 마음에 들었기에 다크는 그를 매우 좋아했다. 그 넓은 중원에서도 볼 수 없었던 '의지할 만한 존재'를 여기서 찾은 것이다.

아르티어스는 그날 저녁, 늦게까지 잠들지 않고 있는 다크에게 잠의 요정 시시를 보내어 잠들게 만들었다. 그런 후 또 한 번 나이아드를 불러냈다. 한 가지 부탁할 것이 있었기 때문이다. 나이아드는 이번에는 우람한 근육질의 2.3미터나 되는 거구의 남자가 되어 나타났다. 나이아드는 그 큰 덩치를 일부러 자랑하듯 근육을 과시하며 거만하게 아르티어스를 내려다 봤다.

"무슨 일이냐?"

"한 가지 부탁이 있어서 불렀다."

"무슨 부탁?"

"일 년만 우리에게 시간을 다오. 그다음은 네가 무슨 짓을 해도 상관하지 않겠다."

아르티어스의 조심스런 말에 나이아드는 비웃음을 터뜨렸다.

"훗! 아쿠아 룰러에게 들으니 용언 마법과 아쿠아 룰러의 사용법을 가르치고 있다고 하더군. 겨우 그따위 얄팍한 재주로 나를 거역할 수 있다면 큰 오산일 텐데?"

"그건 중요한 게 아니다. 나는 내 아들에게 다만 일 년만이라도 평화로웠던 기억을 간직하게 해 주고 싶다."

"훗! 평화로운 기억이라고? 좋아, 일 년 정도야……. 내 계획이 일 년 미뤄지는 거지만 마지막 부탁인데 뭐, 그 정도는 들어줘야겠지."

"왜 너는 저 아이에게 그렇게 집착하는 거지? 또 계획이란 것은 뭐냐?"

"전에도 말했잖아. 여러모로 실험해 봤지만 꽤 쓸 만하다고. 나는 저 아이를 조종해서 인간의 수를 좀 줄일 생각이야. 지금 인간의 숫자는 너무 많거든. 지금 수의 백분의 일 정도가 딱 좋겠지."

"미쳤군."

"나는 절대 미치지 않았어. 이건 벌써 대지의 정령왕 다오와도 얘기를 끝낸 거야. 그 녀석도 인간들이 돌아다니면서 그와 내가 이룩해 놓은 것들을 파괴하고 있는 게 별로 마음에 안 들던 참이었거든. 물론 나머지 세 녀석들은 어떻게 되어도 상관없으니 이번 계획에 찬성하지 않겠지만, 그건 중요한 게 아니다. 내가 저 아이를 지배하고, 또 힘을 준다면 그 누구도 우리를 막을 수 없지."

"다, 닥쳐랏! 그렇게 방대한 살육을 다른 드래곤이나 엘프들이 놔둘 성싶나?"

"드래곤? 흥! 저 아이의 마스터에 이르는 능력과 두 정령왕의 힘, 그리고 멍청한 네놈은 몰랐겠지만 저 아이가 거느리고 있는 타이탄까지 합쳐진다면 드래곤 따위는 상대가 안 돼."

의외의 반격에 아르티어스는 멈칫했다.

"그, 그렇다면 카렐은?"

"카렐은 대단하지. 그랜드 마스터급인 그 녀석의 힘에다가 엘프들이 만든 최고의 걸작 골든 나이트와 이프리드의 힘이 보태진다면……. 하지만 이건 몰랐을걸? 저 아이가 가진 타이탄은 골든 나이트와 쌍벽을 이루지. 또 저 아이의 모자란 능력은 정령왕 둘이 보태 줄 거고. 그렇다면 아무리 카렐이라도 힘든 건 마찬가지야."

아르티어스는 나이아드의 말에 충격을 받았다. 카렐이 가진 타이탄의 위력은 자신도 잘 알고 있었다. 카렐이 자신의 타이탄에 탄 상태라면 거의 에인션트 드래곤을 제외하고는 적이 될 수 없었던 것이다. 그런데 사랑스러운 저 아이가 그와 대등한 타이탄을 가지고 있다니……. 저 아이의 신분이 뭐기에? 하지만 지금 그건 중요한 게 아니었다. 나이아드는 이번에야 말로 꼭두각시 하나를 만들어 인간들을 멸종시키려고 드는 것이다. 수없이 많은 살인이 반복된다면 저 가냘픈 아이의 섬세한 영혼은 반복되는 살인에 짓눌려 황폐해질 것이고 결국은…….

일단 아르티어스는 후퇴해서 시간을 벌기로 했다. 일 년이라도 없는 것보다는 나을 테니까.

"좋아. 네 녀석이 무슨 계획을 세우든 간에 그건 내가 상관할 수 없지. 다만 일 년의 시간은?"

"잘 생각했어. 원래가 드래곤은 다른 하등 생물의 일에 관여하는 걸 별로 좋아하지 않지. 흐흐흐, 자네도 우리들 정령과 같이 조화와 균형을 소중히 여기게나. 단순히 인간 편만 든다고 될게 아니야. 자연을 생각한다면 인간의 수는 좀 줄어들어야 해. 그게 균형도 맞고, 조화로운 거야. 물론 일 년은 주지. 겨우 일 년으로 뭐가 되겠느냐마는……. <u>흐흐흐흐흐</u>."

나이아드는 얄미운 웃음소리와 함께 사라져 버렸다.

환골탈태

"수련은 오후에 하면 안 될까요? 실은 어제저녁에 하려고 했는데, 잠들어 버리는 바람에 못한 게 있거든요."

소녀는 약간 쑥스러운 듯한 표정으로 말했다. 사실 다크는 처음부터 이런 표정에 익숙하지 않았지만, 한 달 동안 아르티어스 옹에 의해 실시된 감정 표현 교육은 매우 훌륭한 성과를 나타내고 있었다. 귀여운 그녀의 모습을 바라보며 아르티어스는 만족스런 표정을 지었다. 다크가 의자(義子)가 된 이후 아르티어스는 그녀에 대한 말투를 하대로 바꿨다.

"그럼, 그럼. 마음대로 하거라. 일 년이란 시간이 있는데 뭐가 걱정이겠냐?"

"일 년이요?"

"흠흠, 아무것도 아니다. 그냥 혼잣말이야."

다크는 자신의 방으로 돌아가 방문을 잠갔다. 그리고 차곡차곡 옷을 벗어 버린 후 알몸으로 차가운 대리석 바닥에 가부좌를 틀고 앉았다. 이제 마지막 관문에 도전해야 하는 것이다. 운기조식이 진행됨에 따라 점차 다크의 몸은 떠오르기 시작했고, 온몸에서 엄청난 열과 광채가 터져 나왔다. 그리고 엄청난 기(氣)의 회오리가 그녀의 몸에서 뿜어져 나와 주위를 맴돌았다. 이제 바야흐로 현경으로 들어가는 두 번째의 환골탈태가 시작된 것이다.

두터운 마법책을 펴 놓고는 다크가 익힐 만한 마법이 없을까 이리저리 궁리하고 있던 아르티어스는 갑자기 느껴진 광폭할 만큼 거대한 마나의 존재에 경악했다.

"도대체 이게 어떻게 된 일이지?"

분명히 그 기운은 아들의 방에서 뿜어져 나오고 있었기에 그는 서둘러서 그쪽으로 다가갔다. 하지만 방문을 열 수는 없었다. 안에서 잠겨 있었기 때문이다. 아르티어스는 잠시 이놈의 문을 박살 내고 안으로 들어갈까 말까 갈등을 느껴야만 했다. 하지만 다크가 수련을 한다고 들어갔고, 또 안에서 잠겨 있다면 자신이 안으로 들어오기를 원하지 않는다는 것이었다.

"뭐, 다 큰 자식이니 사생활의 자유를 보장해 줘야겠지."

그는 애써 스스로 뱉은 말에 위안을 느끼며 다시금 마법책을 읽기 위해 돌아갔다.

다크의 피부는 점점 열기가 높아짐에 따라 쭉쭉 금이 가고 찢어지기 시작했고, 바깥쪽에서 분리된 껍질은 곧 시커멓게 타 들어가 버렸다. 시커멓게 타 들어간 피부의 갈라진 틈 사이로는 기괴할 정도로 밝은 빛과 열이 계속 뿜어져 나오며, 아직 이 작업이 끝나지 않았음을 알리고 있었다. 좀 더 시간이 지나자 갈라진 금의 폭이 더 넓어지기 시작했다. 얼핏 보기에는 시커멓게 타 버린 껍질이 오그라들며 넓어지는 듯 보이겠지만, 사실 그 시커먼 부분은 더 이상 오그라들고 자시고 할 것도 없을 정도로 재가 되어 있었다. 이 현상은 진짜로 육체가 외부로 약간씩 팽창하고 있음을 나타내는 현상이었지만 조금 시간이 지나자 더 이상 진전되지 않고 멈췄다.

  화경이나, 현경, 생사경으로 들어갈 때마다 한 번씩의 환골탈태를 거치며 기를 저장하는 단전을 키우게 된다. 물론 이때 육체도 재구성되며, 싱싱한 젊은 육체로 돌아가지만 가장 확실하게 바뀌는 부분이 단전이다. 각 환골탈태 때마다 단전의 용량은 1.5배씩 증가하기 때문이다. 그런데 다크의 경우 일반적으로 무공을 익힌 사람들과 확연히 다른 점이 있는데, 그건 다크가 육체적으로 매우 어린 상태에서 환골탈태를 경험하게 되었다는 것이다. 그 때문에 전번의 환골탈태에서도 급격히 키가 조금 자랐었고, 또 이번에도 커지게 된 것이다.

  어쨌든 파란만장한 환골탈태는 거의 세 시간에 걸쳐 진행되었고, 매번 환골탈태 시에 느끼는 거지만 그 시간 동안 다크는 지독한 열기를 견디느라 진이 빠져 버렸다. 하지만 환골탈태가 끝났다고 '이제 해방이다' 하고 모두 끝나는 건 아니었다. 이제부터는 그놈의 환골탈태를 한다고 소모한 기를 보충해야 하고, 또 더욱 많은 기를 쌓을 수 있도록 확장된 그녀의 단전에 기를 모아야만 했다.

  그녀는 북명신공을 응용하여 사방에서 방대한 기를 흡수하기 시작했다. 그 때문에 자신의 마나가 갑자기 빠져나가기 시작한 것에 놀란 아르티어스 어르신이 레어 밖으로 급히 피신한 것을 깊은 무아의 세계에 들어간 그녀는 알 수 없었고, 또 알았다 하더라도 상관하지 않았을 것이다. 그녀가 아는 한 아르티어스는 매우 강한 생명체였기 때문이다.

아르티어스는 레어 밖에서 죽치고 있다가 안에서 걸어 나오는 아들을 보고 자신의 눈을 의심했다. 그렇게 짧은 시간 안에 그녀는 너무나 많이 변해 있었다. 우선 한눈에 보기에도 잘 맞던 옷이 조금 작아진 게 그새 키가 좀 자란 것 같았다. 또 키만 좀 커진 게 아니라 좀 더 성숙해진 뭔가가 느껴졌다. 그리고 좀 더 예뻐진 것 같기도 했다. 하지만 그 정도 외형의 변화는 아르티어스에게 별 감흥을 주지 못했고, 가장 큰 변화는 다른 데 있었다. 자신이 드래곤이었기에 맞받아 줄 정도로 강렬한 마나를 지니고 있음을 대변해 주던 그 맑은 눈에서 더 이상 아무런 느낌도 받을 수 없었다. 그야말로 그 엄청난 마나의 흔적을 깨끗이 숨겨 버린 것이다. 아르티어스는 가급적 놀라움을 밖으로 표현하지 않으려고 애쓰면서, 그 때문에 약간 굳어 버린 얼굴로 물었다.

"이제 끝났냐?"

"예."

"새 옷을 사 와야겠구나. 시장할 테니 먼저 밥부터 지어라. 나는 그동안에 옷을 사 올 테니까."

"그럴게요."

다크가 아름답게 살포시 미소 지었는데, 아르티어스는 그녀의 얼굴에서 여태껏 보지 못했던 강한 자신감 같은 것을 느낄 수 있었다. 그녀는 이제야 성(性)을 제외하고 자신이 잃었던 모든 것을 되찾은 것이다.

다크에게서 이상한 자신감이 보이기 시작한 그때부터 아르티어스 옹의 사랑스럽던 아들은 사라져 버렸다. 갑자기 머리 속에 뭐가 들어갔는지 가사 일에는 도무지 발전을 보이지 않았고, 또 마법 수련도 지지부진했다. 뭐 실수를 많이 했다든가 그런 건 아니었지만 도무지 배우고자 하는 열의가 없었다.

거기에 마법은 과거 2주일 동안 1사이클 마법의 절반 이상을 마스터하고 2사이클급 마법까지 몇 개 배워 낸 그 엄청난 학습력이 어디 갔는지, 일주일을 꼬박 핏대를 세워 가며 가르쳤는데도 1사이클을 마스터하기는커녕 겨우 1사이클급 마법 네 개도 못 가르쳤다.

아무리 아르티어스 옹의 머리가 노화 때문에 돌이 되었다 해도, 그의 머리는 돌하고 거리가 멀지 않은가? 뭔가 이상함을 당연히 재빨리 눈치 챘고, 그 원인을 유추하기 시작했다.

아르티어스는 곰곰이 생각해 본 결과 다크가 자신의 말을 잘 안 듣기 시작한 시발점은 기억이 회복된 때부터였다. 기억이 돌아왔던 그날, 아르티어스는 나이아드와 흥정을 할 생각에 정신이 없었기에 다크의 마법 공부를 대강 하고 치웠다. 또 아들을 얻은 기쁨에 다크의 실수는 '뭐, 새로이 기억을 되찾아서 좀 혼란스러울 수도 있지' 하고 그냥 너그러이 참고 넘겼었다.

그런데 그게 아니었다. 사람이 한순간에 어떻게 이렇게나 바뀔 수가 있을까? 그토록 자신의 말을 잘 듣고 사랑스럽던 소녀는 사라지고 고집 세고, 지독하게 주관이 강하고, 흥미 있는 것 외에는 아예 거들떠도 보지 않는 고집불통의 검객이 되어 있었던 것이다. 여태껏 배운 것이야 잊지 않고 잘했지만, 새로운 것을 가르치는 게 문제였다. 가르치다가 실수해서 잘 못 한다고 꾸짖으면 무사는 그따위 것 안 배워도 상관없다고 반박하는 데야 아르티어스 옹으로서도 할 말이 없었다.

 마법도 꼭 마나의 응용이나 뭐 그런 부분은 자신이 알고 있는 무술과 관련지어 파악해 가려고 머리를 굴려 대니 수업 진도는 지지부진했다. 하루에도 수십 번씩 아르티어스 옹은 터져 나오려는 한숨을 참아야만 했다. 생각 같아서는 엎어 놓고 말 안 듣는 그녀의 엉덩짝이라도 기분이 풀릴 때까지 패고 싶었지만 차마 그럴 수 없었다. 왜냐고? 사랑스런 소녀를 패는 게 너무 가슴 아파서 못한 게 아니라 힘에 밀려서 못했다.

 한 번은 그걸 시도했다가 자신이 트랜스포메이션한 육체를 가지고는 망나니 같은 아들 녀석의 한주먹 거리밖에 안 된다는 것을 눈탱이가 퍼렇게 된 다음에야 깨달았던 것이다. 정말이지 인간이면서, 그것도 계집애인 주제에 아들 녀석은 무지막지하게 강했다.

 "아구구구······. 내 팔자야. 내 사랑스럽던 아들은 어디로 갔지? 에휴."

 저 뼛속 깊은 곳에서부터 솟아오르는 한숨을 뿜어낸 아르티어스는 지금의 사태에 대해 궁리해야만 했다. 다크의 엉덩짝을 패기 위해 틀어쥐려다가 도리어 다크에게 한 대 맞고 나자빠질 때부터 아버지로서의 권위는 땅바닥에 떨어진 거나 마찬가지였다.

 "그래! 권위를 보여야 해. 그 녀석과 나와의 힘의 차이를 보여 주고 존경심을 얻어 내야만 해. 저 빌어먹을 년을 통제하려면 그 방법밖에 없어. 하지만, 그래도 안 되면?"

아르티어스는 조금 더 궁리한 다음 내뱉듯이 중얼거렸다.

"뱃속에 꿀꺽해 버리고, 모든 걸 없었던 일로 하면 되지."

아르티어스가 작심을 하고 그녀의 방에 들어갔을 때 그녀는 아르티어스가 만들어 놓으라던 조각보는 손도 대지 않고 뭔가 궁리를 하고 있었다. 그러다가 그가 들어오는 것을 보고는 물었다.

"아버지, 혹시 검 있어요?"

"아빠라고 부르라니까, 아니면 엄마라고 부르든지. 아버지는 너무 거리감이 느껴져서 싫어. 알겠냐?"

"그게 그래도……."

다크는 난처했다. 눈 딱 감고 아빠라고 부를 수도 있겠지만 70여 년을 살아온 그의 자존심이 그걸 허락하지 않았던 것이다.

"좋아, 어떤 검을 원하는데? 우리 아들이 원하는데 하나 장만해 줘야지."

"그러니까 길이는 70센티미터 정도, 손잡이는 20센티미터 정도, 양날검이어야 하고, 검신은 완만하게 휘어지게 만들면 돼요."

"흠, 별로 어려운 부탁은 아니군. 하지만 새로 만들기는 귀찮으니 내가 가지고 있는 검들 중에서 아무거나 골라 가지면 안 될까?"

"검이 있어요?"

"그럼, 한 열 자루 정도 있지. 내가 과거 인간 세상을 떠돌 때 수집해 놓은 건데 나쁜 건 아냐. 그중 한 자루는 내 친구 녀석이 선물한 것인데, 아주 괜찮은 마법검이지."

"드래곤이…, 친구도 있어요?"

"드래곤은 친구가 없는 줄 아냐? 그 녀석은 여행 도중에 만난 레드 드래곤 '브로마네스'라는 녀석인데 콧대 높기로 이름 높은 레드치고는 쓸 만한 놈이었지. 그 녀석과 헤어지면서 기념으로 서로가 직접 검을 한 자루씩 만들어 교환했는데, 제법 쓸 만하더라 이거지."

"한번 봐요."

'짜식! 검하니까 눈빛이 달라지는군.'

아르티어스는 그녀를 자신의 보물 창고로 인도했다. 문을 열자 한쪽 벽에는 검이나 활, 창 등 무기류와 방패, 갑옷 등이 걸려 있었고, 그 반대쪽에는 금은보화가 쌓여서 거대한 방의 거의 절반을 메우고 있었다.

아르티어스는 자신의 이 수집품들을 자랑스레 바라봤다. 이 금들의 3분의 1은 드워프들을 협박해서 뺏은 것이고, 3분의 1은 인간 세상을 떠돌며 갖가지 일을 해서 벌어들인 것이었고, 또 3분의 1은 장난 삼아 몇몇 나라의 국왕들을 드래곤인 상태로 찾아가서 자신의 거대하면서도 위압적인 자랑스런 몸매를 구경시켜 주고 얻은(?) 것들이었다.

사실 드래곤인 자신에게 보석이나 금은 따위는 별로 필요한 게 아니었지만, 그래도 대부분의 드래곤들이 그러하듯 그 반짝거리는 영롱한 광채가 보기 좋아서 끌어 모은 것이었다. 웬만한 사람들은 이 보물의 산을 쳐다보기만 해도 다리의 힘이 빠져 주저앉는 것이 보통이었지만, 아들 녀석은 그렇지 않았다. 엄청나게 쌓여서 영롱한 광채를 뿜어내는 보석 따위는 본체만체하고 곧장 검들을 훑어보기 시작했던 것이다.

아들 녀석이 검을 고르는 데 들어간 시간은 길지 않았다. 그냥 쭉 훑어보더니 곧장 한 개를 선택했다. 과거 아르티어스가 여자 마법사로 활동하던 시절 멋으로 차고 다녔던 여성용 격투검 샤벨이었다.

"이게 좋겠어요."

그 샤벨은 보통의 샤벨들이 그러하듯 검신의 길이 60센티미터, 폭 3센티미터 정도의 매우 짧지만 예리하고 날카로운 여성용 검이다. 하지만 그건 단지 멋으로 차고 다녔던 거라 마법검도 아니었고, 그냥 금은 따위로 모양을 내고 손잡이에 붉은 보석까지 붙어 있는 정말 겉멋뿐인 검이었기에 아르티어스는 그녀의 선택에 반대했다.

"그건 아무런 위력도 없는 검이야. 내가 왕년에 멋으로 좀 차고 다녔던 건데, 그런 걸 차고 다닐 수야 없지. 방금 내가 말했던 브로마네스가 선물했던 검은 이거야. 얼마나 근사하냐?"

그러면서 아르티어스 옹은 요즘 들어 회의가 좀 일긴 했지만, 그래도 사랑하는 소녀를 향해 벽에 높직하게 걸려 있던 1.5미터가 넘는 호화롭게 장식된 바스터 소드를 손수 꺼내 들고는 그녀에게 권했다. 확실히 드래곤이 마법으로 검신을 직접 만들었고, 거기에 아르티어스 옹의 협박에 굴복한 드워프들이 손잡이와 검집을 만들어 붙였기에 너무나 화려하면서도 완벽한 검이었다.

아르티어스가 내부를 보여 주기 위해 검신을 밖으로 조금 꺼내자 검신에 새겨진 수없이 많은 기하학적인 주문과 레드 드래곤의 뼈다귀―뼈와 드래곤의 외피는 같은 성분이다―만이 가지는 찬란한 붉은색이 검을 더욱 멋있게 해 주었다.

"어때? 이 정도면 최고의 예술품이지? 그런 쓸모없는 검보다야

이게 낫지. 이건 마나만 주입해 주면 5사이클급까지 화염 마법을 사용할 수 있거든. 내가 과거 이 검을 들고 대륙을 돌아다닐 때 정말 끝내 줬었단다. 어때? 구미가 당기지 않냐?"

"전혀. 그렇게 큰 걸 귀찮게 어떻게 들고 다녀요? 이 정도 크기가 딱 맞아요."

양보할 줄 모르는 소녀의 말에 아르티어스 어르신은 벌컥 화를 냈다.

"이런 제기랄! 그런 쇠붙이로 만든 건 약해 빠져서 못 쓴다니까. 좋다, 그럼 조금만 시간을 다오. 내가 하나 만들어 줄 테니."

"검 한 자루를 어느 세월에 만들겠어요? 이 정도면 충분해요."

다크의 말에 아르티어스는 못마땅하다는 듯 인상을 찌푸렸다.

"에잉, 그게 아니라니까. 마법으로 검을 만드는 건 금세 끝나지. 지금 여기서 검을 만들 건데 너도 한번 볼 테냐?"

"그러죠."

이 음흉하신 아르티어스 나으리는 이제 바야흐로 본체로 돌아갈 생각이었다. 당연히 드래곤 본을 이용해 검을 만들기 위해 그 뼈의 성분을 몸에서 뽑아내려면 드래곤으로 돌아가야만 했다. 하지만 그는 이 작업을 망나니 아들 녀석 앞에서 하고자 했다. 그러면서 자신의 그 위풍당당한 모습을 보여줌으로써 아들 녀석과 위대하신 아버님 사이의 힘의 차이를 확실하게 느끼게 해 줄 생각이었던 것이다.

칼

 드넓은 공동에서 아르티어스가 주문을 외치자마자 그의 몸은 빛나기 시작했고, 그 빛의 덩어리는 폭발적으로 커지기 시작했다. 약 5분 정도 지나 그 빛이 사라질 때쯤, 드넓은 지하 공동 안은 거대한 황금빛 드래곤 한 마리에 의해 꽉 차 버렸다.
 "정말 더럽게 크네."
 〈진짜 크지? 어때? 이 엄청난 '아빠'의 힘을 이제는 느끼겠냐?〉
 일단 드래곤으로 돌아가면 말을 할 수 없다. 당연히 구강 구조가 다르니 말이 되나? 대신 텔레파시를 이용해 의사소통을 하게 되는 것이다. 이때 아르티어스는 일부러 아빠라는 단어를 선택했다. 계속 아빠라고 주입 교육을 시키면 '아버지'가 '아빠'로 바뀔지도 모르고, 저런 귀여운 녀석의 입에서는 '아빠'라는 단어가 튀어나오는 것이 훨씬 어울리기 때문이었다.

하지만 아르티어스의 자부심과는 달리 다크는 그리 크게 위압감을 느끼는 것처럼 보이지 않았다. 사실 엄청난 기가 느껴지기는 했다. 하지만 상대의 덩치 또한 매우 컸기에 그 덩치로 재빠른 몸놀림은 힘들 것이고, 맞붙는다 해도 자신이 질 가능성은 거의 없었다. 특히 이런 좁은 곳에서 저런 덩치로 변신한다는 것 자체가 자살 행위처럼 느껴졌던 것이다.

"겁은 안 만들어요?"

〈으응? 네 녀석은 아빠의 이 위용에 대해 뭔가 감탄사조차 터뜨릴 줄 모르냐?〉

그 말에 소녀는 호들갑스럽게 과장된 그러나 전혀 감흥을 받지 못한 표정으로 감탄사를 터뜨려 줬다.

"우와! 대단해요. 정말이지 엄청나요. 최고예요. 이 정도면 됐어요?"

아르티어스는 속으로 매우 못마땅했지만 더 이상 시간을 끌기도 그랬다. 사실 이놈의 레어는 드워프들을 협박해서 만든 것까지는 좋았는데, 자신이 아주 젊을 때 제작한 것이었기에 이제 노룡이 다 되어가는 시점에서 봤을 때는 좀 비좁았다. 사실 이런 대 공동은 할 짓 없는 추운 겨울이나 무더운 여름을 보낼 때 드래곤인 상태에서 잠자기에나 알맞지 활동 자체는 불가능했다. 한 두어 달 정도 잠으로 때워 버리면 계절이 바뀐다. 대 공동은 그렇게 시간 때우는 데는 최고였던 것이다. 좀 비좁더라도 이 대 공동은 아르티어스 자신의 남은 생이 끝날 때까지 그 목적을 다할 수 있으리라.

아르티어스 옹께서 정신을 집중하여 주문을 외우기 시작하자 그의 몸속에서 뼈다귀 성분이 밖으로 빠져나왔다. 드래곤의 그 거대한 몸집을 생각해 본다면 겨우 검 하나 만들 정도의 드래곤 본을 뽑아내는 것은 표시도 나지 않는 작업이었다.

아르티어스의 몸 여기저기에서 미세한 증기와 같은 형태로 뿜어져 나온 드래곤 본은 하나로 뭉쳐 밝은 금광(金光)을 내며 점차 검의 형상으로 바뀌기 시작했다. 물론 검집이나 손잡이 따위는 생략한 완전한 검신(劍身)뿐이었지만 말이다.

한 30분 정도 시간이 흐르자 검신이 완성되었다. 그것은 골드 드래곤 특유의 뼈 색깔인 밝은 황금색을 띠었다. 그리고 그 검신의 위에는 아르티어스가 아들을 위한 서비스로 새겨놓은 수많은 마법 주문들이 기하학적인 아름다움을 자아내고 있었다.

검날을 완성한 후 아르티어스의 몸은 전같이 빛을 뿜으며 작아지기 시작했고, 곧이어 다크가 잘 알고 있는 인간 형태로 돌아왔다. 아르티어스는 바닥에 떨어져 있는 검신을 주워 들고는 찬찬히 살펴보더니 만족스레 미소를 지었다. 꽤 오랜만에 써 보는 마법이었지만 매우 훌륭하게 아들 녀석이 주문한 대로의 검을 만들어 냈던 것이다.

"좋아, 좋아. 이 정도면 아주 괜찮군. 이제 아무 드워프 마을에나 가서 검집하고 손잡이만 만들어 달라고 부탁(?)하면 되겠지."

"그거 다 만드는 데 얼마나 시간이 걸리는데요?"

"그 녀석들 손재주가 좋으니까 내일이면 완성될 거다."

"검집하고 손잡이는 그냥 수수하게 해 줘요. 괜히 보석 따위 덕지덕지 붙이지 말고……."

"왜? 사랑하는 아들에게 선물하는 검인데 그 정도는 해 줄 수 있다구. 저 방에 쌓여 있던 금은보화를 못 봤냐? 검집하고 손잡이쯤 만들어 준다고 해도 별로 문제 될 게 없으니까 걱정하지 말거라."
 아르티어스는 처음에는 땡전 한 푼 안 든다고 설명을 하려다가, 그래도 명색이 드래곤인데 체면이 있지. 드래곤의 거대하고 위압적인 몸매와 힘을 이용해 드워프들에게 무료 봉사를 시키는 것도 모자라, 그 재료까지 드워프들에게 부담시킬 예정이라는 건 말하지 않았다. 나중에 완성품만 넘겨주면 되는데, 골치 아프게 중간 과정까지 상세하게 설명을 해 줄 필요는 없었다.
 "좋아요. 하지만 될 수 있으면 수수하게 해 줘야 해요. 그리고 칼막이는 필요 없구요. 알았죠?"
 "흐흐흐, 아빠라고 불러 준다면 원하는 그대로 해 주마."
 다크는 할 수 없이 자존심을 꾹꾹 눌러 죽이고 대답해야 했다. 그녀는 잘난 체하기 좋아하는 드래곤이 아니었기에 눈에 확 띄는 검은 별로 좋아하지 않았다. 비싼 검을 차고 있어 봤자 그것에 눈독 들이는 놈들 때문에 쓸데없는 사건도 많이 일어날 것이고, 무엇보다 남의 이목이 집중되니까 말이다.
 "…아빠."
 "우헤헤헤…, 좋아, 좋아. 이 아빠는 드워프들에게 부탁하고 오마."
 '그래! 하나씩 하나씩 고쳐 나가는 거야. 흐헤헤헤…….'
 매우 기분이 좋아진 아르티어스 옹께서는 황금빛 나는 검신을 가지고 비행 마법을 써서 부탁할 상대를 찾아 화살보다 빠르게 날아갔다.

 드워프는 키도 작고 못생긴 볼품없는 존재들이다. 하지만 신께서는 그들에게 겉모습이 모자라는 만큼 금속이나 보석 세공에 대한 위대한 재능을 선물하셨다. 그렇기에 세상에 이름난 검이나 갑옷, 보석 세공품들은 거의 대부분이 드워프들의 작품이었다. 특히나 그들은 찬란한 빛깔이 영원히 간직되는, 신께서 가장 사랑하시는 영원불멸의 금속인 황금을 매우 좋아했고, 철을 가장 혐오했다. 그렇기에 그들의 작품들 중에는 철로 만든 건 거의 없었다.

　드워프는 좀 더 좋은 재료를 얻기 위해서 고달픈 광석 채굴 작업도 마다하지 않는 타고난 장인(匠人)들이었기에, 드워프의 마을들은 대부분 외딴 산간벽지에 위치하고 있다. 일부 개방적인 드워프의 경우 인간들의 마을까지 들어가 금은방을 경영하거나, 희귀한 귀금속이나 보석류를 찾기 위해 떠돌기도 했지만, 대부분의 경우 외진 곳에 정착해서 살았다.

　외진 곳일수록 포악한 몬스터들이 많이 돌아다니지만 생긴 것과 달리 호전적(好戰的)인 드워프들에게 그런 건 문제가 되지 않았다. 그들은 고된 광산 노동도 마다하지 않을 정도로 뛰어난 체력과 덩치에 어울리지 않을 정도로 강인한 힘을 가지고 있었기 때문이다. 수십 명의 드워프들이 자기 키만 한 도끼를 휘두르며 용맹하게 달려들면, 웬만한 몬스터들은 꼬리를 감추고 달아나기 마련이었다. 하지만 드워프에게도 가장 두려워하면서도 증오하는 몬스터가 있었으니…….

　〈흐헤헤헤, 작은 일 한 가지를 해 줘야겠다. 너희들에게는 매우 쉬운 일이야. 설마 거절하겠다는 것은 아니겠지?〉

　한적하기만 하던 작은 드워프 마을의 촌장은 등에서 식은땀이 흘렀다. 그도 그럴 것이 자신의 앞에 황금빛 찬란한 거대한 드래곤이 먹음직한 먹이를 눈앞에 두고 어떻게 먹을까 감상하는 듯한 눈빛으로 보고 있으니 그럴 수밖에.

"예, 예! 당연히 해 드려야 합지요. 어떤 일이신지?"

촌장의 앞으로 드래곤의 거대한 손이 다가오더니 뭔가를 뚝 떨어뜨렸다. 얼핏 보기에 황금 막대기 같았다. 하지만 그것은 땅바닥에 툭 떨어지는 게 아니라 떨어지던 여력을 이용하여 거의 절반쯤 땅속으로 파고 들어가 버렸다. 촌장은 땅에 반쯤 박혀 있는 그걸 뽑아 본 다음에야 그것이 절대로 황금 따위가 아니라는 것을 알았다. 그건 귀하디귀한 골드 드래곤의 뼈로 만든 검신이었던 것이다.

드래곤은 사멸하기 직전에 주문을 외워 자신의 몸을 구성하고 있던 모든 것을 대지의 여신 케레스(Ceres)에게 되돌려 버린다. 그렇기에 여태껏 수많은 드래곤이 노화(老化)에 의해 자연사(自然死)했음에도 그 껍질은커녕 뼈다귀도 구하기 힘든 이유가 거기에 있었다. 드래곤의 뼈와 가죽을 손에 얻기 위해서는 드래곤이 주문을 외울 시간을 주지 않고, 직접 사냥해서 죽이는 방법밖에 없었지만, 사냥에 성공한 사람은 거의 없었다.

어쨌든 황금빛 드래곤이 떨어뜨린 그 검신은, 저 먼 서방 땅에서 사용한다고 들었던, 약간 휘어진 매우 특이한 형태의 검이었다. 역시나 황금빛 드래곤이 직접 제작한 것인 만큼, 그 황금빛 나는 아름다운 검신은 미세한 삐뚤어짐도 없이 완벽하게 곧았고, 완만한 곡선은 조금의 들쑥날쑥함도 없었다. 그야말로 최고의 예술품이었다.

"검집과 손잡이를 만들어 달라는 말씀이십니까?"

〈그렇다. 내일까지.〉

그 말에 드워프 촌장은 식은땀을 삐질 삐질 흘리며 항변했다.

"그건 불가능합니다. 시간을 조금 더 주십시오. 위대한 드래곤이시여."

〈닥쳐랏! 내일까지다. 단 황금이나 보석을 사용하면 안 된다.〉

순간 촌장은 자신의 귀를 의심했다. 황금이나 보석은 드래곤이 매우 좋아하는 품목인데 그것들을 사용하지 말라니. 그것들을 사용하지 않고 수수한 형태를 원한다면 많은 시간이 들지 않기에 그래도 조금의 희망은 있었다. 촌장은 점점 자신의 명줄이 길어지는 것 같은 고무적인 느낌을 받기 시작했다.

〈이제 조건을 말하겠다. 일단 검집은 수수한 모양이어야 한다. 절대로 황금이나 보석을 붙여서는 안 된다. 그리고 칼날받이도 필요 없다. 검집과 손잡이만 있으면 돼. 그리고 손잡이의 길이는 20센티미터 정도로 양손용으로 해라. 더불어 그에 어울리는 수수한 모양의 검대(劍帶)도 만들어야 한다. 알겠느냐? 기간은 내일까지다.〉

드래곤에 대한 반항은 불가능하다. 그러니 할 수 없이 촌장은 승낙할 수밖에 없었다. 어쨌든 승낙을 해야지 내일까지라도 살 수 있기 때문이었다. 하루가 어딘데…….

"예."

〈내일 검을 찾으러 오마. 만약 그게 아들의 마음에 들지 않는다면 모두 이 세상에 태어난 걸 후회하게 만들어 주겠다. 으하하하…….〉

황금빛 드래곤은 호쾌한 웃음소리를 남기고 유유히 날아올랐다. 그 엄청난 덩치가 날아오르면서 강풍이 일었기에 드워프들은 거기에 휩쓸려 날려가지 않으려고 주위에 있는 아무거나 붙잡고 용을 쓸 수밖에 없었다. 하지만 그런 그들의 모습을 비웃기나 하듯 드래곤은 아주 천천히 떠올랐고, 드래곤은 일정 높이까지 올라가자 그 거대한 날개를 몇 차례 퍼덕이더니 순식간에 사라져 버렸다. 이제 그 자리에 남은 촌장은 이 빌어먹을 의뢰를 하게 만든 결정적인 원인 제공자가 누군지 알 수 있었다. 저 금빛 나는 사악한 괴물의 헤즐링이 범인일 것이다.

"제기랄! 이보게들! 들었지? 빨리 모여. 서두르자구."

촌장의 지시로 드워프 마을은 바빠지기 시작했다. 수고료를 땡전 한 푼 안 내는 것도 모자라 목숨까지 위협하는 빌어먹을 의뢰자를 위해 그들은 젖 먹던 힘까지 내어 자신의 능력을 발휘했다.

한참 물건을 만들고 있는 드워프들은 이 빌어먹을 의뢰를 한 드래곤이 누군지 생각할 틈도 없었다. 그거 생각하느라고 낭비할 시간이 없었기 때문이다. 사실 이 산맥에는 드래곤이 살고 있지 않다고 전해져 왔다. 아주 오랜 옛날 그러니까 한 2천 년쯤 전에는 성질 고약한 골드 드래곤 한 마리가 살았다고 전설에 전해지지만, 그 녀석은 죽었는지 아니면 이곳을 떠났는지 더 이상 모습을 드러내지 않았기 때문이다.

드워프들의 할아버지의 할아버지의 할아버지의 할아버지 대에서부터 전해 내려오는 그 전설에 따르면, 그 탐욕스런 골드 드래곤은 보석과 황금을 매우 좋아해서 산맥에서 멀리 떨어진 나라까지 날아가 각국의 국왕들을 협박해 보석류를 긁어모았다고 한다.

그 드래곤의 사악함에 치를 떨던 인간들 중에서 매우 용맹한 자들이 그 악독한 괴물을 없애기 위해 용사 파티를 구성하고, 드래곤 슬레이어의 영광을 얻기 위해 떠났지만, 돌아온 용사는 단 한 명도 없었다. 하지만 2천 년쯤 전에 그 드래곤은 돌연히 자취를 감춰 버렸고, 인간 세상에서는 아마도 마지막에 출발했던 용사 파티나 어떤 이름 모를 용사들이 그 사악한 드래곤을 죽였을 것이라고 굳게 믿었다.

그 추측은 음유 시인들을 자극해 '가상적인' 용사를 탄생시키기에 이른다. 많은 음유 시인들이 많은 노래를 지었지만 그중 가장 유명한 노래는 안젤리아나라는 여류 음유 시인이 지은 것이었다. 용맹한 용사 '아르티어스'가 매우 강력한 동료들을 모아 사악한 골드 드래곤과 싸워 그놈을 죽인다는 내용의 「아르티어스 애가(哀歌)」라는 노래이다.

그 노래는 아르티어스가 자신이 드래곤 슬레이어임을 드러내지 않는 이유를 이렇게 설명한다. 아르티어스는 결국 기지를 동원하여 드래곤을 죽이는 데 성공하지만, 그의 약혼녀를 비롯한 동료 여덟 명 모두 포악한 골드 드래곤에게 죽임을 당하고, 아르티어스도 지독한 부상을 당한다. 친구와 연인을 모두 잃은 그는 양심상 혼자만 영웅이 될 수 없었기에 역사의 뒤안길로 이름을 감춘다는 것이었다.

이 노래는 앞뒤가 잘 맞았고 설득력도 있었다. 거기다가 곡조도 매우 아름답고, 단조로웠기에 광범위하게 퍼져 나갔고, 지금에 이르러서는 거의 전설을 뛰어 넘어 역사책에까지 나오는 정설로 굳어져 있었다.

그렇기에 드워프들은 아마도 저 드래곤이 그 사악한 드래곤의 자식이거나 아니면 죽어 버린 그의 레어를 차지하고 들어온 또 다른 골드 드래곤일 것이라고만 얼핏 추측했다. 방금 봤던 그 파렴치한 드래곤이 그 옛날 자신의 조상들을 고생시킨 그 나쁜 녀석이란 생각은 꿈에도 못 하고 말이다. 그리고 그들의 머리로는 그 여류 시인 안젤리아나가 아르티어스가 변신한 모습이라는 사실은 죽었다 깨어나도 짐작조차 못 할 것은 당연했다.

어쨌든 드워프들은 죽자고 열과 성을 다해 자신이 가진 기술을 다 동원하여 검을 완성했지만, 일단 만들어 놓고 보니 갑자기 겁이 덜컥 났다. 만들 때는 최고의 열과 성을 다해 예술성을 부여한다고 난리를 쳤었는데, 다 만들고 나서 생각해 보니 드래곤이 좋아하는 타입이 전혀 아니었던 것이다.

"끝장이군."

"드가체프, 아무래도 이거 그 녀석 마음에 들까 몰라."

"내 생각도 그렇다네. 아무래도 애들과 여자들은 대피시켜야겠어. 일단 몇몇은 남아야겠지. 그 미친 드래곤의 분풀이를 받아 줘야 할 테니까 말이야."

"내 생각도 그래."

촌장은 자신의 친구 드가체프와 눈앞에 놓여 있는 완성품을 바라보며 힘이 빠질 수밖에 없었다. 그놈의 주문이 '수수한 모양'이었기에 그런 쪽으로만 신경 쓰다 보니 너무 수수한 모양이 되어 버렸다. 아무리 생각해도 번쩍번쩍 빛나는 것을 선호하는 드래곤의 천박한 안목에 맞을지 은근히 걱정되었던 것이다.

"드가체프, 자네가 무리를 이끌고 떠나게. 아무래도 자네 외에는 다음 촌장이 될 만한 드워프가 없으니 어쩔 수 없군."

드가체프는 여기 남아서 정들었던 이 마을과 또 가장 절친했던 친구와 함께 생을 마치고 싶었지만, 친구의 간절한 마지막 소원을 뿌리치기는 힘들었다. 드가체프는 일단의 드워프들을 데리고 떠나면서 촌장의 손을 굳게 잡았다.

"3일 후에 와 보지. 그때쯤 되면 결판이 나지 않았겠나. 자네 부인과 아들 걱정은 말게나."

"고맙네."

착잡한 표정으로 마을을 등지고 떠나는 일행을 촌장은 드래곤의 분노를 맨몸으로 때워야 할 불쌍한 희생양들과 함께 전송했다. 그후 두 시간쯤 지나자 황금빛 찬란한 드래곤이 그 엄청난 거구를 자랑하며 당당하게 나타났다.

〈완성했느냐?〉

"예, 여기 있습니다. 위대한 드래곤이시여."

촌장은 떨리는 손으로 완성된 검을 드래곤에게 바쳤다. 드래곤은 그 거대한 손에 어울리지 않을 정도로 섬세한 동작으로 드워프에게서 검을 받아 들었다.

확실히 자신의 주문대로 수수하게 만들어진 검집이고 손잡이였다. 하지만 이건 좀 심하다 싶을 정도로 단순했기에 드래곤은 혹시나 아들이 이걸 싫어하면 어떻게 하나 하는 불안감이 앞섰다. 만약 자신에게 이따위 물건을 바쳤다면 생각할 필요도 없이 몽땅 다 저녁 식사거리로 삼았겠지만, 아들의 취향을 알 수 없으니 지금 다 죽여 버릴까 하는 생각을 억눌렀다. 일단 물어보고 와서 분풀이를 해도 늦지 않으니까 말이다.

〈아들 녀석에게 보이고 나서 결과를 알려 주겠다.〉

"예."

〈아들의 마음에 안 들면 오늘이 네 녀석들 제삿날인 줄 알아라. 크흐흐흐.〉

아름다운 아르티어스 옹께서는 신들의 실패작이라고 일컬어지는 못생긴 드워프 녀석에게 일침을 가한 후 천천히 자신의 몸을 띄워 올렸다. 당연히 금속질인 그 거대한 몸집을 날개 하나만으로 띄운다는 것은 거의 불가능하기에 강렬한 마나의 폭풍을 일으키며 서서히 날아올랐다. 마나를 이용해 자신의 몸을 가볍게 만들어 날아올랐기에, 그 거대한 덩치가 하늘로 올라가면서도 그렇게 거센 바람이 몰아치지는 않았다.

물론 허술한 담이 무너지고 밑에 서 있던 드워프 몇 명이 중심을 잃고 뒹굴기는 했지만, 그건 그 녀석들 사정이었다. 몸이 조금 높은 곳까지 떠오르자 그는 그 거대한 날개를 이용해 쏜살같이 레어로 날아갔다.

아르티어스가 검을 들고 애지중지하는 아들에게 도착했을 때 그녀는 치마를 입은 채로 가부좌를 틀고 앉아 명상에 잠겨 있었다. 치마를 입고 가부좌를 틀고 앉아 있으면 어떤 꼴이 되는지는 누구나 다 상상할 수 있다. 아르티어스는 이 말괄량이에게 유익한 조언을 던지지 않을 수 없었다.

"도대체 다 큰 애가 앉아 있는 자세가 그게 뭐냐? 도대체 그러는 처녀를 누가 데려간다구……. 으이그."

"걱정 마세요. 시집갈 생각은 없으니까. 그거 다 된 거예요?"

"응."

아르티어스로부터 검을 빼앗듯이 받아 든 소녀의 눈동자가 빛나기 시작했다.

오, 이 멋진 세공 기술. 정말 단조로운 옅은 청색이 나는 금속질의 검집과 그 손잡이는 소박했지만, 오직 드워프만이 가지고 있는 그 섬세한 세공 기술로 인해 소녀의 눈에는 너무나 화려해 보였다. 이건 검집이 아니라 아예 예술품이었던 것이다. 소녀가 그걸 받아 들고 고개를 숙인 채 아무 말이 없자, 조금 오해한 아르티어스 옹께서는 주먹을 불끈 쥐며 울분에 찬 어조로 외쳤다.
　"그래, 내 그 마음 안다. 마음에 안 드는구나. 그렇지? 내 이 빌어먹을 드워프 녀석들을!"
　소녀는 고개를 들고는 천천히 머리를 가로저으면서 황홀한 듯한 눈빛으로 말했다.
　"아니요. 너무 마음에 들어요. 하지만 정말 이렇게 아름다운 검을 받아도 될지 모르겠어요."
　진심에서 우러나오는 소녀의 말에 아르티어스 옹의 기분은 저 밑바닥에서 꼭대기로 순식간에 순간 이동했다. 갑자기 마음이 매우 흡족해진 아르티어스는 웃음꽃을 활짝 피웠다.
　"아냐, 아냐. 내 사랑하는 아들에게 이 정도 선물쯤은 아무것도 아니지. 하하하."
　"정말 고마워요."
　정말이지 모처럼 맞이하는 오붓하고 정감 넘치는 부자간의 따뜻한 분위기였다. 그날 아르티어스 옹께서는 매우 기뻐했고, 그 덕분에 결과를 두고 가슴 졸이던 드워프들은 그 망할 드래곤으로부터 수고료를 받지 않는 행운을 얻을 수 있었다. 죽음이라는 수고료 말이다.

홀로 서기

"제발 내 말 좀 들어라. 여자의 행복은 그게 아니라는데 그러는구나."

어제의 그 따뜻한 분위기가 거짓말이었던 것처럼 다음 날 아침 또다시 부자(父子)는 으르렁거리기 시작했다.

"여자의 행복 따위 필요 없어요. 나는 내가 살던 세계로 돌아가고 싶고, 또 예전에 했던 그 빌어먹을 토지에르란 마법사와의 약속을 지키고 싶어요. 그는 자신의 일을 도와주면 내가 살던 세계로 돌아가는 것을 최선을 다해 돕겠다고 했다구요."

"하지만, 외로운 이 아빠를 위해서 일 년, 아니 한 달이라도 시간을 내어 줄 수는 없겠냐?"

"안 돼요. 아버지는 언제나 볼 수 있고, 그게 의심스러우면 같이 가면 되잖아요. 이제 더 이상 쓸모도 없는 마법 따위 배운다고 허송세월하기 싫어요. 또 밥하고 빨래하기도 싫구요. 나는 저주 때문에 이 빌어먹을 모습이 되어 있지만 분명히 남자고 또 무사(武士)라구요."

"이런 빌어먹을! 여자는 여자다워야지 검 따위가 무슨 필요가 있냐? 너는 도대체 왜 그렇게 이 아빠 말을 안 듣는 거냐?"

"내가 왜 그런 말을 들어야 해요? 나는 여자가 아니라구요."

"으윽! 이런 못된 것!"

분노를 억눌러 왔던 아르티어스 옹은 이제 완전히 이성을 잃고 버릇없는 아들의 왼쪽 뺨을 향해 자신도 모르게 손바닥을 날렸다. 물론 그의 이성은 사랑하는 소녀의 뺨에서 "짝!"하는 경쾌한 소리가 나면 가슴 아픈 죄책감과 함께 돌아올 예정이었지만, 그의 이성을 돌아오게 만든 소리는 예상과는 조금 달랐다.

퍽!

쿠당탕!

"아구구구, 이젠 아들놈이 아예 마음 놓고 아빠를 패는군."

아르티어스는 인정사정없이 왼쪽 뺨에 작렬한 그녀의 펀치를 느꼈다. 아들놈은 그가 느끼기에도 매우 뛰어난 무사였기에, 충분히 힘을 뺄 시간적 여유가 있었음에도 이토록 심하게 팬 것에 대해 그는 투덜거렸다.

볼썽사납게 한쪽 구석에 처박혀서는 시뻘겋게 부풀어 오르기 시작하는 왼쪽 뺨을 주무르는 '아빠'를 부축해 일으키며, 소녀는 매우 죄송하다는 듯한 말투로 사과했다. 하지만 그녀의 얼굴은 전혀 죄송한 표정이 아니었다.

"죄송해요, 아버지. 거의 무의식적으로……."

홀로 서기 49

그녀는 의도적으로 뒷말을 흐렸다. 처음에 아르티어스의 손을 왼손으로 막고 반사적으로 오른손이 뻗어 나간 것은 정말 무의식적인 동작이었다. 하지만 손이 날아가는 도중에 그녀는 충분히 그 오른손을 되돌릴 수 있었다. 그러나 힘을 하나도 빼지 않고 처음의 힘에다가 오히려 힘을 더 보태어 그대로 '아빠'의 왼쪽 뺨을 사정없이 때린 것은 정말이지 말이 안 통하는 멍청한 드래곤에 대한 징계의 의미였다.

"에휴, 그래 너하고 싸워 봐야 뭐가 남겠냐. 떠나고 싶으면 떠나거라. 하지만 이건 알아 줬으면 좋겠구나. 나는 너와 지낸 이 짧은 순간에 대한 기억을 아마 죽을 때까지 잊지 못할 거야. 얘야, 나에게는 정말 행복한 시간들이었단다. 하지만 그게 너에게는 불행한 시간이 된다면 어쩔 수 없지. 나는 네가 행복하기를 바라니까 말이다."

아르티어스의 체념한 듯한 말에 다크는 매우 큰 감동을 받았다. 사실 아르티어스가 그녀에게 강요해 온 '여성적인 것들'이 결코 그녀를 괴롭히기 위한 의도적인 행위가 아님은 그녀도 잘 알고 있었다. 그렇기에 기억이 없을 때는 자신을 그렇게나 아껴 주고 사랑해 주는 그의 마음에 조금이라도 보답해 주기 위해 안 돌아가는 머리를 억지로 굴려 마법을 암기했고, 열과 성을 다해 가사 일을 익혔다. 또 굳어진 얼굴 근육을 열심히 연마하여 아빠가 주문하는 여성스런 표정을 짓기 위해 노력했고, 아빠가 원하는 대로 자신의 감정을 표현하는 기법들을 익혔던 것이다.

하지만 기억이 돌아오자 자신이 여태껏 살아왔던 남성으로서의 기억과 뼛속까지 심어진 그 자부심이 그녀가 해야 할 일을 방해하기 시작했다. 아침에 아르티어스에게 잘 잤느냐는 인사와 함께 뽀뽀를 해 주면 아주 좋아할 것이고, 하다못해 그를 아빠라고만 불러 줘도 그가 매우 기뻐할 것이라는 것을 잘 안다. 하지만 그런 '여성스런 행위'를 그녀는 도저히 할 수 없었다. 그 이유도 그에게 설명해 줬다. 자신의 과거를……. 그런데도 이 빌어먹을 드래곤은 그걸 이해하지 못하는 것이다. 그러니 열불이 치민 그녀는 이왕에 나간 손이니 아예 힘을 조금, 아주 조금만 더 보태서 힘껏 두들겨 버린 것이다. '제발 내 처지도 이해해 달라구요!' 하는 마음을 담아서 말이다.

하지만 아들의 행복을 위해 자신의 행복을 포기하는 아르티어스의 진심 어린 말을 듣고 그녀는 더 이상 냉정을 유지하기 힘들었다.

"죄송해요, 아버지."

다크는 자신도 모르게 아르티어스 옹의 가르침에 따라 몸이 저절로 움직여 그를 꼭 껴안아 버렸다. 아르티어스의 덩치는 그리 큰 편도 아니었고, 또 우람한 근육질도 아니었지만 다크보다는 훨씬 큰 편이었기에 그가 아무 말 없이 그녀를 꼭 마주 껴안자 그녀의 몸은 포근히 감싸졌다. 다크는 매우 편안하고 안락한 의지할 만한 그 어떤 존재를 느낄 수 있었고, 그런 생각이 떠오른 자신에게 당황했다. 하늘 높은 줄 모르고 날뛰었던 그녀로서는 겨우 이런 가벼운 포옹에 이토록 큰 만족감을 얻었다는 것 자체가 믿을 수 없었고, 또 그것을 부정하고 싶었던 것이다.

다크가 새로이 솟아나는 이놈의 감정과 처절한 싸움을 벌이는 줄도 모르고, 아르티어스는 아들을 꼭 껴안고 오른손으로는 그녀의 머리를 부드럽게 쓰다듬으며 천천히 입을 열었다.
"부모는 아무리 귀여웠던 자식이라도 그들이 품속에서 떠나고자 할 때는 놔 줘야 하지. 끝까지 놔 주지 않는다면 그건 자식의 행복을 위하는 것이 아닌, 자신의 만족감을 위한 것일 뿐이야. 그건 서로를 해칠 뿐이거든. 너는 이제 떠나야 할 때가 된 것 같구나. 아들아! 짧은 시간이었지만 아마 나는 너를 절대로 잊지 못할 거야."
"평생 안 볼 것처럼 그렇게 말하지 마세요."
"그렇군. 다음에 찾아가 보지. 크라레스 왕국이라고 했냐?"
"예, 거기서 다크 크라이드 남작을 찾으시면 돼요."
"허허허, 출세도 빠르군. 이제 떠나거라. 만남의 시간은 길수록 좋지만, 이별의 시간은 짧을수록 좋은 거야."
차분해지려고 애쓰는 그녀의 마음과는 달리, 될 수 있으면 부드럽게 말하는 아르티어스에게 답하는 그녀의 목소리는 그녀의 의지를 배반하고 뭔가 목구멍에 꽉 찬 듯한 괴상한 음성을 냈다.
"예, 꼭 찾아뵐게요."
"몸 건강하거라."
"예."
자신을 여자로 개조하려고 무던히도 애쓰던 노망난 드래곤으로부터 떨어져서 매우 기분이 유쾌해야 할 텐데도 그와 헤어진 다크의 마음은 그렇지 못했다. 가슴에 얽매여 오는 고통을 뿌리치기 위해 그녀는 전력으로 질주했고, 어느 정도 마음을 바로 잡았을 때쯤에는 완전히 경치가 변해 있었다. 높은 산은 끝났고, 넓은 평야가 펼쳐져 있었던 것이다.
다크는 이제 주위의 경치를 감상하며 천천히 걸어가기 시작했다. 마을이라도 나오면 거기서 수소문을 하여 크라레스 왕국으로 찾아갈 생각이었다. 한참 걷다 보니 작은 마을이 나타났고, 다크는 문득 시장함을 느꼈다. 그렇게 배가 고픈 것은 아니었지만 때 되면 찾아 먹는 편이 건강에 좋았기에 마을 한쪽 구석에 있는 식당으로 발길을 돌렸다. 그런데 불현듯 떠오르는 것이 있었다.

"이런, 돈을 안 가져 왔잖아."

헤어지는 데만 급급해서는 달랑 허리에 검 한 자루 차고 드래곤의 레어를 출발했으니, 그건 당연한 결과였다. 머리 좋은 드래곤이나 다크나 둘 다 헤어진다는 그 사실에 감정이 싱숭생숭해진 관계로 정작 필요한 것은 하나도 챙기지도, 챙겨 주지도 못했던 것이다.

"할 수 없지. 몇 끼 굶는다고 죽는 건 아니니까."

다크는 투덜거리며 꽤 멀찌감치 떨어져 있는 크라레스의 수도를 향해 걸어가기 시작했다.

다크가 투덜거리며 크라레스의 수도로 돌아가기 시작한 그날로부터 3개월 후, 팔시온은 사단장의 명령을 받고 사단 사령부로 불려 왔다. 팔시온은 갑작스런 사단장의 호출에 기분이 영 찜찜함을 금할 길이 없었다. 왜냐하면 모든 짐을 정리하고 타지로 부임할 준비를 하고 오라는 지시였기 때문이다.

팔시온은 겨우 1백 명의 부하를 거느리는 대대장이다. 그 말은 1만 명의 부하를 거느리는 사단장이 직접 호출할 만큼 대단한 인물이 아니라는 말과 같은 뜻이다. 그리고 겨우 부하의 전출에 왜 사단장이 끼어들까? 알 수 없는 일이었다. 사단장이 팔시온에게 원하는 일이 있다면 팔시온이 배속되어 있는 연대장에게 통고하면 되는데, 왜 직접 불렀을까? 어쨌든 명령이 내려왔기에 팔시온은 그의 대대를 부대대장에게 맡기고 짐을 꾸려, 이른 봄의 추위를 막기 위해 중무장한 갑옷 위에 두터운 망토를 두른 후 사단 사령부로 출발했다.

팔시온은 대기실에서 자신이 익히 알고 있던 동료들을 만날 수 있었다. 미카엘, 가스톤, 미디아, 지미, 라빈, 로니에 사제를 말이다. 그들 역시 팔시온과 마찬가지로 정규군의 복장을 하고 있었다.

3개월 전 크라레스가 가지고 있던 5개 용병 사단 중에서 3개가 정규군으로 편입되었다. 물론 용병 생활을 좋아하는 사람들은 모두 남은 2개 용병 사단에 배속되었고, 정규군이 되기를 원하는 사람만 정규 사단으로 편입되었지만 말이다. 하지만 팔시온 일행의 경우 그걸 원하지 않았지만 정규군이 될 수밖에 없었다.

크라레스의 수도 크로돈에서 직접 그래듀에이트 한 명이 내려와서는 그들을 협박했던 것이다. 크라레스와 도난당한 드래곤 하트에 얽힌 속사정을 알고 있는 그들이었기에 크라레스 입장에서는 그들을 놔 줄 수 없었다. 정규 사단에 편입되느냐, 아니면 막강한 그래듀에이트급 기사와 싸우다 장렬히 죽느냐—거절하면 곧장 죽일 거라고 아주 노골적으로 협박했다—둘 중 하나의 선택에서 그들은 어쩔 수 없이 정규 사단에 편입되는 것을 택했다. 만약 상대가 약간이라도 만만했다면 반발을 할 수 있었겠지만 크로돈에서 파견되어 나온 인물은 팔시온 일행과 비교했을 때 너무 강했던 것이다.

팔시온까지 합류하자 그들은 오랜만에 서로의 안부를 물으며 재

회의 기쁨을 나눴다. 크로돈에서 왔던 그 망할 기사는 서로 간에 작당할 수 없도록 사단장에게 특별히 부탁해서 같은 사단이긴 했지만 각 대대 단위에 뿔뿔이 흩어 놓아서 거의 만나기 힘들었다.

"이야, 미카엘, 번쩍거리는 정규군용 갑옷이 잘 어울리는군. 모두들 오랜만이야. 로니에 사제님도 오랜만입니다."

"망할! 누가 입고 싶어서 입었냐? 안 그러면 죽인다고 협박하니까 입었지. 도망치면 기사단을 동원해서라도 죽이겠다고 협박하는데 할 수 있어? 자기도 굴복한 주제에 왜 비꼬아?"

"비꼬는 게 아니야. 당당한 몸매에 잘 어울려서 하는 소리지."

미카엘과 팔시온의 대화를 잠자코 듣고 있던 미디아가 팔시온에게 물었다.

"너도 사단장 호출받고 온 거야?"

"응. 그럼 모두 다 호출받은 거야?"

"그래. 혹시 함정이 아닐까? 우리를 다 죽이려고……."

"설마. 하지만 준비는 해야 할 거야. 나도 좀 찜찜해서 무장을 잘하고 왔지. 그러고 보니 모두들 중무장 아닌 놈은 하나도 없군. 하여튼 눈치 하나는……."

"눈치 하나로 사는 게 용병인데, 그 재주라도 없었다면 벌써 땅속에 묻혔겠지."

"이봐, 가스톤, 뭔가 이상한 점은 없어?"

가스톤은 약간 침울한 어조로 대답했다.

"있어. 네가 오기 전에 마법으로 알아봤어. 사단장하고 지금 대화하고 있는 사람은 모두 두 명. 하나는 그래듀에이트고 하나는 마법사야. 아마 5사이클 정도 될걸? 치레아와의 전쟁에 가지 않은 덕분에 혼자서 한가한 시간에 수련을 좀 하긴 했지만, 그래도 저 정도면 힘들어."

이때 문이 열리면서 부관(副官)이 나왔다.

"들어오시랍니다, 모두 다."

가스톤은 공격 마법 하나를 외워 놓고 들어갔고, 나머지는 검집에서 검이 제대로 잘 빠지는지 확인을 하거나 아니면 평상시 걸어다닐 때 검이 임의로 빠지지 않게 걸어 놓은 가죽 끈을 풀어 두었다. 언제라도 검을 뽑을 수 있게 말이다.

그들이 모두 안으로 들어가자 제법 장대한 체구를 가진 무사가 자신의 소개를 했다.

"안녕하시오? 나는 드미트리 실바르요. 콜렌 기사단에 있었소. 그리고 이쪽은 같은 소속의 그라시에 마리온 양이오. 마법사지요."

인사를 건네 온 기사는 인사가 끝나자 사단장에게 자리를 비켜 달라고 부탁했다. 사단장이 나가자 실바르가 입을 열었다.

"오늘부로 그대들은 스바시에 주둔 8사단에서 전출되어, 이번에 새로 부임하신 치레아 총독 전하의 제2친위 기사단에 배속되게 될 거요."

"친위 기사단이라구요? 하지만 저희들은 용병 출신입니다. 어떻게 친위 기사단에?"

"위에서 결정한 거요. 의문을 가질 필요 없이 그대로 행동하기만 하면 되오. 짐은 모두 가져왔겠지요? 곧 출발합시다. 가면서 얘기하기로 하죠."

"예? 가면서라뇨? 함께 가신다는 말씀이십니까?"

"그렇게 됐소. 자, 나갑시다."

드미트리 실바르는 꽤 숙련된 행동으로 그들을 지휘해 사단 사령부를 출발했다. 사단 사령부 내에서 대화를 나누게 되면 이리저리 어떤 놈이 주워들을 수 있는 가능성이 높아지기에 그는 서둘러 출발한 후 떠나면서 그들에게 어떻게 돌아가는 노릇인지 설명해 줬다.

"나도 이번에 창설될 제2친위 기사단에 배속되었소. 앞으로 잘 부탁하오."

"저희들이 부탁드려야죠. 저희들의 상관이 되실 게 확실한데……."

"아마 그렇게 될 것 같소. 이번 일은 매우 기밀이 요구되는 것이오. 나는 지금 단 두 대만이 만들어진 카프로니아급 타이탄인 도로니아와 가계약을 맺은 후 운반하는 중이니까요. 솔직히 나는 타이탄을 조종할 줄 모르오. 카프로니아급은 두 명의 총독을 위해 특별히 주문 제작된 녀석이오. 그러니 도중에서 사고가 일어나도 타이탄의 보호를 받을 수는 없다는 말이오. 알겠소?"

"예."

드미트리 실바르의 얘기에 따르면, 팔시온 일행이 배속되어 있는 제8경갑 보병 사단과 제9경갑 보병 사단이 스바시에의 치안을 유지하고 있는 동안 치레아와의 전쟁이 시작되었다. 본국에 3개 보병 사단만을 남겨 두고, 5개 보병 사단, 3개 기병 사단, 그리고 40여 대의 타이탄이 동원되었기에 개전 일주일도 안 되어 치레아 왕국은 두 손 들고 말았던 것이다.

치레아 왕국과의 전쟁에는 이번에 새로이 대폭 보강된 콜렌 기사단만 동원되었고, 실바르는 콜렌 기사단에 소속되어 직접 치레아 전쟁에 참전했기에 비교적 자세하게 설명을 해 줬다.

스바시에 왕국과의 전쟁에서 막대한 수의 고철 타이탄을 노획한 크라레스 제국은 그것을 살리는 데 총력을 기울였다. 스바시에에서 노획된 타이탄들은 거의가 정규급(출력 1.0) 이하의 출력을 지니는 약한 타이탄들이었기에, 그것들은 모두 완전 분해되어 새로이 테세우스급 타이탄으로 재생산되었다.

테세우스는 근위 타이탄인 카프록시아에 사용되던 엑스시온(출력 1.3)에 겉장갑만을 바꾸어 만든 것으로, 모두 다 유령 기사단에 납품되어 국적 불명의 용도로 쓸 예정이었다. 그렇기에 그들은 어쩔 수 없이 카프록시아의 외장 갑옷 형태를 완전히 바꾸지 않을 수 없었던 것이다.

카프록시아의 설계도는 30년 전의 전쟁에서 황궁이 파괴되는 수난 속에서도 지켜졌기에 카프록시아의 엑스시온을 생산하는 것은 어려운 게 아니었다. 테세우스급은 노획한 물자로 짐작했을 때 총 42대가 생산될 예정이었고, 한 대씩 생산되면서 유령 기사단에서 가지고 있던 저급 타이탄들이 두 대씩 콜렌 기사단으로 넘어가기 시작했다.

대외적으로 발표하기에는 미가엘이나 루시퍼, 푸치니 같은 저급 타이탄들로 재생산될 것이라고 발표했기에 타국의 눈을 속이는 것은 어렵지 않았다. 타이탄이란 게 자기 보수 능력이 있어 처음 생산된 모양이나 50년쯤 지난 모양이나 차이가 거의 없기 때문에 이런 속임수를 쓸 수 있었던 것이지만 말이다.

어쨌든 새로이 보급된 대량의 타이탄으로 증강된 콜렌 기사단은 40여 대의 타이탄을 끌고 가서, 스바시에와 크라레스 간의 전쟁에 타이탄을 10여 대 보태 줬다가 몽땅 상실한 탓에 군사력이 매우 약화된 치레아를 단숨에 으깨 버렸다. 물론 치레아 후방에 버티고 있던 저 광신도들의 천국 아르곤 제국에서 갖은 외교적 압력을 가했지만, 크라레스는 그걸 묵살해 버렸다. 그 때문에 지금 크라레스에서는 아르곤과 한판 할지도 모른다는 불안한 소문이 조용히 퍼지고 있었다.

팔시온 일행은 드미트리 실바르를 통해서 크라레스가 영토를 대폭 확장한 만큼 상당히 많은 군사 편제를 재편하고 있다는 것도 주워들을 수 있었다. 크라레스 정규 기사단의 가장 큰 변화는 콜렌 기사단이었다.

이번에 추가로 생산된—실바르는 그렇게 설명했지만 사실은 유령 기사단에서 보내온—것을 합쳐 17대가 된 정규급 타이탄 미가엘(출력 1.0)을 반으로 나눠서 10대는 스바시에 총독이 지휘하는 제1친위 기사단에, 7대는 치레아 총독의 제2친위 기사단에 배치한다는 말이었다. 그리고 각 친위 기사단을 지휘할 총독을 위해 특별히 총독의 취향에 맞춰 주문 제작된 타이탄이 카프로니아급이었다.

두 총독은 모두 매우 뛰어난 검술 실력을 자랑했기에 방어력보다는 공격력을 더 선호했고, 그렇기에 출력이 좋으면서도 가벼운 타이탄을 원했다. 그 때문에 그들의 주문으로 제작된 카프로니아급 타이탄은 테세우스급에 들어갈 엑스시온 둘을 빼내어 장착했다. 그래서 테세우스는 40대만이 생산될 수밖에 없었지만, 그만큼의 희생은 감수해도 될 정도로 그들을 조종할 기사들의 능력은 대단했다. 카프로니아는 외형상으로는 카프록시아와 같았지만 군살

이 많이 빠진 날렵한 형태를 가졌다. 물론 그것은 속도를 높이기 위해 무게를 줄였기 때문이었다.

이로써 크라레스는 외형상 4개 기사단, 총 91대의 타이탄을 보유하게 되었지만, 이건 현실적으로 가진 숫자와는 상당한 차이가 있었다. 그 이유는 유령 기사단 때문이었다. 유령 기사단은 이번에 새로 보급된 40대의 신형 타이탄 테세우스와 로메로 22대, 미가엘 7대를 보유해 총 69대를 가지고 있는 크라레스 최강의 기사단이었다.

또 근위 기사단에 배속된 8대의 청기사도 빠져 있었다. 그렇기에 실지 크라레스가 보유한 전력은 5개 기사단, 총수 174대의 타이탄이었다. 거기에다가 아직 일이 밀려 해체 작업에 들어가지 못한, 치레아에서 노획한 로메로 8대와 크메룬 5대까지 합한다면 앞으로 테세우스 7대는 더 만들 수 있었다.

이 모든 것이 대 제국 코린트를 박살 내기 위한 것이었지만, 코린트의 전력은 너무나도 강력했다. 사실 지금 크라레스나 다른 모든 국가들이 가지고 있는 코린트의 전력(戰力)에 대한 자료는 10년 전의 것이었다.

30년 전 전쟁에서 승리한 코린트는 막대한 부와 노획한 타이탄을 이용해서 흑기사 30대를 제작했고, 그들의 부를 자랑하기 위해 그 귀하디귀한 드래곤 본으로 만들어진 황제 전용 타이탄 백기사를 완성했다. 이들의 신형 타이탄 생산 계획이 완료된 것이 그러니까 10년 전이었다.

만약 이 10년 동안 코린트가 그 어떤 타이탄도 생산하지 않았다고 해도 상대하기 벅찰 정도로 강한 상대인데, 만약 그들이 뭔가를 더 만들어 냈다고 한다면 그들을 이긴다는 것은 영원히 불가능할 것이다. 그렇기에 크라레스의 왕실에서도 첩보망을 이용해서 코린트의 타이탄 생산 계획이 있는지 조사했지만 아직까지는 알아낸 것이 없었다. 만약 생산 계획이 있다면 최고의 기밀을 요하는 것, 그러니까 흑기사가 아닌 또 다른 더욱 강력한 타이탄이 있다는 말과 같으리라.

제2친위 기사단 조직

 때는 봄, 여행하기에 좋은 계절이었다. 그들의 여행로는 이제 크라레스 제국에 병합된 영토들이었기에 도중에 산적패를 한 번 만났을 뿐, 어떤 조직적인 습격도 받지 않았다. 그것도 다 타이탄 수송이라는 것이 밖에 드러나지 않았기에 가능한 것이었지만 말이다. 어쨌든 드미트리 실바르가 거느린 일행은 8일에 걸친 강행군으로 크라레스 제국, 치레아 지구의 도톤시에 위치한 총독 관저에 도착할 수 있었다.
 총독 관저는 과거 치레아 왕국의 왕궁이었기에 매우 웅장하면서도 아름다운 건물이었다. 그리고 관저 안은 역대 왕들의 초상화는 다 치워 버렸지만 아름다운 왕비들의 초상화는 남겨 뒀기에 아주 보기 좋았다.
 팔시온 일행은 관저 안으로 들어서면서 왕궁 건물이 하나도 손상되지 않았다는 것과, 자그마한 예술품까지도 그대로 놓여 있는 것을 보고 꽤나 감명을 받았다. 통제가 안 되는 군대라면 산적 떼와 같아서 왕궁 안은 철저히 약탈, 파괴되었을 것이기에, 이 왕궁을 점령한 크라레스 군대의 군기가 얼마나 엄격한지를 대변해 주는 것이나 마찬가지였기 때문이다.

실바르는 총독 관저에 도착한 후 그를 향해 반갑게 인사를 건네 오는 묘인족 소녀를 향해 마주 인사하고는 대화를 나눴다. 팔시온 일행은 고개를 갸웃했다. 그 묘인족 소녀의 아름다운 모습이 약간 눈에 익은 것처럼 느껴졌지만, 묘인족들은 대부분 원체 미모가 뛰어나 오히려 모두 비슷비슷해 보였기 때문에 도대체 어디서 봤는지 유추해 내기는 더 힘들었다.

"총독 전하를 뵐 수 있을까?"

"예, 실바르 경. 그리고 일행들도 함께 들어가시죠. 로니에르 공작 전하께서 기다리고 계십니다."

묘인족 소녀의 '공작 전하'란 말에 주눅이 들어 버린 팔시온 일행은 어색한 걸음걸이로 실바르를 따라 걸음을 옮겼다. 공작이면 왕자하고 동급에 놓이는 엄청난 직위다. 아무리 돈 없고 힘없는 공작이라도 그 작위가 가지는 힘은 엄청나다는 말이다. 그런데 새로운 점령지에 우선적으로 배치된 공작이라면 아마도 제국에서 손가락에 꼽히는 실세일 가능성이 컸다. 거기다가 공작을 위해 특별히 제작된 타이탄에, 타이탄이 포함된 친위 기사단까지 준다면 그에 대한 황제의 믿음이 보통 크지 않고서는 힘든 일이었다.

로니에르 공작이 기다리는 방에 들어간 팔시온 일행은 모두 멍청한 표정이 되어 버렸다. 놀랍게도 로니에르 공작은 그들이 다 알고 있는 사람이었다. 과거 헤어졌을 때보다는 더욱 성숙한 분위기에 키도 좀 더 커진 듯한 소녀가 창밖을 보고 있다가 그들이 들어서자 고개를 돌려 그들을 향해 미소를 지었다.

무릎이 살짝 가려지는 짧은 스커트에 허리에는 푸른 광택이 나는 검을 차고는 그들을 향해 활짝 미소 짓는 소녀를 보고 그들은 잠시 할 말을 잊었다. 하지만 이때 실바르가 한쪽 무릎을 꿇고 인사를 드리자, 그들도 정신을 차리고 재빨리 무릎을 꿇었다.

"일어서. 오랜만에 만났는데 딱딱한 인사는 생략하기로 하지."

"정말 오랜만이…옵니다, 전하."

습관적으로 평어로 말하려다가, 어색하게 뒷말을 잇는 팔시온을 보고 소녀는 미소 지었다.

"혓바닥이 잘 굴러가지도 않으면서 말도 안 되는 헛소리하지 말고 그냥 말해. 그런 식으로 하면 잘 못 알아듣겠어. 익숙하지 않은 말투라서 말이야. 그건 그렇고 실바르."

"예, 전하."

"그 녀석은 가져왔나?"

"예, 전하."

"좋아, 그럼 지하실로 가지. 너희들은 여행하느라 힘들었을 텐데 먼저 목욕이나 하고 쉬어. 일 끝나면 곧 찾아갈게."

소녀가 스커트 자락을 나풀거리며 실바르와 함께 나가 버리자 팔시온은 믿을 수 없다는 듯이 미카엘을 향해 말했다.

"다크가 언제 공작 나으리가 되어 버렸지?"

미카엘도 믿어지지 않는다는 표정으로 대꾸했다.

"만약, 힘을 되찾았다면 가능하겠지. 하지만 우리는 헤어진 지일 년도 채 안 되었는데 그게 가능할까?"

총독 관저는 과거 치레아 왕국의 왕궁이었기에, 치레아 왕실의 근위 타이탄을 보관하던 넓은 지하 공간이 있었다. 물론 지금은 텅 비어 있었지만 다크는 거기에 자신의 청기사를 보관해 둘 생각이었다.

지하실에 도착한 다크 로니에르 공작은 자신의 타이탄 안드로메다를 불러냈다. 곧이어 공간을 열고 위압적인 거대한 덩치를 자랑하는 청색 타이탄이 모습을 드러냈다. 청색 타이탄에는 크라레스 황실 근위 기사단의 문장 외에도 황금색 드래곤의 문장이 추가로 그려져 있었다. 그 황금색 드래곤의 문장은 다크가 황제로부터 로니에르라는 성(姓)과 작위를 하사받을 때 선택한 로니에르 가(家)를 상징하는 것이었다.

〈무슨 일로 불렀는가?〉

"잠시 너와 맹약을 해지하고 싶어."

〈거절한다.〉

설마 저 덩치가 거절할 줄은 생각도 못 해 봤기에 다크는 다시 한 번 더 물을 수밖에 없었다. 타이탄에 해당되는 골렘의 맹약은 일대일이었다. 이 녀석이 맹약 해지를 찬성하지 않는다면 다른 타이탄의 주인이 될 수는 없었다.

"뭐?"

〈과거 너를 처음 만났을 때는 정말 실망스러웠지만 비교할 만한 대상이 없었기에 어쩔 수 없이 너를 선택했다. 하지만 지금은 다르다. 나는 너를 통해서 수많은 사람들을 봤고, 지금의 너에 필적하

는 인물은 한 명도 없다는 걸 잘 안다. 그런데 내가 왜 너를 포기하겠는가?〉

"대책이 없는 놈이군. 하지만 너는 너무 눈에 띄어서 사용할 수가 없어. 그렇기에 황제가 보내 준 딴 녀석을 쓰려고 해. 대신 나중에 전쟁이 벌어지면 너를 꼭 쓸 거야. 그리고 나도 그 전에 타이탄을 어떻게 부리는지 배워야 할 거 아냐?"

〈그런 이유라면 허락하겠다. 하지만 맹약을 완전히 취소하지는 않겠다. 나는 너의 종이다. 그 사실은 네가 죽을 때까지 변하지 않는다. 나는 네가 다시 부를 때까지 공간의 저편에서 기다리겠다. 맹약이 완전히 취소되지는 않았기에 너와 나는 아주 가는 맹약의 실에 연결되어 있다. 나는 그것을 통해 너의 생과 사를 확인할 것이며, 네가 죽는다면 그때부터 새로운 주인을 찾기 시작할 것이다. 동의하는가?〉

"동의해."

〈좋다. 내가 안식을 취하는 동안 너는 타이탄을 다루는 기법을 배워라. 앞으로도 나를 실망시키지 않는 주인이 되어 주었으면 좋겠다.〉

그 말을 끝으로 청기사는 공간의 저편으로 사라져 버렸다. 다크도 이런 식이 될 줄 알았다면 구태여 청기사를 보관해 둘 넓은 장소를 찾는다고 고생할 필요조차 없었기에 약간 씁쓸한 미소를 머금었다.

청기사가 사라지고 나자 다크는 실바르를 돌아봤다.

"그 녀석을 불러."

"예, 전하."

그와 동시에 방금 청기사가 사라진 옆 공간을 열고는 청색과 붉은색을 칠한 거대한 타이탄이 나타났다. 이 타이탄에는 제2친위 기사단을 나타내는 검은 드래곤의 문장과 그 문장의 중간에 쓰인 흰색의 'Ⅱ'라는 숫자. 또 로니에르 가문을 나타내는 황금 드래곤의 문장이 그려져 있었다.

카프로니아는 크라레스가 보유한 최고의 검객들을 위해 제작된 것인 만큼 처음부터 단가를 줄이기 위해 아예 미스릴을 입히지 않았다. 미스릴을 입히지 않아도 그들은 이 정도 타이탄에게 주종 관계를 거절당하지 않을 자신감이 있는 인물들이었던 것이다. 그렇기에 카프로니아는 페인트 밑으로 대마법 주문(對魔法呪文)의 형상이 울퉁불퉁하게 드러나 있었다.

카프로니아가 거대하다고 하지만, 방금 봤던 청기사가 원체 크고 뚱뚱했기 때문에 둘은 자연스럽게 비교되었다. 어떻게 보면 연약하게 보일 정도였다. 이 카프로니아급 타이탄은 다크를 위해 특별히 만들어졌기에 현재 다크가 차고 있는 검처럼 유연한 곡선을 가진 검 한 자루가 검집에 들어간 채로 허리에 매달려 있었다. 그리고 방패 대신에 소드 스톱퍼(Sword Stopper : 손목 위에 장착하는 강철 구조물. 검을 막을 수 있는 것으로 아주 소형화된 방패와 같다고 생각하면 된다)만이 양 손목에 달려 있었다.

그 녀석이 나타나자 실바르는 재빨리 수송을 위해 맺었던 가계약을 취소했다. 맹약으로 맺어진 인물만이 그 타이탄과 대화를 할 수 있기에, 옆에서 봤을 때는 실바르 혼자서 떠들어 대는 것처럼 보였다. 실바르가 맹약 취소를 선언한 후 다크는 카프로니아를 향해 말했다.

"이봐."

⟨나를 불렀는가?⟩

"너 말고 또 누가 있어?"

⟨그대에게는 안드로메다가 있지 않은가? 너는 그의 주인이고 또 그는 나와 비교가 안 될 정도로 강하다.⟩

"하지만 쓸 수 없지. 쓸 수 없는 타이탄은 없는 거나 마찬가지야. 그 때문에 그 녀석과 맹약을 거의 반 이상 해지해 놓은 거고. 그러니 나와 맹약을 맺지 않겠는가? 나는 타이탄의 조종술도 익혀야 하고, 나중에 안드로메다를 쓸 수 있을 때까지 다른 타이탄이 필요하다."

⟨정말인가? 하지만 겨우 나 따위와…….⟩

"정말이야. 너는 황제가 나에게 직접 선물한 녀석이거든."

⟨나에게 있어서 황제 따위는 중요하지 않다. 그대는 어마어마하게 강하다. 그대는 숨기고 있지만 그대에게서 풍겨 나오는 강렬한 마나의 기운을 나는 느낄 수 있다. 나라도 괜찮다면 맹약을 수락하겠다. 후회하지는 않겠지?⟩

"후회는 안 한다."

⟨좋다. 이제부터 그대와 나는 태곳적부터 내려오는 골렘의 맹약에 따라 주종이 되었다. 내 이름은 도로니아. 그대의 이름은?⟩

"다크, 다크 로니에르. 지금은 필요 없으니 일단 공간 저편에 들어가 있어."

그 말과 동시에 카프로니아는 사라졌고, 그 거대한 덩치들이 이 지하실을 꽉 채웠다는 것 자체가 거짓말 같이 느껴질 정도로 공간은 다시 텅 비었다.

"좋아, 일이 잘되었군. 이제 친구들을 만나러 가 볼까?"

"이야, 내 생전에 왕궁에서 목욕할 수 있을 거라고는 상상도 못해 봤다."
 물이 뚝뚝 떨어지는 머리카락을 수건으로 닦으며 나체로 걸어 나오는 팔시온을 보면서 미카엘이 피식 웃었다.
 "이게 무슨 왕궁이냐? 왕궁이었지. 그 둘은 천지 차이라구. 왕이 살지 않는 궁은 대저택 이상의 의미는 없어."
 그렇게 이죽거리는 미카엘은 팔시온보다 먼저 목욕을 마쳤고, 편안한 옷을 입은 채 푹신한 의자에 앉아 젖은 긴 머리카락을 말리고 있었다. 이 세계에서는 남자들, 특히 귀족들인 경우 머리를 길게 길렀으므로 귀족물을 좀 먹었다는 미카엘은 그의 탐스러운 금발을 길게 기르고 있었다. 평상시에는 끈으로 묶었고, 씻을 때마다 귀찮다고 떠들어 대지만 아직까지 자르지 않고 있는 걸 보면 그 금발에 꽤나 자부심을 가지고 있는 모양이었다.
 "좀 차이 나면 어때? 왕이 살던 곳이라는 사실이 중요한 거야. 정말 으리으리하더군. 세상에, 수도꼭지 봤냐? 은(銀)이었어. 그거 하나만 뜯어다가 팔아도 제법 돈이…, 으악!"
 팔시온이 비명을 지른 이유는 방문이 벌컥 열리면서 소녀가 들어왔기 때문이다. 아무리 나이 차이가 있다고 해도 그렇고, 또 친한 사이라고 해도 그렇다. 입고 있던 옷은 먼지를 뿌옇게 뒤집어썼기 때문에 목욕하면서 빨았고, 이에 알몸으로 목욕탕에서 나와 미카엘과 시시덕거리고 있는데 갑자기 여자가 튀어 들어왔으니 당황하지 않으면 남자가 아니다.

"저 녀석 왜 저래?"

팔시온은 후다닥 목욕탕 안으로 뛰어 들어갔고, 그 모습을 보면서 다크는 어리둥절한 표정을 지었다. 그 알 수 없다는 표정을 보며 미카엘이 투덜거렸다.

"네 모습을 보고 생각 좀 해 봐라. 어떤 남자가 여자 앞에서 알몸 보이고 당황 안 하겠냐?"

그러자 다크의 뻔뻔한 대답.

"상관없어. 나는 원래 남자잖아."

"도대체가 말이 안 통하는군."

"그건 그렇고, 요즘 지내기가 꽤 좋은 모양이네. 예전에 비해 꽤나 취향이 고급스러워졌어."

전에는 못 보던, 멋지게 세공된 목걸이나 반지. 그리고 옷은 헐렁하고 편한 형태지만 꽤나 고급 천을 사용했고, 거기에 우아한 무늬가 매우 꼼꼼하게 수놓아져 있었다. 그걸 다크가 한눈에 알아보자 미카엘이 미소 지었다.

"원래 내가 고귀하신 혈통 아니겠냐? 요즘 들어 나의 이 섬세하고도 격조 높은 취향을 조금씩 살려 나가고 있지. 월급이 제법 풍족하게 나오니까 말이야."

"살기가 괜찮다니 다행이군."

"잠깐만 기다려, 딴 사람들도 불러 올게."

"그래, 좀 있으면 세린이 차와 먹을 걸 가져올 거야."

미카엘이 밖으로 나가려고 하자 목욕탕 안에서 다급한 팔시온의 목소리가 들려왔다.

"야, 내 옷이나 좀 가져다주고 나가."

"직접 가져다 입어."

"너 죽을래?"

미카엘은 터져 나오려는 웃음을 억지로 참으며, 팔시온의 짐을 뒤져 비교적 깨끗한 옷 몇 가지를 찾아 건네주고 밖으로 나갔다.

모두 오랜만에 만났으니 당연히 반가울 수밖에 없었다. 팔시온 일행은 세린이 차와 과자, 그리고 포도주를 가져와 테이블에 차리는 모습을 보고, 그녀의 모습이 눈에 익은 이유를 알 수 있었다. 몇 달 전 모두들 휴가를 내어 다크를 만나러 갔을 때, 다크는 왕궁을 떠났다고 알려 준 하녀가 그녀였던 것이다.

그들은 차를 일찌감치 마셔 없앤 후 과자를 안주 삼아 브랜디(포도주를 증류하여 40퍼센트 정도로 도수를 올린 강도 높은 술)를 마시며 대화를 나누었다. 다크는 자신의 신상 내력이나 추억을 주저리주저리 말하는 인물이 아니었기에 대부분의 대화는 팔시온 일행의 몫이었다. 자신들이 어떻게 정규군에 편입되었는지, 또 이번에 참전한 스바시에 전투의 경험담 등 할 말이 무지하게 많았다.

"그때 말이야. 타이탄이란 것들이 싸우는 걸 볼 수 있었어. 정말 엄청나더군. 특히 푸른색과 붉은색을 칠해 놓은 그 타이탄 이름이, 에……."

팔시온이 약간 버벅거리자 미디아가 옆에서 살짝 참견했다.

"카프록시아."

"응, 그 카프록시아. 정말 엄청나더군. 상대방 타이탄들을 완전히 박살을 내는데, 모두 검술 실력이 정말 대단했어. 어떻게 그 덩치에 그렇게 자연스럽게 움직이는지 아직도 이해가 안 가. 특히 그중 하나는 정말 대단했지. 한 번에 두세 대의 적을 베던데……. 타이탄에 안 타고 있어도 힘든 동작인데, 정말 대단하더군. 단연 돋보였어."

그 말에 다크는 싱긋 미소 지었다.

"루빈스키 폰 크로아 공작이야. 나도 왕궁에서 들었는데 그때 활약이 대단했다고 하더군. 직접 만나 봤는데 멋진 눈을 가지고 있었지. 성실한 노력형이라고 할까?"

"공작 나으리라구? 작위야 어쨌든 간에 정말 화려한 검술 실력이었어. 너는 이해할 수 없을지 모르겠지만 내 생전 그렇게 엄청난 검술은 한 번도……."

"그거야 당연하지. 그 양반 소드 마스터거든."

"정말이야?"

"응."

"어쩐지, 엄청나더라니. 그래듀에이트도 저 먼 산인데, 거기 타고 있던 사람은 아예 하늘이었군. 제길! 꼭 노력하면 될 수도 있을 것 같은 기분이 풍겼었는데, 말짱 망상이었다니……."

"망상은 아니었을걸? 얘기 들으니까 첩자들을 의식해서 일부러 실력을 숨기고 싸웠으니까 말이야."

"그래? 그럼 마스터의 실력은 아니었군. 그럼 열심히 노력하면 가능성이 있을 수도……."

그 말과 동시에 미카엘과 미디아가 약속이나 한 듯 동시에 이죽거렸다.

"꿈 깨!"

"나도 꿈 좀 꾸자. 이상은 넓고 크게. 몰라?"

"이런 말도 있지. 이루지 못할 이상은 이상(理想)이 아니라 망상

(妄想)이다. 그런 말 못 들어 봤냐?"

"제길, 친구라는 놈들이……. 그건 그렇고 스커트가 잘 어울리네. 이제는 아주 여자다워졌는걸?"

약간은 장난기가 섞인 팔시온의 칭찬에 다크는 아무것도 아니라는 듯한 표정으로 대꾸했다.

"아? 이거? 보통 때는 그냥 편하게 바지를 입는데, 요즘 생리 때문에 치마를 입는 거야."

그 말에 몇 명은 얼굴이 완전히 굳어 버렸고, 주량이 약한 관계로 포도주를 마시고 있던 지미는 갑자기 "쿡! 으읍, 푸!" 하면서 앞자리에 앉아 있던 미디아에게 붉은 액체를 뿜어 버리고는 심하게 기침을 해 댔다. 갑작스런 상대방의 썰렁한 반응에 다크는 어리둥절한 표정을 지었다.

"왜? 뭐가 이상해? 기저귀 차고 바지 입을 수는 없잖아. 그래서 치마를 입는 거라구. 뭐 잘못됐어?"

하나도 이상할 게 없다는 듯한 다크의 반문에 오히려 기가 더 막혀 버린 미카엘은 숨을 좀 고른 후 말했다.

"그런 말을 하는 게 이상하다는 거야. 진짜 여자는 절대 그런 말 입에 못 담지. 도대체 여자로서의 자각이 없는 녀석이야 너는."

"전에도 말했지만 나는 남자야. 그런데 여자는 이런 말 하면 안 되는 거였냐?"

"그럼, 너는 도대체 예전에 남자였을 때 여자에 대해 호기심도 없었냐?"

"호기심? 무술 익히느라 바빠서 여자라고는 사귀어 본 적도 없었다. 바빠 죽겠는데 당연한 거 아냐? 또, 생리라는 것은 여자가 성장하면 모두 한다면서? 그런데 그걸 말하는 게 왜 잘못된 거야? 모두들 다 아는 사실인데……. 이상한 녀석들이군."

 이렇게 당당하게 반론을 펼치는 데야 오히려 이쪽이 주눅이 들 수밖에.

 "에……. 음, 도저히 나는 설명 못 하겠으니까 나중에 미디아하고 상의를 해 보든지, 아니면 세린한테 물어봐. 사람 당황하게 만들지 말고."

 "뭐, 그러지."

 대화가 일단락되자 팔시온은 서둘러 다른 화제로 넘어갔다.

 "그런데 총독부 건물 앞에 그려져 있는 웃기는 그림은 뭐야?"

 "무슨 그림?"

 "아주 웃기게 생긴 황금색 드래곤 말이야."

 "아, 그거? 내 가문의 문장(文狀)이지."

 "세상에! 그게 문장이라고? 문장이라면 좀 더 멋지게 만들 수도 있었을 텐데. 드래곤은 드래곤이지만 꼭 입을 쫙 벌리고 있는 꼴이 그 뭐냐, 오리가 꽥꽥거리는 모습하고 비슷한 것 같아서 하는 말이야."

 "그야 당연하지. 원래가 잔소리꾼 골드 드래곤이거든. 깃발에 그려진 모양이 꼭 잔소리하는 것처럼 생겼잖아. 적당히 설명해 줬는데, 그 화가(畵家)가 아주 내 마음에 쏙 들게 잘 그렸더군."

 "잔소리꾼? 어감이 꼭 실존하는 드래곤처럼 들리는데, 설마?"

 "응, 실존하는 드래곤이야. 내 의부지. 엄청난 잔소리꾼 영감이야. 나중에 찾아오면 소개해 줄게."

 "맙소사."

군사 재판

　즐거운 만남의 시간도 잠시, 다음 날부터 팔시온 일행은 매우 바빠지기 시작했다. 사실 다크가 이들을 불러들인 것도 일을 시킬 만한 믿을 수 있는 사람이 필요했기 때문이다.
　점령지였기에 아직도 반란군이 날뛰고 있었고, 주민들도 점령군을 의심스런 시선으로 바라보고 있었다. '지금은 저렇게 점잖빼고 있지만, 언제 짐승으로 돌변할지는 아무도 모르지' 하는 의심스런 시선이었다. 원래 군대란 것이 조금만 통제가 느슨해지면 완전 무장한 떼강도가 되는 것은 익히 잘 알려진 사실이다. 그렇다 보니 그걸 시민 탓만 할 수는 없는 것이다.
　가스톤은 마법사였고, 마법사 치고 돌 머리는 하나도 없었기에, 며칠 지나지 않아 치레아의 각 지방에서 올라오는 세금 징수 부서에 배치되었다. 가스톤은 그 덕분에 불쌍하게도 매일 넘쳐나는, 빽

빽하게 숫자들이 기록된 서류 더미에 파묻히고 말았다.

실바르는 고지식하고 융통성이 별로 없다는 점을 높이 사서 치레아 귀족들의 색출과 포획을 담당하는 지휘관으로 임명되었다. 귀족들의 대부분은 치레아 병합 시에 살해되거나 노예로 팔린 지 오래였고, 가까스로 도피에 성공한 자들은 이미 국외로 탈출해 버렸다. 그래도 실바르는 많은 사람들을 잡아들였다. 아직도 국경의 삼엄한 감시망 덕분에 도피하지 못한 귀족들도 있었기 때문이다. 귀족들이 탈출할 수 있도록 도와준 인물들과 악덕 상인 등을 족치는 데는 돈을 별로 밝히지 않고, 융통성 없이 고지식한 실바르가 최고 적임자였다.

로니에 사제에게는 치료술사 몇 사람을 붙여 줘서 전쟁 후에 필연적으로 생기게 되는 고아나 질병, 부상자 치료 등 기타 여러 가지 사항을 처리하게끔 했다.

치레아는 아르곤과 국경을 접하는 곳인 만큼 샤이하드라는 신에 대해 비교적 관대한 나라였다. 물론 이곳에서도 법으로 샤이하드를 믿는 것은 금하고 있었지만, 다른 나라들보다는 비교적 탄압의 강도가 약했고, 시민들도 샤이하드를 받드는 신관이라고 삐뚤어진 시선으로 보지는 않았다. 그렇기에 로니에 사제가 활동하는 데는 무리가 없었다. 또 로니에 사제는 빈민들의 치료 등과 같은 실속 없는 일을 '품위 없는 일'이라 무시하고 겉멋만 잔뜩 든 다른 신을 모시는 사제나 마법사들과 달리 매우 열성적이었기에, 그에게 잘 맞는 일이었다.

그 외의 인물들은 다크가 직접 검술을 가르쳤다. 다크가 그들에게 가르친 검술은 크라레스 기사들이 익히게 되는 화려한 검술인

비류검(飛流劍)의 일부를 다크가 고친 것이었다. 비류검은 이전에 루빈스키 공작이 보여 준 것과 같은 매우 빠르면서도 화려한 검형(劍形)들로 이루어진 검술이었다.

물론 다크는 비류검을 겨우 3일 배우고 모든 것을 파악해 버렸지만, 그녀의 제자들은 한 달이 흘러가도 제대로 소화를 해내지 못했다. 다크는 매우 바빴기에 일주일에 한 번 정도만 직접 지도를 해 주었고, 평일에는 제2친위 기사단 소속의 그래듀에이트들이 그들을 가르쳤다.

또 다크는 바쁜 와중에도 하루 한 시간씩은 꼭 시간을 내어 타이탄 조종법을 배웠다. 물론 한 시간 정도 이론으로 배우고는 곧장 다음 날부터 한 명씩 돌아가면서 타이탄에 탑승한 채로 비무를 했다. 그녀의 발전 속도는 친위 기사단 기사들을 놀라게 하기에 충분했다. 3일도 안 되어 평수를 이루기 시작했고, 일주일이 지나자 친위 기사단 내에는 상대할 만한 자가 없어 다(多) 대 일로 격투를 벌였다.

팔시온 일행이 총독부에 근무하게 된 지 거의 3주가 흐른 어느 날.

"무슨 일이냐?"

다크는 검은색의 바지와 상의를 입고, 이제 화사한 꽃들이 피기 시작하는 봄이었지만 아직 날이 그렇게 따뜻하지는 않았기에 위에는 우아한 디자인의 얇은 검은색 코트를 걸쳤다. 코트 위에는 총독을 표시하는 문장과 오른쪽 가슴에는 'Ⅱ'자가 표시된 포악하게 생긴 검은색 드래곤 문장이 그려져 있었고, 왼쪽의 옷깃에는 예의 그 웃기게 생긴 황금색 드래곤 문장이 단출하게 붙어 있었다. 그녀가 입고 있는 옷들은 모두 제2친위 기사단의 정식 복장이었다. 그녀는 한 달의 며칠을 제외하고는 거의 대부분 이 단순한 장식의 군복을 즐겨 입었다. 움직이기도 편하고 자신이 좋아하는 색깔이기도 했기 때문이다.

하지만 그 투박한 생김새의 옷조차도 그녀의 미모를 가리기는 힘들었다. 누가 봐도 미소년의 경지를 넘어 미녀라고 생각할 정도로 여자임이 확실히 드러나는 얼굴이었기 때문이다. 그녀는 지금 점심 식사를 마친 후, 따뜻한 햇볕이 들어오는 발코니에서 루빈스키 공작이 선물한 스바시에의 특산물인 브랜드 '레드 드래곤'을 마시고 있었다. 오후의 한가로운 한때를 방해한 젊은이도 그녀와 같은 옷을 입고 있었다. 다만 다른 점은 총독의 문장이 없고, 골드 드래곤의 문장 대신 붉은색으로 수놓아진 아름다운 꽃의 문장을 달고 있었다.

"몇 가지 아뢸 상황이 있어서 뵙기를 청했사옵니다, 전하."

"뭐냐?"

"저, 이것을."

다크는 실바르가 건네준 서류를 쭉 훑어본 후 차가운 어조로 물었다.

"경은 어떻게 처리하고 싶은가?"

"솔직히, 눈감아 주고 싶사옵니다."

"호오, 눈감아 주고 싶다? 귀족 도피 방조죄(傍助罪)는 매우 크다. 경의 목을 걸고라도 놓아 주고 싶은가?"

'네 까짓 게' 하는 듯한 냉소적인 미소와 눈빛을 보자 울컥하는 성질에 실바르의 입에서는 생각도 못한 말이 튀어나왔다.

"예, 그 때문에 전하께 직접 보고드리는 것이옵니다."

"나는 경이 좀 더 똑똑한 놈인 줄 알았는데……."

"죄송하옵니다, 전하."

"그들을 풀어 줄 수는 없다. 아무리 그들이 뼈대도 없는 잔챙이 신흥 귀족이고, 또 민심을 많이 얻고 있는 훌륭한 인물들이라 해도 그들은 치레아의 귀족이었다. 또 무가(武家)가 아니기에 회유할 명분도 없다. 경이 그 보고서를 이리 가져오기도 전에 경이 불순한 마음을 먹고 있다고 보고해 온 자가 있었다. 이제 경이 선택할 수 있는 것은 단 하나. 그대가 바라고 있는 것을 말해 보라."

단순한 실바르에게는 아마 이때가 태어나서 최고로 빨리 머리가 회전한 때였을 것이다. 그들을 살리고자 하면 자신이 죽고, 또 자신이 죽는다 하더라도 그들이 안전할지에 대한 보장은 없었다. 또 그들이 죽는다 해도 이미 고자질한 놈이 있는 한은 자신이 안전할 수 없었다. 이래저래 걸리는 것 투성이였고, 빠져나갈 길은 없었다. 빠져나갈 방법은 단 하나, 과거 그를 죽일 뻔했던 자신의 이 아름다운 상관이 이해해 주기만 하면 된다. 하지만 그녀의 차가운 눈초리로 봤을 때 기대하기는 힘들었다.

실바르는 1분 정도 생각하는 듯하다가 자신의 검대를 풀었다. 검대에 잘 묶여 있는 롱 소드는 그의 세 번째 애검이었다. 그 첫 번째와 두 번째 검이 모두 눈앞의 상관에 의해 사라졌고, 세 번째 검은 아예 마음을 비우고 거리에서 대강 쓸 만한 거 하나 장만해서 허리에 걸었던 것이다. 마음에 들던 검일수록 없어지면 쓰라린 마음만 더해지기 때문에 선택한 수수한 검이었다. 실바르는 검대를 롱 소드에 돌돌 말아서는 소녀에게 두 손으로 바치며 풀 죽은 어조로 말했다. 속으로는 '이게 아닌데…' 하고 생각하면서 말이다.

"제 목을 드리겠사옵니다. 대신 주제넘은 부탁인 것을 아옵니다만 그들은 살려 주시옵소서. 그 정도 처우를 받을 만한 가치가 있는 사람들이옵니다."

"좋다. 하지만 지금 판결을 내리지는 않겠다. 오후의 즐거운 이 시간에 부하의 사형 선고를 내려 기분을 망치고 싶지는 않으니까 말이야. 내려가서 기다려라. 두 시간 후에 부를 것이다. 참, 그들은 어디에 있지?"

"카르토 마을에 구금되어 있사옵니다."

"일가족 모두 다 잡았나?"

"예, 전하."

"그들을 숨겨 준 농민은?"

"그들도 잡아 놨사옵니다."

"좋아, 내려가 보도록."

"예, 전하."

실바르는 이제 비무장인 상태에서 풀이 죽은 모습으로 공작의 방을 나섰다. 그에게 이런 빌어먹을 일이 생긴 이유는 이렇다. 우연히 정보망에 이미 국외로 도피한 것으로 알려져 있던 그란트 반 리에 카르토 자작이 걸려들었다. 카르토 자작은 전공을 높이 세운 것도 아니었지만 꽤나 명석한 두뇌를 가진 인물로 사리사욕 없이 열심히 일했다. 그의 부친은 크라레스 병합 후 처형대 위에서 고인이 된 지크란 반 리에 백작이었다.

카르토 자작은 둘째 아들이었기에 물려받을 영지도 없었고, 작위도 허울뿐인 자작의 칭호가 전부였다. 하지만 그는 어렸을 때부터 열심히 공부하여 관부에 들어가 소신껏 일했다. 물론 처음에는 열심히 일하는 그를 모두 좋게 봤지만, 점점 더 그의 관직이 올라가면서 껄끄러운 대상으로 여겨지게 되었다. 뇌물이 통하지 않는 인물이 직위가 낮을 때는 돈 안 줘도 열심히 일해 주고 편의를 봐주니 좋지만, 지위가 높아진다면 비합법적인 행위를 좋아하는 인물들은 아무래도 껄끄러워지게 마련이 아닌가?

그 때문에 부패한 귀족들은 단합하여 이 귀족의 이단아를 관부에서 추방해 버렸다. 국왕에게 상소하여 카르토라는 제법 널찍한 마을을 영지로 주어 그리로 보내 버린 것이었다. 그 때문에 그는 일약 정계의 중심에서 물러나 한가로운 농장 관리인이 되었고, 그에게 남은 것은 카르토라는 마을과 마을 외곽에 위치한, 성(城)이라고 부르기에는 너무 작은 카르토 요새(要塞), 그리고 카르토라는 성(姓)뿐이었다.

이제 한창 일할 나이인 마흔다섯 살에 강제로 은퇴당했지만 그는 직접 자그마한 농장을 경영했고, 영지의 농노들에게 40퍼센트라는 아주 낮은 세금을 징수했다. 세금을 낮췄으니 수입이 감소했지만, 그래도 국왕에게 바칠 정도는 충분히 되는 액수였다. 관례대로 국왕에게 영지에서 거둬들인 소득의 30퍼센트를 바치고, 나머지로 사병들의 월급도 주고 여러 가지 자잘한 일도 처리했다.

자신이 경영하는 농장에서 거둬들이는 것으로도 일가족과 그의 사병 3백 명의 식사는 해결되었다. 그리고 그는 이리저리 무도회다 뭐다 하며 돌아다니며 가산을 탕진하는 인물이 아니었기에, 자신에게 떨어지는 10퍼센트만으로도 아주 풍족하게 살 수 있었다.

군사 재판

그는 자신이 쓰고 남는 돈으로 영지 내의 주민들을 위해 여러 가지 일을 했다. 다리도 만들고, 비만 오면 진창길로 바뀌던 도로 위에 자갈도 깔았다. 또 농노들을 위해 작은 사설 병원까지 마련해서는, 마법 학교를 갓 졸업해 아직 실력이 떨어지긴 하지만 젊은 치료술사들을 초빙하기도 했다.

풍년일 때는 세금을 좀 많이 거뒀지만 가뭄일 때는 대폭적으로 세금을 낮췄고, 그것도 안 될 때에는 자신이 농노들에게 식량을 무상으로 지원해 줬다. 그리고 주변의 영세 농민들에게 낮은 이자로 돈을 빌려 주는 등 농노들과 부근의 자립 영세 농민들에게 착실하게 민심을 얻고 있었다. 이렇듯 애정을 쏟아 왔던 영지였기에 갑자기 치레아가 크라레스에 병합된 후 곧이어 국경이 막혀 버렸음에도 그는 구차하게 도망치지 않았다. 죽어도 조국에서 죽겠다는 생각으로 아직 그 마을을 떠나지 않고 있었던 것이다.

실바르는 단순한 무인이었지만 그래도 머리가 나쁜 편은 아니었기에, 착실하게 자작 가족을 추격하면서 얻은 정보들을 통해 솔직히 처형해 버리기 매우 아까운 인물이라고 판단했다. 그렇기에 그들을 살려 달라고 간청하러 총독부에 온 것이었다.

그렇다고 자신의 목숨을 버리면서까지 자작 가족을 살리고 싶은 생각은 없었지만, 무언중에 가해 오는 다크의 압력으로 인해 자신도 모르게 울컥 그런 소리를 내뱉었던 것이다. 지금은 후회하고 있었지만—그때 내 정신이었나 하고—다시 공작에게 찾아가서 이미 지나간 일을 구차하게 사정할 위인은 아니었다.

두 시간 후 다크가 아래로 내려갔을 때는 제2친위 기사단 소속의 무사들이 그녀의 명령에 따라 모두 집합해 있었다. 50여 명의 무사들이 모여 있는 가운데 그녀는 천천히 걸어가 자신의 자리에 앉았다. 그러자 옆에서 대기하고 있던 장교가 외쳤다.

"일동(一同) 착석!"

그와 동시에 모두들 의자에 앉았다. 그녀의 휘하에 있는 병사들 수는 현재 3개 사단의 보병과 1개 여단급의 기병, 그리고 제2친위 기사단과 파병 나온 콜렌 기사단원 40명이었다. 물론 콜렌 기사단원들 중 20명은 그들의 타이탄을 거느리고 있었다.

하지만 지금 이 자리에 앉아 있는 것은 제2친위 기사단 소속의 무사들뿐이었다. 나머지 장병들이 반란군 토벌을 위해 피를 흘리고 있든지, 아니면 사창가에 모여 창녀들과 노닥거리고 있든지 이들의 관심 사항은 아니었다. 그들은 지금 상당히 뛰어난 치레아의 귀족을 살리기 위해 자신의 목을 건 실바르의 군사 재판을 참관(參觀)하기 위해 모인 것이었다.

모두 자리에 앉자 다크는 천천히, 하지만 매우 냉정한 어조로 말을 시작했다.

"제군들! 드미트리 실바르 경은 치레아의 귀족 일가족을 위해 자신의 목숨을 내 놨다. 이봐! 그를 데려와라."

그러자 장교 한 명이 비무장 상태의 실바르를 인도해서 총독 옆에 놓인 작은 의자에 앉혔다.

"이제부터 제군들에게 실바르 경이 조사한 결과 보고서와 실바르 경을 탄핵한 보고서를 함께 보여 주겠다. 20분간 시간을 줄 테니 그동안 충분히 읽어 보고 생각해 보기 바란다."

공작의 말이 떨어지기 무섭게 두 명의 장교가―팔시온과 미디아였다—이곳에 모여 있는 제2친위 기사단 소속 무사들에게 서류의 필사본(筆寫本)을 나눠 주었다. 그 서류에는 실바르가 제출한 그란트 반 리에 카르토 자작을 옹호하는 의견과, 그들을 무조건 전례에 따라 처리해야 하며 아울러 그들을 옹호하는 실바르 경도 반란죄를 첨가하여 처리해야 한다는 보고서가 함께 들어 있었다.

　20분 정도가 지난 후 다크 로니에르 총독은 자리에서 일어나 냉랭한 표정으로 천천히 한 자 한 자 힘주며 말했다.

　"이제부터 제군들의 의견을 들어 보겠다. 실바르 경이 옳다고 생각하는 사람은 손을 들어 주기 바란다."

　여러 명이 손을 들었다. 그들을 차가운 눈빛으로 쭉 훑어본 다음 총독은 나직하게 내뱉었다.

　"사람 수를 기록해 두도록!"

　"예, 전하. 25명이옵니다."

　"좋다. 실바르 경을 처형하고, 숨겨 뒀던 그 귀족들도 아울러 그들의 죄에 따른 당연한 응징을 받아야 한다고 생각하는 사람은 손을 들어 주기 바란다."

　이번에 손을 든 사람은 22명이었다. 언제나 각자의 의견을 타진해 보면 이도 저도 아닌 사람들이 있듯이, 어느 쪽으로도 손을 들지 않은 사람도 있었다. 그들 중에는 실바르 경과의 친분, 그리고 다크와 자신의 어중간한 관계를 생각해서 뚜렷한 의견을 밝히지 못한 지미와 라빈도 있었다. 지미와 라빈은 다크가 뜻하는 바를 알 수 없었고, 자신들의 의견이 다크의 뜻에 반대될 수 있었기에 그냥 조용히 손을 들지 않았던 것이다.

　다크는 손을 든 인물들을 쭉 훑어보았다.

"아직까지 정확한 자신의 주관을 제시하지 못한 바보 같은 녀석들은 일어서라."

그와 동시에 세 명이 일어섰다.

"네 녀석들은 지금까지 살아오면서 그렇게도 자신들이 듣고, 느끼고, 보아 온 결과에 자신이 없는가? 모두들 밖으로 나가 대 연병장을 백 바퀴쯤 돌면서 나는 왜 그렇게 멍청한지 곰곰이 생각해 봐."

그 셋은 얼굴을 붉히며 밖으로 나갔다. 그들이 나간 후, 다크는 다시 천천히 입을 열었다.

"이제부터 자신들의 진솔한 의견을 듣겠다. 자네!"

"예, 전하."

"실바르 경과 그가 감싼 가족들을 죽여야 한다고 했는데, 왜 그런지 자네의 의견을 밝혀 주기 바라네."

지적당한 제법 잘생긴 무사는 열성적으로 자신의 의견을 말했다.

"예, 전하. 우선 보고서에 따르면 실바르 경은 카르토 자작을 살려 주기 위해 사건을 은폐한 혐의가 있사옵니다. 그것은 국법에서 금하는 귀족 도피 방조죄에 해당하옵니다. 그리고 실바르 경은 거기서 더 나아가 카르토 자작 가족을 살려 주기 위해 그들의 행실을 과장되게 표현한 문서까지 만들어 전하의 이목을 기만(欺瞞)하려는 죄 또한 지었사옵니다. 이는 처형당해야 마땅하옵니다."

"좋다. 자네, 실바르 경을 살려 줘야 한다고 했는데 그 이유는?"

이번에 지명당한 장교는 약간 당황한 듯했지만 그 표정을 억누르며 자신의 의견을 밝혔다.

"실바르 경의 의견은 정당하옵니다. 사실 본국은 치레아를 점령한 지 오래되지 않았사옵니다. 그런데 치레아 국민들이 매우 존경하는 인물을 처형하고 또 그를 제대로 평가한 본국의 실바르 경까지 처형한다는 것은 민심을 잃는 행위이옵니다. 다시 한 번 더 생각해 주시옵소서."

"둘의 의견에 덧붙이고자 하는 의견이 있는 사람은 말해 보라."

다크는 또렷이 말했지만 아무도 입을 열지는 않았다. 이번 재판의 모든 결정권이 총독에게 있는 만큼 꼭 지명된 사람 외에는 또 다른 헛소리를 첨가할 의향이 없는 것 또한 사람의 심리였다. 잘되어 봐야 제대로 된 의견을 말했다는 칭찬 정도나 받을 뿐이었고, 잘못 풀릴 때는 말 한마디로 감옥에 들어가서 인생 망치는 사태도 벌어지기 때문이었다.

아무런 의견이 없자 다크는 천천히 침착하게 말했다.

"더 이상의 의견은 없는 것으로 알겠다. 그러면 이제 그란트 반 리에 카르토를 들여보내라."

"예, 전하."

그와 동시에 노년 티가 팍팍 나는 남자가 등장했다. 사실 그는 겉모습에 비해 젊었지만, 요 몇 주간의 지독한 사태가 그를 더욱 폭삭 늙어 보이게 만들었던 것이다.

"그대가 그란트 반 리에 카르토인가?"

잘해야 17세 정도로 보이는 소녀에게 엄청난 권력이 있을 줄은 생각도 못 했기에 카르토는 대충 대답했다.

"예."

"자, 그렇다면 이제 그란트 반 리에 카르토를 재판하기로 한다.

그는 관부에 재직 시에 자신의 높은 직위를 이용해 법대로 행하면서 불법을 행하는 수많은 귀족들과 충돌을 일으켰다. 또 그는 직위를 박탈당한 후에도 정신을 못 차리고 농노들을 위해 40퍼센트라는 저렴한 세금을 징수했다. 그리고 마을로 들어서는 다리를 새로 만들었고, 또 도로를 포장했다. 그 외에도 무상으로 농노들에게 먹을 것을 지원해 준다든지, 또 농민들에게 매우 싼 이자로 대량의 식량을 빌려 준 것 따위의 추가적인 죄목도 있다. 그 외에 이자의 파렴치한 죄목이 더 있는가?"

다크의 말은 파렴치가 아닌 사항을 쭉 나열한 것이었지만 그 누구도 군소리를 할 입장은 아니었다. 또 진짜 파렴치한 죄목을 뒤집어씌울 만한 증거도 없었기에 모두들 조용히 앉아 있었다.

"피고(被告)는 방금 말한 모든 사실이 진실임을 인정하는가?"

"그렇소. 내가 한 행위가 잘못이라면 죄의 대가를 받겠소."

"좋다. 더 이상의 반론도 없고 피고 또한 죄를 인정했기에, 그에게 그에 적합한 응분의 대가를 주고자 한다."

다크는 앞에 앉아 있는 인물들을 쭉 노려보고는 천천히 입을 열었다.

"나는 이자에게 새로이 백작이란 칭호를 내리고, 총독부의 요직에 앉히고자 한다. 이의 있는 사람?"

모두 서로의 눈치만 보고 가만히 앉아 있자 다크는 또다시 말을 덧붙였다.

"그란트 반 리에 카르토 자작, 그대를 이제부터 크라레스 제국의 그란트 반 리에 카르토 백작으로 임명한다. 이는 이미 황제 폐하께 본인이 직접 문의하여 폐하의 허락이 떨어진 사항이니 경들도 그렇게 알고 있도록. 또 그대는 영지를 직접 다스릴 만한 시간이 없을 테니, 대신 맡아 다스릴 인물을 구할 수 있도록 일주일의 시간을 주겠다. 그 안에 대리인을 구하여 나에게 보고하도록. 알겠나?"

도대체 어떻게 돌아가는 판국인지 애매해진 카르토 자작은 거의 무의식중에 대답했다.

"예."

"좋아. 가스톤에게 가서 경의 영지와 작위에 관계된 서류를 받으면 된다. 그리고…, 실바르!"

"예, 전하."

'전하'라는 실바르의 외침에 카르토 자작은 나이에 어울리지 않는 오만한 인상을 가진 소녀의 신분을 확신할 수 있었다. 아마도 황녀(皇女) 정도 될 것이리라.

"네 녀석의 이번 판단은 매우 정확했다. 세린!"

그러자 문을 열고 세린이 쫓아 들어와 다크에게 매우 호화로운 검을 건네주고는 곧장 밖으로 나갔다. 이 호화로운 검은 다크가 세린에게 구입해 오라고 시킨 것이었다. 다크는 그 검을 실바르에게 내밀었다.

"무릇 요직에 앉아 있는 자들은 자신이 맡은 바 일을 처리함에 있어서, 어떻게 하면 좀 더 황제 폐하와 국가에 보탬이 될 것인지 심사숙고한 후 실행해야만 한다. 설혹 자신이 한 일 때문에 타인들에게 모함을 받을 수 있다고 하더라도 그것을 겁내지 않고 실행해야 한다. 또 그 모함 때문에 목숨을 잃는다고 하더라도, 언젠가는 그 충성심이 밝혀지게 되어 있다. 우리들이 모시고 있는 황제 폐하께서는 그따위 모함에 흔들릴 정도로 어리석은 분이 아니시다."

다크는 부하들을 날카로운 눈길로 쭉 훑어본 후 말을 이었다.

"기사로서 국가와 폐하께 충성하는 것은 당연한 의무다. 그리고 자신에게 주어진 일을 최선을 다해 묵묵히 수행하는 자들을 찾아내어 상을 주는 것 또한 윗사람인 내가 해야 할 의무다. 나는 경이 국가와 폐하를 위해 일하는 그 충성된 마음을 높이 사 이 선물을 하고자 한다. 받으라."

다크는 이리저리 주워들은 결과 실바르의 검 두 자루를 박살 낸 원흉이 자신임을 알게 되었고, 미안한 마음에 이번 쇼의 주역으로 그를 선택했다. 폐하가 원하는 바가 뭔지 이 멍청한 무인들에게 명확하게 인지시킬 필요가 있었기에 이번의 군사 재판을 연 것이었다.

갑자기 정말 멋진 검을 자신에게 내미는 총독을 보고 실바르는 매우 혼란스러워졌다. 도대체 뭐가 어떻게 돌아가는지 알 수 없게 된 실바르는 그냥 멍청한 표정을 지은 채 기계적으로 손을 내밀어 검을 받았다.

다크는 실바르에게 검을 건네준 후 싸늘한 표정으로 쭉 나열해 앉아 있는 흑색 군복을 입은 무사들에게 외쳤다.

"들어라, 이 멍청한 녀석들아. 폐하께서는 인재를 원하신다. 네 녀석들은 그것 하나도 제대로 파악하지 못하고 있나? 그 인재가 어느 나라 사람이건, 또 귀족이건 아니건 그건 중요하지 않다. 그런데도 적국의 귀족이라고 해서 당연히 처형해야 한다는 돌대가리들이 있다는 사실에 본인은 매우 가슴이 아프다. 더 이상 그대들을 질책하지 않겠다. 그대들은 제2친위 기사단의 엘리트들이다. 나의 말을 밑거름 삼아 폐하께서 원하시는 바를 제대로 이해하고 각자의 임무를 수행해 주기 바란다. 알겠나?"

"예, 전하."

다크는 그 말을 끝으로 밖으로 나가 버렸고, 이제 주눅 든 표정의 무사들만 남아서 쑤군거렸다. 그러다가 한 명씩 또는 무리를 지어 자신들의 근무지로 돌아가기 시작했다.

자신을 체포한 후 매우 동정적으로 대해 주던 실바르가 호출당해 돌아간 직후, 그란트 반 리에 카르토 자작 또한 총독부에 강제로 끌려왔다. 다크가 두 시간이란 여유를 둔 이유가 여기에 있었다. 카르토 자작이 도착해야 그때부터 연극을 시작할 수 있기 때문이었다. 카르토 자작은 한 시간쯤 전에 도착했고, 여태껏 총독부 부속 건물에 위치한 지하 감옥에 갇혀 있었다. 그러다가 재판을 한다고 이리로 끌려올 때 이제 끝장이라는 생각뿐이었다. 자신의 아버지처럼 아마도 총독부 건물 앞에서 목 매달릴 것이라는 상상을 하며 왔는데, 갑자기 백작으로 승격되었고, 자신의 모든 재산도 온전하게 유지되었다. 이 모든 게 갑자기 일어난 사건이었기에 한바탕 꿈을 꾼 것처럼 머릿속이 뒤죽박죽이었고, 그 냉랭한 표정을 가진 소녀가 사라진 다음에도 멍청한 표정으로 서 있을 수밖에 없었다.

이제야 아둔한 머리로 어느 정도 상황을 대충 정리한 실바르가 이제 카르토 백작이 된 남자에게 정중하게 말했다.

"잘되셨군요. 모든 게 공작 전하께서 상황을 잘 판단하신 덕분입니다. 일단 제가 가스톤 경에게 안내해 드릴 테니 그곳에서 서류를 수령하신 후 돌아가셔서 가족들을 안심시켜 주십시오. 이리 따라오세요."

"예, 감사합니다. 실바르 경. 그런데 아까 그분은 누구십니까? 그 소녀 말입니다."

카르토 백작의 물음에 실바르는 무의식중에 새로 생긴 자신의 애검 손잡이를 꽉 쥐며 미소를 지었다.

"치레아 총독이신 다크 폰 로니에르 공작 전하시죠. 크라레스 최고의 검객이십니다."

아르곤의 사신

 실바르에 대한 군사 재판이 벌어진 지도 이제 열흘이 지났다. 총독부에는 수많은 인부들이 득실거리며 새로이 단장을 한다고 난리였다. 총독부 정면의 주 정원(主庭園)에 아름다운 꽃이 핀 화초들을 심었고, 도로도 깨끗하게 청소했다. 그리고 총독부 내부의 각 방들도 청소를 하고 사방에 낀 먼지들을 제거하는 대청소 작업을 한다고 하녀들은 정신이 하나도 없었다.
 봄이 되면 겨울의 어둠침침했던 분위기를 바꾸기 위해 대청소를 하는 것은 당연했지만, 이건 조금 달랐다. 국경에서의 소란을 빌미로 아르곤 제국에서 사신이 올 것이라는 통보가 있었기 때문이다. 사신 일행은 먼저 치레아 총독부를 거쳐 스바시에 총독부, 그리고 황제를 알현한 후 코린트로 갈 예정이었다. 이것은 크라레스의 가장 중요한 부서들을 모두 눈으로 확인하면서 이쪽의 약점을 알아

보겠다는 의도는 당연한 것이었다.

"사신 일행은?"

"예, 내일 총독부에 도착할 예정이라고 발레리 경이 보고했사옵니다."

"내일이라……. 대단한 강행군이군."

"예, 그러하옵니다. 전하."

"모든 준비가 그 전에 끝날 수 있게 지시하게."

"예, 전하."

"참, 로니에 사제는 도착했나?"

"내일 아침까지는 도착할 수 있다고 연락이 왔습니다."

"좋아, 이만 가 보게."

친위 기사단 복장의 무사는 이제 고개를 돌려 창밖을 바라보는 소녀에게 정중히 인사를 건네고 뒤로 돌아섰다. 50살은 되어 보이는 날카로운 인상을 가진 그 무사의 옷에는 놀랍게도 웃기게 생긴 황금 드래곤의 문장과 함께 총독을 뜻하는 문장도 함께 붙어 있었다.

아르곤 제국에서 사신을 파견한 것은 명목상 국경을 침입해 들어온 크라레스 황제에게 그 위법성을 따진다는 것이었다. 치레아 지구와 아르곤 제국의 국경선이 되는 말토리오 산맥의 끝자락. 이 부분에 이르러 서쪽 대륙의 중심부를 관통하는 말토리오 산맥의 그 험준함은 매우 완화되기는 했지만, 그래도 사람이 다니기에 길이 험하기는 매한가지였다. 그래서 치레아나 스바시에는 과거부터 항구가 발달했고, 해상 무역이 성행했던 것이다.

이 말토리오 산맥에 살고 있는 오크들은 몬스터 치고는 꽤 머리가 잘 돌아가는지 이 산맥을 경계로 기가 막히게 숨바꼭질을 했다. 치레아에서 토벌군을 파견하면 아르곤으로 도망치고, 아르곤에서 토벌군을 파견하면 치레아로 도망쳤다. 그렇다 보니 토벌은 아무런 성과도 없었다.

과거 치레아 왕국 시절 아르곤과 협정을 맺어 대대적인 토벌을 벌인 적도 있었지만, 이때는 몬스터들이 말토리오 산맥을 타고 저 멀리 크라레스 방향으로 도망치는 바람에 실패했었다.

이러다 보니 무식하거나 또는 외고집이었던 오우거나 트롤들은 진작 말토리오 산맥 하단부에서 토벌되었지만, 생긴 것과 달리 꾀가 많은 오크들은 명맥을 유지하는 수준을 넘어 아예 번성을 누리고 있었다. 토벌 작전이 거의 먹혀들지 않았기에 치레아나 아르곤은 아예 토벌을 포기하고 해상 무역에 절대적으로 의존하는 실정이었다.

이런 때 다크가 치레아에 부임했으니 당연히 여태껏 남아 있던 오크들에 대한 토벌 작전이 감행되었다. 오크들 외에도 치레아 반란군 놈들이 과거 오크들이 하는 짓을 본받아 국경을 왔다 갔다 하면서 못된 짓을 꾸미고 있었기에 그 양쪽을 모두 방치할 수 없었던 것이다.

다크는 이들의 토벌에 1개 사단과 제2친위 기사단을 몽땅 털어 넣었다. 단기전으로 끝장을 낼 생각이었기에 타이탄까지 동원된 이 강도 높은 토벌이 시작되자 오크들은 슬쩍 인간들이 쳐들어오는 방향을 가늠해 보고는 아르곤으로 대피했다. 하지만 이번 토벌군은 과거와 달리 아르곤 국경 안까지 들어와서 오크들을 학살, 완전히 씨를 말려 버렸다.

아르곤은 오크들이 말살당했다는 게 반가웠고, 또 상대가 자신들의 영토 안까지 들어와서 전쟁을 일으킨 것을 더욱 반겼다. 이로써 새롭게 일어서기 시작한 크라레스 측과의 외교 협상에서 매우 우위에 설 수 있는 명분이 제공되었기 때문이다. 그 때문에 아르곤은 철저한 비밀 유지를 한 채 사신들을 파견했다. 물론 상대방의 평소 준비 상태를 확인하기 위해 사신 파견에 대한 문서는 사신이 국경을 통과할 때쯤 전달되었고, 다크는 이 난데없는 손님을 맞이할 준비를 하는데 3일의 여유밖에 없었다.

총독부에서 뒤늦게 붙여 준 경갑 기병 1백여 명의 호위를 받으며, 여섯 필의 말이 끄는 호화로운 마차와 아르곤의 경갑 호위 기병 50기(騎)가 도착했다. 말들도 지쳐 있고 가볍게 무장한 무사들의 갑옷에 먼지가 뿌옇게 앉아 있는 것을 보면 이들이 얼마나 강행군을 했는지 능히 짐작할 수 있었다.

마차가 서자 그 안에서 약간 창백한 안색의 사제 복장을 한 인물 세 명이 내렸고, 갑옷을 입은 세 명의 무사들이 호위하며 뒤따랐다. 이 세 명의 무사들은 특이하게도 검을 차고 있는 사람이 한 명도 없었다. 대신 허리에는 금박을 입힌 신성 문자들이 빽빽이 아로새겨진 20센티미터 길이의 짧은 막대기가 하나씩 달려 있었다. 바로 이것이 성기사(聖騎士)의 상징인 오라 소드(Aura Sword)였다.

신성한 샤이하드의 권능(權能)을 표시하는 이 검은 성기사가 잡아야만 그 신성한 위력을 낼 수 있으며, 검보다도 예리한 공격력과 웬만한 마법은 모두 막아 내는 강력한 방어력을 지니고 있었다. 성기사들은 오라 소드가 뿜어내는 그 영롱한 푸른 불꽃을 보며 자신의 깊은 신앙심을 자랑했고, 그 불꽃의 강도가 더욱 강해지도록 열성적으로 샤이하드를 섬겼다. 오라 소드에서 뿜어져 나오는 불꽃의 강도는 바로 각자가 지닌 신성력의 척도였기 때문이다.

그들은 총독부 안으로 안내되어 방을 배정받았다. 총독부는 과거 치레아 왕궁이었기에 총독부라고 부르기에는 너무나 호화로웠다. 사제들을 방까지 안내해 준 후 무사는 공손하게 말했다.

"총독 전하께서 저녁 식사를 함께 하시기를 원하십니다. 식사 시간은 6시 정각입니다."

"알겠소."

"그럼 편히 쉬십시오."

무사는 제법 궁중 예절이 몸에 익은 듯 매끄럽게 인사를 건넨 후 물러갔다. 사신 일행은 일단 땀과 먼지로 더렵혀진 몸을 깨끗하게 씻은 후 편안한 옷으로 갈아입고 다시 모였다.

"예상외로 대단한 인물인 모양입니다, 대신관님."

그 말에 아직 20대 초반 정도로밖에 안 보이는 아주 수려한 얼굴을 가진 젊은이가 미소를 지었다. 그의 외모는 강력한 신성력에 의해 미화되어 있는 것으로, 지금 그의 나이는 62세였고 아르곤 안에서도 상당한 고위직에 있는 인물이었다.

"호오, 야스퍼 형제도 그렇게 생각했나? 직접 그 인물을 만나 보기 전에 단정하기는 힘들지만 한 가지는 알 수 있겠더군. 아무리 아름다운 예술품이라 해도 적국의 왕비들을 그린 초상화들을 복도에 걸어 놓은 걸 보면 대단한 배짱이 있는 인물임은 확실한 것 같더군."

"하지만 대신관님, 호위 무사들이나 여태껏 관찰해 본 이곳 주둔군의 경우 그렇게 군기가 강하다고는 생각되지 않습니다. 특히 호위 무사들의 경우 잡담에다가, 밤에 경계 서는 군사들이 졸기까지……."

그러자 오라 소드를 차고 있는 성기사가 고개를 저었다.

"죄송하지만 모네타 형제, 그렇지가 않습니다. 그건 군(軍)을 잘 모르셔서 그런 생각을 하신 겁니다. 이리로 오는 도중에 저는 시민들을 살펴봤습니다. 그들은 약간 불안한 듯한 표정이었지만 딱딱하게 굳어 있지는 않았고, 병사들을 봐도 겁에 질려 있지 않았습니다. 그것은 이 병사들이 매우 잘 통제되어 이번 전쟁에서 민중들에게 거의 피해를 주지 않았다는 말이지요. 그리고 이곳 왕궁도 아주 자잘한 것까지 피해 없이 멀쩡하다는 말은 군기가 대단히 세다고 할 수 있습니다. 정보에 의하면 치레아 침공전에 동원된 용병 사단은 두 개 정도입니다. 용병들이 그 정도로 통제된다면 정규군은 보나마나지요."

"흐음, 골지 형제가 아주 좋은 것을 지적했군. 아마 그 지적대로일 거야. 예상외로 치레아 총독은 상당한 인물인 것 같은 생각이 드니까 말일세. 그리고 오는 길에 여러 시민들을 만나 얘기를 나눠보니 세금도 많이 내렸고, 전쟁 전보다도 물가는 더욱 안정되었다고 하더군. 이런 상황이 오래 지속된다면 크라레스는 상당히 강력한 국가로 자라게 될걸? 어쨌든 이렇게 성장 가능성이 큰 나라가 본국의 옆에 있다는 것은 별로 좋은 일이 아니지."

치레아의 총독은 익히 잘 알려진 인물이 아니었다. 전쟁의 신전에 등록된 그래듀에이트도 아니었고, 여태껏 크라레스의 권력의 핵심부에 있던 인물도 아니었다. 그야말로 하늘에서 쿵 하고 떨어진 존재였던 것이다.

스바시에 총독인 루빈스키 공작도 마찬가지였지만, 그래도 그는 30여 년쯤 전 크라레스 국왕의 절친한 친구였고, 또 뛰어난 무사라고 알려져 있었다. 지금 갑자기 높은 자리에 등용된다 하더라도 어느 정도 이해가 가능했다. 하지만 다크 폰 로니에르 공작의 경우, 전쟁이 치레아의 승리로 끝나자 갑자기 공작의 칭호가 주어지면서 총독으로 등장한 인물이었다.

그 때문에 각국의 첩자들이 그에 대한 정보를 모으기 위해 날뛰었지만 얻은 것은 거의 없었다. 있다면 치레아가 예상외로 잘 다스려지고 있다는 정도였을 뿐이다.

그렇기에 이번 아르곤 사신단이 베일에 싸인 두 총독을 직접 만나 보고 그들에 대한 평가를 하고자 하는 것은 당연했다. 사신단의 핵심 인물들은 약속된 저녁 식사 시간이 될 때까지 남은 시간을 의논에 의논을 거듭하면서 새로운 인물에 대해 토론했다. 그러다 보니 대략적으로 '이런 인물일 것이다'라는 가상적인 인물상까지 만들어 버렸고, 그와 식사를 하게 되면서 자신들의 생각이 대충은 맞았다는 것에 희미한 미소를 지었다.

웃기지도 않은 골드 드래곤의 문장을 가슴에 단 다크 폰 로니에르 공작은 대략 50세는 되어 보였다. 이제 서서히 탈색되기 시작하는 금발 아래로 드러난 넓은 이마에 깊게 새겨진 굵은 주름살은 자신의 연륜을 자랑하는 듯했다. 그리고 그의 행동에서 은연중에 나타나는 황궁 예절을 본다면 황궁과도 꽤나 관련이 있거나, 아니면 자라면서 황궁 예절을 일정 기간 교육받았음이 틀림없었다. 공식적인 자리에서는 약간 실례였지만, 사제들은 상대의 마나를 느낄 수 있는 신성 주문을 살짝 사용했고 그 결과는 놀라웠다. 공작은 전쟁의 신전에 등록되지 않은 그래듀에이트였기 때문이다.

"먼 길을 오시느라 수고가 많으셨습니다. 제가 치레아 총독인 다크 폰 그래지에트…, 에… 로니에르입니다. 이리로 앉으시지요."

사신들은 무심결에 습관적으로 공작이 '그래지에트'라고 했다가 얼버무리는 것을 듣고 이 공작의 배경을 얼핏 이해할 수 있었다. 그래지에트라면 지금 크라레스 황족의 성이었기 때문이다. 그렇기에 그들은 '그래지에트'라는 숨겨진 성을 통해서 그가 황족이고, 또 뭔가 황실의 스캔들에 의해 여태껏 역사의 전면으로 나올 수 없었던 것이라고 자연스레 짐작할 수 있었다.

크라레스의 황족인 그래지에트 가문은 과거 뛰어난 무가(武家)였고, 그 혈통이 계승되는 탓인지 탁월한 무인들을 많이 배출했다. 현재 크라레스의 황제인 '프랑크 폰 그래지에트'도 그래듀에이트일 정도니까 말이다. 그러니 만큼 스캔들을 통해 생산된 자식이라 해도 그 혈통이 계승되지 않을 리는 없었던 모양이다. 혈통이 계승되지 않았다면 사생아가 될 리는 없을 테니까…….

"그래, 여행은 즐거우셨습니까? 하기는 그렇게 빨리 오셨으면 구경할 시간도 거의 없으셨겠군요."

"폐하께서는 크라레스 군대가 국경을 침범한 것을 매우 언짢게 생각하고 계십니다. 폐하께서 저에게 그 사실을 따지고, 또 이제 새로이 국경을 접하게 된 만큼 몇 가지 사항도 조정하고, 이 모든 것을 빨리 처리할 것을 명하셨기에 저희들은 서둘러 올 수밖에 없었지요. 저도 갑작스레 분부를 받은 일이라……. 통고를 늦게 드려서 죄송합니다."

"허허허, 일을 하다 보면 그러실 수도 있지요. 모든 것을 윗사람들이 결정했는데, 그것을 행하는 아랫사람에게 죄가 있겠습니까? 그건 그렇고 자, 차린 것은 별로 없지만 많이 드십시오."

사신들의 입장에서도 그날 저녁 식사는 꽤 만족스런 것이었다. 치레아가 바다에 접한 곳이다 보니 담백한 해산물 요리가 많았고, 그중 상당수는 아르곤식으로 요리된 것들이었기에 그들은 별 부담 없이 먹을 수 있었다.

샤이하드의 경전에 의해 사제들은 곡물(穀物)로 만든 술은 금해야 했지만, 포도주는 유일하게 예외였기에 식사 중에 모두들 약간씩 포도주를 마셨고, 식사가 끝난 후에 간단한 안줏거리와 함께 브랜디를 마실 때쯤에는 분위기가 매우 부드러워져 있었다. 브랜디는 알콜 성분이 40퍼센트 정도로 매우 높지만, 이것도 포도주를 증류한 것이었기에 넓은 의미에서 포도주에 포함시켰다.

"이번에 본국이 귀국의 영토를 침범하게 된 것은 어쩔 수 없었습니다. 오크들이 워낙 영악해서 토벌을 하기만 하면 귀국 영토로 도망치니 그들을 격멸하려면 그 방법밖에 없었으니까요."

그 말에 대신관도 싱긋 미소를 지었다.

"그건 우리도 알고 있습니다. 하지만 그 전에 통보를 하여 사전에 양해를 구했어야지요. 갑자기 1개 사단급의 병력과 10여 대의 타이탄이 국경 지대를 넘어 왔으니, 그 일대 주민들이 피난을 가고 난리가 났으니까요. 통보를 해 줬다면 이쪽에서도 대비를 하고, 또 일부 병력을 파견하여 국경에서 그들을 격멸할 수도 있었을 게 아닙니까?"

물론 대신관의 말에는 약간 어폐가 있었다. 그전 치레아 왕국이 존재할 때에도 그런 걸 몰라서 토벌을 못 했겠는가?

 오크는 보석이나 귀금속 따위, 또 각종 장신구를 먹을 수 있을 정도로 위장이 튼튼하지 못하다. 즉, 오크에게는 식량 외에 다른 약탈품들은 아무런 쓸모가 없다는 말이다. 그런데 오크들이 산적질을 하면서 모든 것을 털어 갔던 이유는 일부 못된 상인 녀석들이 오크들이 강탈한 것을 식량과 바꿔 줬기 때문이었다. 이 상인들로서는 이게 엄청난 이득이 남는 장사였기에 토벌에 대한 소문이나 기타 병력 이동에 대한 정보를 입수하면 오크들에게 고자질을 했고, 오크들은 그것에 따라 행동했다. 그러니 양쪽에서 협동해서 공격하는 것은 이론상 좋긴 하지만, 기밀유지는 두 배 이상 어려웠기에 결과적으로는 이론으로만 가능한 착상이었다.

 하지만 일단 국경을 허락 없이 침범했고, 또 크라레스보다는 아르곤이 더 강대국이었기에 그걸 대놓고 따질 수 없었다. 그렇기에 대화는 이런 식으로 진행될 수밖에 없었다.

 "허허, 대신관님. 그건 정말 어쩔 수 없었습니다. 위에서 통보된 작전이 원체 시일이 빡빡하다 보니 귀국에 통보하는 것을 깜빡한 것이지요. 이번 작전은 1개 사단의 경장 보병과 제2친위 기사단을 전부 동원했습니다. 아마 오크 토벌전 중에서 최고로 많은 병력이 동원되었을 겁니다. 그러다 보니 준비할 것도 많았구요. 어쨌든 죄송하게 되었습니다."

 "허허, 결과가 좋으니 잘된 것이지요. 그래 오크는 몇 마리나 잡으셨습니까?"

 "예, 대략 1만 5천 마리 정도 잡았습니다. 크라레스 지구에서도 콜렌 기사단을 동원해서 위에서 아래로 훑었으니까 이제 산맥에 살아남은 오크는 없다고 보시면 되겠지요."

"하하, 다행이군요. 이제 산길을 위협하던 놈들이 없어졌으니 산길을 통한 무역도 재개되지 않겠습니까?"

"예, 그렇지요."

"하지만 교역이 증가된다는 것은 좋은 일이지만, 그에 따라 밀수출입(密輸出入)도 성행할 테니 문제가 아니겠습니까?"

"예, 국경의 경비를 철저히 하면 문제없을 겁니다. 사제님, 그건 그렇고 브랜디 한 잔 더 하시겠습니까? 치레아에서 생산되는 브랜디는 매우 맛이 좋지요."

로니에르 공작은 민감한 사안에 이르자 그다음에는 무슨 말이 나올 줄 대강 짐작하고는 살짝 대화를 딴 방향으로 돌렸다. 하지만 사제는 노골적으로 그걸 무시한 채 그 문제를 파고들기 시작했다.

"예, 고맙습니다. 아주 맛이 좋군요. 에…, 국경의 경비만 철저히 한다고 해서 되는 게 아니지요. 국경에다가 아무리 병력을 많이 배치한다고 해도 그 모든 걸 단속하기는 어렵습니다. 또 그들을 따라 범죄자들이 밀입국할 가능성도 높습니다."

"예."

"그래서 하는 말인데, 지금 말토리오 산맥 말단에는 무역로 세 곳이 있지요. 이 세 곳을 제외한 모든 통로를 폐쇄해야 합니다. 그리고 무역로는 좀 더 통행이 편리하게 포장을 해야 하구요. 본국에서는 그사이에 여섯 개의 마을을 건설하고 몇몇 교통의 요지에 요새를 건설한 후 산적들로부터 통행인들을 보호함과 동시에 밀무역을 근절시킬 계획을 세우고 있습니다. 귀국은 어떠신지?"

"그야 당연히…, 그렇게 해야겠지요. 그런데 사제님, 저는 이곳 치레아를 관리하기 위해 파견되었을 뿐, 국경 문제에 대한 권한은 없습니다. 그건 그렇고 요즘 해상 통행로에는……."

공작이 약간 더듬거리며 또다시 대화를 회피하려고 했지만 사제는 아주 집요했다. 여기서 승기를 잡아야만 했기 때문이다.

"치레아 국경 문제에 치레아 총독에게 권한이 없다면 누구에게 있겠습니까? 공작 전하에게 그 정도의 권한이 있기에 본국의 국경을 침입한 것이 아니겠습니까?"

"그거야……."

"귀국이 하기 힘들다면 통로의 경비는 우리 쪽에서 해도 상관없습니다. 물론 도로를 포장하는 비용의 반은 귀국이 부담해야 하겠지요?"

로니에르 공작은 지금 자신에게 말하고 있는 사제를 믿을 수 없다는 얼굴로 보고 있었다. 이게 사제인지 상인인지, 아니면 고도의 협잡꾼인지 이해가 가지 않았다. 그는 사실 이놈의 국경 문제에 대해서는 대화하지 않기를 빌고 있었다. 그는 엄청난 권한과 권력을 가진 '진짜' 공작도 아니었기 때문이다. 그런데 이쪽에서 주춤거리는 걸 이용해 이제 아예 대놓고 국경의 노른자위를 빼먹으려 들다니……. 만약 자신이 진짜 공작이었다면 그 사제를 향해 욕이라도 한바탕 퍼부었을 것이다. 으이그…….

"에…, 당연히 본국 국경 내의 도로는 본국이 치안을 책임져야 하겠지요. 어떻게 그런 힘든 일을 귀국에게만 맡길 수 있겠습니까? 허허허, 본국의 일을 걱정해 주셔서 감사합니다만, 그에 대해서는 폐하께서도 신경을 쓰고 계십니다."

국경의 여러 가지 문제에 대해서 꽤 오랜 시간 토론이 오고 갔지만 사실상 해답은 나오지 않았다.

대국 아르곤과의 국경선이 되는 산맥의 도로를 잘 포장해 둔다는 것은 크라레스로서는 위험천만한 일이었다. 그 도로가 상업용으로만 이용된다는 보장이 없기 때문이다. 도로 위로는 당연히 군대도 이동할 수 있었고, 그 속도는 비포장도로에 비해 월등히 빠를 것은 당연한 일.

하지만 대화에서 유리한 고지를 점령하고 있는 쪽은 아르곤이었다. 감히 약소국 따위가 자국의 영토를 침범해 들어왔다는 약점을 잡고 있었기 때문이다. 양쪽 다 표정은 온화하게 미소를 짓고, 말투 또한 부드러웠지만 양쪽의 입장은 달랐다. 한쪽은 완전히 칼만 안 든 강도였고, 한쪽은 강도에게 작은 것 하나라도 뺏기지 않으려고 기를 쓰는 입장이었다.

한동안의 두뇌 싸움. 성격이 지극히 단순한 '진짜' 다크였다면 아마 단 5분도 참지 못했을 위선과 거짓이 난무하는 대화는 드디어 끝이 났다.

사실 샤이하드의 경전에 거짓말을 하는 것은 엄금하고 있지만 사실을 숨기고 건너뛰는 것에 대해서는 아무런 언급이 없었다. 그렇기에 아르곤에서 파견된 사제들은 절대 거짓말은 하지 않았지만, 교묘하게 현실을 숨기거나 또는 그 부분을 언급하지 않고 대화함으로써 상대를 기만하는, 아주 고차원적인 화술을 구사했다. 그 덕분에 표면상으로는 화기애애한 대화였지만 사신들이 숙소로 돌아가자 '가짜' 다크 로니에르 공작 나오리는 의자에 털썩 주저앉아 깊은 한숨을 내쉬며 아침 일찍 모든 일을 맡겨 놓고 사라져 버린 '진짜' 를 저주한 것을 탓할 수는 없으리라.

유쾌한 하루

"히야, 날씨 참 좋군."

다크가 총독 관저에서 아예 떠나 버린 것은 자신에게는 하등의 보탬도 되지 않는 여러 가지 일을 하는 데 질린 탓도 있었다. 하지만 가장 큰 이유는 '뷰 마나 포스' 따위의 주문 정도야 자신이 익힌 '하이드 마나 포스(Hide Mana Force)'의 주문으로 숨기고 있을 수 있었지만, 신의 힘을 빌린다는 신성 마법까지 속일 수 있으리라는 자신이 없었기 때문이었다. 그것도 사신단의 우두머리가 대신관이라는 매우 고위급 사제였기에 그의 신성력은 대단할 것이고, 자칫하면 정체가 드러날 수도 있었다.

그렇기에 그녀는 말을 타고 그냥 아무 방향으로나 달려가고 있었다. 몸에 잘 맞는 남자 옷 위에 약간 헐렁한 양털로 짠 스웨터를 입어 자신의 상체에 생기는 굴곡을 감추기는 했지만 누가 봐도 눈치 챌 수 있는 미소녀임이 분명했다. 조금 찝찝하긴 했지만 그건 큰 문제가 아니었다. 세상에 여자가 한두 명도 아니었고……. 그녀는 다시 그 위에 좀 두꺼워 보이는 양털로 짠 망토를 두르고 있었는데, 사실 별 필요는 없었지만 세린이 막무가내로 입혀 준 담요 대용품이었다.

따라오겠다고 떠들어 대는 몇 명의 친위 기사들을 물리치고 아직 수련 기사인 지미와 라빈만을 데리고 출발했다. 수하들을 이끌고 한가로이 말을 달리며, 그녀는 오랜만에 자유를 한껏 맛보고 있었다.

'빌어먹을 토지에르 자식. 내가 자기를 도와주면 금방이라도 중원으로 돌려보내 줄 수 있는 것처럼 말하더니, 말짱 거짓말인 것 같아. 그놈을 계속 믿고 있어야 하나? 아니면 나대로 길을 찾아야 하나?'

심각한 고민거리가 아닐 수 없었다. 하지만 그녀가 계속 크라레스에 죽치고 있는 이유는 한 사람이 방법을 찾는 것보다는 여러 명이, 그것도 황제의 칙명 하에 많은 사람들이 덤벼들어 찾는 것이 빠를 것이라는 생각 때문이었다. 하지만 다크도 한 가지는 생각하지 못하고 있었다. 그의 지금 위치는 그랜드 소드 마스터. 은거하지 않고 인간 세상에 나와 있는 단 하나뿐인 존재였다. 황제로서는 그런 엄청난 실력자를 자신의 주위에 계속 두고 싶지, 떠나보내고 싶지는 않을 것이다. 거기다가 다크라는 고수를 제어하기 위한 미끼까지도 확실히 알고 있는데, 순순히 떠나보내겠는가?

어쨌든 다크는 처음에 총독 관저를 떠날 때부터 기왕에 나온 거 여행을 할 생각이었다. 그 때문에 수행원으로 아직 배울 게 많은 지미와 라빈을 선택한 것이었다.
 또 크라레스에서 보내 온 관리들이 알아서 모든 일을 처리했기에, 괜히 총독 관저에 붙어 앉아 있어 봐야 별 필요도 없었다. 크라레스 황제도 인정하는 사실이지만 다크의 매력은 그 무서운 전투력에 있는 것이지 관리 능력 따위가 아니었으니까 말이다. 그 사실을 다크도 잘 알고 있었기에 전쟁이 터졌을 때만 도와주면 된다고 생각하고, 이번에 '가짜'도 도착한 김에 아예 장시간 여행이나 할 생각이었다. 그 때문에 세린에게 모종의 뒤처리 방법까지 지시해 놓고 나왔으니, 오랜만에 되찾은 자유로 다크는 기분이 꽤 좋았다.
 부하들을 이끌고 그냥 아무 생각 없이 말을 달리다가 다크는 이번에 아르곤과 크라레스 제국 간에 생긴 문제의 시발점이 되는 말토리오 산맥을 관통해서 아르곤을 한번 구경하고 싶다는 생각이 문득 들었다. 다크가 이끄는 군대가 아르곤 안까지 들어가긴 했지만 관광하러 간 것이 아니라, 오크 토벌을 위한 것이었기에 그렇게 깊게 들어가지도 못했고, 또 구경이나 할 정도로 한가한 상황도 아니었다.
 다크는 현경의 경지에 올라 있어 자연스럽게 내공을 몸속에 갈무리하여 드러나지 않게 만들 수 있었다. 물론 이 방법은 무사들에게나 통하는 방법이었다. 마법사는 몸속에 들어 있는 마나의 양을 측정하는 마법을 사용하기에 이 방법은 효과가 없었다.
 아무리 고도의 기술로 몸속의 내공을 갈무리하여 한 곳에 숨긴다고 해도 몸 안에 들어 있는 그 마나의 양이 줄어드는 것은 아니기 때문이다. 그 때문에 그녀는 자신의 힘을 되찾아 크라레스에 돌아왔을 때부터 하이드 마나 포스라는 주문으로 자신의 강대한 마나를 마법으로 포착할 수 없도록 감췄다.

뷰 마나 포스는 3사이클급의 주문이었지만, 그 마법으로부터 자신을 숨길 수 있게 해 주는 하이드 마나 포스는 1사이클급이다. 하지만 뷰 마나 포스는 단시간 사용하면서 주위를 관찰하고 끝낼 수 있는 반면, 하이드 마나 포스는 필요할 때까지 몇 시간이라도 그 주문을 지속시켜야 했다. 그래서 하이드 마나 포스를 몇 시간이나 계속 사용하려면 그 마나를 지속적으로 끌어 모으다가 완전히 탈진하는 사태가 벌어지는 것이다.

물론 다크는 마법 주문 따위를 외우지 않아도 마나를 자유자재로 끌어 모을 수 있었다. 하지만 지속적으로 신경을 써서 소량의 마나를 끌어 모은다는 것은 꽤 성가신 작업이었는데, 그걸 아주 간편하게 해 주는 방법이 있었다. 그것은 노망난(?) 아르티어스 옹에게 배운 용언 마법(龍言魔法)이었다. 드래곤은 원래가 자신의 몸속에 쌓여 있는 방대한 마나를 효과적으로 이용하는 특이한 방식의 마법에 익숙한 생명체다. 용언 마법으로 이런 지속적인 효과를 내는 주문을 사용하면 시술자인 드래곤은 마법의 유지에 더 이상 신경 쓸 필요가 없었다. 자신의 마나를 이용하는 것이니 일단 발동만 시켜 놓으면 드래곤의 몸속에서 마나가 고갈될 때까지 알아서 돌아가는 것이다.

하지만 겨우 1사이클짜리 마법을 돌린다고 드래곤의 그 엄청난 마나가 고갈될 리는 없었고, 그건 다크 또한 마찬가지였다. 그렇기에 다크는 아르티어스와 헤어진 후부터 줄곧 이 마법을 몸에 걸어 놓고 있었다.

다크 일행이 느긋하게 경치를 즐기면서 천천히 말을 몰아 말토리오 산맥 말단에 있는 세 개의 통로 중 하나인 크로세인 통로 부근에 위치한 크란스 마을에 도착한 것은 총독 관저에서 떠난 지 4일 만이었다. 4일이 지난 후에도 총독이 돌아오지 않았으니 아마도 그쪽에서는 난리가 났겠지만, 내일쯤 되면 그 소란도 멈출 것이다. 세린에게 자신이 떠난 후 5일째가 되면 '오랫동안 여행을 할 생각이니 그리 알도록!' 하고 쓴 편지를 이번에 새로이 배속되어 온 '가짜' 공작이자 제2친위 기사단장이며 부총독(副總督)인 카알 폰 카슬레이 백작에게 전달할 예정이었다.

카알 폰 카슬레이 백작은 유령 기사단에서 잔뼈가 굵은 매우 뛰어난 검객으로 유령 기사단의 창립 멤버들이 모두 그러하듯 이미 오래전에 전사(戰死) 처리된 인물이었다. 그 당시 그는 20대 초반이었지만 매우 뛰어난 검술 실력을 인정받아 장래가 촉망되는 젊은 무사였다. 하지만 크로나사 평야를 뺏기고 국가가 3분의 1로 축소되는 그 망할 전쟁에서 패배한 후, 전력 노출을 숨긴다는 명목하에 그는 살아 있는 시체가 되어 버렸고, 그때부터 역사의 전면(前面)에 나서지 못했던 것이다.

그러다가 이번에 가짜 총독을 보내는 작업에서 무인치고는 매우 잘 돌아가는 머리와 뛰어난 관리 능력을 인정받아, 그에게 지급된 유령 기사단의 미가엘급 타이탄 한 대와 함께 다크의 보좌역으로 파견되었다. 그 때문에 제2친위 기사단은 미가엘 여덟 대로 전력이 더욱 증강되었다.

예상외로 다크가 총독 일을 잘해 주고 있긴 했지만 그는 원래가 이 세계 사람이 아니었기에, 기왕에 보내는 가짜라면 일처리에 여러 가지로 도움이 되는 인물이 낫겠다 싶어 선정한 인물이 카슬레이 백작이었다. 그는 유령 기사단 랭킹 10위 안에 들어가는 검술 실력과 그에 걸맞은 뛰어난 머리를 갖춘 인물이었다.

하지만 원체 뛰어난 인물인 데다가 그에게 주어진 부총독이라는 직위를 생각해 보면, 혹시나 다크 총독이 자신의 권리를 침해받는다고 생각하면 어쩌나 하는 의견이 제시되기도 했다. 어떻게 생각하면 황제가 자신을 감시하고 또 권력을 제한하기 위해 보낸 사람이라고 오해할 수도 있었기 때문이었다.

크라레스 본국에서는 그런 오해가 터져 나온다면 부총독이란 직책은 없애 버리기로 그들끼리 합의를 본 후 카슬레이 백작을 보냈는데, 예상외로 다크는 그 결정에 대환영이었다. 오히려 몇 가지 우려되는 사항에 대해 주의까지 듣고 온 카슬레이 백작이 당황할 정도로 다크는 그를 반겨 맞이했고, 대폭적인 권력 이양을 해 줬다. 몇 가지 중요한 서류를 제외하고는 모두 카슬레이 백작 독단으로 처리해도 된다는 전폭적인 신뢰의 뜻이 담긴 명령과 함께 말이다.

하지만 카슬레이 백작은 그 명령의 저의가 골치 아픈 모든 일을 다 떠넘기고 도망치겠다는 뜻이었는지는 꿈에도 몰랐을 것이다.

'뭐, 로니에 사제까지 불러다 줬으니 잘해 내겠지. 공식적인 포교 활동은 아니지만 그래도 아르곤의 사제가 크라레스에서 꽤 중요한 일을 하고 있다는 사실을 안다면, 그 사신 녀석들도 어느 정도는 누그러들게 될 테니까 말이야. 그건 그렇고 어느 여관에서 자고 갈까?'

"도대체 언제 돌아가실 겁니까?"

지미는 매우 걱정스럽다는 듯한 표정으로 다크에게 물었다. 지미와 라빈은 여행을 떠날 때 다크에게 주의받은 대로 '공작 전하'라는 호칭과 궁중 언어를 여행이 끝날 때까지 사용하지 못했지만, '다크'라고 이름을 부르기도 껄끄러워서 언제나 호칭은 생략했다.

"왜?"

"오랫동안 자리를 비우시면 안 됩니다. 아직 점령지가 안정되지 않아서 할 일도 많은데……."

"상관없다. 여태까지 여행하면서 너는 뭘 봤냐? 이 정도면 안정된 거지. 또 안정되지 않았다고 해도 거기 남아서 일하는 놈들은 그걸 가만히 놔둘 만큼 멍청한 놈들이 아니야. 그건 그렇고, 오늘은 이 마을에서 자고 가자."

"예."

둘은 다크의 단정적인 말에 불만 가득한 표정이었지만 어쩔 수 없이 대답했고, 그녀는 그들의 태도에 만족스레 미소를 지으며 눈에 띄는 세 군데의 여관 중에서 제일 가까운 곳으로 말을 몰았다. 그러나 방이 없다는 종업원의 말에 두 번째 여관으로 갔고, 곧이어 세 번째 여관에서도 허탕을 치고는 큰길가에서 벗어나 구석진 곳에 위치한 허름한 여관들을 뒤지기 시작했다. 40일쯤 전에 있었던 대규모 오크 토벌전이 성공을 거두면서 말토리오 산맥의 통행이 가능해졌고, 그 때문에 산맥을 넘기 위해 모여 든 상인들과 짐꾼들로 마을의 여관들은 만원이었다.

아마 조금 더 시간이 지나고 나면 이 마을은 교통의 요지에 위치한 덕분에 더욱 번창하고 그러면서 여관이나 술집도 많이 생기겠지만, 아직은 공급이 수요를 따라가지 못하고 있는 형편이었다. 이제 겨우 40일 전에 통행로가 뚫렸는데, 어떻게 40일 만에 건물들

유쾌한 하루 111

을 짓겠는가?

하지만 치레아 북부에서 아르곤 남북부로 이동하는 데는 치레아 남쪽으로 내려가서 배를 타고 아르곤 남부의 항구로 이동했다가 또다시 북쪽으로 가는, 거의 U자 형태의 여행보다 산맥을 관통하는 게 시간이 훨씬 절약된다는 것은 누구나 다 알고 있었다. 그렇기에 상인들이나 짐꾼들은 아직 숙박업소가 제대로 마련되지 못했다 하더라도 이쪽 길을 택했다. 그 결과 방 값이 폭등했고, 여관 주인들은 즐거운 비명을 지르게 됐다. 아마 지금 몇 군데 뼈대가 올라가고 있는 큼지막한 건물들이 모두 완성되고 나면 그들의 호경기도 끝장이 나겠지만 당분간은 매우 즐거우리라.

"이봐, 여기 방 있냐?"

여관 주인들이 배가 부른 탓인지 호객꾼마저 없었기에, 거의 한 시간을 뒤져 찾아간 구석진 여관에는 다행히도 빈방이 있었다.

"그런데 방이 하나밖에 없는데요?"

"상관없다. 가자."

다크가 그 허름한 여관으로 들어가는 걸 보며 지미가 황당하다는 표정을 지었다. 정말 지독하게 낡은 여관이라 지금 그들의 눈앞에서 무너진다 해도 하나도 이상할 게 없는 이 으스스한 곳으로 들어가겠다니 황당할 수밖에 없었다. 거기다가 그녀의 지위는 이 나라에서 가히 다섯 손가락 안에 들어가지 않는가?

"전······. 여기 들어가실 겁니까?"

"왜? 밖에서 자는 것보다는 나을 텐데? 빨리 정리하고 밥 먹으러 가자구."

"에휴, 어쩌면 밖에서 자는 게 더 안전할지도 모르죠."

둘은 낮은 목소리로 투덜거리며 할 수 없이 그녀의 뒤를 따랐다. 보통 여관은 식당까지 함께 하지만 이런 허름한 여관에 제대로 된 식사가 나올 리가 없었다. 그들은 방에다 짐을 풀어 놓고 찬물에 대강 먼지를 씻어 낸 후 길가에 있는 큰 여관에 딸린 식당으로 갔다.

"어서 오십쇼."

점원인 사내가 그들을 반겨 맞이했다. 식당 겸 술집인 이곳은 수많은 사람들로 북적거리고 있었다. 술 마시며 도박판을 벌인 사내들부터 시작해서 비싼 술 마시고 언성을 높이며 싸우는 패거리, 또 간혹 그들에게 곱지 못한 시선을 던지며 얌전히 밥 먹는 패거리……. 하여튼 수많은 사람들로 식당은 들끓고 있었다. 아마 이 정도로 장사가 잘된다면 몇 년 지나지 않아 식당 주인은 또 다른 식당 하나를 더 세울 정도의 돈을 벌 수 있으리라.

"아무거나 사람이 먹을 만한 거 3인분 가져와. 그리고 시원한 맥주 두 잔하고 포도주도 한 병."

그럼 오크나 오우거가 먹는 것도 여기서 판단 말인가? 주문이 좀 특이했지만 점원은 군소리 안 하고 물러섰다. 별의별 손님들이 다 있다 보니 이런 특이한 인물들도 있었고, 그걸 다 상대하려고 들었다간 시비 붙기 십상이었다.

"예."

조금 지나서 가져온 음식은 시골구석에 있는 여관치고는 꽤 괜찮았다. 모두들 시장하던 참이라 열심히 먹고 있는데, 그들의 옆에서 술 마시던 패거리 중의 한 명이 언성을 높이는 게 들렸다.

"뭐야? 내 말을 못 믿겠다는 거야? 몇 달 안 본 사이에 간이 많이 커졌군. 제길! 잘 들어. 이 멍충아. 이 브리지만 어르신은 절대 거짓말을 하지 않아. 방금 한 말은 사실이라구. 말토리오 산맥에 골드 드래곤이 산다니까."
 "흥, 그걸 어떻게 알았냐? 아무도 모르는데, 너희 일행만 봤다면 말이 안 되잖아."
 "그야 우리 일행은 깊은 산속에서 일했으니까 볼 수 있었지."
 "일?"
 "흐흐, 왜? 일이라 하니까 무슨 말인지 모르겠어?"
 "글쎄……."
 "우리는 금도 캘 겸해서 산맥을 뒤지고 있었지. 하지만 금이란 게 잘 보이는 물건이냐? 금 찾기는 부업이고 산적질이 주업이지. 흐흐……. 그러다가 화전민(火田民)의 오두막을 봤는데, 그 딸내미가 참 예쁘더란 말이지. 크크……."
 "그래서?"
 "그래서는, 열심히 그년과 즐기고 있었는데, 우리들 머리 위로 골드 드래곤이 날아가더라 이 말씀이야."
 "그년과? 혼자서?"
 "크크크, 혼자일 리가 없잖아."
 "히히히, 거기 어디야? 이 몸도 한번……."
 "이봐, 좀 닥치고 술이나 퍼 마셔. 시끄러워서 밥을 먹을 수가 있어야지."
 다부진 여자의 음성이 들려왔고, 그 패거리는 인상을 구기며 목소리가 들려온 방향으로 일제히 시선을 돌렸다.
 "뭐야?"

뾰족한 목소리로 폭언을 퍼부은 상대는 매우 예쁘게 생긴 계집애였다. 아직 성숙하지는 않은 몸매였지만, 이 무뢰한들에게 있어서 그것은 별로 중요한 사항이 아니었다. 그놈들은 일단 군침부터 삼키면서 상대의 날씬한 몸매를 음흉한 눈초리로 훑어봤다. '그것 참 맛있게 생겼군' 하면서 말이다.

"닥치라는 말 안 들려?"

소녀의 일행인 덩치 좋은 두 남자가 황당한 표정으로 바라보는 사이, 소녀는 천천히 일어나 여태껏 헛소리를 하던 거의 하마만 한 덩치를 가진 남자에게 겁도 없이 다가왔다.

"헤헤헤, 고것 맛있게 생겼는데……. 어때? 우리 같이 한번…, 억!"

짝!

소녀는 그대로 그 덩치의 뺨이 휙 돌아갈 정도로 매서운 일격을 가했다. 지미와 라빈은 고개를 절레절레 흔들었다. 이제 고인이 되어 버릴 저 사내에게 명복을 빌어 주고 싶은 심정이었다. 건드릴 사람을 건드렸어야지. 하지만 꽤 큰 소리가 울려 퍼졌음에도, 덩치는 고개만 돌아갔을 뿐 별 타격은 없었는지, 다시 소녀를 음흉한 눈초리로 쏘아보며 느글거리는 목소리로 말했다.

"헤헤, 손맛이 제법인걸. 그럼 아랫도리 맛은 어떤지 한번 구경해 볼까? 흐흐흐."

그자가 일어서서 소녀에게 다가가자 나머지 패거리는 키득거리며 그놈을 부추겼다. 이 돌연한 사태에 지미와 라빈은 멍청한 표정이 되어 버렸다. 마스터의 경지에 이른 사람이 겨우 저 정도 잡배를 어떻게 못 하다니. 이럴 수가?

소녀는 아직도 멍하니 앉아 있는 두 일행을 힐끗 바라본 후 힘없는 여자로서 지극히 상식적인 행동을 시작했다.

"끼약! 저 사람이 날 때리려고 해요. 살려 줘~."

소녀는 재빨리 그 두 남자의 뒤로 숨어 버렸고, 술집 사람들의 이목이 집중된 가운데 지미와 라빈은 사태가 어떻게 돌아가는지 대강 짐작할 수 있었다. 하지만 그들은 그놈의 남자라는 자존심 때문에 도대체 어떻게 다른 방법을 생각할 여유도 없이 자신들을 향해 주먹을 날리는 덩치와 싸우게 되었다.

"풋! 제법 믿는 구석이 있어서 까불었다 이거지. 먼저 이놈들을 죽여 놓은 후 네년을 손봐 주마. 죽어랏."

"헛소리."

상대가 무기를 들지 않았기에 지미와 라빈은 본격적인 주먹다짐을 했고, 그들의 숙련된 몸놀림에 덩치가 밀리자 이제 덩치의 패거리까지 가세하여 패싸움이 벌어졌다.

"죽엇!"

쿵! 퍽! 와당탕! 퍽! 퍽!

식당이란 한정된 공간에서 싸움이 벌어지다 보니 이리저리 피해를 입은 사람들이 속출했고, 그중에서 덩치 좋은 인물들은 자신의 그 작은(?) 피해를 참아 줄 관용이라는 단어는 모르는지 모두들 패싸움에 동참했다. 몇 분 지나지 않아 식당 안은 50여 명이 집단 난투극을 벌이는 장소가 되어 버렸고, 이제 누가 적이고 누가 아군인지도 모호해졌다. 정신없는 패싸움장에서는 자신의 눈앞에 있는 놈은 모두 적이었다.

"지미 녀석 동작이 굼뜨기는…, 빨리 피해."

꿀꺽꿀꺽.

"그래, 라빈 잘한다! 쳐라 쳐! 죽여 버렷!"

이 패싸움의 발단을 제공한 소녀는 한쪽 구석에 앉아서 포도주 잔을 기울이며 신나게 응원하며 구경하고 있었다. 예로부터 가장 재미있는 게 싸움 구경하고 이웃집 불구경이라고 하지 않던가? 그러니 신바람이 날 수밖에…….

"아그그그그극! 저 악마!"

지미는 침대 위에서 천사 같은 평온한 표정으로 잠들어 있는 아름다운 소녀를 보며 이빨을 갈았다. 어떻게 사람이 저렇게 가증스러울 수가 있지?

"참아, 참으라구."

"내가 지금 참게 생겼냐? 아이구……. 온몸이 안 아픈 데가 없네. 넌 괜찮냐?"

"괜찮을 리가 없잖아."

라빈은 철퍼덕 방바닥에 주저앉더니 곧장 드러누웠다. 서 있을 힘은커녕 손가락 하나 까딱할 힘도 없었다. 무려 세 시간 동안이나 패싸움을 벌였으니, 팔팔하다면 그놈이 비정상일 것이다.

원래가 패싸움이란 것은 시비를 걸고 치고받다가 사람들이 몰려들어 혼란스러워지면 재빨리 내빼는 것이 요령이었다. 그런데 이 순진한, 직설적으로 말하면 멍청한 녀석들은 나중에 사람들이 지쳐서 더 이상 싸우는 것을 포기할 때까지 치고받았으니 그 넘치는 체력은 찬탄받을 만했지만, 그게 결코 잘한 짓은 아니었다.

원래 패싸움이란 게 그렇게 크게까지 번지는 일은 드물지만, 이 마을은 얼마 전까지만 해도 오크들 때문에 하루에도 몇 번씩 소란스러웠던 곳이었다. 그렇기에 대규모 오크 토벌이 완료된 지금 마을의 젊은이들은 넘쳐 나는 에너지를 딱히 해소할 길이 없어 온몸이 근질근질하던 참이었다. 당연히 그들은 오랜만의 스트레스 해소를 위한 기회를 놓치지 않았고, 패싸움의 절정기에는 거의 3백여 명이 모여 들어 식당 밖 대로에서까지 치고받았던 것이다.

또 패싸움을 말려야 하는 이 마을 수비대원들까지 무료한 김에 이 싸움에 가담해서 주먹다짐을 해 댔으니, 그 싸움의 규모가 가히 상상하기 힘든 지경까지 간 것은 당연했다.

"꺄하하하하하하하하하, 아이고 배야, 꺄하하하……."

어제저녁 잠들기 전까지는 그래도 봐 줄 만하던 지미와 라빈의 얼굴은 아침이 되자 그야말로 대단했다. 멍의 색깔은 그야말로 최고의 절정기를 나타내는 검푸른색을 뽐내고 있었고, 두들겨 맞은 곳은 퉁퉁 부어올라 이게 사람의 얼굴인지 몬스터의 얼굴인지 구분하기가 힘들 정도였다.

"웃지 마세요. 이게 다 누구 때문인데?"

지미는 가급적이면 라빈의 얼굴을 보지 않으려고 노력하면서 배꼽이 빠져라 웃어 대는 다크에게 항의했다. 그들끼리도 서로의 얼굴을 보고 배를 잡고 웃었는데, 이번 일을 일으킨 당사자가 이 얼굴을 보고 웃지 않으면 아마 천사의 탈을 뒤집어쓴—겉모양은 아름다우니까— '악마' 일 것이리라.

"전… 다크 님께서도 마법을 익히셨는데, 혹시 치료 마법은 배우지 않으셨습니까?"

"꺄하하하호호호호……. 난 그런 거 몰라."

"제길 할 수 없군. 이 얼굴로 어떻게 밖에 나가지? 안 그래, 라빈? 풋후후후……."

지미는 라빈의 얼굴을 보면서 말하다가 터져 나오는 웃음을 억누르기 바빴다. 자신의 처참한 얼굴은 보이지 않았고, 떡이 된 라빈의 얼굴만 보이니 웃음이 터져 나오는 것은 당연했다. 한쪽 눈이 퍼런 데다가 얼굴 반쪽은 퉁퉁 부어오른 라빈의 얼굴에서 과거 그 준수하던 얼굴을 떠올린다는 것은 정말 무리였다.

"웃지 마. 제길, 아야야……. 이제는 이쪽 이빨까지 흔들거리네. 너는 이빨 괜찮냐?"

"말도 마라. 앞니 하나가 부러졌어."

지미가 이가 빠져나가 찬바람이 드나드는 검은 구멍을 보여 주자 라빈도 급기야 참고 있던 웃음을 터뜨렸다.

"푸헤헤헤……."

"기껏 보여 줬더니 친구를 비웃어? 못된 녀석."

"헤헤……. 야, 밥 먹으러 가자. 더 이상 죽치고 있어 봐야 답도 안 나온다."

"가시죠."

지미와 라빈은 식당으로 가는 길에 잡화점에 들러 1골드를 주고 포션(聖水) 두 병을 구입했다. 원래가 아르곤 제국의 주력 수출품 중 하나가 이 '샤이하드의 숨결'이라는 포션이었는데, 보통 포션보다는 가격이 반밖에 안 될 정도로 저렴하다는 것이 가장 큰 강점이었다. 대신 포션에 기록된 '주의 사항'에 자신이 해당된다면 샤이하드의 은총은 바랄 수 없기에 모두들 그 주의 사항만은 꼭 읽어 보고 구입했다.
사실 주의 사항이란 것도 별것은 아니었다.

※ 주의 사항
1. 샤이하드 외의 타 신을 믿는 자에게는 효과가 없습니다.
 (무신론자는 상관없음)
2. 마음이 사악한 자에게는 효과가 없습니다.
3. 효과를 보지 못하셨다고 해도 절대 환불해 드리지 않습니다.
4. 유사품에 주의하세요.

그런데 이 샤이하드의 숨결의 가장 큰 논란이 되는 문제점이 2번 사항이었다. 누가 사악하고 사악하지 않은지 알 재주가 없었기에, 일부 악덕 상인들이 성수가 아닌 그냥 물을 넣어 팔기도 한다는 것이다. 그래 놓고는 효과 없다고 따지면 '당신의 속마음이 사악하기 때문이다' 라고 우기면 어쩔 건가? 그 때문에 생겨난 조항이 4번 조항이었다.
일부 돈 없는 여행객들의 경우 이 샤이하드의 숨결을 사서 가지고 다녔지만, 경험 있는 여행객들은 절대로 샤이하드의 숨결을 구입하지 않는다. 그만큼 가짜가 많이 돌아다니기 때문이었다.
하지만 여기는 아르곤과의 국경에 위치한 도시였기에 그들은 가짜일 가능성은 거의 없다는 전제 하에 샤이하드의 숨결을 구입했다. 일부는 얼굴에 바르고 일부는 입을 헹궜다. 이 상태로는 입속이 다 터져서 밥도 못 먹을 지경이었기 때문이다.
과연 이곳에서 파는 샤이하드의 숨결이 가짜는 아닌 모양인지

둘의 얼굴 모양새가 확실히 좋아지기 시작했다. 이미 부러져 나간 이빨이야 어떻게 할 수 없었지만 흔들리던 이는 단단히 고정되었다. 어제 저녁밥을 먹었던 식당은 완전히 박살 나서 내부 수리 중인지 문을 열지 않았기에 일행은 그 옆에 있는 여관의 식당으로 갔다.

될 수 있으면 자극성 없는 음식을 시켜서 먹는 일행의 주위로 왔다 갔다 하는 남자 손님들 중 태반이 얼굴이 떡이 된 걸 보면 과연 어제의 집단 난투극에 참가자가 많기는 많았던 모양이었다.

"도대체 어제 왜 그랬습니까?"

"뭘?"

"몰라서 물어요? 충분히 혼자서 해치우고도…, 아니지, 그놈들뿐 아니라 식당 안에 있던 사람들이 모두 떼거리로 덤벼도 이길 수 있었잖아요. 그런데 왜? 그런 소름끼치는 연극을?"

"그야 물론 재미있으니까 그랬지. 너희들은 재미없었니? 나는 아주 재미있었는데……."

"으으으윽! 악마!"

"내가 악마인 거 이제 알았냐? 식사 다 했으면 나가자. 오늘도 또 유쾌한 하루가 기다리고 있는데, 여기서 시간 죽일 필요는 없겠지."

새로운 모험 파티

 대 아르곤 제국의 서부에 위치한 거대 도시 트로이데. 트로이데는 아르곤 제국이 가진 5개의 수도(首都) 중 하나였다. 아르곤은 대 제국이란 칭호가 어울릴 정도로 거대한 국가였기에, 전 국토를 5개로 나누어 4명의 법왕(法王)이 각기 하나씩 다스렸고, 남은 하나는 현재 교황(敎皇)인 고도 5세가 직접 다스렸다.
 트로이데는 아르곤의 서부에 위치한 안지오 지역의 수도였고, 아르곤 서부의 종교, 교통, 상업, 문화, 군사, 정치의 중심지였다. 트로이데의 주민 수는 무려 45만에 달했고, 트로이데 일대에는 2개 기사단과 3개 사단이 주둔했다. 그야말로 트로이데의 규모는 이제 신흥 제국인 크라레스의 수도 크로돈에 비해 비교가 안 될 정도였다.
 "정말 대단하군. 하지만 '중원'의 도시들에 비하면 별건 아냐."

여기저기 이색적인 석상(石像) 등 각종 종교적인 예술품들이 눈에 띄었고, 가옥의 구조도 크라레스가 돌이나 나무를 사용하는데 반해 여기서는 벽돌을 애용했다. 곳곳에 색유리를 이용해 특이한 그림들을 그려 놓은 거대한 창문이 난 건물들도 보였다. 그 건물들의 규모는 매우 대단해서 수백 명이라도 들어가서 살 수 있을 정도로 커 보였다.

하여튼 크라레스에 비해 아르곤의 도시들은 아주 호화롭다는 특징을 가지고 있었다. 대부분의 도시에는 거대한 분수대가 설치된 공원이 있었고, 색유리로 모양을 낸 창문이 달린 큰 건물이 적어도 하나 이상씩은 있었다.

그리고 곳곳에 날개 달린 사람이나, 아름다운 여인 또는 남자들을 흰 대리석으로 조각한 조각상들이 있었다. 이 모든 걸 본다면 엄청나게 호화로운 도시이고, 또 부유한 게 틀림없어 보이는데도 사람들의 복장은 매우 수수했다. 어떻게 보면 옷에 신경 쓸 돈으로 도시를 단장하는 것 같다는 생각이 들 정도였다.

"정말 아름다운 도시야. 아르곤의 도시들은 모두 깨끗하고 아름답군."

"그렇네요."

마지못해 대꾸하는 지미와 라빈의 얼굴에는 그새 수많은 상처들이 아로새겨져 있었다. 그들의 망할 상관이 가는 곳곳마다 말썽을 불러 일으켜 대니 지미와 라빈의 몸이 성할 수가 없었다.

여기까지 오는 동안 거의 4일에 한 번씩 패싸움을 해야 했고, 이틀에 한 번 이상 결투를 해야만 했다. 여행이 시작된 후 겪은 그 수많은 칼부림 속에서 아직 살아남아 있다는 것이 기적같이 느껴지는 지미와 라빈이었지만, 사실 그 둘은 절대 죽을 수도 없는 상황이었기에 살아 있는 것이다. 언제나 다크가 시비를 건 상대는 그들과 비슷한 실력이거나 다수인 경우 한 수 처지는 인물들이었으니까 말이다.

"사람들도 친절하고, 도둑도 없고, 시비 거는 사람도 없고, 약간의 다툼만 벌어지면 수비대원들이 칼을 들고 뛰어오니 별로 재미없다는 게 좀 단점이긴 하지만……."

"그건 그래요."

그러면서 히죽거리는 지미. 변방에서는 몰랐지만 이런 도시에서는 다크가 아무리 시비를 붙여 싸움이 나도 어디서 나타나는지 수비대원들이 뛰어와서 싸움을 말렸다. 그 때문에 지미와 라빈은 꾀가 생겨서, 크라레스에서는 인적 없는 곳만 찾아서 다녔지만 야르곤 깊숙이 들어온 다음부터는 치안이 좋은 도시에서 도시로만 이동해 왔다.

이때 다크는 저 앞쪽 마차 옆에 서 있는 젊은이가 자신을 홀린 듯이 멍청히 쳐다보고 있는 것을 느끼고, 빙그레 미소 지으며 라빈에게 조용히 물었다.

"이봐, 라빈. 저 앞에 서 있는 저 녀석 보기에 어때?"

갑작스런 상관의 질문에 라빈은 그 상대를 자세히 쳐다본 후 상대에게서 느낀 점을 솔직히 얘기했다.

"예? 제법 옷차림이 그럴듯해 보이는데요. 여태껏 저 정도로 옷을 잘 입은 사람이 별로 없었던 걸 보면 꽤 높은 집안의 자제인 것 같습니다. 롱 소드를 차고 있는 데다, 팔의 근육이 잘 발달되어 있는 걸 보면 검술도 꽤 연마한 것처럼 보이구요."

"꺄하하하······."

라빈이 얘기를 하는 동안에도 그들이 타고 있던 말은 계속 전진했기에 그 젊은이와의 거리는 매우 가까워져 있었다. 이때 다크가 그 젊은이를 힐끔거리면서, 의도적으로 크게 웃으며 들으라는 듯 약간 큰 소리로 말했다.

"그건 실례잖아요, 라빈. 아무리 상대가 실력이 없어 보이더라도 겉멋만 잔뜩 든 멍충이라니······."

그 젊은이의 안색은 순간 창백해지는 듯하더니 곧 시뻘게졌다. 눈앞의 이 아름다운 소녀가 말하는 '겉멋만 잔뜩 든 멍충이'가 누군지 재빨리 알아챘기 때문이다.

"이런 무례한 녀석!"

"아, 아니···, 제가 뭐라고······."

이 능구렁이 같은 상관의 속임수에 넘어간 걸 재빨리 깨달은 라빈이었지만 이미 때는 늦었다. 다크는 일부러 라빈에게 말을 걸었고, 라빈이 한참 말하게 놔둔 후 상대에게 가까이 접근해서는 상대가 오해하기 딱 좋은 말을 떠들어 댔으니, 결과는 당연했다.

정말 보기 드문 미녀를 보고 가슴이 콩닥콩닥하고 있던 그 젊은이는 자신이 숙녀 앞에서 어떤 무뢰배에게 매우 심한 모욕을 당했다고 생각하고는 재빨리 다음 행동을 취했다.

그 젊은이는 오른쪽 주머니에서 장갑을 꺼내 들고는 라빈의 얼굴에다가 냅다 던지면서 외쳤다.

"무례한 녀석! 숙녀 분 앞에서 나를 모욕하다니······. 결투를 신청한다. 말에서 내렷!"

"아···, 그게, 그게 아니고······."

"라빈, 저런 애송이 따위는 한주먹 거리도 안 된다면서요. 빨리 처리하고 가요. 예?"

살살 부드럽게 미소 지으며, 하지만 상대가 들으라는 듯 적당히 큰 소리로 얘기 하는 소녀와 '안 됐군. 한두 번 당해 보냐? 알아서 조심해야지' 라는 딱한 시선으로 바라보는 지미를 의식하며 라빈은 할 수 없이 말에서 내렸다.

기사는 상대가 결투를 신청하는 절차로 던진 장갑에 맞으면 그건 피할 수 없었다. 그다음부터는 정의와 함께 하시는 신께서 누가 옳은지를 결정지어 주는 게 정확한 순서였다.

"제기랄, 정말 싸우기 싫은데……."

어제 결투에서 찔린 허벅지 때문에 라빈은 약간 다리를 절면서 상대 앞에 다가가 정중히 고개를 숙였다.

"제가 졌다고치고 이 결투를 끝낼 수는 없을까요?"

그 말에 상대는 이제 완전히 무시까지 당했다고 생각했는지 안색이 새파래지며 분노를 억누른 음성으로 또박또박 말했다.

"닥치고 검을 뽑아라. 샤이하드께서 정의의 편에 선 자가 누군지 밝혀 주시리라."

라빈은 투덜거리면서 어쩔 수 없다는 듯 롱 소드를 뽑아 들었다. 라빈의 롱 소드는 그리 좋은 것은 아니었기에, 몇몇 전쟁터와 요 근래에 자주 겪은 결투 덕분에 칼날이 많이 상해 있었다.

"무슨 일이니? 피러스!"

막 결투를 시작하려던 두 사람의 움직임은 다급하게 들려온 높은 목소리의 인물에 의해 멈춰졌다.

"왜 검을 뽑아 들고 있는 거냐?"

재빨리 건물에서 뛰어 나오는 여인은 젊은이와 같은 엷은 갈색의 머리카락과 눈을 가지고 있었다.

"누, 누나."

"무슨 일이야, 응? 이런 곳에서 결투를 하려는 거냐? 저, 제 동생이 무슨 실례를 저질렀는지?"

그 여인의 말에 라빈은 속으로 쾌재를 부르며 일부러 다리를 더욱 심하게 절룩거리며 그녀의 앞으로 다가가 공손하게 설명했다.

"약간의 오해가 있었을 뿐입니다. 저희 일행이 워낙 장난을 좋아해서 동생 분이 오해를 하셔서 말이죠."

"오해라고? 네 녀석은 분명히 나를 모욕……."

"가만히 있거라, 피러스. 다리까지 부자유스러운 분인데, 네가 또 오해한 모양이구나. 저렇게 정중하신 분인데 너를 모욕했을 리가 없잖아?"

그녀는 동생에게 따끔하게 말한 후 미안한 듯 라빈에게 얼굴을 돌렸다.

"저, 무사님. 대단히 죄송한 부탁이지만 결투는 없었던 걸로 해 주시겠습니까?"

"저야 말로 그렇게 해 주신다면 감사할 따름입니다. 아름다우신 레이디."

"헛소리하지 마. 네 녀석과는 무슨 일이 있어도……."

"피러스! 결투를 금한다는 아버지의 엄명이 있었잖니? 말 안 들으면 아버지한테 말씀드릴 거야."

피러스라 불린 그 젊은이는 고개를 푹 숙여 버렸다. 더 이상의 볼일은 끝났다고 생각한 다크는 지미에게 눈짓을 하면서 말을 앞으로 몰았다. 속으로는 '오늘도 잘하면 한판 하는 거 구경할 수 있었는데' 하고 생각하면서 말이다. 그런데 바로 그때였다.

"잠깐만 기다리세요."

다크와 지미, 그리고 라빈은 갑작스런 여인의 목소리에 뒤를 돌아봤다.

"혹시 여행객들이시라면, 저희 집에서 묵고 가시지 않겠습니까? 아버님께서는 과거 여러 곳을 여행하셨고, 또 여행담 같은걸 좋아하시기에 잠시 시간을 내주시면 영광이겠습니다."

"하지만 저희는 갈 길이 바빠서……."

다크는 거절하고 계속 앞으로 나가려 했지만, 지미가 그녀의 말〔馬〕 꼬리를 붙잡고 가지 못하게 했다. 운 좋으면 오늘 저녁은 맛있는 식사와 조용한 잠자리가 보장되는 것이다. 지난번에 갔던 도시에서는 패싸움을 벌이다가 몽땅 잡혀 감옥에서 밤을 새웠는데, 지미는 이 도시에서까지 그런 경험을 하고 싶지 않았다.

"초대해 주셔서 감사합니다. 안 그래도 이 도시는 처음이라 생소한 점이 많았는데, 부탁드립니다. 저희들은 크라레스의 견습 기사(見習騎士)들로 저는 지미 도니에라고 하고, 이쪽은 다크 크라이드, 저쪽은 라빈 엘느와라고 합니다."

"호호호, 예, 크라레스 분들이셨군요. 이쪽은 제 동생 피러스 도우러, 저는 앤 도우러입니다. 집이 약간 먼데, 따라오세요. 피러스 가자."

피러스는 원망 가득한 표정으로 누나를 쏘아봤지만, 곧 다크 쪽으로 시선을 한번 던진 후 마음을 고쳐 잡고는 집을 향해 마차를 몰기 시작했다.

남매가 안내한 곳은 시외에 있는 제법 큰 이층 저택이었다. 저택의 가장인 미켈 도우러 씨는 5년 전에 은퇴한 상인이었다. 그는 젊었을 때 여기저기를 많이 떠돌아다니다가 뒤늦게 기반을 잡은 덕분에 느지막이 결혼을 했다. 도우러 씨는 결혼 후 세 명의 자식이 성장할 때까지 상인 노릇을 하다가, 그들이 성장하자 즉시 은퇴한 후 다시 여행을 다니기 시작한 여행 광이었다.

일행이 도우러 씨에게 안내되었을 때, 도우러 씨는 네 명의 손님들과 대화를 나누던 중이었다. 앤은 아버지에게 새로운 손님들을 소개했다.

"아버지, 크라레스에서 오신 여행객들이에요. 지미 도니에 씨, 다크 크라이드 양, 그리고 라빈 엘느와 씨세요."

앤의 소개를 시작으로 서로 간에 인사가 오고갔다. 가장인 미켈 도우러, 그리고 하루 전에 도착해서 신세를 지고 있던 모험가들인 스펜 안트리아, 아더 존슨, 그리고 그들과 함께 모험 여행 중이었던 베티 도니안이란 사제였다. 이곳 아르곤 제국 자체가 샤이하드 외의 신을 부정하는 만큼 베티란 신관은 신관복을 입지 않고 여행복을 입고 있었다. 베티를 제외한 모두가 20대 후반에서 30대 정도의 인물들인 걸로 미루어 꽤나 수준 있는 모험 파티인 모양이었다.

"자자, 모두들 앉으시지요. 오랜만에 집 안이 북적거리는군요."

"감사합니다."

도우러 씨가 원체 손님들을 반기는 덕에 응접실에는 큰 테이블과 의자들이 많았다. 하지만 사람들이 제법 많았음에도 불구하고

의자의 반도 채우기 힘들었다.
 모두들 쭉 둘러앉자 남자들의 시선은 자연스럽게 눈에 확 띄는 미녀인 다크에게 집중되었다. 베티야 원래가 신관이었기에 그녀가 미인인 것은 모두들 당연하게 여겼다. 사실 신관들이 가지고 있는 아름다움은 신성 마법에 의해 만들어진 것이었기에 결코 찬탄의 대상이 되지 못했지만, 다크는 신관이 아닌데도 베티에 버금갈 정도의 미모를 지니고 있었으니 시선이 집중되는 것은 당연했다.
 남자들의 시선이야 그렇다고 치더라도, 베티까지도 다크를 유심히 바라보더니 조용한 목소리로 정중하게 질문했다.
 "혹시 마법사이신가요?"
 "예? 그게 무슨 말씀이십니까? 사제님."
 "은근하게 마법의 기운이 느껴지기에 물어보는 겁니다. 아마도 하이드 마나 포스의 주문을 사용하고 계신 모양이죠? 하지만 그런 식으로 해서는 마법의 기운이 뿜어져 나오기에 신관들에게 발각당할 수 있답니다. 물론 여행객이라서 사형까지 당할 리는 없겠지만……. 그래도 귀찮은 일을 당하실 수 있죠."
 "그런가요?"
 다크는 그럴 수도 있다고 생각하며 하이드 매직 포스(Hide Magic Force)에 해당하는 용언 마법을 나직하게 외웠다.
 "은마력(隱魔力)!"
 그 순간 다크에게서 나오던 마법의 기운이 순식간에 사라졌고 베티는 놀랍다는 듯 눈을 크게 떴다.
 "아주 능숙한 마법사셨군요. 두세 가지의 마법을 한꺼번에 사용할 수 있다면 대단한 거라고 들었는데 말이에요."

베티가 이렇게 단정 짓는 것도 당연했다. 원래가 신성 마법은 신성력, 즉 얼마나 신을 믿느냐에 좌우되는 것이었고, 또 그 신성 마법은 그녀의 아름다움이 유지되듯 한 번 발동시키면 신에 대한 믿음이 유지되는 한은 그 마법을 유지하기 위해 신경 쓰지 않아도 상관없었다.

하지만 마법은 다르다. 마법은 정신력으로 마나를 다루어 이뤄지는 산물. 그렇기에 두 가지 마법을 동시에 쓸 수 있다는 것은 양쪽에 신경을 쓸 수 있다는 말이 된다. 대단히 뛰어난 마법사들의 경우 다섯 가지 이상의 마법을 동시에 구현할 수 있다고도 하지만, 대부분의 수련 마법사들의 경우 한두 가지 마법으로도 허덕거리는 게 보통인지라 그녀는 그렇게 생각한 것이었다. 어쨌든 베티의 말을 듣고 옆에 앉아 있던 스펜이 다크에게 정중하게 물었다.

"어디로 여행을 하시는 길이신가요? 혹시 정해진 목적지가 없다면 저희들과 함께 모험을 하실 생각은 없으십니까? 아르곤이란 곳이 마법사를 구하기가 하늘의 별 따기만큼이나 어려운 곳이라서 말이죠. 저희와 함께 여행을 할 일행이 세 명 더 있습니다. 두 명은 사전(事前) 조사차 먼저 떠났구요. 저희들은 남은 세 명을 기다리고 있는 중입니다."

"모험 여행치고는 인원이 너무 많군요. 지금 계신 분만 해도 셋, 그리고 또 다섯, 거기에 저희들까지 합하면 열한 명인데, 그렇게 많은 인원이 필요할까요?"

"아마도 그 인원가지고도 힘들 겁니다. 어쩌면 여기서 몇 명 더 들어올지도 모르죠."

"좋아요. 목적이 마음에 들면 참가하죠."

그 말에 스펜이 조금 나지막한 목소리로 말했다.

"드래곤을 사냥할 생각입니다."

"드, 드래곤이라구요?"

경악한 지미와 라빈의 외침에 스펜은 손을 입에 가져다 대고는 "쉿!"하고 주의를 주더니 말을 이었다.

"이건 모험을 할 충분한 가치가 있습니다. 그린 드래곤 한 마리가 살고 있는 곳을 알아냈죠. 아직 1천 살도 안 된 녀석입니다. 모두들 알고 계시죠? 1천 살짜리 드래곤 찾아내기가 얼마나 힘든지…….

"드래곤 중에서 가장 약한 그린 드래곤이니만큼 해치우기는 별로 어렵지 않을 겁니다. 브레스도 거의 쓸 줄 모르는 어린 녀석인지라 보물을 많이 모아 두지는 못했겠지만, 모두에게 충분히 돌아갈 정도는 있을 겁니다. 만약 보물이 없다 해도 활약한 정도에 따라 아쉽지 않게 대우해 드리겠습니다. 대신 드래곤의 사체(死體)는 저희들이 가질 겁니다. 어떻습니까?"

지미가 약간은 탐탁치 않은 어조로 대꾸했다.

"하지만 드래곤의 사체는 엄청난 가치가 있는데, 그쪽에서 다 가진다는 건 좀 그렇군요."

"그건 어쩔 수 없습니다. 저희 일행에는 타이탄 세 대가 있습니다. 그쪽에는 몇 대가 있죠?"

"……."

"저희들이 드래곤을 공격할 때 당신들은 옆에서 도와주기만 하면 됩니다. 겨우 옆에서 조금 도와주는 정도만으로도 평생 쓰고도 남을 정도의 돈이 생기는 겁니다. 별로 나쁜 조건은 아니라고 생각

됩니다만, 이견(異見)이 있으신가요?"

"없습니다."

지미가 풀이 죽은 어조로 말하자 스펜은 그럴 줄 알았다는 듯 살짝 미소 지었다.

"가장 큰 문제는 그 드래곤이 사는 곳이 이곳, 아르곤이라는 겁니다. 드래곤을 처치한 후 그 사체를 국외로 반출하는 것은 미켈도우러 씨가 책임지게 되겠지만 사실 드래곤의 덩치가 보통 큰 게 아니므로 매우 힘든 작업이 될 겁니다."

"그걸 어디로 반출하는 겁니까?"

"그건 말씀드릴 수가 없군요. 그건 그때 가서 알려드리기로 하고……. 저희 일행에 6사이클급 마법사가 한 명 있습니다. 다크 양은 어느 정도 실력이신지 여쭤 봐도 될까요? 작전을 세우려면 필요하니까 하는 말입니다."

다크는 잠시 생각했다. 아르티어스에게서 배운 용언 마법은 거의가 1사이클과 2사이클급이었다. 하지만 과거 가스톤과 안토니에게서 배운 몇 가지 공격 마법을 5사이클까지 익혔었다. 물론 배운 게 파이어 볼 계통하고 뭐 그런 몇 가지 안 되는 것들이었지만 사실 들통 날 것도 아니니, 그걸 대놓고 알려 줄 필요는 없었다.

"5사이클까지 익혔어요. 물론 공격 마법만……."

모두들 놀랍다는 듯 그녀를 바라봤다. 이제 겨우 10대 후반의 여자 아이치고는 놀라울 정도로 높은 수준이었다. 거기에다가 외모에 어울리지 않는 공격 마법이라니…….

"보기보다는 과격하시군요. 허허……. 그럼 자네들은 어느 정도 실력인가? 실전 경험은 좀 있나?"

"저희는 둘 다 수련 기사입니다. 크라레스가 스바시에를 침공할 때도 용병대에 참가해서 싸웠으니 실전 경험은 충분할 겁니다."

지미의 말에 아더가 약간 비꼬는 듯한 어조로 참견했다.

"호오, 그 전쟁에 참가했었나? 정말 인상 깊은 전쟁이었지. 그렇게 후다닥 끝내기도 참 어려운데 말이야."

빨리 끝났다는 아더의 말은, 타이탄들이 주축으로 싸운 전쟁이었으니 실전에 직접 참가했을 가능성은 거의 없다는 뜻이었다. 그 말에 지미는 설명을 조금 더 첨가했다.

"전쟁이 끝난 후 반군 토벌한다고 한 6개월 돌아다녔죠."

반군 토벌에 참가했다면 어느 정도 실력은 있을 것이다. 그렇기에 아더는 그 한마디로 상대의 실력을 인정한다는 듯 고개를 끄덕였다.

"좋아. 그럼 3일 후에 일행이 도착하는 대로 출발하기로 하세. 그동안 우리들도 준비할 게 많고 말이야. 자네들도 혹시 필요한 게 있으면 말해 보게. 준비해 주겠네."

"별로 필요한 건 없어요. 참, 사제님. 일행이 다리에 부상을 좀 입었는데 치료해 주실 수 없을까요?"

"호호호, 그건 별로 어렵지 않죠."

드래곤의 아들 찾기

"뭐야? 그런 사람 모른다고? 이 녀석이 무슨 헛소리를 하는 거야? 분명히 아들놈이 여기서 산다고 했다구. 네 녀석 상관 데려와."

아르티어스 옹께서는 한 몇 달 레어 안에 틀어박혀서 무료함을 달래느라 이리 뒹굴 저리 뒹굴 하면서 지냈다. 하지만 도저히 아들과 함께 지냈던 그 단란했던 시간을 잊을 수가 없었다. 더구나 지금 생활이 무료한 만큼 그때의 기억은 더욱 새록새록 그의 신경을 자극해, 드디어는 참지 못하고 크라레스 왕궁으로 찾아온 것이다. 하지만 이놈의 호위병들은 도대체가 그의 말을 귓등으로 들을 뿐, 제대로 대답을 해 주는 놈은 한 명도 없었다. 당연히 그럴 것이 지금 아르티어스의 생김새는 이제 갓 20대 초반의 정말 아름다운 외모를 지닌 미남자인데, 그가 아들을 찾는다면 갓난아기란 말밖에 더 되나? 왕궁이 탁아소가 아닌 바에야 이런 말을 하는 놈이 미친 놈인 것은 분명한 사실.

"그래서? 내 아들이 여기 없다는 말이냐?"

"당신 아들은 탁아소에 가서 찾아보시구려. 아니면 고아원이나……"

"이런 빌어먹을 녀석들이! 죽어랏! 화염구(火炎球)!"

그와 동시에 엄청난 불덩어리가 아르티어스의 손바닥에서 날아갔고, 여태껏 이죽거리고 있던 병사 둘은 순식간에 구수한 향기를 풍기는 통구이가 되어 버렸다.

갑자기 왕궁 정면에서 마법을 사용해 근위병을 죽이는 사태가 벌어지자 사방에서 병사들이 몰려 나왔지만, 이미 혈압이 꽤나 상승한 아르티어스 옹의 눈에는 그게 개미 떼 정도로밖에 보이지 않았다. 아르티어스는 쏟아져 나오는 병사들을 향해 곧장 손을 일(一) 자로 가로저으며 주문을 외웠다.

"풍검(風劍)!"

그의 손에서 나온 바람의 검날이 뻗어 나가며 수십 명의 몸통을 상하로 분리시켰다. 원래가 골드 드래곤은 바람의 정령력을 가진 존재인 만큼 바람에 관계된 마법은 더욱 가공스러웠다.

"크하하하, 내 아들이 어디 있는지 모르겠다고? 그럼 다 죽어 버려랏!"

이때 왕궁 안쪽에서 무시무시한 기세로 세 명의 무사가 달려왔고, 끔찍한 모습으로 죽어 있는 시체들을 보고 눈살을 찌푸리더니 아르티어스를 향해 차가운 어조로 물었다.

"당신은 누군데, 크라레스의 왕성에 와서 행패를 부리는 거요?"

"나? 아르티어스라고 하지. 네 녀석도 물론 내 아들이 어디 있는지 모르겠지?"

"당신 아들이 어디 있는지 우리가 어떻게 알겠소? 보아하니 당신 아들은 이제 갓난아기 정도일 텐데 왕궁에 와서 찾을 필요가 무에 있겠소? 그래, 겨우 그것 때문에 병사들을 학살했다는 말이오?"

"갓난아기가 아냐! 이제 열일곱 살 정도 됐다구. 그리고 저놈들을 죽인 것은 감히 이 아르티어스 님에게 반항한 죄야. 그래, 네놈들도 반항해 볼 텐가?"

기사들은 어이없다는 표정으로 이 젊은 마법사를 쳐다봤다. 기사를 상대로 마법사가 싸워서 이길 수 없다는 것은 불변의 진리. 그런데도 기사를, 그것도 세 명이나 앞에 두고 저 오만함을 유지하고 있는 것을 보면 뭔가 믿는 구석이 있다는 말이었다. 제일 앞에 서 있던 기사는 그것 때문에 섣불리 손을 쓰지 못하고 있었다.

"저는 왕실 근위 기사단 소속 기사 알프레드 그루지에라고 합니다. 우선 귀하의 아들이 이곳에 있는 게 정확한지, 또 귀하의 정체는 무엇인지 알려 주십시오. 그래야 피차간에 실수가 없을 것 같습니다."

상대의 정중한 말에 아르티어스는 콧방귀를 뀌며 이죽거렸다.

"흥! 내가 몇 번이나 말했나? 내 아들 이름은 다크 크라이드 남작이야. 그리고 내 이름은 아르티어스고……. 더 이상 알려 줄 이유는 없다. 만약 두 시간 안에 내 아들을 여기로 데려오지 않는다면 저런 싸구려 왕궁 따위 통째로 날려 버리겠다."

그야말로 무시무시한, 아니면 정신 이상자가 헛소리해 대는 것 같은 최후통첩이었다. 하지만 상대가 마법사이니만큼 정신 이상자

일 가능성은 거의 없었다. 알프레드는 열심히 궁리했다. 마법을 사용하면서도 기사 몇 명, 아니 국가 하나쯤은 신경도 안 쓰는 최강의 존재……. 거기까지 생각이 미치자 알프레드의 등골에는 식은땀이 흐르기 시작했다.

"저, 혹시 드래곤이십니까?"

알프레드의 혹시나 하는 조심스런 물음에 아르티어스는 픽 비웃음을 터뜨린 후 수긍했다.

"그래."

"저, 그렇다면 사라진 아드님은 헤즐링?"

드래곤이 신경 쓰는 대상은 헤즐링뿐이었기에 한 물음이었지만, 그것은 잘못 짚은 거였다.

"아니, 인간이다. 내 양자(養子)야."

"알겠습니다. 잠시만 기다리십시오."

그 이후로 두 시간 동안 크라레스 왕성은 어느 구석에 박혀 있는지도 알 수 없는 사람 하나를 찾는다고 난리가 났다. 다크 크라이드라는 남자를 찾기 위해 아래로는 왕궁에 고용된 하급 관리들로부터 시작해서, 수도 근위 사단의 병사들, 장교들, 그리고 고관대작들까지 철저히 알아봤지만 그런 사람은 없었다.

그 때문에 크라레스 왕실 근위 기사단은 최악의 사태를 염두에 두고 왕궁 근처에 유령 기사단을 포함한 타이탄을 가진 기사들을 끌어 모으며 난데없는 드래곤과의 일전에 대비하기 시작했다. 전방에 나가 있던 콜렌 기사단 소속 기사들도 속속 공간 이동을 해 왔고, 아르티어스가 눈치 채지 않도록 비밀리에 각 타이탄들에게 대(對)드래곤 전투를 위한 창(槍)을 지급했다.

"폐하! 큰일 났사옵니다."

허겁지겁 뛰어 들어오는 근위 기사단장에게 젊은 황제는 약간 짜증 섞인 어조로 물었다.

"무슨 일인가?"

자신이 생각해도 지금 궁중 예법에 어긋나는 행동을 하고 있다는 걸 알았지만, 기사단장은 지체할 수 없었다. 그렇기에 그는 다급하게 말을 이었다.

"난데없이 미친 드래곤 한 마리가 나타나서는 말도 안 되는 시비를 걸고 있사온데, 속히 피신을 하시는 게 좋을 것 같사옵니다."

"말도 안 되는 시비라니?"

"예, 다크 크라이드라는 자기 아들이 이곳 왕궁에 있을 테니 내놓으라는 것이옵니다. 하지만 아무리 뒤져도 그런 인물은 찾을 수가……."

잠시 생각을 하던 황제는 짚이는 이름이 있었기에 다시 확인했다.

"다크 크라이드라고 했나?"

"예."

"이상하군. 그건 로니에르 공작의 옛날 이름인데? 분명히 아들이라고 했나?"

"그러하옵니다."

"그 드래곤에게 아들인지 딸인지 다시 한 번 알아 보거라. 아니, 내가 직접 가겠다. 만약을 대비해서 유령 기사단의 타이탄 사용 허가를 내리겠다. 준비하라 이르도록!"

"예, 폐하. 하지만 폐하께서 직접 드래곤을 만난다는 것은 너무 위험하옵니다. 다시 한 번 생각을……."

"에잉, 자네는 시키는 대로 해. 나도 그래듀에이트다! 상대가 아무리 드래곤이라도 허무하게 당하지는 않아. 알겠나?"

"예, 폐하."

아르티어스는 새로 나타난 젊은이의 옷차림이 근사한 데다, 그 젊은이가 나타나자 사방의 병사들이 바짝 긴장해서 더욱 호위에 만전을 기하려고 애쓰는 걸 보고 그의 신분을 대강 눈치 챘다. 젊은이는 아르티어스 옹에게서 약 10미터 정도 떨어진 곳에 서서 침착하게 물었다.

"그대가 드래곤이십니까?"

아르티어스는 완전히 신분을 드러낸 자신 앞에서 위축되지 않고 당당하게 말하는 상대를 보고 약간 흥미로운 표정을 잠시 짓더니, 천천히 입을 열었다.

"그렇다. 이제 약속한 시간이 다 되어 가는데, 내 아들은 어디 있지?"

"다크 크라이드라는 이름은 분명히 알고 있습니다. 하지만 그녀는 여자입니다. 그렇기에 그대가 찾는 아들은 아마 딴 곳에 있는 게 아닌가 생각됩니다. 제가 알기로 다크 크라이드라는 이름을 가진 사람은 그녀 한 사람뿐이기 때문입니다."

국왕의 말에 아르티어스 옹은 환한 미소를 지었다. 제대로 찾아온 것이다.

"호오, 바로 찾아왔군. 바로 그 아이야. 내 아들이 말이야."

아르티어스가 한 말은 도저히 논리적으로 이해가 가지 않았다. 어떻게 여자 애가 아들이 될 수 있는가? 하지만 드래곤이 그렇다는 데야 그 누구도 감히 반론을 펼 수는 없었다.

"그런데, 내 아들은 어디 있지? 아빠가 왔으면 당연히 모습을 나타내야 정상이 아닌가?"

"그녀는 지금 여기에 없습니다. 치레아 총독으로 파견되어 있습니다. 이름도 다크 로니에르로 바뀌었죠."

"흐음, 알 만하군. 그 때문에 아는 녀석이 없었군. 인간들은 왜 계급이 올라가면서 성(姓)이 계속 바뀌는지 이해할 수가 없어! 어쨌건 성급히 손을 쓴 점은 미안하게 생각하네. 자네가 이 나라의 왕인가?"

"예."

아르티어스는 젊은 황제를 흥미롭다는 듯이 잠시 바라봤다.

"자네, 결혼은 했나?"

"예, 그런데 그건 왜?"

"딸을 가진 부모는, 험험! 아, 아닐세. 잠시 궁금해서 물어봤을 뿐이야. 과연 그 아이의 윗사람이 될 만한 자격은 있는 것 같군."

아르티어스가 손을 앞으로 뻗고 '공간 이동(空間移動)'이라고 용언 마법 주문을 외우자 곧이어 그의 손바닥에 희미한 빛이 일어났고, 곧이어 빛이 사라지며 그의 손바닥 위에는 1.5미터가 넘는 호화롭게 장식된 거대한 바스터 소드가 들려 있었다. 이것은 과거 아르티어스의 친구였던 레드 드래곤에게서 선물 받은 검이었고, 보물 창고 벽 높직한 곳에 걸려 있던 것인데, 그걸 이쪽으로 공간 이동시켜 온 것이었다.

물론 자신이 딴 곳으로 이동하는 것도 아니고, 물건만을 공간 이동시켜 이쪽으로 가져오는 데는 엄청난 기억력이 요구된다. 그 물건은 한 치의 어긋남도 없이 시술자가 알고 있는 그 장소에 있어야만 하기 때문이다. 그렇기에 사람처럼 움직이는 생물은 계속 좌표가 바뀌기에 강제로 공간 이동시켜 데려온다는 것이 불가능하지만, 물건이라면 드래곤의 엄청난 기억력으로 봤을 때 별로 어려운 것이 아니었다.

아르티어스는 그 검을 젊은 황제에게 내밀었다.

"이 검은 레드 드래곤 '브로마네스'가 만든 마력검(魔力劍)이다. 물론 드래곤이 만든 만큼 불필요한 마나의 소모는 없지. 이걸 사용하면 이 검신에 수놓아져 있는 5사이클급까지의 화염 마법을 사용할 수 있다네. 이 검을 받게나. 쓸데없이 소란을 일으킨 것에 대한 본인의 미안함과 사과의 표시라고 생각하고 받아 주게."

황제는 아르티어스가 자신에게 검을 내미는 걸 보고 엄청나게 놀랐다. 원래가 드래곤이란 족속들은 그 광포한 성질과 엄청난 힘을 기반으로 자존심 높기로는 견줄 자가 없는 존재였다. 그렇기에 "이건 실수였어. 없었던 일로 하자구"라고 말한다고 해도 누구 하나 이의를 제기하지 못했다. 그런 자존심 높은 드래곤이 인간에게 '사과'를 하는 것이다. 그것도 멋진 보검까지 주면서…….

드래곤이 이런 환상적인 보검(寶劍)까지 주면서 뒷수습을 하는 것은 당연히 다크 로니에르 공작의 입김이 작용하고 있었기 때문이다. 그걸 잘 아는 황제는 사과의 뜻으로 건네주는 그 검을 정중히 받았다. 그래야만 자신이 상대의 사과를 받아들이는 것이 된다. 또 황제가 그 검을 보고 욕심이 안 생겼다면 그것은 완전히 거짓말이리라.

　황제는 꿈을 꾸는 듯 황홀한 표정으로 붉은 광택을 띠는 아름다운 검신을 바라보았다. 정말로 이 검은 황금을 물 쓰듯 해도 구하기 힘든 진품(眞品)이었던 것이다.

　"감사히 받겠습니다. 그리고 이번에 있었던 일은 서로 간의 오해로 빚어진 불상사였던 만큼, 아예 없었던 일로 하는 게 어떻겠습니까?"

　"하하하, 자네는 말귀를 잘 알아듣는군. 어쨌든 이걸로 일단락되었고……. 치레아는 어디로 가면 되지?"

　"직접 찾아가실 필요 없습니다. 제가 마법사를 한 명 붙여 드리겠습니다. 그와 함께 가시면 됩니다."

　"신경 써 줘서 고맙네."

　"천만에요. 제가 아끼는 부하의 아버지신데, 당연히 그 정도는 해 드려야 도리지요. 하하하……."

　늙은 마법사의 안내로 아르티어스는 곧장 치레아 총독부에 도착할 수 있었다. 황제의 칙명으로 아르티어스를 데려온 마법사는 당연히 궁정 제1마법사인 토지에르였다. 상대가 그 이름도 공포스러운 존재인 드래곤이라는 사실을 황제에게 슬며시 귀띔 받고 토지에르는 그에게 최대한 사근사근하게 대했다.

　토지에르는 다크라는 인물과 만나게 된 것은 정말이지 위대하신 신의 뜻이라고밖에는 생각할 수 없었다. 그만큼이나 그녀의 무술 실력은 뛰어났다. 처음에는 좋지 않은 사건이 있었음에도 불구하고 몇 마디 사탕발림으로 크라레스 편으로 끌어들일 수 있었지 않

드래곤의 아들 찾기　143

은가? 거기에다가 이번에는 다크의 의부(義父)라고 주장하는 드래곤까지 나타났으니, 그녀의 이용 가치는 더욱 높아지게 되는 것이다.

드래곤과 인간이 친분을 맺기는 정말이지 어려웠다. 모험가 등으로 트랜스포메이션하여 인간 세상을 돌아다니던 드래곤이 인간과 친해져 그를 도와준다는 영웅 전설은 각 나라마다 하나씩은 가지고 있을 정도로 흔했지만, 사실 드래곤이 인간을 도와준 적은 거의 없었다. 왜냐하면 드래곤은 근본적으로 다른 종족의 일에 참견하는 걸 별로 좋아하지 않았기 때문이다.

게다가 드래곤은 원래가 타 종족보다 자신들이 월등하게 우월하다는 것을 잘 알기에 타 종족들을 벌레 보듯 했다. 트랜스포메이션하여 사귄 인간이라 해도 마찬가지였다. 그들은 그 상태에서 인간들을 사귀면서, 벌레들의 삶을 현실감 있게 체험하며 즐기는 정도로만 생각했기에 사실상 실질적인 교류(交流)는 아니었다.

하지만 역사적으로 봤을 때 손가락으로 셀 정도지만, 드래곤이 인간을 도와준 적이 있기는 했다. 그때 드러난 드래곤의 파괴력은 무시무시했다. 그들은 간단하게 도시를 파괴하고, 거대한 제국을 멸망시켰다. 그만큼 엄청난 존재인 드래곤……. 그런 드래곤이 언제 사귀었는지 다크를 찾는 것이다. 잘하면 다크를 이용해 이 드래곤을 크라레스 제국에 큰 힘이 될 수 있도록 유도할 수도 있을 것이다. 이렇게 생각한 토지에르는 가급적 아르티어스라는 이 드래곤이 크라레스란 국가에 대해 반감을 가지지 않도록 열심히 노력하는 중이었다.

토지에르와 아르티어스는 근래에 건설한 치레아 총독부 구석에 만들어져 있는 거대한 이동 마법진에 모습을 드러냈다. 이 이동 마법진은 스바시에서 모든 타이탄을 한 곳에 집중하여 전투를 하는 것이 엄청난 효과가 있었음을 실감한 후, 요즘 들어 크라레스 제국이 곳곳에 건설하거나 건설 중인 이동 마법진 중의 하나였다.

"저쪽입니다, 아르티어스 님."

아르티어스는 멀찍이 보이는 거대한 건물을 보며 흡족한 미소를 지었다. 자신의 아들이 이런 근사한 곳에서 산다는 것에 대해 매우 기분이 좋아졌던 것이다.

"호오, 제법 괜찮은 곳이군."

"예, 과거 치레아 왕궁이었습니다만, 병합 후 치레아 총독 관저로 쓰고 있습니다."

이때 이들이 총독 관저로 온다는 긴급 연락을 받은 무사 한 명이 엄청난 속도로 달려왔다. 금발을 조금 길게 기른 젊은이였는데, 꽤나 무술을 익힌 듯 그렇게 달렸음에도 불구하고 호흡 한 점 흐트러짐 없이 재빨리 인사했다.

"어서 오십시오, 토지에르 경. 오신다는 연락을 방금 받았습니다."

"공작 전하께선 어디에 계시나? 멀리서 아버님이 찾아오셨다고 전했겠지?"

토지에르의 물음에 기사는 조금 머뭇거렸다.

"저, 그게 말입니다. 토지에르 경. 지금 전하께서는 여기에 안 계십니다."

"뭐라고? 그게 무슨 말인가?"

"예, 전하께선 모든 것을 부총독 각하께 일임하신 후, 보름쯤 전에 여행을 떠나셨습니다."

그 말에 토지에르의 안색이 핼쑥해지더니 다그쳐 물었다.

"그게 무슨 말인가? 총독 전하께서 여행을 떠나셨는데, 왜 왕궁에는 보고하지 않았지?"

"저 그게, 잠시 여행을 떠났다 올 테니, 폐하께는 알리지 말라는 전갈이 있었습니다. 곧 오실 줄 알았는데, 조금만 더 조금만 더 하며 기다리다 보니 벌써 보름이……."

"이런 빌어먹을! 부총독은 어디 있나?"

"따라오십시오, 토지에르 경. 이쪽입니다."

토지에르는 아르티어스와 함께 그 기사의 뒤를 따라가면서 물었다.

"호위는 데려가셨나?"

"예, 기사 두 명이 따라갔습니다, 토지에르 경."

"기사? 그래듀에이트인가?"

"아닙니다."

"뭐야? 그럼 너희들은 공작 전하께서 호위도 변변치 않은 것들을 데리고 여행을 하시겠다는데 반대도 안 했다는 것이냐? 응?"

토지에르가 죄도 없는 기사를 닥달하자, 아르티어스가 토지에르의 어깨에 손을 올리고는 토닥거렸다. 자신은 지금 일어나고 있는 이 사태를 충분히 이해할 수 있었기 때문이었다.

"그만 해 두게나. 그 녀석이 한 번 결정했을 때는 그 누구도 뒤집을 수 없다네. 정말 고집이 보통 센 게 아니거든. 응? 그런데 저건 뭔가? 드래곤을 저렇게 재미있게 그려 놓은 것은 정말 처음 보는군."

아르티어스가 자신을 위로하자 적이 안심하고 있던 토지에르의 얼굴색이 완전히 하얗게 질려 버렸다.

'저걸 생각하지 않고 있었다니⋯⋯. 큰일 났다.'

토지에르는 아르티어스가 가리키고 있는 총독부 건물 앞에 그려진 거대한 그림이 뭔지 잘 알고 있었다. 그건 로니에르 공작 가문을 상징하는 문장이었다. 처음에 로니에르 공작이 그걸 문장으로 선택했을 때 별 괴상한 취향도 다 있다고 생각했었다. 드래곤은 문장에 꽤나 자주 쓰이는 단골손님이었지만, 저렇듯 기괴하게 그리는 경우는 없었기 때문이다.

하지만 다크의 아버지라는 드래곤을 만나고 저 문장을 보는 순간, 토지에르는 그 문장이 뜻하는 바를 얼핏 짐작할 수 있었고, 정말이지 그 때문에 기절하고 싶을 정도였다. 그렇지만 기절할 시간 여유조차도 없었다. 어떻게 해서든 잘 둘러 대서 아르티어스가 자신이 짐작한 것과 같은 생각을 하게 해서는 안 되니까 말이다. 하지만⋯⋯.

"저건 총독 전하의 문장(文狀)입니다. 로니에르라는 성을 황제 폐하께 하사받으시면서 선택하셨다고 하더군요. 총독 전하께서는 저 문장이 매우 마음에 드시는지 화가(畵家)를 여러 명 불러 들여 총독부 건물 앞에 저렇게 크게 그려 놓으셨지요."

토지에르가 뭔가 변명거리를 생각해 내기도 전에 눈치 없는 기사는 진실을 말하고야 말았고, 그 설명을 들은 아르티어스의 얼굴은 그야말로 똥색으로 바뀌기 시작했다. 저 그림이 나타내는 게 뭔지 알아챘기 때문이다.

"이노무 자식이! 애비 얼굴에 똥칠을 하다니!"

토지에르는 아르티어스의 반응으로 그가 골드 드래곤이며, 저 문장이 아르티어스를 비꼬아 놓은 것임을 확신할 수 있었다. 정말이지 최악의 상황이었다. 아르티어스가 성질이라도 부리는 날에는 저 문장만 박살 나는 것이 아니라 문장 뒤에 있는 화려한 총독부 건물이 통째로 날아갈 우려가 있었기 때문이다. 토지에르는 순간적으로 머리를 굴리다가, 순간적으로 한 가지 잔꾀를 생각해 내고는 뻔뻔스럽게 아무것도 모르는 척 물었다.

"저, 고정하십시오. 아르티어스 님. 무슨 일이십니까? 뭔가 저 녀석이 실례되는 말이라도?"

"끄응……. 그게, 그러니까, 에…, 아들 녀석 보려고 먼 길을 찾아왔는데, 만나지 못하니 신경질이 나서 그러네. 신경 쓰지 말게나."

아르티어스 옹께서는 당연히 자신이 화가 난 이유를 말할 수 없었다. 아들 녀석이 제발 여자다워지라고 잔소리 좀 한 걸 가지고 이렇듯 치졸하게 복수를 한 것을 떠벌릴 수는 없었기 때문이다. 또 이 녀석들은 자신이 골드 드래곤이라는 것도 모르지 않은가? 괜히 긁어 부스럼 만들 필요는 없었다. 그렇기에 아르티어스는 궁색한 변명을 할 수밖에 없었다.

토지에르는 아르티어스가 자신이 의도한 대로 화를 억누르는 것을 보며 속으로 안도의 한숨을 쉬고는 또다시 능청스레 말했다.

"예, 저희도 그 사실을 모르고 있었기에 사전에 알려드리지 못한 점 죄송하게 생각합니다."

토지에르 일행이 기사가 안내한 총독 집무실로 들어서자, 그곳에 앉아 있던 50세 정도의 노기사(老騎士)가 재빨리 일어서며 인사를 건네 왔다. 그 또한 이번 방문객이 어떤 인물들인지 벌써 본국으로부터 연락을 받았고, 토지에르 궁정 제1마법사가 동행하고 있으니 자연히 조심스러워질 수밖에 없었다.

"어서 오십시오. 저는 부총독인 카알 폰 카슬레이 백작입니다. 카알이라고 불러 주십시오. 기다리고 있었습니다. 이리로 앉으시지요."

카슬레이 백작은 정중하게 푹신한 의자를 권했지만 아르티어스의 눈길은 카슬레이의 옷에서 떨어지지 않고 있었다. 그 황금색 드래곤의 문장이 백작의 가슴에 큼직하니 새겨져 있었기 때문이다. 저걸 보기만 해도 평소에 아들놈이 가슴에 문장을 그려 붙인 옷을 입고 회심의 미소를 짓고 있는 게 아르티어스 옹의 머릿속에 떠올랐고, 그러자 피가 머리 꼭대기까지 치솟는 것 같았다.

'이놈의 시키를……!'

"앉으시지요. 차를 내오도록 이르겠습니다."

그제야 정신을 차린 아르티어스 옹.

"으응? 응."

아르티어스와 토지에르가 자리에 앉자 카슬레이는 정중한 어조로 설명을 시작했다.

"공작 전하께선 어디로 가셨는지 정확히 알 수 없지만, 여러 가지로 수소문해 본 결과 아르곤 제국으로 가신 것 같습니다. 벌써 일주일 전쯤에 친위 기사단 소속 그래듀에이트 세 명과 마법사 한 명을 아르곤으로 급파했습니다. 그러니 크게 걱정하실 것은 없습니다."

"아냐, 여기서 무턱대고 기다릴 수도 없는 노릇이니 나도 아들 녀석을 찾으러 그 아르곤이란 곳에 가 봐야겠어."
"그러시다면 잠시 기다리시지요. 조금 있으면 파견대로부터 연락이 올 겁니다. 하루에 두 번씩 정기적으로 연락을 해 오니까요. 그들과 공간 이동해서 합류하시면 혼자 가시는 것보다 공작 전하를 찾기 한결 수월하실 겁니다."
"흐음, 그편이 좋을 것 같군."
아르티어스의 말에 토지에르도 안도의 한숨을 내쉬었다.
"그게 좋을 것 같습니다. 사실 제가 직접 모셔다 드려야 하겠지만, 본국에 처리해야 할 일이 태산이라서 말입니다."
"상관없네. 난 혼자 다니는 걸 더 좋아하니까 말이야."

미심쩍은 여행

 3일이 지나자 새로운 인물들이 합류하기 시작했다. 새로운 패거리를 이끌고 온 사람은 샤트란 페르라는 옅은 갈색 머리카락을 짧게 기른 예쁜 여자였다. 나이는 서른 살 정도라고 밝혔지만 운동으로 다져진 다부진 근육과 팽팽한 살결로 인해, 그녀는 20대 중반 정도로만 보였다. 샤트란은 키가 170센티미터는 되어 보였는데, 대단히 고급스럽고 두터운 갑옷으로 감싼 그녀의 늘씬한 몸은 매우 매력적이었다. 그녀는 살짝 의례적인 미소를 지어 보이며, 자신과 새로운 동료들을 소개했다.
 샤트란과 함께 온 두 명의 무사들은 모두 금발의 젊은이들이었는데, 탄탄한 근육과 손바닥의 굳은살은 그들이 어느 정도 수련을 쌓은 무사들인지 대변해 주고 있었다.
 "이분은 파시르예요. 그리고 이분은 죠 네르만. 두 분 다 그래듀에이트시죠."

 매서운 눈매와는 달리 전체적으로 평범한 얼굴을 한 파시르, 그의 얼굴 왼쪽 뺨에는 깊은 검상(劍傷)이 있어 평범한 그의 얼굴을 조금이나마 강렬하게 만들어 주었다. 그리고 죠 네르만은 파시르보다는 조금 더 키가 커서 거의 190센티미터에 가까운 거대한 덩치의 소유자였지만, 얼굴 생김새는 짙은 턱수염을 제외하고는 매우 평범했다. 하지만 그의 눈매는 파시르와는 달리 매우 부드러웠고 활달하게 움직이고 있었다.
 파시르는 샤트란의 소개에 간단히 고개를 까딱하는 것으로 자신이 할 일은 다했다는 듯 서 있었다. 꽤나 무뚝뚝한 성격의 소유자인 모양이었다. 하지만 네르만은 달랐다. 자신이 소개되자 유쾌하게 미소 지으며 호들갑을 떨었다.
 "안녕하세요? 같이 일하게 되어서 반갑습니다. 우와! 그런데 저 예쁜 아가씨는 누구야? 이봐, 혹시 애인 있어?"
 한 대 먹여 줄까 하다가 다크가 참고 옆으로 고개를 돌리자 그가 투덜거렸다.
 "이봐, 예쁘다고 빼기지 말고 데이트 한번 하자구. 나 이래봬도 정말 괜찮은 남자라니까."
 그 말에 더 이상 참지 못하고 스펜이 단호하게 말을 잘랐다.
 "이보게, 그런 말은 나중에 하게나. 자자, 일단 이것으로 모든 인원이 갖춰졌군요. 전에도 말했지만 이번 작전에 투입되는 타이탄은 세 대입니다. 저희 쪽에 한 대가 있고, 파시르와 네르만이 각각 한 대씩 가지고 있습니다. 그걸 기초로 작전을 짜게 될 것입니다. 그리고 정규급의 기사가 여섯 명, 수련 기사 두 명, 마법사 두 명,

신관 한 명이 파티를 이루게 됩니다. 이 정도면 충분히 드래곤을 잡을 수 있을 겁니다. 또 우리가 잡으려는 드래곤은 1천 살도 안 된 녀석이니 우리 쪽의 피해도 그렇게 크지 않을 거라고 확신합니다. 혹시 질문이 있으십니까?"

용병이 타이탄을 소유한다는 것은 매우 힘든 일이었지만, 실력만 있다면 전장(戰場)에서 주인을 잃은 타이탄을 슬쩍 할 수도 있었기에, 몇몇 이름난 용병들은 타이탄을 소유하기도 했다. 이 둘도 그런 경우로, 둘 다 가장 널리 사용되는 로메로급 타이탄을 가지고 있었다. 타이탄이란 것 자체가 유지 보수비가 들어가지 않다 보니, 일단 슬쩍하기가 힘들어서 그렇지 자신의 것만 된다면 정말 유용한 무기가 아닐 수 없었다.

"우리가 잡을 그 드래곤은 어디에 살고 있습니까?"

네르만의 호기심 어린 질문에 지금껏 설명하고 있던 스펜이 슬쩍 미소로 얼버무렸다.

"지금은 그걸 말할 수 없습니다. 괜히 정보가 새어 나가면 최악의 경우 드래곤의 사체를 아르곤 당국에 뺏길 수도 있기 때문입니다. 드래곤을 잡는 데 필요한 모든 준비는 도우러 씨가 해 줄 겁니다. 출발은 내일입니다. 그러니 혹시 필요한 물품이 있으시면 준비하세요. 이상입니다."

축 늘어져 있던 지미가 하품을 하며 있는 대로 크게 기지개를 켜고는 괜히 무게를 잡고 창밖을 응시하고 있는 다크에게 투덜거렸다.

"정말 드래곤 잡으러 갈 거예요?"

"그럼, 안 잡으러 갈 이유가 없잖아. 드래곤이라는 녀석이 얼마나 강한지도 한번 봐야겠고……. 도무지 아르티어스만 봐서는 드래곤이 별로 강하다는 게 실감이 나지 않으니까 말이야."

"예? 아르티어스가 누굽니까?"

"뭐, 그런 사람이 있어."

다크가 슬쩍 얼버무리자 지미는 또다시 호기심 어린 표정으로 다시 물었다.

"그런데 아까부터 뭘 그렇게 생각하고 계십니까? 혹시 뭔가 걸리는 거라도 있으신가요?"

"응."

"그게 뭡니까?"

다크는 시선도 돌리지 않고 계속 창밖을 응시하면서 말했다.

"너희들은 이상하지 않냐? 자신들은 타이탄을 한 대만 가지고 있을 뿐이고, 나머지 두 대는 용병들이 가지고 있다는 것이……."

다크의 말에 지미는 어리둥절한 표정을 지었다.

"별로 이상할 것은 없는데요? 사실 이름난 용병단이라고 해도 타이탄을 한 대 이상 가지고 있는 곳은 거의 없지 않습니까? 그러니까 그 용병단들이 서로 합친다면……."

"내 말은 그게 아니야. 내가 봤을 때 스펜이나 아더는 대단한 실력의 검객이야. 그들의 실력을 가늠해 봤을 때 그 녀석들이 타이탄을 가지고 있지 않다는 게 더 이상하다 이거지. 아무래도 뭔가 꿍꿍이가 있는 것 같단 말이야……."

"예? 그들의 실력이 그렇게 강한가요?"

"흐유, 너희를 잡고 얘기하고 있는 내가 멍청하지. 어쨌든 휴식이나 충분히 취해 둬라. 내일부터는 조금 재미있어질지도 모르니까 말이야."

스펜이 지휘하는 파티는 다음 날 아침 일찍 여행을 떠났다. 다섯 필의 말에 짐을 잔뜩 싣고 떠나는 일행들은 모두가 가벼운 금속제 내지는 가죽 갑옷을 입고, 그 위에 두터운 망토를 두르고 있었다. 이런 옷차림은 매우 흔한 여행용 복장이었는데, 일행들 중에서 유일하게 갑옷을 걸치지 않은 사람은 다크뿐이었다.

모두 그녀를 숙련된 마법사쯤으로 알고 있었기에 다크가 갑옷을 입지 않은 것에 대해 이상하게 생각하는 사람은 없었다. 일단은 위장용으로 허리에 칼까지 차고 있었으니까 말이다.

파티는 꽤나 길을 서둘렀음에도 드래곤이 산다는 곳을 향해 거의 한 달 정도 여행을 해야 했다. 드래곤은 아르곤 제국의 북쪽, 그러니까 아홉 개의 작은 국가들이 모여 형성된 랜트 국가 연합과의 국경에서 1백 킬로미터 정도 떨어진 그랜디아 산맥의 서북쪽 경사면에 살고 있었다. 그곳은 확실히 그린 드래곤이 매력을 느낄 정도로 지독하게 울창한 숲이 우거져 있었다.

"우와! 여기 숲은 정말 끝내 주는군. 벌목을 하면 돈 좀 벌겠는데?"

10킬로미터 밖에 펼쳐져 있는 광활한 숲을 바라보며 네르만이 호들갑스럽게 말하자 스펜이 점잖은 어조로 대꾸했다.

"그랜디아 산맥은 아주 넓으니까······. 조사된 바에 따르면 여기에 살고 있는 드래곤은 다섯 마리나 되지. 아마 더 있을지도 모르지만 말이야. 지금까지 밝혀진 바로는 그린 세 마리, 골드 한 마리,

레드 한 마리가 살고 있어. 드래곤들은 주변이 시끄러운 걸 별로 좋아하지 않고, 특히나 그린 드래곤의 경우 자신이 사는 주변의 숲이 파괴되는 걸 아주 싫어하거든. 아마도 그 때문에 엘프하고 죽이 맞는지도 모르겠지만 말이야. 그런 형편이니 여기 벌목하러 올 바보 같은 놈들이 있을 턱이 없잖아. 벌목한다고 깝죽거리다가 드래곤한테 걸리면 곧장 사망이라구."

스펜의 말이 끝나자 아더가 참견을 했다.

"참, 드래곤들이 많이 사니까 당연히 이 산맥에 대한 몬스터 토벌은 생각도 못 했을 거야. 드래곤은 원래 주위가 소란스러운 걸 싫어하니까 말이야. 그 덕분에 여기에는 몬스터들이 엄청나게 우글거린다고 하니까 모두 조심하는 게 좋을 거야. 오늘 저녁부터는 교대로 불침번을 서야 해."

"자자, 아더의 말 잘 들었지? 오늘은 여기서 야영을 하고 내일부터 숲으로 들어간다. 숲 밖이니까 몬스터가 습격할 리는 없다고 생각되지만, 그래도 오늘부터 불침번을 서기로 하지. 오늘은 일찌감치 밥 먹고 푹 쉬었다가 내일 아침 일찍 출발하기로 하지."

스펜의 말에 따라 모두들 야영 준비를 시작했다. 여기저기에서 썩은 나뭇가지를 주워 오고, 물통에서 물을 꺼내 스프를 만들었다. 모두 바쁘게 야영 준비를 하는 동안 다크는 멀찍이 서서 엄청난 위용을 자랑하는 그랜디아 산맥을 황홀하다는 듯 바라보고 있었다.

이제 계절은 본격적으로 가을에 접어들었기에 산맥은 울긋불긋 황홀한 아름다움을 뽐내고 있었다. 나무를 사랑하는 그린 드래곤이 세심하게 보살핀 숲이었기에 다른 숲보다는 훨씬 나무들이 컸고 생동감이 있었다.

"쟤 왜 저러냐?"

멍청히 서서 산맥의 아름다운 광경을 바라보고 있는 다크를 가리키며, 네르만이 옆에서 장작이 될 만한 걸 줍고 있는 라빈에게 물었다. 하지만 라빈이라고 그걸 알 수는 없었다. 사실 다크 정도의 고수는 엄청나게 먼 거리까지도 정밀하게 볼 수 있을 만큼 시력이 좋았기에, 그들이 보는 산맥의 아름다움과 그녀가 보는 아름다움은 질적으로 다를 수밖에 없었다. 그들은 한 번도 그런 엄청난 시력을 지녀 본 적이 없어 상상조차 불가능했다. 예를 들어 시력 2.0인 사람과 0.5인 사람이 10미터 밖에 걸려 있는 아름다운 그림을 감상하는 것과 같다고 해야 할까?

"글쎄요."

"풋! 가을이라……. 여자들은 가을을 타게 마련이지."

"가을을 탄타구요?"

"똑같은 여자라도 가을에 꼬시기가 더 쉽다는 말이야. 평상시보다 더 감정적이 되거든. 그건 그렇고 다 주웠으면 돌아가자."

다음 날 일행들은 숲으로 들어섰지만 몬스터는 만날 수 없었다. 어쩌다가 몬스터랍시고 고블린이나 트롤 몇 마리 나타나기는 했지만, 이상하게도 으르렁거리면서 싸우러 오는 게 아니라 그쪽에서 황급히 피해 버리는 것이 수상쩍었다. 하지만 이쪽이 원체 정예들만 모여 있는 판이라 그런 것에 신경 쓰는 사람들은 한 명도 없었다.

꼬박 일주일 동안 산속을 헤맨 후에야 그들은 먼저 정찰 나갔던 패거리들을 만날 수 있었다. 처음에 들은 것과 달리 그곳에는 세 명의 인물들이 기다리며, 뒤따라온 파티를 반겨 주었다. 그들 중 가장 눈에 띄는 인물은 검고 긴 생머리를 허리까지 기르고 갈색의 아름다운 눈을 가진 마리나 지오그네라는 여자 마법사였다. 20대 중반 정도로밖에 보이지 않는 외모와는 달리 다크처럼 상당히 노련한 어떤 느낌을 풍기는 특이한 여자였다.

그리고 40대 중반 정도의 노련해 보이는 타론 스메르라는 기사. 스펜이나 아더가 그에게 상당히 조심스런 말투로 대하는 걸로 보아 아마도 파티의 실질적인 지도자인 모양이었다. 그는 옅은 갈색 머리카락을 어깨 정도까지 기른 순한 얼굴을 하고 있었다.

그리고 나머지 한 명은 놀랍게도 드워프였다. 원래가 드워프란 종족이 다 비슷비슷하게 생겼지만, 이 지크레아 파이어해머라는 웃기는 이름의 드워프 또한 하나도 다를 게 없었다. 겨우 150센티미터가 될동말동한 짤막한 키, 그리고 떡 벌어진 어깨……. 이 드워프는 자기 키만 한 거대한 양날 전투 도끼를 등에 짊어지고는 텁수룩한 수염이 가득 솟은 얼굴에 자신만만한 미소를 짓고 있었다.

"먼저 온 샤트란은 어디 있습니까?"

스펜의 물음에 타론은 다크 등 새로 들어온 사람들을 힐끗 보면서 대답했다.

"아, 싸울 위치를 잡기 위해 내가 먼저 보냈네. 그건 그렇고 생각한 것보다는 인원이 많군."

"예, 예정 외로 저 세 사람이 끼어들었죠. 저 소녀는 마법사, 그리고 저 둘은 수련 기사입니다."

"마법사라고? 저런 풋내기 마법사를 어디에다가 쓰려고?"

"5사이클급 공격 마법을 익혔답니다. 그녀의 실력은 베티 님이 확인해 주셨구요."

스펜의 말에 타론은 싱긋 미소 지으며 고개를 끄떡끄떡했다.

"좋아. 자네하고 아더는 그 드래곤이 사는 곳에 한번 가 보는 게 좋겠지? 나하고 함께 가세. 나머지는 여기서 휴식을 취하라고 지시하고 말이야."

"알겠습니다."

타론, 스펜, 아더는 일행에게 내일 있을 드래곤 사냥을 위해 충분한 휴식을 취하라고 지시한 후 드래곤의 레어로 향했다. 목표물인 드래곤의 레어는 파티가 모여 있는 곳에서 15킬로미터쯤 떨어진 곳에 있었다. 그들은 레어가 한눈에 보이는 숲 속에 가만히 숨어서 기척을 숨기고는 주위의 경치를 살폈다.

30미터 정도 높이의 절벽 아래에 위치한, 드래곤이 살 것이라고 생각하기 힘들 정도의 작은 동굴. 잘해 봐야 높이 7미터가 될까 말까 한 음침한 구멍 주위로는 짙은 이끼가 덮여 있었고, 절벽에는 수많은 덩굴 식물들이 뿌리를 내려 멀리서 보면 절벽이 있는지조차 알기 힘들 정도였다. 수많은 식물들로 우거진 덕분에 생긴, 습기 찬 음지에는 푸른 이끼들이 짙게 돋아나 있었지만, 동굴의 바닥에는 그 안에 뭔가가 살고 있다는 것을 알려 주듯 이끼나 식물이 없었다.

"도대체 어떻게 이런 곳에 사는 녀석을 알아냈습니까? 정말 대단하군요."

"그야말로 우연히 알아낸 거지. 보통 드래곤들은 마법을 이용해서 자신의 존재를 숨기지만 이 녀석은 어려서 아직 숨기지 못하고 있었기에 잡힌 거야. 사실 트랜스포메이션해서 다른 생명체로 변

미심쩍은 여행 159

신했다고 하더라도 드래곤 자체가 지닌 그 엄청난 마나의 힘은 마법을 사용하지 않는 한 숨길 수는 없지."

스펜은 동굴 앞에 펼쳐진 지름 1백 미터는 될까 싶은, 풀들이 무성하게 자란 넓은 공간을 바라봤다. 아마도 동굴 앞에 이렇듯 넓은 공터가 있는 이유는 드래곤이 날아오르기 위해 충분한 공간이 필요해서 만들어 놓은 것이겠지만, 드래곤 사냥꾼들에게도 이 공간은 매우 유용했다. 타이탄이란 거구들이 움직이려면 이 정도의 공간은 있어야 했기 때문이다.

"여기서 싸우실 겁니까?"

"당연하잖나? 드래곤이 트랜스포메이션한 상태에서 죽이면 아무것도 얻지 못해. 반드시 본체로 현신한 후에 죽여야만 하니까 우선 미끼가 필요한 거야. 적당히 강한……. 하지만 그 녀석들이 잘해 낼 수 있을까?"

"잘해 낼 겁니다. 우선 그 녀석들에게 저 동굴 앞에서 드래곤을 순차적으로 공격하게 만들어, 독이 오른 드래곤이 현신하도록 해야 하죠. 참, 그런데 파이어해머는 왜 데려오셨습니까?"

"아! 그 녀석도 쓸 데가 있어서 데려온 거야. 드래곤 킬러(Dragon Killer : 드래곤을 죽이기 위해 만들어지는 무기의 총칭)를 그놈이 만들었거든. 그 위력을 직접 보고 싶다고 해서 데려왔지. 또 드래곤 사체의 분해 등 뒤처리도 그 녀석이 책임지게 될 거야."

둘 사이에 오고 가는 대화를 묵묵히 들으면서 좌우를 두리번거리던 아더가 도저히 못 참겠다는 듯 궁금한 표정으로 타론에게 물었다.

"그런데 샤트란은 어디 있습니까? 여기 오면 그녀를 볼 수 있을 줄 알았는데……."

"큭큭, 그녀한테 푹 빠진 표를 너무 내진 말게나. 그녀는 절벽 위에 있네. 그녀는 절벽 위에서 아래로 공격할 예정이야. 일단 드래곤 녀석이 도망치지 못하게 막아야 하니까 말이야."

"참, 그렇군요."

잘 보이지도 않는 절벽 위를 뚫어져라 바라보는 아더를 보며 싱긋 미소 짓던 스펜은 타론에게 슬며시 물었다.

"드래곤이 정확히 몇 살입니까?"

"마리나의 말로는 아마 8백 살 정도일 거라고 하더군. 궁정 마법사니까 그녀의 추측이 거의 정확할 거야."

"8백 살이라……. 과연 미끼들이 살아남을 수 있을까요?"

타론이 음흉하게 미소 지었다.

"살아남을 사람은 없다고 보는 게 정확할 걸세. 만약 살아남은 놈이 있다고 해도 내가 죽일 거니까 말이야. 어쨌거나 비밀은 지켜야지. 흐흐흐……."

"하, 하지만 대장! 그건 기사도에 어긋납니다. 어떻게 동료를……."

스펜의 반박에 타론도 그것을 부정하기는 힘들었다. 왜냐하면 스펜과 타론은 이름 높은 기사. 전쟁의 신전에 그래듀에이트로 등록되어 있는 영예로운 기사들이었고, 기사란 명예를 소중히 여기고 정의를 수호해야 하는 존재였기 때문이다. 그것을 잘 알고 있었지만 타론은 부하의 항의를 인정할 수 없었다. 이번 작전이 성공하느냐 못 하느냐에 조국의 미래가 걸려 있기 때문이다. 드래곤 한 마리의 가치는 그 정도로 엄청났다.

"동료가 아니야. 소모품이지……. 그렇게 생각하는 게 좋을 거야. 드래곤을 적당히 화나게 만들어 현신하게 만들 정도로 강해야 하지만, 드래곤이 생명의 위협을 느끼고 도망치지는 않을 정도로 약한 존재. 그리고 그들은 그 성난 드래곤의 브레스를 정면으로 맞아야 하니 살아남을 가능성은 처음부터 없어. 그 때문에 미끼 역을 우리가 하지 않고 외부인을 끌어들인 거야. 드래곤이 그들 모두를 없애 버려 우리의 손이 더러워지지 않게 해 주기를 바라는 수밖에 없겠지."

말을 마친 타론은 시선을 하늘로 돌리면서 딱히 누구에 말한다고 할 수 없는 어조로 중얼거렸다.

"기사도(騎士道)……. 정말 좋은 거야. 모든 기사가 기사도에 어긋나지 않는 생활을 하려고 노력하지. 하지만 자네들도 내 나이쯤 되면 알 거야. 이상과 현실이 잘 맞아 떨어진다면 좋겠지만 사실은 그렇지 않다는 것을 말이야. 이상과 똑같은 행동을 할 수는 없는 거야. 가능한 한 이상에 가까운 행동을 할 수 있기를 염원할 뿐……."

배신의 준비

파티의 핵심 인물들이 정찰을 핑계로 음모를 꾸미고 있을 때, 남은 패거리는 식사 준비에 여념이 없었다. 파티의 위치는 드래곤의 레어에서 15킬로미터나 떨어져 있었기에 제대로 된 식사를 해도 별 상관은 없었다. 단, 이때 식사 준비에 사용할 나무는 모두 폭풍우 따위 덕분에 떨어진 죽은 나뭇가지를 사용해야만 했다. 그린 드래곤은 레어 주위의 숲에 마법을 걸어 침입자가 살아 있는 나뭇가지를 꺾으면 경보음이 전해지게 만들어 둔다는 전설 때문이었다.

숲 여기저기에 떨어져 있는 나뭇가지들을 주워서 불을 피워 스프를 끓이고 빵을 데우고, 또 베이컨 조각을 프라이팬에 굽고 하느라 숲 속에 구수한 향기가 감돌기 시작했다. 나뭇가지들을 주워 나른 무리는 별로 할 일도 없었기에 식사 당번인 베티 사제가 스프를 끓이는 모습이나 라빈이 베이컨 굽는 모습을 느긋한, 그러면서도 무언가 만족스러운 듯한 시선으로 바라보고 있었다.

하지만 파이어해머는 한쪽 구석에 앉아서, 이번에 합류한 일행이 가져온 짐들 사이에서 자신이 주문해 놓은 무기를 꺼내 조립하고 있었다. 그것은 특수 제작된 커다란 석궁이었는데, 루네아 왕국의 저격수들이 사용하는 대단히 강력한 것이었다. 이 강력한 석궁에서 발사되는 작은 화살의 위력은 엄청나게 강해서 상대가 그래듀에이트라 해도 10여 명이 모여 숨어 있다가 발사하면 저세상에 보낼 수 있을 정도였다. 루네아 왕국은 필레도르 산맥에 위치한 작은 산악 국가였지만, 산맥이 제공하는 천연의 엄폐물과 강력한 석궁 덕택에 아무도 건드리지 못하는 작은 호랑이 같은 존재였다.

어쨌든 루네아 왕국에 거금을 주고 구입한 후, 그것을 자신이 직접 뒷손질까지 해서 더욱 강력해진 석궁을 조립하며 파이어해머는 콧노래를 부르고 있었다. 사실 이런 강력한 무기를 효과적으로 쓰기 위해서는 사용자에게 사격 연습이라도 좀 시켜 두는 게 좋겠지만, 상대는 드래곤이니 아무리 사격 실력이 형편없다고 해도 맞지 않을 리 없었다. 원체 덩치가 크니까 말이다.

석궁 다섯 자루를 완전히 조립한 후 또 다른 짐 꾸러미를 풀어 특수하게 제작된 화살을 꺼냈다. 그 화살은 다른 곳에서 보던 것과 거의 비슷한 모양이었지만 화살을 만드는 데 사용된 재료는 완전히 달랐다. 뻣뻣한 독수리의 깃털이 붙어 있는 화살대는 나무가 아닌 강철이었고, 화살촉에서는 짙은 초록색 광택이 뿜어져 나오고 있었다. 드래곤의 비늘은 너무나도 강력한 금속이다. 그러니 어쩔 수 없이 그 드래곤을 잡기 위한 무기들도 드래곤의 비늘로 만들어야만 했다.

파이어해머는 화살 하나하나를 들어 이상이 없는지 자세히 살펴보고는 작은 휴대용 통 속에 담았다. 이 화살 하나의 가격은 엄청나게 비쌌지만 이것만 가지고 드래곤을 잡는 데는 무리가 있다. 드래곤의 크기로 봤을 때 화살 하나 꽂혀 봐야 바늘에 찔리는 것 이상의 타격을 주기는 힘들다. 물론 그 때문에 쏘기 직전 마법을 걸거나 독을 바르는 것이지만 말이다.

파이어해머는 석궁 조립과 손질을 다 끝내고 그것들을 나무 옆에 세워 둔 후 일행을 한 명씩 유심히 살펴봤다. 드워프는 저 오랜 옛날부터 드래곤이란 생물과 투쟁을 벌여 왔다. 광폭한 드래곤들로부터 보석들을 보호하기 위한 투쟁이었지만, 사실 드워프의 힘으로 그 강대한 생명체를 막는다는 것은 불가능했다. 어느 정도 자신들에게도 자존심이 있다는 것을 보여 주기는 했지만, 사실 드래곤에게는 크게 먹혀들지도 않았다.

'과연 이 녀석들이 드래곤을 잡을 수 있을까?'

아무리 1천 살도 안 된 드래곤이라고 해도, 또 드래곤 중에서 가장 약한 그린이라고 해도 드래곤은 드래곤이다. 한 방에 타이탄을 짓이기고 도시를 간단히 파괴하는…….

유심히 일행들을 바라보던 파이어해머의 눈길이 다크라고 불린 아름다운 소녀에게 멈춰졌고, 그는 놀라운 걸 발견하고는 눈이 화등잔만 해졌다. 처음 소개받았을 때 그 소녀가 자신을 냉담한 눈으로 힐끗 보고 고개를 돌렸기에, 파이어해머는 그녀가 자존심 있는 마법사니까 하고 생각했었다.

엘프를 연상케 하는 아름다운 미모를 가지고 있다는 것도 놀라운데, 나이에 비해 엄청난 마법까지 익히고 있었다. 그래서 그는 저런 어린 나이에 5사이클급 공격 마법을 구사한다면 딴 곳에 신경 쓸 겨를 없이 태어나서 지금까지 죽자고 마법만 익혔을 거라 생각했다. 그래서 처음부터 그녀의 무장에는 신경조차 쓰지 않았다. 그녀가 가진 검이 눈속임 정도의 용도밖에 안될 것이라고 여긴 것이다.

싸구려 검을 본다는 것은 타고난 장인(匠人)인 드워프에게는 고통이었다. 그 때문에 검푸른 투박한 모양의 칼집을 얼핏 보고는 아예 신경을 껐었다. 하지만 파이어해머는 지금 나무에 편안히 기대어 앉아서 어딘가를 보고 있는 그녀의 허리에 매달린 검집을 자세히 보고는 뭔가 이상함을 느꼈다. 검집의 검푸른색은 페인트나 도료를 칠한 것이 아니었다. 놀랍게도 그것은 드워프가 매우 아끼는 아름다운 금속들 중의 하나인 '크발티에'가 내는 광택이요, 색깔이었다.

그 검집을 쳐다보는 동안 어느덧 파이어해머는 자신도 모르는 사이에 소녀에게 한 발 한 발 다가가고 있었다. 단조롭고 수수하지만 그 우아한 품격⋯⋯. 파이어해머는 그 검을 절대로 인간이 만들었을 리가 없다고 확신했다. 저 정도의 예술품을 만들 수 있는 것은 당연히 자신과 같은 드워프뿐이었다. 그것도 대단히 뛰어난 실력을 지닌 드워프가 혼신의 정성을 기울여서 만든 것이리라.

"무슨 일이지?"

못생긴 애늙은이처럼 생긴 드워프가 자신의 몸을 뚫어져라 바라보자, 소녀는 차갑게 쏘아 붙였지만 파이어해머의 귀에는 들리지 않았다. 이 얼마나 아름다운 예술품인가? 가까이서 차근차근 보니 검집, 손잡이, 심지어는 검대(劍帶)에 사용되는 자그마한 쇳조각에 이르기까지도 모두 드워프의 섬세한 손길이 느껴졌다.
"무슨 일이야?"
다시 물어보는 소녀의 목소리에 정신을 차린 파이어해머는 소녀를 지그시 바라봤다. 아름다운 커다란 눈을 가지고 자신을 노려보고 있는 소녀를 말이다. 파이어해머는 이 소녀가 과연 이렇게 멋진 예술품의 주인이 될 만한 자격이 있을까 생각했다. 하지만 슬프게도 그의 감각과 경험으로 봤을 때 그 소녀는 검의 주인이 될 자격이 없었다.
"이 검은 어디서 난 거냐?"
파이어해머의 질문을 듣고서야 다크는 아르티어스가 이 검집을 드워프에게 주문하여 만들었다는 게 생각났다. 모두가 검집의 수수한 모양에 속아서는 대충 넘어가 버리는데, 이 못생긴 파이어해머라는 웃기는 성(姓)을 가진 드워프가 그 가치를 눈치 채자 다크는 속으로 매우 감탄했다. 그녀는 상대의 안목이 대단히 높은 것에 감탄하여 솔직히 대답해 줬다.
"아버지에게서 선물 받은 거야."
파이어해머의 얼굴이 살짝 일그러졌다. 파이어해머는 자기 자리로 돌아가며 낮은 목소리로 투덜거렸다. 정말이지 이 말은 꼭 하고 싶었던 것이다.
"딸을 사랑하는 건지, 돈이 많은 건지 알 수가 없군. 검이 아깝다, 아까워……."
아무리 파이어해머가 작은 목소리로 중얼거렸다 해도 그걸 못 들을 다크가 아니었기에 한소리하려다가 참을 수밖에 없었다. 이 파티는 뭔가 조금 이상하기에 가급적이면 자신의 정체를 드러내고 싶지 않았기 때문이다.
 '어디 두고 보자.'

 그날 저녁 식사를 배불리 먹은 일행은 불침번 한 명만을 남겨 두고 일찍 잠자리에 들었다. 내일은 15킬로미터에 달하는 산악 행군을 해야 하고, 드래곤을 사냥해야 하는 험난한 하루가 될 것이다. 자기 컨트롤이 뛰어난 인물들은 벌써 잠이 들었지만, 지미나 라빈 같은 풋내기는 쿵쾅거리는 심장을 달래느라 잠을 자지 못하고 나무 틈으로 간간이 빛을 뿌리는 별들을 세고 있었다.
 일행은 한 시간씩 돌아가면서 불침번을 섰는데, 새벽녘에 불침번을 선 인물 중의 하나가 용병인 네르만이었다. 네르만은 아더가 단지 툭 쳤을 뿐인데도 재빨리 옆에 놓인 검을 잡았지만, 곧 자신을 깨운 상대가 누군지 깨닫고는 검을 놓았다. 평상시에는 우스갯소리나 해 대던 멍청해 보이는 인물이었지만 어쩌다 한 번씩 오랜 용병 생활을 한 표시가 나곤 했다. 네르만은 검대를 허리에 차면서 나직하게 물었다.
 "이상한 점은 없었어?"
 "응, 몬스터고 뭐고 한 마리도 안 보여. 이 정도 깊은 산속이면 야행성 몬스터 한 마리 정도는 나타나야 하는데……. 드래곤의 영역이라서 그런가?"
 네르만은 지금껏 모포 대용으로 쓰던 두터운 망토를 집어 어깨에 걸쳤다.
 "뭐, 안 보인다니 잘됐군. 이만 자게나. 참, 나 다음에는 누구지?"
 "타론이야."

"알았어. 잘 자게."

　네르만은 천천히 조금 걷다가, 몸을 이리저리 움직이며 굳어진 몸을 풀었다. 몸 여기저기서 뚜둑거리는 아우성이 들려왔다. 자고 일어나면 언제나 이런 식으로 몸을 풀어 왔기에 네르만은 이게 뼈 부러지는 소리가 결코 아니라는 걸 잘 알고 있었다. 더 이상 뚜둑거리는 소리가 들려오지 않을 정도로 몸을 완전히 풀어 주고, 천천히 모닥불 있는 곳으로 걸어갔다. 초가을이었지만 이런 고산 지역에 오면 날씨는 제법 쌀쌀했다. 네르만은 모닥불에 나뭇가지 서너 개를 던져 넣고 시간이 가기를 느긋하게 기다렸다.

　네르만이 모닥불 옆의 따뜻한 자리에서 일어선 것은 그로부터 50분 정도가 지난 다음이었다. 네르만은 모닥불 속에 나뭇가지 몇 개를 집어넣은 후 천천히 일어섰다. 천천히 일어서는 네르만의 눈동자는 평소의 그 유쾌한 장난기를 찾을래야 찾을 수 없을 정도로 냉랭했다. 네르만은 일어서기 전 동료들 중에 혹시나 잠에서 깬 사람이 없는지 유심히 기척을 살펴 두었기에, 조심조심 움직인다면 동료들이 깰 가능성은 없다고 생각했다.

　네르만은 조심조심 동료들이 빙 둘러 잠들어 있는 모닥불에서 떨어지기 시작했다. 모닥불에서 한 20미터쯤 벗어나자 품속에서 단검(短劍)을 꺼내 조용히 모닥불의 불빛에 의지해서 작은 구덩이를 팠다. 적당한 구덩이가 생기자 그는 품속에서 지름 1센티미터 정도의 작은 수정 구슬을 꺼내 구덩이 안에 집어넣었다. 그리고 다시 구덩이를 덮고 낙엽을 흩어 놓아 표시가 나지 않도록 만들었다.

　'좋았어! 이걸로 이 지긋지긋한 여행도 서서히 끝이 보이는군. 며칠 후면 나는 엄청난 부자가 되어 있을 거야. 흐흐흐흐⋯⋯.'

물론 이건 네르만 혼자만의 생각이었다. 그의 이상한 행동을 눈을 가늘게 뜨고 지켜보는 인물이 있는지는 네르만도 미처 눈치 채지 못하고 있었다.

"정말 대단한 곳이군. 정말 아름다워! 과연 드래곤이 살 만한 곳이야. 와! 저 절벽 좀 봐!"
유쾌하게 떠들고 있는 네르만을 보며 아더는 짜증이 났다.
"조용히 좀 해. 거의 다 왔어. 드래곤이 듣겠다."
하지만 아더의 말에도 네르만은 입을 다물지 않았다.
"이봐, 저 동굴을 좀 보라구. 겨우 저 안에 드래곤이 들어갈 수나 있는 거야? 높이가 겨우 7미터도 안 되겠는데? 안에 오우거들이 떼거지로 사는 거 아닐까?"
"제발 좀 닥쳐! 드래곤이 현신한 채로 들어갈 수 있는 동굴이 몇 개나 되겠냐? 대개는 변신해서 생활하지."
나지막하게 도란거리면서 걷다 보니 동굴에서 거의 1킬로미터 근처까지 접근했다. 이 정도면 됐다고 생각했는지 스펜은 걸음을 멈추고 일행을 불러 들였다.
"자, 모두들 좀 모여 봐. 작전을 일러 줄 테니까……."
일행이 모이자 스펜은 대강 그려 놓은 지도를 펼쳐 보였다.
"저 동굴 속에 드래곤이 살고 있다. 지금 샤트란의 타이탄은 절벽 위에 대기하고 있어. 그리고 타론과 마리나는 절벽 위에서 석궁과 마법 공격을 하기 위해 가 있지. 드래곤을 도발해야 하는 막중한 임무는 1조의 지미, 라빈, 다크가 한다. 1조가 해야 할 일은 동굴 속에 파이어 볼이라도 쑤셔 넣어서 드래곤을 화나게 만드는 거야. 그리고 이쪽의 힘을 적당히 과시해서 드래곤이 본체로 현신하게 만들어야 한다는 것을 명심하라구. 현신하지 않은 드래곤은 죽여 봐야 개 값도 못 받아. 알겠어? 현신하기 전까지는 적당히 위협 사격을 해서 약을 올리라구."

1조로 지명받은 인물들이 고개를 끄덕이는 걸 보며 스펜은 말을 이었다.

"1조의 공격으로 드래곤이 현신하면 그다음 공격은 2조! 즉, 우리 중에서 가장 강력한 힘을 지닌 파시르와 네르만이 해야 해. 너희는 각기 타이탄을 몰고 달려 나가 드래곤을 공격해라. 드래곤이 날아서 도망치지 못하도록 3조가 절벽 위에서 대기 중이야. 그리고 베티 사제님은 뒤쪽에서 부상자를 좀 치료해 주시구요. 4조는 나와 아더가 맡는다. 우리 둘은 석궁 사격 실력이 뛰어나니까 뒤에 쳐져서 좋은 위치를 잡고 놈의 눈 등 연약한 부분을 노릴 거야. 파이어해머는 드래곤의 사체를 분해하는 일을 맡기기 위해 불렀으니 사냥에 참가하지는 않는다. 자, 질문 있나?"

스펜의 짙은 녹색 눈을 다크가 자신의 갈색 눈으로 탐색하듯 지그시 바라보며 물었다.

"정말 타이탄 두 대와 석궁 공격으로 잡을 수 있는 거야?"

다크의 질문에 스펜은 잠시 뜸을 들였다. 하지만 그의 말투에 자신감이 넘친다고는 볼 수 없었다.

"충분할 거야. 어쨌든 놈은 8백 살 정도의 나약한 그린 드래곤이야. 또 절벽 위에 배치된 3조에서 지원 사격이 날아갈 거야. 타이탄이 던지는 투창의 위력은 대단하지. 2대 1이 아니라 3대 1이야. 승산은 충분하다구. 자, 행동 개시!"

배신의 준비

드래곤 사냥

"저, 진짜 이걸로 놈을 해치울 수 있을까요?"

지미는 아침에 파이어해머로부터 받은 석궁을 들어 보이며 다크에게 물었다. 하지만 그건 다크도 모르는 사실이었다. 단 한 번이라도 드래곤이란 생물과 싸워 봤어야 대답을 해 주지.

"몰라. 효과가 있기만을 빌어. 이번 일은 좀 위험할지도 모르니까 내가 하는 말을 잘 들어야 해. 뭔가 수상한 냄새가 나는 게 사실이거든."

다크 일행은 숲이 끝나는 지점인 동굴에서 거의 1백 미터 전방까지 접근해 들어갔다. 여차하면 숲 속으로 도망칠 수 있도록 가급적 숲에서 벗어나서는 안 되니까 말이다. 지미와 라빈이 두터운 나무 뒤에 숨어서 석궁을 장전하는 동안 다크는 오래전에 가스톤에게 배운 대로 파이어 볼을 만들기 시작했다. 일단은 3사이클급으로 마나를 원반식으로 끌어 모은 후 외쳤다.

"파이어 볼!"

그와 동시에 그녀의 손에서 발사된 큼직한 불덩어리가 휙 날아가서는 동굴 속으로 들어갔다. 1백 미터나 떨어진 원거리에서 발사해서 그런지 동굴에 이를 때쯤에는 파이어 볼의 위력이 상당히 약해졌다. 그 때문인지 동굴 속에 불덩어리가 들어갔는데도 아무런 반응이 없었다. 드래곤의 무반응에 약간 신경질이 난 다크는 또다시 마나를 끌어 모으면서 이번에는 좀 더 강력한 걸 준비했다.

'감히 나를 무시하다니……'

드래곤이 현신하기 전에 통구이가 되어 버린다고 해도 그녀로서는 아무런 아쉬움이 없었기에, 다크는 오기로 마나를 있는 대로 끌어 모았다. 그녀의 주변에는 보이지 않았지만 다섯 개 마나의 흐름이 만들어졌고, 그 흐름은 맹렬한 속도로 회전했다.

"파이어 볼!"

그녀의 손에서는 처음 날아갔던 불덩어리는 아예 반딧불 정도로 느껴질 만한 엄청난 불덩어리가 생겼다. 다크는 동굴 속을 힐끗 쳐다본 후 냉랭한 미소를 지으며 그 불덩어리를 동굴 속으로 던졌다.

"죽어 버럿!"

파이어 볼이 동굴 쪽으로 날아가자 갑자기 동굴 속에서 오우거 한 마리가 밖으로 튀어 나왔다. 오우거는 재빨리 마법을 외워 마법의 장벽을 만들었고, 그 장벽에 파이어 볼이 격중되었다.

쾅!

엄청난 화염이 흩어졌을 때는 약간은 놀라운 표정을 짓고 있는 4미터 정도의 키에 우람한 근육질, 지독하게 못생긴 얼굴을 가진 오우거만 남아 있었다. 한쪽 손에는 1.5미터는 되어 보이는 바스터 소드를 들고 있었다. 엄청나게 큰 바스터 소드였지만, 그걸 오우거가 들고 있다 보니 롱 소드처럼 보였다.

그 오우거는 놀랍게도 사람의 음성과 비슷하지만 좀 굵직하면서도 쉰 듯한 목소리로 말했다.

"정말 엄청난 파이어 볼이군. 너희들은 뭔데 나의 보금자리에 파이어 볼을 던지는 거냐? 목숨이 아깝다면 돌아가라."

하지만 오우거의 부탁을 들어줄 수도 없는 노릇이었기에 다크는 라빈에게 지시했다. 검은 지미가 조금 실력이 나았지만 활은 라빈 쪽이 약간 나았기 때문이다.

"저 녀석 다리에 한 방 날려."

퓽!

확실히 엄청나게 강한 석궁이라 그런지 1백 미터의 거리를 거의 순간에 가로질러 오우거의 다리 깊숙이 박히는 정도가 아니라 아예 관통해 버렸다. 그 엄청난 석궁의 위력에 오우거도 약간은 놀란 것 같았다. 오우거는 자신의 살을 관통한 후 10미터쯤 뒤쪽의 절벽에 3분의 1쯤 박혀 들어가 있는 화살 쪽으로 천천히 걸음을 옮겼다. 석궁의 위력이 의외로 강하다는 데 조금 놀라기는 했지만, 오우거는 아직까지도 인간들을 깔보고 있었다.

마법의 원조하면 인간이 아니라 드래곤이다. 자신이 조금 마법 수련에 게을렀다는 것은 인정하지만 그래도 겨우 저 정도 마법사 하나 해치우지 못할 이유는 없었고, 활이나 창 따위를 가진 전사 몇 명이 부록으로 딸려 있다 해도 그건 상황 변화에 아무런 보탬이 될 수 없었다.

하지만 박혀 있는 화살을 뽑아내어 본 후에 그의 생각은 완전히 바뀌었다. 오우거는 화살촉이 자신과 같은 그린 드래곤의 뼈로 제작된 것을 알고는 약간은 떨리는 목소리로 외쳤다. 이들의 목적이 뭔지를 알아챘기 때문이다. 이 녀석들은 자신이 드래곤이라는 것을 알고 찾아온 것이다.

"드, 드래곤 킬러! 네놈들은 드래곤 슬레이어였나? 쓰레기 같은 것들! 죽어랏! 지굉파(地轟波)!"

확실히 대지의 기운을 지닌다는 그린 드래곤답게 그 오우거의 첫 번째 공격은 대지의 정령 마법이었다. 꼭 파도가 몰려오는 듯 땅이 파동을 일으키며 급속도로 다크 일행에게 접근해 왔다. 그러나 서로 간의 거리가 1백 미터나 떨어져 있었기에 피할 수 있는 충분한 여유가 있었다.

지미와 라빈은 대지가 꿈틀꿈틀 파동을 일으키며 자신들에게 접근해 오자 놀라서 양 옆으로 도망쳤다. 그리고 다크도 왼쪽으로 피했다. 다크는 방금 자신들이 있던 그 주변의 나무들이 뿌리부터 산산조각이 나서 쓰러지는 것을 보며 마법의 위력이란 것이 꽤나 대단하다는 것을 실감했다. 하지만 그따위 것에 감탄하고 있을 여유는 없었다. 다크는 마법의 영향권에서 벗어나자 재빨리 정신을 집중해서 마나를 집중시킨 후 외쳤다.

"파이어 볼!"

또다시 5사이클급의 거대한 화염 덩어리가 오우거를 향해 날아갔다. 오우거는 그걸 피하지 않고 그대로 맞았다. 이번에도 오우거 가까이까지 날아간 거대한 화염 덩어리는 마법의 벽에 막혀 흩어져 버렸다. 5사이클급 파이어 볼치고는 엄청난 위력인 것을 보고,

오우거는 약간은 놀랍다는 듯이 말했다.

"제법이군. 하지만 그 정도로는 드래곤 슬레이어 놀이를 꿈꿔서는 안 되지. 뇌(雷)!"

그와 동시에 마른하늘에서 날벼락이 떨어지기 시작했다. 거의 스무 차례에 걸친 날벼락이 떨어져 내렸지만 숲의 나무들만 작살냈을 뿐 별 효과는 없었다. 사람보다 더 큰 나무라는 존재들이 벼락에 먼저 맞아 줬기 때문이다. 하지만 나무에 맞고 양 옆으로 튀어 대지를 흐르는 번개와 불타서 쓰러지는 나무들은 다크에게는 별로였는지 몰라도 지미와 라빈의 생명을 위협하기에는 충분했다.

지미와 라빈이 혼비백산해서 도망치는 꼴을 보면서 드래곤은 이런 보잘것없는 존재들 때문에 현신할 필요도 없다는 듯 여러 가지 마법으로 '간 큰 벌레'들을 공격했다.

다크 또한 틈틈이 자신이 알고 있는 마법을 오우거에게 쏴 봤지만 상대의 바리어를 깨지 못하자 약간 초조해졌다. 검을 쓴다면 간단히 해결되겠지만 여기서는 원체 지켜보는 눈들이 많기에 마법만을 써야 했다.

화염과 뇌격을 몇 방 날렸지만 그녀가 지닌 마법은 원체 날림으로 배운 것들이라 위력은 형편없었다. 5사이클급 파이어 볼은 구사할 줄 알면서도 5사이클 마법 중에서 최강의 위력을 낸다는 익스플로우전(Explosion) 같은 마법은 모르니 그건 당연한 결과였다. 그녀의 마법은 보기에는 거창했지만 위력은 별로였던 것이다.

"제기랄!"

상대의 마법을 민첩한 몸놀림으로 또다시 피한 다크는 아쿠아 룰러를 사용하기로 작정했다. 아쿠아 룰러로 만들 수 있는 것은 강력한 수계의 정령 마법. 가능성은 있을 것 같았다.

"아쿠아 에로우!"

거의 20여 개에 이르는 엄청난 물 화살들이 무시무시한 속도로 날아들자 오우거는 혼비백산했다. 석궁에서 발사하는 화살보다도 더 강력한 위력의 물 화살. 이건 수계 마법들 중에서도 매우 높은 수준의 것이었다.

정령 마법은 마법보다 물리력에 의한 피해가 더욱 큰 마법. 서로 간의 거리가 거의 1백 미터에 이르는데도 그 물줄기의 위력은 하나도 줄어들지 않고 순식간에 오우거 쪽으로 날아들었다. 다크가 아직 물 화살들의 방향 조종이 미숙했기에 오우거에게 격중된 것은 불과 다섯 개 정도였지만, 그 위력은 엄청났다. 바리어는 간신히 깨지지 않고 유지되고 있었지만, 자신의 뒤 절벽에 구멍이 숭숭 뚫려 있는 걸 보고 오우거는 중얼거렸다.

"강철도 뚫어 버리는 물 화살. 최상급 물의 정령 마법? 정말이지 나를 놀라게 하는군. 너는 나에게 도전할 충분한 자격이 있다."

말이 채 끝나기도 전에 오우거의 몸이 녹색 광택에 휩싸이면서 커지기 시작했다. 그걸 본 지미와 라빈은 재빨리 나무를 헤치며 뒤도 보지 않고 달아나기 시작했다. 오우거인 상태에서도 이놈의 석궁이 아무런 도움이 되지 않았는데, 본체로 현신한 후에는 안 봐도 뻔하기 때문이다. 조금 뒤늦게 다크도 뒤로 도망치기 시작했다.

한 명의 마법사와 두 명의 수련 기사가 오우거, 아니 드래곤을 향해 용을 쓰는 것을 네 개의 눈동자가 흥미로운 눈으로 바라보고 있었다. 마법사인 마리나와 기사인 샤트란이었다. 마리나는 재빨리 움직이며 파이어 볼을 날리고 있는 다크를 놀랍다는 듯이 바라보았다.
"저 아이 마검사(魔劍士)였어. 저 놀라운 움직임을 봐. 바리어나 실드를 치는 게 아니고 회피 동작으로 마법을 피하다니……. 보통 마법사들은 체력이 모자라서 절대 저렇게 못 하지. 남자 애들이 저 여자 아이에게 꽤 조심스럽게 대하기에 왜 그런가 했더니 저 아이들 중에서는 최고의 실력인 것 같아."
샤트란도 검사에 못지않은 움직임으로 재빨리 드래곤의 마법 공격을 피하면서 공격 마법을 날리고 있는 다크를 바라보면서 고개를 끄덕였다.
"그렇군요. 하지만 마법이 너무 단조롭네요. 썬더(Thunder), 파이어 볼, 윈드 에로우(Wind Arrow). 위력은 꽤 괜찮은 것 같지만 모두 초보적인 마법들뿐이잖아요?"
마리나는 시선을 싸움판에 고정시켜 둔 채 답했다.
"맞아. 확실히 수준은 5사이클급이지만, 저런 초보 주문으로는 제대로 된 위력을 내기 힘들지. 설마 상급 주문을 안 배운 것은 아니겠지?"
"글쎄요."
이때 갑자기 놀라운 일이 벌어졌다. 여태껏 아무런 타격도 주지 못하고 있던 소녀가 뭔가 주문을 외우면서 손을 뻗치자 순간적으로 햇빛을 받아 빛나는 수십 가닥의 무언가가 드래곤 쪽으로 날아갔던 것이다. 보통 사람이라면 그 속도에 뭐가 어떻게 되었는지 알 수 없었겠지만, 수련에 수련을 거듭한 뛰어난 무사인 샤트란은 볼 수 있었다.

"저게 뭐죠?"
"글쎄, 수계(水系) 공격 마법 같기도 하고……. 이 거리에서는 잘 모르겠는걸?"
하지만 그녀들의 한가한 말은 더 이상 이어지지 않았다. 드래곤이 갑자기 녹색 광채를 뿜어내며 본체로 변신하기 시작한 것이다. 그와 동시에 아래에서 싸우던 사람들은 숲 속으로 도망쳐 버렸고, 무성하게 우거진 나무들에 가려서 곧 시야에서 사라져 버렸다.

도망치는 지미, 라빈, 다크의 좌우로 그들과 반대 방향으로 수풀을 헤치며 달려 나오는 거대한 물체들이 있었다. 숲 속 저 뒤쪽에 숨어 있던 거대한 타이탄 두 대는 1조가 목표를 달성하자 엄청난 속도로 창 세 자루를 쥐고, 허리에는 검을 찬 채 돌격해 들어갔다. 그들은 이 정도 새끼 드래곤이라면 충분히 승산이 있다고 생각하고 가까이 접근해서 빨리 끝장내 버릴 작정이었다.
드래곤은 타이탄들이 접근해 오는 것을 본 순간 자신이 함정에 빠졌다는 것을 눈치 챘지만, 콧방귀를 뀌며 빈정댔다.
'가소로운 것들, 계획이 겨우 이거였단 말이냐? 겨우 저 고철덩어리 두 개로 뭘 할 수 있다고…….'
드래곤은 인간들의 얕은 잔꾀를 비웃으며 변신하면서도 깊이 숨을 들이마시기 시작했다. 타이탄 두 대가 드래곤을 향해 창을 던진 그 순간 드래곤은 본체로 돌아가 있었고, 순식간에 몸속에 쌓인 대지의 기운을 토해 냈다. 드래곤의 몸속 깊이 쌓여 있던 대지의 기운은 드래곤의 폐 속에 들어 있던 공기와 섞여 짙은 녹색을 띠는 가스 같은 것으로 변해 거대하게 벌어진 드래곤의 입을 통해 쏟아져 나왔다.

 엄청난 속도로 날아가던 창은 녹색의 가스를 통과하던 도중 녹아서 사라져 버렸다. 정말이지 지독할 정도로 강한 부식력을 지닌 가스였다. 그런데 그 가스는 창을 녹이는 것에서 멈추지 않고 지속적으로 흘러가 곧장 타이탄들에게로 날아갔고, 두 대의 타이탄은 그 녹색의 가스를 피하기 위해 전속력으로 후퇴하기 시작했다.

 하지만 타이탄들은 드래곤을 잡을 목적으로 너무 가까이 접근해 들어갔었기에 그 브레스를 완전히 피하기는 힘들었다. 타이탄의 외피가 가스에 녹아 들어갔지만 타이탄들은 머리 뒤쪽에 방패를 대고 탑승자를 보호한 채 전속력으로 도망쳤다. 하지만 타이탄의 외부 부식도가 엄청나서 그걸 수복하기 위해 타이탄은 기사의 마나를 대량으로 흡수해 댔다.

 파시르는 자신의 몸을 망토로 가린 채 타이탄에서 탈출했다. 그와 동시에 옆에서 지켜보던 다크가 재빨리 그의 몸에 아쿠아 바리어를 쳐 줬고, 파시르는 물에 잘 녹는 그 가스의 위협에서 목숨을 건질 수 있었다. 하지만 파시르의 타이탄은 도망치는 그의 뒤에서 반쯤 녹아 버린 쓸모없는 고철 덩어리가 되고 말았다.

 파시르는 자신의 생명을 우선시했고, 타이탄을 한낱 마음에 드는 도구 정도로 생각했기에 목숨을 건졌다. 그러나 네르만은 완전히 그와 반대의 경우였다. 그는 타이탄 한 대가 어느 정도 가치를 가지고 있는지 잘 알고 있었고, 그렇기에 그걸 포기할 수 없었다. 타이탄은 정말 엄청난 재산적 가치가 있기에 그걸 저따위 브레스에 녹아 없어지게 만들 수 없었던 것이다. 하지만 그의 몸속에 축적되어 있던 마나는 모두 고갈되었고, 그가 기절하자마자 타이탄도 그 동작을 멈췄다. 그리고 곧이어 그의 주인과 함께 생명을 끝마쳤다.

"살려 줘서 고맙다. 예상 밖으로 대단한 마법사였군."

파시르는 자신이 살 수 있었던 것은 바로 눈앞에 서 있는 소녀 덕분이라는 것을 잘 알고 있었다. 베티라는 사제는 브레스에 죽어 버렸는지 아니면 도망쳤는지, 부상자 치료를 위해 그녀가 대기해야 할 장소에 없었다. 그리고 저 절벽 위쪽에 있는 마법사보다는 이 소녀가 자신을 구했을 거라고 생각했다.

"천만에. 죽기에는 아까운 인물인 것 같아서 도와줬을 뿐이야."

다크는 넓은 면적에 걸쳐 무시무시한 속도로 회전하는 방어 장벽인 아쿠아 바리어를 쳐서 드래곤이 뿜어내는 가스를 막고 있었다. 그 덕분에 그녀의 마법 장벽 안에 들어와 있는 파시르, 지미, 라빈은 멀쩡했지만 나머지의 생사는 알 길이 없었다. 다크는 한 번씩 장벽 윗부분에 구멍을 뚫어 아직도 가스가 날아다니는지 살펴보았고, 그런 그녀의 모습을 보면서 파시르가 무뚝뚝한 음성으로 물었다.

"아직도 브레스를 토하고 있나?"

"글쎄, 거의 멈춘 것 같은데?"

"일단 브레스가 멈췄으면 일행에 합류하자. 절벽 밑은 전멸했다고 해도 절벽 위로 올라간 녀석들은 괜찮을 거야."

모두 그게 좋겠다는 듯 고개를 끄덕였지만, 다크의 생각은 달랐다. 다크는 고개를 살짝 가로저었다.

"아니, 일단 숨어서 지켜보기로 하지. 뭔가 이상한 점이 있으니까."

다크가 반지로 흘러들던 기를 차단하자 거대하게 회전하고 있던 물의 장벽은 순식간에 흩어져 버렸다. 그 지독한 부식성 가스가 숲을 덮쳤지만 놀랍게도 숲은 깨끗했다. 물론 밑에 쌓여 있던 낙엽이나 나뭇가지, 돌 등은 완전히 녹아서 흔적을 찾아볼 수 없었다. 하지만 그 모든 것들이 녹아서 부드러운 흙 속으로 흘러든 지금 숲의 나무들은 더욱 더 아름다움을 뽐내고 있었다. 확실히 대지의 기운을 갖는 그린 드래곤은 대지에서 태어나는 숲과 너무도 잘 어울리는 존재인 모양이었다.

드래곤은 그 놀라운 가스를 전력으로 토해 낸 후 잠시 숨을 고르더니, 반쯤 녹은 채 쓰러져 있는 타이탄의 잔해를 보며 승리의 환성을 질렀다.

〈캬오오오오오오!〉

드래곤 로어(Dragon Roar). 드래곤의 포효는 모든 생명체에게 두려움을 안겨 준다. 드래곤의 포효 한 번에 아예 굳어서 움직이지도 못하고 식은땀만 삐질거리는 게 거의 모든 생명체의 공통 사항이었고, 이 소리를 듣고도 움직이는 놈이 비정상이었다. 하지만 그런 비정상적인 놈들 세 명이 드래곤의 자화자찬이 아니꼽다는 듯 수풀을 헤치며 나타났다.

그 타이탄들은 파시르가 가지고 있던 로메로보다 월등하게 덩치가 컸다. 과거 시드미안이 몰던 안토로스보다도 더 덩치가 큰 것 같았다. 세 대의 타이탄들 중 한 대는 특히 더 컸는데, 어깨까지의 높이가 5.5미터, 머리 위의 뿔까지 합한다면 6미터가 넘는 거대한 타이탄이었다.

사실 뿔이야 가져다 붙이면 그만이기에 타이탄의 높이는 어깨높이를 말하는 것이 표준이었지만 말이 그렇다는 것이다. 어쨌든 그 타이탄들은 모두 사각형의 방패를 가지고 있었는데, 방패에는 우아한 유니콘(머리에 한 개의 긴 뿔이 달려 있고 날개가 달린, 말처럼 생긴 전설상의 동물)이 그려져 있었다. 그 외에 여러 색상으로 채색된 타이탄의 본체에도 갖가지 문장들이 그려져 있었다.

세 대의 타이탄이 나타나자 승리의 기쁨에 넘쳐 있던 드래곤은 상당히 놀랐다. 타이탄이 두 대뿐인 줄 알고 자신의 몸속에 쌓여 있던 모든 대지의 기운을 토해 냈기에, 드래곤에게는 마법 외에 딱히 그것들을 상대할 무기가 남아 있지 않았다.

나이가 많은 드래곤은 나누어 쓴다면 세 번에서 다섯 번까지도 브레스를 뿜을 수 있지만, 이 드래곤은 나이가 많지 않았기에 그의 몸속에 쌓인 대지의 기운은 전력을 기울인다면 한 번의 브레스를 뿜을 정도밖에 안 되었던 것이다. 만약 적이 더 있다는 것을 알았다면 아껴서 두세 번까지 뿜을 수도 있었겠지만, 처음부터 신나게 뿌려 댄 게 화근이었다.

세 대의 타이탄이 드래곤을 향해 돌격해 들어가는 것을 보고 숲 속에 숨어 있던 일행은 놀란 표정을 지었지만, 다크는 그들의 표정을 보면서 당연하다는 듯이 말했다.

"내가 말했잖아. 뭔가 이상한 녀석들이라고 말이야. 역시 그놈들이 가진 타이탄은 한 대가 아니었어."

다크의 말에 자신들이 성난 드래곤의 브레스까지 처리해 주는 소모품 역할이었다는 것을 눈치 챈 지미와 라빈은 놀란 표정에서 곧 성난 표정으로 바뀌었다.

하지만 파시르는 다크의 말에도 불구하고 계속 놀란 표정이었다. 파시르는 지금 자신의 타이탄이 소모품으로 쓰였다는 것 자체를 잊어버릴 정도로 놀라고 있었던 것이다. 파시르는 거대한 드래곤을 향해 창을 던지는 육중한 타이탄의 뒷모습을 보면서 얼이 빠진 듯 중얼거렸다.

"순백(純白)의 유니콘……. 저 저주받은 문장을 여기서 다시 보게 되다니."

드래곤은 본능적으로 자신이 매우 위험한 처지에 빠져 있다는 것을 알아챘다. 드래곤은 지체 없이 타이탄들을 향해 용언 마법을 날렸다. 그러자 세 대의 타이탄들 중 좌우의 것들은 양 옆으로 피하면서 드래곤을 압박하는 형태로 움직였고, 중간에 남은 덩치 큰 타이탄은 이 정도 마법쯤이야 볼 것도 없다는 듯 피하지도 않고 방패로 막았다.

7사이클급에 해당하는 강력한 용언 마법이 불러일으킨 화염이었지만, 고작 방패의 표면에 입힌 페인트만을 태웠을 뿐이었다. 곧 화염이 걷히면서 방패는 겉으로 드러난 미스릴이 뿜어내는 옅은 금빛으로 번쩍거렸다. 이것만 봐도 어중이떠중이 타이탄은 아니라는 말이었다.

타이탄의 대마법 주문은 타이탄의 등급에 따라 수준이 다르다. 엑스시온의 등급이 높을수록 마법에 대한 내성도 증가하고, 또 타고 있는 기사의 등급에 따라서도 그게 증가할 수 있다. 그렇기에 드래곤은 상대가 보통내기가 아니란 것을 눈치 채자마자 마나의 힘으로 그 육중한 몸체를 공중으로 띄워 올리기 시작했다. 역시 위험 부담이 큰 상대인 만큼 완전히 포위당하기 전에 날아올라, 공중에서 공격하는 것이 최선의 선택이었다. 드래곤은 하늘을 날 수 있지만 타이탄은 날지 못하기 때문이다.

하지만 드래곤이 날기 위해 그 거대한 날개를 폈을 때, 절벽 위에서 날아온 6사이클급에 해당하는 마법 공격과 거대한 투창 공격이 시작되었다. 물론 마법 정도야 드래곤에게 큰 피해를 줄 수 없었지만 그 거대한 창이 드래곤의 날개를 꿰뚫었을 때는 얘기가 달랐다. 창촉을 드래곤 뼈로 만든 묵직하고도 거대한 강철 창은 순식간에 드래곤의 바리어를 찢고 들어와 드래곤의 거대한 날개에 깊숙이 박혀 들었다. 잠깐 사이에 드래곤의 왼쪽 날개에는 절벽 위에서 날아온 두 개의 창이 박히면서 그 거대한 금속성의 날개가 본체의 무게를 견디지 못하고 두 토막이 나 버렸다. 드래곤은 곧 엄청난 먼지를 일으키며 땅바닥에 추락했고, 그 옆으로 짙은 녹색의 거대한 금속성 날개가 떨어졌다.

이제 드래곤에게는 선택의 여지가 없었다. 마법으로 몸을 보호하면서 드래곤은 처절한 육탄 공격을 시작했다. 드래곤의 몸은 강력한 금속성. 그렇기에 드래곤은 뱀처럼 머리를 뒤쪽으로 꼬았다가 포위해서 접근해 오는 왼쪽 타이탄을 향해 재빨리 머리를 날렸다. 드래곤의 긴 목 덕분에 머리는 엄청난 속도로 상대 타이탄에게 다가 들었다. 그러나 타이탄은 재빨리 드래곤의 아가리를 방패로 막으면서 검을 휘둘렀다.

타이탄이 가지고 있는 검의 몸체는 짙은 녹색을 띠고 있었다. 이 드래곤을 잡기 위해 거금을 투자해서 만든 세 자루의 드래곤 킬러 중 하나. 그 검은 드래곤의 뼈로 만들어진 만큼 가벼웠으므로 길이를 4미터나 되게 만들 수 있었다. 그 검을 보고 드래곤이 재빨리

드래곤 사냥 185

머리를 뒤로 뺐지만, 드래곤의 작은 두 개의 뿔 중에서 하나가 검과 부딪치며 어이없게도 두 토막이 나며 떨어져 나갔다. 정말 무시할 수 없을 정도로 준비가 잘된 강한 놈들이었다. 이때 오른쪽에 있던 타이탄이, 드래곤이 왼쪽의 동료에게 정신 팔려 있는 틈을 이용해서 재빨리 창을 던졌다. 역시나 이 창의 촉도 드래곤의 뼈로 만든 드래곤 킬러. 드래곤은 몸속 깊이 뚫고 들어온 창이 전하는 아픔에 분노했다.

〈크아아아아!〉

평소에 벌레 보듯 해 온 인간이, 그 나약하기 그지없는 인간이 감히 자신에게 생전 처음 느껴 보는 지독한 고통을 선물한 것이다. 분노에 가득 찬 드래곤은 오른쪽에 있는 타이탄을 향해 그 거대한 채찍과 같은 꼬리를 내려 쳤다. 드래곤의 꼬리가 날아오자 그 망할 타이탄은 기다렸다는 듯이 뛰어오르며 자세가 허물어진 드래곤을 향해 또 하나의 창을 던졌다. 그와 동시에 다른 타이탄들도 드래곤을 향해 창을 던졌다. 엄청난 고통에 신음하며, 드래곤은 끓어오르는 분노에 점점 이성을 잃어 갔다.

사실 이 어린 드래곤에게 이성이 남아 있다면 이동 마법을 통해 재빨리 도망치는 게 최선의 선택이었다. 하지만 엄청난 드래곤의 덩치로 봤을 때 이동 마법을 시전하려면 엄청난 마나가 필요했고, 그 마나가 모일 때까지 기다리고 있을 인내심 따위가 드래곤에겐 남아 있지 않았다. 우선 눈앞에 보이는 저놈들을 갈기갈기 찢어 놓고 싶을 뿐이었다.

순간, 드래곤의 그 거대한 덩치가 대지를 박차고 뛰어올랐다. 이 놀라운 움직임을 만든 것은 두말할 것도 없이 앞발에 비해 놀랍도록 큰 뒷다리였다. 드래곤은 재빨리 뛰어오르며 왼쪽에 있는, 자신의 자존심인 뿔을 잘라 버린 타이탄을 향해 돌격해 들어갔다. 워낙 순간적으로 일어난 일이었고, 설마 저 덩치로 저렇게 재빠르게 움직일 것이라고는 생각도 못 하고 있던 타이탄은 고작 방패로 앞을 막을 시간 여유밖에 없었다.

아무리 방패로 막았다고 해도 드래곤의 덩치는 어마어마했고, 그 덩치에 밀리면서 왼쪽의 타이탄이 붕 떠오르더니 땅바닥에 패대기쳐졌다. 드래곤은 재빨리 뻗어 있는 타이탄에게 다가가 그 육중한 다리로 타이탄을 짓밟으면서도 동료를 구출하려는 두 대의 타이탄을 견제했다. 덩치 큰 타이탄은 드래곤이 피하기를 바라면서 창을 던졌지만, 드래곤이 한눈을 팔고 있는 것도 아니었기에 그 창은 드래곤의 공격 주문에 막혔고, 창촉을 제외한 대부분이 박살나며 튕겨 나갔다.

〈크아아아아아아!〉

드래곤은 한차례 울부짖은 후 대지의 기운을 발에 끌어 모았다. 타이탄을 짓밟고 있던 발이 짙은 녹색으로 빛나기 시작했다. 드래곤이 재빨리 그 발을 들어 올렸다 내리 찍어 타이탄을 떡으로 만들려는 순간, 절벽 위에서 여태껏 지원 사격을 해 주던 타이탄이 방패를 놔둔 채 양손으로 창을 꽉 쥐고는 뛰어내렸다.

절벽 높이가 50미터가 넘었기에 타이탄은 엄청난 도약을 이용해 그 거대한 창을 드래곤의 등 깊숙이 찔러 넣는 데 성공했다. 거기에다가 86톤이 넘는 거대하고 무시무시한 강철 덩어리가 드래곤의 등에 부딪쳤으니, 드래곤이 아무리 덩치가 크다고 해도 충격을 받지 않을 수 없었다.

드래곤이 충격을 받고 앞으로 쓰러지는 순간, 덩치가 조금 작은 타이탄이 이때가 기회라는 듯 재빨리 창을 던졌다. 그리고 덩치가 큰 타이탄은 검을 뽑아 들고 드래곤에게 과감하게 달려들어 검을 휘둘렀다. 일어서려고 버둥거리던 드래곤의 목 부위를 순간적으로 검이 훑고 지나갔고, 서서히 그 긴 목이 앞으로 쓰러지기 시작했다. 일정 각도 이상 아래로 쳐지자 드래곤의 잘려진 목은 아래로 떨어져 내렸다.

쿵!

거대한 드래곤이 쓰러지자 네 대의 타이탄의 머리가 뒤로 들리면서 사람들이 나타났다. 가장 큰 타이탄에 타고 있던 인물은 타론이었다. 타론은 엄청난 드래곤의 사체를 질렸다는 듯 바라보더니 고개를 절레절레 가로저었다.

"스펜! 아더하고 함께 레어 안을 조사해라."

"옛!"

스펜은 아직도 드래곤의 발아래 깔렸던 그 절망에서 벗어나지 못하고 있는 아더를 재촉하여 동굴 속으로 들어갔다. 곧이어 그들이 타고 있던 타이탄들은 공간 저편으로 사라졌다. 타론은 타이탄에서 뛰어올라 쓰러져 있는 드래곤 위에 올라서서 드래곤의 거대한 비늘을 만지며 중얼거렸다.

"휴, 이 거대한 녀석을 우리가 잡았단 말이지? 폐하께서 기뻐하시겠군. 그런데 예상외로 재빠른 몸놀림이었어. 이 큰 덩치가 그렇게도 엄청난 속도를 낸다는 것이 놀랍군."

이때 타론의 옆으로 옅은 갈색 머리카락을 짧게 기른 예쁜 여자가 뛰어내렸다. 드래곤의 등을 창으로 찍었던 샤트란이었다. 그녀는 황금으로 멋을 낸 검은 갑옷을 입고 있었다. 그 갑옷은 와이번의 비늘로 만들어진 최고급품이었기에 상당히 두툼해 보였지만 매우 가벼웠다.

"드래곤이라고 해서 엄청 힘들 줄 알았는데 별로군요, 대장."

타론은 피식 웃었다.

"잘해 줬다. 몸은 괜찮냐?"

샤트란은 화사하게 미소 지으며 대답했다.

"괜찮아요. 떨어진 충격에 몸이 좀 욱신거리고, 군데군데 멍이 좀 들었지만……."

"다행이군. 원체 드래곤이란 생명체에 대한 자료가 부족했으니까 말이야. 놈이 그 정도로 재빠를 줄은 예상도 못 했으니까 일어난 일이었지."

"그래도 잡긴 잡았잖아요? 그것도 별 피해 없이……."

"마리나의 추측에 의하면 이 녀석의 나이는 8백 살 정도. 기척도 제대로 숨기지 못하니까 마법도 그렇게 뛰어나다고 할 수 없었다. 1천 살도 안 된 드래곤이라면 브레스를 잘 뿜어 봐야 한 번, 나눠서 두 번 정도? 그렇다면 답은 나오지. 자살 공격조만 희생시킨다면 이 드래곤은 누구라도 잡을 수 있었어. 이 녀석만을 보고 전체 드래곤의 힘을 추측한다는 것은 드래곤에 대한 실례야. 아더가 당할 뻔한 것만 봐도, 이 어린 드래곤이 이 정도인데, 다 자란 놈들은 어떻겠나? 너무 자만해서는 안 돼. 알겠나?"

"예, 대장. 하지만 사실 이렇게 나약한 드래곤이라면 저희들이 나설 필요는 없었잖아요? 엘프란 기사단 정도만 동원했어도, 약간의 피해는 있었겠지만 그래도……."

샤트란의 말에 타론은 마치 철부지 애를 보는 듯한 조롱기 어린 눈으로 지그시 그녀를 쳐다봤다. 그 눈길에 그녀가 발끈하려는 찰나 그가 입을 열었다.

"이런 어린 드래곤은 있는 곳을 몰라서 그렇지 알기만 한다면 잡는 것은 쉽다. 하지만 그걸 본국까지 가져가는 것은 어렵지. 그것 때문에 너희가 투입된 것이다. 그리고 너희들을 보호하라고 나를 보내신 거지. 그렇지 않다면 본국 최고의 기밀이라고 할 수 있는 안티고네를 왜 끌고 왔겠나? 이번 작전은 안티고네의 실전 테스트를 겸한 것이기도 하다. 알겠나?"

타론의 말에 샤트란은 약간 풀이 죽었다. 사실 카마리에를 지급받은 자신들과 타론 같은 최신형 타이탄, 안티고네를 지급받은 인물들은 엄청난 등급 차이가 있었다. 안티고네를 가지고 있다는 것 하나만으로 거대한 크루마 제국의 수많은 기사들 중 최고라는 것을 의미했기 때문이다.

"예, 대장."

이들이 대화를 나누는 사이, 절벽 위에 홀로 남아 있던 마리나가 더 이상의 위험은 없다고 판단하고 에이비에이션(Aviation : 비행 마법)의 주문을 사용하여 곧장 내려왔다. 그녀는 샤트란과 타론을 슬쩍 바라본 후 곧장 동굴 속으로 들어갔다. 그녀는 마법사였기에 드래곤이 소장하고 있는 마법 서적에 대단히 깊은 관심을 가지고 있었다. 그렇기에 타론과 잠시 잡담할 시간도 아까웠던 것이다. 하지만 동굴 속으로 들어가는 그녀에게 타론은 한마디 안 할 수 없었다.

"빨리 나와. 해야 할 일이 산더미라구. 마법책은 나중에 궁에 돌아가서 천천히 연구해. 알겠어?"

썩은 시체를 찾아 모이는 까마귀들

　다크 일행은 드래곤과 타이탄들의 격전이 벌어지자 숨소리까지 죽여 가며 그 장대한 싸움을 구경했다. 약간의 볼거리는 있었지만 그래도 그 어린 드래곤은 드래곤이란 이름값도 제대로 못한 채 고깃덩이가 되어 버렸다. 정말 싱거운 싸움이라고 할 수밖에 없었다. 두 눈을 초롱초롱하게 빛내며 여태껏 열심히 구경하던 다크가 드래곤이 쓰러져 버리자 나지막한 목소리로 물었다.
　"백색 유니콘이 저주받은 문장이라니 무슨 말이야?"
　파시르는 작게 한숨을 쉬더니 천천히 말문을 열었다. 그의 얼굴은 약간의 두려움과 원망, 절망 등 여러 가지 색채를 띠며 변하고 있었다.
　"나는 옛날 론드바르 제국의 기사였다. 아직도 눈을 감으면 기억이 나지. 론드바르 최후의 날. 화염이 충천하던 왕궁, 비명을 지르며 뛰어가던 시민들……. 나에게 힘이 없다는 것이 그렇게도 원망스러웠던 때가 없었다. 시민들을 학살하고, 도시를 파괴하던 그 문장. 하얀 유니콘의 문장을 절대로 잊을 수 없었어."

파시르의 중얼거리는 말만으로는 도대체 유니콘을 문장으로 쓰는 곳이 어딘지 알 수 없었기에 분위기가 좀 그렇기는 했지만, 지미는 호기심을 참지 못하고 물었다.

"유니콘을 문장으로 쓰는 나라가 어딘데요?"

갑작스런 지미의 질문에 순간적으로 정신을 차린 파시르는 쓴웃음을 잠시 머금은 후 내뱉듯이 말했다.

"레니아 근위 기사단 문장이다. 저 강대한 크루마 제국의……."

"레니아 근위 기사단이라구요? 그렇다면 방금 보았던 타이탄들은 근위 타이탄이란 말입니까?"

놀라서 묻는 지미의 얼굴을 힐끗 쳐다본 파시르는 다시 드래곤이 쓰러져 있는 곳으로 시선을 돌렸다.

"세 대는 카마리에야. 들리는 소문으로는 출력이 1.5나 되는 괴물이라고 하더군. 그런데… 방금 드래곤의 머리를 날려 버린 그 거대한 타이탄은 잘 모르겠어. 크루마의 신형 타이탄인가?"

원체 과묵했기에 잘 몰랐지만 슬쩍 드러나는 파시르의 유식함에 라빈은 감탄했다.

"타이탄에 대해 아주 잘 아시는군요. 나중에 시간 있을 때 좀 가르쳐 주세요."

파시르는 살짝 미소 지었다.

"사실 너는 그걸 알 필요가 없어. 나같이 타이탄을 조종한다면……. 아니군, 그 녀석은 죽어 버렸으니 이제는 나도 알 필요가 없어졌군. 타이탄을 조종하는 사람은 강한 타이탄의 목록과 유명한 기사단의 문장은 외워 두는 게 장수하는 데 보탬이 되지. 특히나 같은 용병들한테는 말이야. 그것 하나 가지고 목숨이 왔다 갔다 하니까 말이야. 하지만 나한테 타이탄이 없다면 얘기는 달라져. 타이탄이 나타나기만 하면 무조건 도망치는 게 최고지."

"안에는 보석은 거의 없고, 마법 도구가 좀 있고 책뿐입니다. 대장."

"마리나는?"

"마리나 경은 지금 마법책을 보신다고 정신이 없던데요?"

스펜의 보고를 듣고 잠시 생각하던 타론이 명령했다.

"아더, 스펜! 너희들은 타이탄을 불러내어 저 시체에서 비늘을 떼어 내라."

"예!"

아더와 스펜이 다시 자신의 타이탄들을 불러내 탑승하고 있을 때 숲 속에서 두 사람이…, 아니 한 사람과 한 드워프가 말들을 끌고 나타났다. 파이어해머는 쓰러져 있는 드래곤을 보면서 만면에 미소를 짓고는 드래곤 쪽으로 달려갔다. 나머지 한 사람, 즉 베티 도니안 사제는 타론에게로 다가가서는 드래곤의 큰 덩치를 보며 놀랍다는 어조로 물었다.

"이제 끝난 겁니까?"

"예."

"엄청나게 큰데 정말 빨리 끝내셨군요. 과연 레디아의 이름이 부끄럽지 않은 분이십니다."

"과찬이십니다. 드래곤이 어린 데다가 경험도 없었던 덕분이죠."
"부상자는 없습니까?"

타론은 사제의 아름다운 얼굴을 힐끗 바라봤지만 실례라고 생각했는지 시선을 드래곤으로 돌리면서 말했다.

"이 정도 싸움에 부상자가 생길 수는 없죠."
"정말 다행이네요. 그런데……."

베티 사제가 좌우를 쭉 둘러보다가 시선을 멀리 떨어진 곳에 반쯤 녹은 채로 쓰러져 있는 두 대의 타이탄에 두었다.

"다른 동료 분들은……?"
"아마 모두들 죽었을 겁니다."

기사였기에 약간의 죄책감을 머금은 그의 어조를 듣고, 베티 사제는 살짝 무릎을 꿇고 기도를 올리기 시작했다. 죽은 자를 위해 기도하는 그녀의 눈에는 살짝 눈물이 어려 있었다. 생판 모르는 사람들도 아니었고, 몇 주 정도였지만 함께 여행한 동료들의 죽음이 슬펐던 것이다.

"달의 여신 아르테미스시여, 오늘 흉악한 몬스터와 싸우다가 죽은 아름다운 영혼들이 있습니다. 그들을 바른 길로 안내해 주시기를 비옵니다."

죽은 자에 대해 생각해 주는 인물은 베티 사제 한 사람뿐이었다. 마법사는 드래곤의 마법 서적에, 그리고 나머지는 드래곤의 사체에 관심을 쏟을 뿐이었다.

만약 그들이 보통의 파티들처럼 우정으로 맺어져 있었다면, 혹시나 하는 마음에 생존자가 있는지 숲 속을 뒤졌을 것이다. 하지만 그들은 숲 속을 뒤지는 귀찮은 작업을 생략했고, 또 살아 있다면 자신의 몫을 챙기기 위해 튀어나왔을 것이라 생각했다. 하지만 숲 속에서는 아무도 나타나지 않았고, 당연히 '미끼'로 쓴 동료들이 모두 죽었다고 간단하게 결론짓고 재빨리 다음 작업으로 넘어갔다.

파이어해머의 지시 하에 드래곤은 천천히 분해되었다. 파이어해머가 끌고 온 말에는 금속으로 된 용기들이 여러 개 실려 있었는데, 그 통마다 드래곤의 살과 피가 가득 담겨졌다. 드래곤의 피와 살은 마법을 통해 만들어지는 합성 생물인 키메라의 귀중한 재료가 되기 때문이었다.

드래곤의 피와 살은 잘 썩지 않기에 재빨리 본국으로 보낼 필요성은 없었다. 하지만 그래도 한 달 정도밖에 버티지 못하기에 이것은 조만간에 마리나가 동굴에서 나오면 바로 공간 이동시켜 본국으로 수송할 계획이었다. 하지만 드래곤의 뼈가 아무리 가볍다고 해도 이 많은 드래곤의 뼈와 비늘은 도저히 공간 이동 마법으로 수송할 만큼 만만한 양이 아니었다. 그렇기에 그들은 수송로를 철저히 연구해 놓은 후 사냥을 시작했었다.

그들의 시체 분해 작업은 식사 때문에 멈췄다. 아무리 일을 하려고 해도 배가 고프면 힘을 쓸 수 없다는 것은 불변의 진리였다. 그렇기에 베티 사제가 요리를 시작하자 아더와 스펜이 드래곤과 싸웠을 때 쓰러지거나 반쯤 타 버린 나무들을 적당히 잘라서 가져왔다. 샤트란은 말에서 요리 도구와 식료품을 가져다주었다. 큼직한 휴대용 냄비에서 스프가 끓기 시작하고, 소금에 절여 놓은 돼지고기가 익기 시작하자 그 냄새는 바람을 타고 멀리멀리 퍼졌다.

꼬르르르륵······.

막상 배가 고픈 줄도 모르다가도 고소한 냄새가 풍겨 오면 참기 힘들다. 지미의 배에서 밥 달라고 아우성을 치자 다크는 지미에게로 힐끗 시선을 돌렸다. 지미는 주책 맞은 배 덕분에 얼굴색이 약간 빨개졌지만 이건 어쩔 수 없었다. 다크가 얕게 한숨을 쉬었다.

"지미, 라빈."

"예?"

"너희는 석궁을 가지고 가서 아무거나 잡아다가 요리해라. 그리고 파시르는 저 녀석들 좀 도와주고."

"같이 안 가실 겁니까? 잘못하면 서로 길이 어긋난다구요."

"괜찮아. 한 시간쯤 후에 너희들을 따라가겠다. 나는 여기서 조금 더 감시를 할 거야."

"알겠습니다."

은연중에 상당히 높은 계급 차를 드러내고 있는 이들을 파시르는 번갈아 쳐다봤다. 이제 더 이상 눈치 볼 곳이 없었기에 공손하게 말하는 지미, 그리고 대놓고 하대를 하는 다크. 누가 봐도 동료라기보다는 주종이었다. 파시르는 이상하다고 생각했지만 오랜 용병 생활의 습성상 상대가 말해 주지 않는데 구태여 물어보지는 않았다. 알아서 좋은 게 있고 몰라서 득 되는 것도 있기 때문이다.

한 시간쯤 타론 패거리를 감시하던 다크는 더 이상 별 문제는 생기지 않을 것이라고 짐작하고 일행과 합류하기 위해 자리에서 일어섰다. 다크는 자신들을 드래곤이 뿜어내는 녹색 가스의 희생물로 써먹은 저 녀석들에게 꽤나 감정이 있었지만 아직은 복수할 때가 아니라는 것을 잘 알고 있었다.

　드래곤과의 싸움에서 자신의 타이탄과 함께 생명을 끝마친 네르만이 여기까지 오면서 뭔가 흔적을 남기는 모습을 본 것만 스무 번은 족히 되었다. 처음 네르만이 무엇인가 숨기는 것을 우연히 보고 그를 꾸준히 감시했지만, 그녀가 못 본 것도 있었을 것이다.

　다크는 네르만이 흔적을 남기면서 기다렸던 그들이 누군지 궁금했다. 하지만 그들은 아직도 나타나지 않았고, 다크는 오늘 저녁때쯤 올지도 모른다고 생각하면서 일행과 합류하기 위해 그들의 발자국을 좇기 시작했다.

　과거 살수 생활을 했던 경험에 의해 다크는 대단히 빠른 속도로 일행들의 흔적을 찾을 수 있었다. 한 시간쯤 지났으니 사냥을 해서 가죽을 벗기고, 불을 피워 고기를 익혀 놓고도 남는 시간이었다. 물론 사냥감을 30분 이내에 사냥해야 한다는 단서가 붙기는 하지만 말이다.

　동료들을 추격해 가던 다크는 어느 순간 걸음을 멈추고 발자국들을 자세히 살펴보았다. 어느 사이인지 일행의 발자국, 그러니까 지미, 라빈, 파시르가 남긴 발자국에 누군지 모르는 또 다른 네 번째 인물의 발자국이 찍혀 있는 걸 발견했던 것이다.

　다크가 그것을 조금 뒤늦게 눈치 챈 것은 모두의 신발 바닥이 똑같았기 때문이었다. 보통 여행에 사용되는 신발은 두터운 가죽을 4, 5겹으로 깔아서 만든 것들이었다. 아주 귀족들이 신는 신발들의 경우 거기에 모양을 낸 후 뒤 굽을 붙이기도 하지만, 일반적으로 신는 신발은 그렇지 못했다. 또 대단히 장거리 여행을 도보로 하는 경우 신발 바닥에 얇은 철판이나 구리판을 덧대기도 하고, 심한 경우에는 말굽에 붙이는 편자까지 박기도 하지만 일행들의 경우는 모두 말을 타고 왔기에 철판을 댄 신발은 아니었다.

새로 끼어든 발자국의 크기로 봤을 때는 남자, 그것도 6척 반(약 190센티미터)은 됨직한 거구의 사내였다. 그리고 발가락 부위에 무게가 걸린 것으로 봤을 때 무예를 수련한 인물이었다. 언제든지 자신의 몸을 날릴 수 있도록 준비된 무사……. 보폭이 매우 일정한 것만 봐도 알 수 있었다. 그의 발에 밟힌 풀이 꺾여 있는 각도나 발자국에 남아 있는 수분 등으로 추측하건대 지나간 시간은 3각(45분) 정도? 또 일행이 지나갔음직한 시간도 그때쯤인 것을 보면 뒤에서 몰래 따라가고 있는 모양이었다. 그런데도 일행의 발자국에 그 어떤 반응도 없는 것을 보면 그들은 추격당한다는 사실 자체를 눈치 채지 못하고 있었다.

물론 지미와 라빈만이라면 그건 충분히 이해할 수 있었다. 하지만 파시르는 얘기가 다르다. 용병 중에서도 그래듀에이트급이 아닌가? 그가 눈치 채지 못하고 있다면? 거기까지 생각한 다크는 재빨리 자신이 낼 수 있는 최대의 속도로 일행을 찾기 시작했다.

다크는 그로부터 10분도 되지 않아 일행을 찾아냈다. 일행들은 자신들의 위험도 눈치 채지 못하고 느긋하게 뭔가를 불에 굽고 있었다. 그러다가 저쪽에서 다크가 땅을 밟지도 않고 풀 위를 밟는 초상비(草上飛)의 경신술을 이용해 엄청난 속도로 다가오자 놀란 눈으로 멍하니 쳐다봤다. 다크는 자신을 귀신 보듯 얼이 빠져 바라보고 있는 세 명을 무시한 채 어둠침침한 숲 속을 향해 외쳤다.

"거기 숨어 있는 녀석! 빨리 튀어 나왓!"

그 말에 일행들은 더욱 멍한 표정을 지었다. '갑자기 미쳤나?' 하고 생각했겠지만, 다크가 바라보던 숲 속 방향에서 진짜 사람이 천천히 걸어 나오는 데는 할 말이 없었다.

숲 속에서 나온 사람은 도대체가 이런 숲 속에서 만날 것이라는 생각이 들지 않는 인물이었다. 검을 차고는 있었지만, 갑옷 따위는 아예 입지도 않았고, 간편한 여행복 차림을 하고 있는 30대 후반의 남자였다. 그는 약간 붉은색이 도는 머리카락을 어깨에 닿을 정도로 길게 기르고 있었는데, 그 머리카락을 슬쩍 뒤로 넘기면서 걸어왔다. 다시 말해서 그 녀석은 한 몇 시간 산책 나온 것과 같은 모습으로 이 깊은 산속에서 나타났다는 것이다.

그 남자는 살짝 살기를 내뿜고 있는 소녀를 흥미로운 눈으로 바라보며 느긋하게 입을 열었다. 그는 풀 위를 달려오는 소녀의 그 놀라운 기술과 자신의 위치를 단번에 포착해 냈음에도 별로 위축되지 않고 있었다. 그의 눈은 호기심으로 반짝이고 있었던 것이다.

"당신은 누군가요?"

하지만 소녀는 그를 향해 싸늘한 눈길만을 던질 뿐 대답은 하지 않았다. 이때쯤 정신을 수습한 다크의 동료들이 검의 손잡이에 손을 가져갔지만 그 남자의 말에 동작을 멈췄다.

"가만히 계세요. 지금 저는 살인을 하고 싶지 않습니다."

자신들이 여태껏 기척조차 파악하지 못하고 있었던 것이나 다크의 그 놀라운 기술을 보고도 위축되지 않는 모습을 보고, 일행은 그가 뭔가 단단히 믿는 것이 있다고 생각했다. 그래서 일단은 실력 행사라는 단순무식한 수단은 최후에 하는 게 좋겠다고 생각하고는 서로의 눈치를 보면서 검 쪽으로 가져갔던 손을 원상 복구했다. 지금은 검을 꺼내는 일 말고도 할 일이 많았던 것이다.

지미는 일단 검 손잡이에서 손을 떼자마자 불에 굽고 있던 고기를 다시 돌리기 시작했다. 그리고 라빈은 한 마리 더 잡아 놓은 토끼 비슷하게 생겼지만 크기는 좀 더 크고 귀는 작은 '티칸'의 가죽을 벗기기 시작했다.

그 남자는 일행 중에서 가장 실력이 뒤떨어지는 두 사내가 일단 싸우지 말자는 간접적인 말을 듣자마자 바로 뒷일은 생각하지 않고, 계속 하던 일을 하자 약간 놀랐다. 이 말은 자신의 갑작스런 등장이 그들에게는 아무런 위협을 주지 못한다는 것이다. 그리고 이는 눈앞의 소녀를 그만큼 믿는다는 뜻이었고, 또한 소녀는 그 정도의 실력을 가지고 있는 것 같았다.

"저는 수상한 사람은 아닙니다. 제 이름은 제임스. 코린트의 기사입니다."

자신의 신분을 말했는데도 표정의 변화가 없는 소녀를 흥미롭게 지켜본 후 그는 말을 이었다.

"당신들은 지금 위에서 드래곤의 사체를 분해하고 있는 녀석들과 동행인가요?"

"방금 전까지는 그랬지만 지금은 아니다."

소녀가 아주 당연하다는 듯 자신을 향해 하대해서 말하는 것으로 보아 상당한 직위, 또는 신분을 가지고 있는 모양이었다.

"그렇다면 이곳을 빨리 떠나십시오. 조만간에 이곳은 전쟁터가 될 테니까요."

"썩은 시체를 찾아 모이는 까마귀들의?"

"독수리들의!"

까마귀에서 독수리로 등급을 올리려고 용을 쓰는 그의 대꾸에 소녀는 피식 웃었다.

"독수리도 덩치만 조금 더 클 뿐, 썩은 시체를 향해 모여 드는 것은 마찬가지지. 나는 조금 더 있다가 갈 테니까 참견하지 말도록."

소녀가 마지막 말을 내뱉고는 이제 티칸까지 굽기 시작하는 불가에 앉았다. 그 남자는 다시 조심스럽게 말을 걸었다. 뭔가 구실을 붙여서라도 좀 더 얘기를 나눠 보고 싶은 상대였기 때문이다.

"참견하지 않을 테니 고기 좀 나눠 줄 수 있겠습니까? 저도 배가 고프군요."

"고기는 충분하니까 거기 앉아."

일행은 익은 티칸부터 적당히 잘라서 뜯어 먹기 시작했다. 모두 배가 고파 음식에 정신이 팔린 탓도 있었지만, 이 미지의 방문객이 껄끄러워 대화는 거의 오고 가지 않았다. 하지만 제임스라는 인물은 부지런히 먹으면서도 소녀를 열심히 관찰하고 있었다.

나이는 어려 보였지만 도대체가 말도 안 될 정도의 엄청난 실력. 겨우 열여섯 살이 될까 말까 해 보이는 소녀가 그래듀에이트들 중에서도 높은 수련을 쌓은 인물들만이 가능한, 풀을 밟고 달리는 고도의 기술을 사용하고, 또 자신의 위치를 손쉽게 포착해 냈다는 것은 도대체가 이해되지 않았기 때문이었다.

제임스는 음식도 씹으랴, 소녀도 힐끔거리랴, 생각도 하랴, 너무나도 바빴다. 일단 소녀의 옷차림으로 봤을 때는 마법사 같기도 했다. 또 너무나 아름다운 모습을 보면 신관 같기도 했다. 하지만 그의 상식으로는 아무리 근력 증가 따위의 신성 마법을 쓴다 해도 풀 위를 뛰어다니는 것에는 무리가 있었다. 또 마법사라고 가정한다면 풀 위를 뛰어 다니는 성가신 방법보다는 비행 마법을 사용해서 날아왔을 것이다. 또 마법사라면 자신의 몸속에 축적된 마나의 기운을 읽었을 것이고, 그렇다면 감히 이렇게 당차게 나올 수는 없을 것이다.

소녀는 단순한 모양의 검을 착용하고 있었으며, 셔츠에 스웨터 정도의 간편한 옷차림, 짙은 갈색의 바지를 입고, 낮은 뒤 굽이 붙어 있는 매우 고급 여성용 구두를 신고 있었다.

'귀족일까? 아니면 왕족? 아니면……? 뭐가 또 남아 있지? 축적된 마나의 기운이 느껴지지 않는 걸 보면 검은 그냥 모양으로 차고 다니는 게 확실한 것도 같은데……. 도대체 알 수가 없군.'

제임스가 의문에 가득 찬 시선을 보내고 있을 때, 적당히 고기를 뜯어 먹은 소녀는 손수건을 꺼내 손을 쓱쓱 닦으면서 나직한 어조로 물었다.

"네르만이 남겨 놓은 표식을 따라 왔나?"

제임스는 그녀의 어조에서 퉁명스러움이 사라지자 꽤 맑고 고운 음성이라고 생각했다. 하지만 곧이어 그 말의 뜻이 머릿속에서 이해되자 일순 당황했지만 그걸 억누르면서 조용히 말했다.

"잘 아시는군요."

"너 혼자는 아닌 것 같은데? 몇 명이나 왔지?"

제임스는 빙긋이 미소 지었다.

'역시 이 아이도 코린트가 가지는 이름의 위력을 알기는 아는 모양이군.'

사실 코린트라면 자타가 공인하는 최강의 제국. 드래곤 사체 강탈 작전에 한 명의 기사만을 투입했을 리 없었다. 드래곤 사체가 싸구려도 아니고, 또 그 무게도 엄청났다. 그걸 가져가려면 엄청난 인력이 필요한 것이다.

"쓸 만한 부하 몇 명을 데려왔습니다."

"언제 공격할 거지?"

"예정대로라면 내일 아침에요. 아침밥 먹고 나서 식후 운동 겸 한판 할까 생각 중이죠."

제임스의 대답에 소녀는 피식 웃었다.

"대단한 자신감이군. 하지만 자신감이 지나치면 만용(蠻勇)이 된다는 생각은 하지 않나?"

"아마 그렇지는 않을 겁니다. 저는 제 부하들과 저의 실력을 믿을 뿐이죠. 제 부하들은 그렇게 약하지 않거든요."

제임스를 향해 뭐라고 말할 듯하던 다크는 갑자기 하늘을 쳐다봤다. 제임스도 그 시선을 따랐고, 다크와 제임스가 대화를 나누다가 갑자기 하늘 쪽으로 시선을 돌리자 일행들도 무슨 일인가 해서 하늘을 쳐다봤다. 하지만 원체 짙게 우거진 숲이라서 거대한 나무들에 가려 별빛도 거의 보기 힘들었다.

이때 나뭇가지를 뚫고 하늘 위에서 내려오는 인물이 한 명 있었다. 정통적인 마법사 복장을 하고 있는 것을 보면 꽤나 자신과 일행들의 실력 또는 그 뒷배경에 자신 있는 인물인 모양이었다. 감히 아르곤에서 마법사의 정식 복장을 입고 다니는 것을 보면 말이다.

새로이 나타난 마법사는 60세는 되어 보이는 쭈그렁한 얼굴을 가진 남자였다. 그는 땅에 발을 내려놓자마자 제임스를 향해 정중하게 인사했다. 그런 그를 보고 제임스는 약간 못마땅해 했다.

"무슨 일이냐? 아직 집결 시간이 안 되었을 텐데?"

마법사 영감은 쉰 듯한 껄끄러운 목소리로 천천히 말했다.

"의외의 사건이 벌어져서 대장을 찾았습니다. 새로운 적이 나타났습니다. 어떻게 처리하실 생각이신지?"

"적의 규모는?"

"일단 합류하셔서 작전을 토론하시는 편이……."

제임스는 다크 일행을 힐끗 바라본 후 느긋한 어조로 말했다.

"저들은 상관없으니까 말해라."

제임스는 여기에 조금 더 있으면서 상대에 대해 탐색도 하고 싶었고, 또 상대에게 약간의 정보를 누설해 그에 따른 반응도 살펴보고 싶었던 것이다.

"아르곤의 성기사단입니다. 대략 1백여 명 정도로 추정되며, 타이탄의 수는 알 수 없습니다."

"1백 명? 그런데 아르곤에서는 어떻게 냄새를 맡았지? 알 수가 없군."

노마법사의 보고를 듣고는 약간 어리둥절한 표정을 짓는 제임스을 향해 소녀는 비웃는 듯한 어조로 말했다.

"너희도 알고 왔는데, 또 다른 첩자가 하나 더 있다고 해도 이상할 것은 없지."

제임스는 고개를 끄덕였다.

"그건 그렇군요. 그럼 그 첩자는 누구죠? 당신인가요?"

약간 농담조로 제임스가 말하자 다크는 살짝 미소 지었다.

"나일 수도 있지."

"그럴 수도 있겠군요. 하지만 그럴 것 같지는 않은데요?"

"왜?"

"만약 당신의 자신감이 겨우 성기사 1백 명에게서 오는 것이라면, 내일 아침에 뜨는 해를 보실 수 없을 테니까요. 저는 당신이 그런 말을 해서 자신의 생명을 단축시킬 정도로 어리석다고는 생각하지 않습니다."

"좋을 대로 생각해. 그런데 언제 싸울 건지는 나한테 가르쳐 줘야 해."

"왜 그러시나요?"

"그거야 가장 좋은 볼거리는 남의 집 불구경하고 싸움 구경이라고 하잖아? 당연한 거지."

소녀의 대답에 제임스는 황당하다는 표정을 지었다.

"알겠습니다, 레이디. 하지만 지금 모여 드는 독수리 떼의 숫자가 숫자인 만큼 생명이 위험할 수도 있을 텐데요?"

"그건 걱정할 필요 없어. 까마귀 떼가 좀 모여 봐야 별수 있어? 그리고 레이디란 소리는 빼! 나는 그 말만 들으면 그 소리를 내뱉은 놈의 목을 비틀어 버리고 싶은 충동이 강하게 일어나니까 말이야."

"아주 과격하시군요, 레……."

제임스는 하던 말을 황급히 멈추고 노마법사를 향해 말했다.

"부하들을 적당하게 회피시켜라. 그리고 성기사들을 저 위대하신 드래곤 슬레이어 일행과 부딪치게 만들어. 그런 후 결과를 두고 보기로 하지."

제임스는 일부러 타론 일행을 '위대하신 드래곤 슬레이어 일행'이라고 부르며 비꼬았다. 제임스는 약간 늦게 도착해서 시작 부분은 못 봤지만 타이탄들이 드래곤을 때려잡는 모습을 볼 수 있었기에 그 정도 드래곤을 드래곤이라고 부르기 아깝다는 걸 잘 알고 있었기 때문이다.

"알겠습니다."

노마법사는 제임스의 지시를 듣고는 마법의 힘을 이용해 재빨리 몸을 띄워 올렸고, 곧 나뭇가지 위쪽으로 사라져 버렸다.

"우리도 이동하는 것이 좋겠군요. 잘못하면 성기사들에게 포착되어 쓸데없는 싸움에 휘말릴 수 있습니다."

제임스의 말에 다크는 가볍게 고개를 끄덕였다.

"이동하자."

소녀, 정체불명

 모든 사람들이 꿈에서도 그리는 영광스러운 '드래곤 슬레이어'라는 칭호를 획득한 인물들. 그들은 열심히 작업하여 드래곤의 피와 살의 일부, 그리고 드래곤의 레어에서 발견한 모든 물품들을 그날 저녁 마법을 이용해 본국으로 이동시켰다. 그리고 철야 작업을 감행하여 드래곤의 뼈와 비늘을 거의 다 해체하고는 드래곤 사체 옆에 쌓아 두었다. 이제 드래곤에게 남은 것은 저 시뻘건 고깃덩어리뿐……
 타론은 밤샘 작업으로 인해 핏발이 선 눈으로 스펜을 바라보았다.
 "도우러 씨는 언제 온다고 하던가?"
 "약속대로라면 오늘 점심때쯤 도착할 겁니다, 대장."
 "마리나는?"

"본국에 보내지 않은 마법책을 잡고 씨름하고 있습니다. 마법사들은 어쩔 수 없는 모양입니다. 그 와중에 한 권을 슬쩍 해서는 감춰 둔 걸 보면 말입니다. 불러다 드릴까요?"

"불러 올 필요까지는 없고, 마리나에게 지금 당장 여기 좌표를 본국에 확실하게 알리라고 해. 만약의 경우 지원이 필요할지도 모르니까 말이야. 도우러가 늦게 온다면 어차피 오늘 밤도 여기서 지내야 한다. 한 곳에 머무는 시간이 길어질수록 위험도도 증가하지. 또 산맥을 넘어서, 랜트 국가 연합까지 가려면 1백 킬로미터를 가야 해. 도중에 무슨 일이 벌어질지는 아무도 모른다. 타이탄 네 대면 꽤 쓸 만한 전력이긴 하지만 이곳 아르곤에서는 그리 대단하다고 할 수 없어. 본국에서 지원군이 도착할 때까지 시간이나 끄는 정도지. 이번 일을 성공하려면 본국과의 연계가 매우 중요하다."

"알겠습니다. 마리나 경께 전하겠습니다."

스펜은 동굴 안에서 마법책을 읽고 있는 마리나에게 달려갔다. 부하의 뒷모습을 보면서 타론이 중얼거렸다.

"과연, 살아서 돌아갈 수 있을까? 훗! 안티고네까지 가지고 왔으면서 이런 나약한 생각을 하다니……. 무슨 일이 있더라도 해내야지!"

이제 드래곤의 해체 작업은 완전히 끝났고, 모두들 곧 도착할 도우러 일행을 기다리면서 휴식을 취하고 있는데도, 아르곤의 성기사단은 싸움을 걸지 않았다. 별로 재미없다고 생각하며 소녀가 중얼거렸다.

"도대체 왜 싸우지 않는 거지?"

혼잣말이라고 하기에는 조금 목소리가 컸기에 일행들에게 다 들렸다. 먼저 대답을 한 것은 제임스였다.
"당연하지 않습니까?"
"뭐가?"
제임스는 그녀의 오빠라도 되는 양 제법 자상하게 설명했다. 제임스는 소녀를 줄곧 관찰해 본 결과 어느 정도 그녀의 정체를 알아냈다고 생각했다.
"이곳은 아르곤 제국 내에 있는 최대의 산악 지대죠. 여기 살고 있는 드래곤만 해도 네 마리 이상입니다. 그 넷은 매우 포악하기에 잘 알려져 있는 녀석들이고, 알려지지 않은 드래곤들도 많을 겁니다. 그런 드래곤들이 득실거리고 있는 곳에서 타이탄을 가지고 대규모 전투를 벌여 보십시오. 어떻게 될지……. 드래곤의 사체를 포획하기는커녕 목숨까지 위태롭게 됩니다. 드래곤은 동료가 죽었다는 것에는 별로 신경을 안 쓰지만, 주위가 소란스러운 것은 못 참습니다. 그러니 저들은 일단 이 산맥을 벗어난 후에 전투를 벌이든지, 아니면 교섭을 할 테죠."
"그런데 왜 너희들은 드래곤이 죽은 다음 날 아침에 공격할 생각을 했지? 드래곤이 참견할지도 모르는데?"
"그건 당연한 겁니다. 아르곤인들은 산맥을 벗어난 후에도 아르곤 땅이 이어지기에 기다릴 수 있지만, 저희들은 다릅니다. 저희는 사람이 없는 여기에서 후딱 한판 하고 끝내야 하거든요. 사람들이 여기서 뭔가 일이 벌어졌다는 것을 눈치 채면 곤란하니까요. 하지만 그 계획도 물 건너 간 것 같군요. 지금은 레디아 기사단과 아르곤의 성기사단(聖騎士團)을 함께 상대해야 하기에 시간이 많이 걸리게 되죠. 격투가 오래 지속되면 드래곤이 참견할 가능성이 아주 커집니다. 그러면 일이 더 꼬이게 되니 지금은 그냥 두고 보는 수밖에 없어요."

이제 좀 이해가 가는 듯 고개를 끄덕이며 생각에 잠겨 있는 소녀를 보며, 제임스는 이 소녀를 계속 데리고 다닐 것인지 고민하기 시작했다.

여태껏 제임스가 소녀를 관찰해 본 결과 내린 결론은 '마법사'였다. 그것도 상당한 실력을 갖춘 마법사였다. 마법사나 정령술사, 신관은 자신의 몸속에 마나를 축적하지 않고, 체외의 마나를 이용하기에 검객인 자신이 알아보기가 매우 까다로웠다. 그렇기에 제임스는 숨어 있는 자신의 부하들과 연락병으로 돌아다니고 있는 마법사에게 소녀의 정체에 대해 슬쩍 물어봤다. 노마법사는 상관의 명령에 흔히들 쓰는 수법인 뷰 마나 포스의 주문과 뷰 매직 포스의 주문을 사용했다. 하지만 그 두 가지로는 아무것도 알아낼 수 없었다.

대단히 뛰어난 무사가 된다면 자신의 기척을 숨길 수 있다. 즉, 체외로 은근슬쩍 새 나가는 마나의 기운을 아예 차단할 수 있다는 말이었다. 하지만 뷰 마나 포스의 주문을 사용하면, 이 주문은 몸속에 쌓인 마나의 절대량을 보여 주는 주문이기에 마스터의 경지에 올라가 있다고 해도 알아낼 수 있었다. 왜냐하면 그들은 밖으로 새 나가는 마나를 단지 차단하는 것뿐이지 몸속에 쌓여 있는 마나를 체외 어딘가에 이동시켜 두는 것이 아니기 때문이다. 하지만 소녀에게서 느껴지는 마나의 양은 평범했다. 뷰 마나 포스라는 마법이 소녀에게는 통하지 않는다는 말이었다. 하지만 평범한 사람이 풀 위를 걸어 다닐 수는 없으니 마나를 숨긴다는 말이 되고, 그 말은 곧 소녀가 하이드 마나 포스라는 마법을 사용할 줄 안다는 말과 같았다. 그렇다면 하이드 마나 포스가 뿜어내는 마법의 기운이라도 읽을 수 있어야 하는데 뷰 매직 포스를 사용해도 마법의 기운은 읽을 수 없었다. 그것은 마법의 기운도 함께 숨겼다는 대답이 된다. 즉, 소녀는 두 가지 마법을 동시에 사용하고도 정신력이 남아도는 뛰어난 마법사라는 것이었다.

교활하게도 비행 주문을 사용해서 '풀 위를 걸어 다닐 수 있는 척' 하는 연극을 하는 바람에 제임스를 상당히 혼란스럽게 만들기는 했지만, 이렇게 해서 소녀가 마법사라는 게 드러났다.

마법사라는 사실이 드러난 이상, 소녀가 설혹 마법을 사용해서 자신의 모습을 젊게 변화시킨 할망구쯤 되는 엄청 나이 많은 대마법사라고 해도 제임스의 적은 될 수 없었다. 수련 기사쯤 되어 보이는 두 청년들이 그녀에게 깍듯이 대하는 걸로 봤을 때, 또 그녀가 인간이라고 부르기에 벅찰 정도로 아름다운 미모를 가진 점으로 보아, 저 모습은 마법을 사용해서 만들어진 모습일 가능성도 있었다. 그렇지 않다면 마법을 꽤나 사용할 줄 알면서도 기사가 얼마나 무서운지 모르는 신분이 꽤나 높은 철부지 소녀든지…….

제임스는 국왕께 충성하고, 정의를 숭상하고, 또 레이디를 존중해야 하는 기사였기에 대충 그녀에 대해 파악했다고 해서 막 대할 수는 없었다. 또 그녀가 마법사라면 아르곤이란 광신도 집단과는 아예 상관없다는 게 증명되는 것이었기에 소녀를 제법 존중해 주는 척했다. 하지만 이제 제임스는 소녀에게 한 가지 분명히 짚고 넘어가야 할 사항이 생겼다. 그것은 이 소녀 일행이 자신에게 적이냐 아군이냐를 분명히 알아내는 것이었다.
　제임스는 소녀에게서 두 걸음 정도의 거리로 슬쩍 다가섰다.
　"레… 에…, 당신도 드래곤 사체에 관심이 있으십니까?"
　"있다면?"
　"경쟁자는 적을수록 좋으니까 여기서 끝장을 보는 게 좋겠죠."
　제임스가 약간 농담조로 말했다. 그러자 소녀는 피식 미소를 지으며 대꾸했다.
　"겨우 그 실력으로?"
　"……."
　제임스가 황당한 표정을 짓자 소녀는 또다시 피식 웃으면서 말을 이었다.
　"나는 죽어 버린 드래곤 따위에는 별로 관심이 없어."
　제임스는 어느 정도 마음을 놓았다. 약간 철부지인 이 소녀가 제법 마음에 들었던 제임스로서는 그녀를 죽여야 한다는 것이 조금 망설여지던 참이었다. 소녀의 목적이 드래곤의 사체만 아니라면 얼마든지 데리고 다니면서 구경시켜 줄 수 있었다. 이제 제임스는 어느 정도 쾌활해진 음성으로 물었다.
　"그러면 살아 있는 드래곤에게는 관심이 있으십니까? 여기 꽤 이름난 포악한 드래곤들이 득실거리는 곳이니까 소원을 풀기는 별로 어렵지 않을 겁니다. 저기 연기가 피어오르는 화산(火山)이 보이시죠? 저기에 성질 더러운 레드 드래곤이 한 마리 살고 있죠."
　그 말에 소녀는 흥미를 나타냈다.
　"레드? 가장 강하다는 드래곤 말이야?"
　호기심이 짙게 배어 있는 그녀의 얼굴을 바라보며 제임스는 호기심 왕성한 자신의 귀여운 조카가 생각났다. 표정이 약간 비슷한 데가 있다고 느껴졌기 때문이다.

"가장 강한 드래곤은 실버입니다. 레드는 육상에 돌아다니는 드래곤들 중에서 최고로 강하죠."

"한번 봤으면 좋겠군."

"이번 일이 끝나면 데려다 드리겠습니다. 면회 신청까지 할 필요는 없고, 그냥 슬쩍 숨어서 구경하는 정도는 어려운 게 아닙니다."

이때 노마법사가 비행 마법으로 그들이 있는 곳으로 날아왔다. 하지만 노마법사는 혼자가 아니었다. 그의 손에는 기절한 남자가 한 명 쥐어져 있었다. 노마법사는 땅바닥에 착지하면서 그 남자를 땅바닥에 던져 버린 후 제임스에게 공손하게 말했다. 하지만 그의 꽉 쉬어 버린 것 같은 목소리는 듣기에 매우 껄끄러웠다.

"성기사단 뒤편에 또 다른 패거리가 나타났습니다. 당나귀 1백여 마리, 그리고 말 30마리 정도를 가진 20여 명의 상인들입니다. 아마도 드래곤의 뼈와 비늘을 운반하기 위한 사람들로 보입니다. 성기사단이 그들이 눈치 채지 못하게 길을 열어 주는 것까지 보고 이리로 달려왔습니다. 그리고 이 녀석은 드래곤 슬레이어와 일행 같은데, 숲 속을 헤매고 있길래 정보라도 좀 획득할 수 있을까 해서 잡아왔습니다."

"숲 속을 헤매고 있었다고? 일단 깨워라."

노마법사가 주문을 외워 상대에게 걸어 놨던 마법을 풀자, 엎어져 있던 그 남자는 정신을 차리고 재빨리 고개를 들었다. 작은 키, 떡 벌어진 어깨와 두툼한 근육들; 애늙은이 같은 주름진 얼굴에 짙은 수염, 드워프였다.

"여기는……?"

어리둥절한 표정으로 주위를 바라보던 드워프의 시선은 곧이어 뒤쪽에 서 있던 소녀에서 멈췄고, 곧 그녀가 가지고 있는 검으로 이동했다.

"살아 있었군. 그런데 이 사람들은 뭐야?"

제임스는 왼손으로 중얼거리고 있는 드워프의 멱살을 쥐고는 간단히 일으켜 세웠다. 아니, 들었다는 표현이 정확했다. 정말 상당한 완력이었다. 왼손만으로 드워프의 다리가 땅에 닿지 않게 잡아 올렸으니까 말이다. 그다음 제임스는 빙그레 미소 지으며 물었다.

"왜 숲에서 얼쩡거리고 있었는지 말해 주시지 않겠습니까?"

"……."

상대가 위압적으로 나오자, 드워프는 자신이 왜 숲에 들어가 있었는지 말해 줘도 상관없었지만 약간 오기가 치솟아 입을 다물었다. 그걸 보고 제임스는 조금 더 짙게 미소 지으며 오른손으로 드워프의 왼손 손가락을 잡은 후 살짝 힘을 줬다.

뚝!

"크흑!"

드워프는 발광했지만 제임스는 마치 바위 덩어리라도 되는 듯 끄떡도 안 했다. 오히려 고통과 두려움에 발광하는 드워프를 잡고 자근자근 다지기 시작했다. 그의 오른손은 무슨 마법이라도 걸려 있는 듯, 그 손에 잡힌 드워프의 신체는 곧장 힘없이 꺾여 버렸다. 바둥거리며 자신을 향해 발길질을 하던 드워프의 두 다리를 꺾어 버린 후 제임스는 부드럽게 말했다.

"아직도 말하고 싶지 않나요?"

"마…, 말하겠다. 검을, 검을 찾고 있었다. 검을……."

"검이라고요?"

"다크…, 다크가 가진 검은 우리 드, 드워프의 걸작. 다크는 죽었다고 해도 검은, 검은 안 녹고 남아 있을 가능성이 있었기에…, 그걸, 그걸 찾고 있었다."

"드워프의 걸작이라고요?"

두려움과 고통의 광기에 가득 차 있는 드워프의 눈을 지그시 바라보던 제임스. 그는 소녀가 가진 검 쪽으로 흥미로운 시선을 돌렸다.

꽤 잔인한 고문에 소녀의 주위에 서 있던 세 남자들의 안색은 창백하게 굳어 있었지만, 소녀는 태연한 얼굴로 이쪽을 바라보고 있었다. 소녀의 눈동자와 마주치는 순간 제임스는 소녀도 자신과 비슷한 부류가 아닐까 하는 생각이 불현듯 솟아났다. 순수하게 강함만을 추구하는 광기(狂氣). 자신의 힘을 잘 알고, 또 그 힘을 어떻게 행사해야 할지를 잘 아는 인물. 하지만 제임스는 살짝 고개를 저으며 자신의 생각을 부정했다. 그렇다고 하기에는 소녀의 눈이 너무나도 투명하고 맑았기 때문이다.

제임스는 다시금 시선을 드워프 쪽으로 돌렸다. 검사가 검에 대해 흥미를 가지는 것은 매우 당연했지만, 제임스는 이미 황제 폐하로부터 하사받은 좋은 검이 있었고, 또 자신은 이제 검의 좋고 나쁨에 구애받는 경지에서 벗어나 있었기 때문이다. 제임스는 군데군데 뼈가 부러져 고통에 신음하고 있는, 반쯤 미친 드워프를 노마법사에게 던졌다.

"치료해 줘라."

교섭

드래곤 슬레이어 일행은 숲 속에 뭔가 찾을 게 있다고 들어간 파이어해머가 돌아오지 않았지만, 예정대로 출발했다. 겨우 드워프 하나 때문에 지체할 수 없을 정도로 이번 임무는 중요했기 때문이다. 작은 비늘이나 뼈는 당나귀에 싣는 데 문제가 없었고, 큰 뼈나 비늘은 타이탄을 사용해서 토막을 쳐 놨기에 당나귀에 싣는 것 역시 어렵지 않았다.

그들은 도우러 일행이 도착한 다음 날 새벽에 출발했다. 거의 4일에 걸친 강행군 끝에 그들은 그랜디아 산맥을 넘어 아르곤 내륙의 거대한 항구 도시 아르네이아에 도착할 수 있었다. 아르네이아는 거대한 수송선이 움직일 수 있을 정도로 폭넓은 운하(運河)가 있었기에, 이곳에서 배편을 이용해 랜트 국가 연합으로 이동할 생각이었던 것이다. 또 산맥을 넘자마자 가장 가까운 도시로 들어온 이유 중에는 도시 안에서 타이탄 전쟁을 벌일 미친놈들은 없을 것이라는 계산도 있었다.

타론은 일단 아르네이아시에 도착하자마자 눈에 띌 정도로 긴장감을 풀었다. 이번 작전은 거의 성공한 것이나 다름없다고 생각했기 때문이다. 도우러 씨가 임대해 놓은 창고에서 푸대 자루에 넣어 운반해 온 드래곤의 뼈를 타인의 눈을 속이기 위해 큰 나무 상자에 옮겨 담았다. 그리고 그것들은 재빨리 도우러 씨가 이미 수배해 놓은 화물선에 실렸다.

부두 근처의 창고에 있던 나무 상자들을 화물선으로 운반하고 있는 광경을 이제 조금은 느긋해진 표정으로 바라보던 타론은 뒤쪽에서 자신을 부르는 소리를 들었다.

"대장!"

타론이 뒤를 돌아보자 스펜이 눈짓으로 한 방향을 가리켰다. 타론의 시선이 그쪽으로 자연스럽게 돌아갔고, 곧 타론의 안색이 굳어지기 시작했다. 거의 10여 명에 달하는 성기사들이 그들 쪽으로 접근해 오고 있었기 때문이었다.

타론은 상대의 허리에 달려 있는 짧은 막대기 같은 물체, 즉 오라 소드(Aura Sword)를 보고 그들의 신분을 짐작할 수 있었다. 타론은 슬쩍 자신의 검이 있는 곳으로 손을 가져가 평소에 검이 뽑히지 않게 묶어 둔 끈을 풀어 버렸다. 타론의 움직임을 보고 모두들 검을 약간씩 뽑아 놓거나 아니면 타론처럼 끈을 풀었다.

가까이 접근해 온 성기사는 부드러운 미소를 지으면서 먼저 인사를 건넸고, 타론 일행도 일단은 인사를 했다.

"안녕하십니까? 형제들. 그 이름도 드높은 드래곤 슬레이어 일행을 만나게 되어 영광입니다. 여기 지휘자가 누구신가요?"

타론이 굳은 표정으로 살짝 앞으로 나섰다.

"접니다."

"예, 저희들은 형제들이 본국의 영토 안에서 드래곤을 잡은 것을 잘 알고 있습니다. 하지만 이런 식으로 떠나시면 국제 관례상 말이 안 되지요."

"예? 무슨 말씀이신지?"

"엄연히 본국에서 취득하신 것이니까, 드래곤 본(뼈)의 80퍼센트에 대한 권리는 국제 관례상 본국에 있습니다. 물론 슬쩍 도망가셨다면 모르겠지만, 우리들이 알게 된 마당에 그걸 부인하지는 못하시겠죠? 물론 형제들이 드래곤을 잡으시느라고 많은 고생을 하신 것은 이해합니다. 하지만 20퍼센트만 가지고도 형제들은 평생을 쓰고도 남을 정도의 엄청난 부(富)를 누릴 수 있을 겁니다. 또 그와 함께 드래곤 슬레이어라는 영광스런 칭호도 얻게 되지 않았습니까? 그 정도만 해도 형제들의 고생에 대한 충분한 대가가 될 것이라고 생각하는데요?"

타론은 칼만 들지 않았다 뿐이지 완전히 날강도 같은 성기사를 노려봤다. 하지만 지금은 때가 아니었다. 시간을 끌어야만 했다. 타론은 눈빛을 누그러뜨리면서 공손하게 말했다.

"하지만 80퍼센트는 너무 많습니다. 조금 양보해 주십시오. 국제 관례상 던전 발굴 등을 했을 때 80퍼센트의 세금이 있다는 것은 잘 알고 있습니다. 하지만 저희들은 드래곤을 잡기 위해 두 대의 타이탄이 파괴되었고, 여섯 명의 동료를 잃었습니다. 또 드래곤 본을 운반하기 위해 수십 명의 인력이 동원되었죠. 그들에게도 뭔가 돌아갈 몫이 있어야 합니다. 그 점을 좀 이해해 주십시오."

"하지만 세금을 감면하는 것은 제가 할 수 있는 것이 아닙니다. 대신관님 이상의 고위급 사제나 교황 성하께서만 결정하실 수 있는 일이죠. 그러니까……."

이러쿵저러쿵 말이 오가는 동안에 2백여 개에 이르는 나무 상자들은 모두 화물선에 실렸다. 저쪽에서 도우러 씨가 살짝 손짓으로 모든 화물이 적재되었음을 알려 주자 타론은 눈짓으로 응답했다. 타론이 검을 뽑은 것과 도우러 씨가 화물선에 출발 신호를 한 것은 거의 동시였다. 타론은 상대에게 틈을 주지 않고 여태껏 입씨름을 하고 있던 그 얄미운 성기사 녀석을 엄청난 스피드로 두 토막 내 버렸다. 그리고 타론의 움직임과 동시에 검을 뽑아 든 세 명의 부하들도 성기사들을 향해 돌진해 들어갔다.

격투가 원체 엄청난 속도로 전개되었기에 여덟 명의 목숨이 날아간 후에야 성기사들은 허리에서 무기를 뽑을 수 있었다. 성기사들이 손에 쥐고 있는 그 막대기에서는 투명한 청색의 빛이 뿜어져 나오며 검과 같은 형상을 만들어 냈다.

샤이하드의 권능을 상징하는 오라 소드. 웬만한 공격 마법은 막아 낼 수 있고, 싸구려 검 따위는 단번에 두 토막을 낸다. 그런 신성한 무기를 상대가 뽑아 들자 어느 정도 서로 간의 균형이 맞았지만, 상대는 크루마 제국에서 고르고 고른 정예들인 근위 기사단이었다.

아무리 아르곤에서 샤이하드의 권능을 자랑하며 성기사의 무서움을 자랑하고, 타국의 기사를 멸시했다 하더라도 정말 뛰어난 타국 기사와는 한 번도 싸워 본 적이 없었기에, 성기사들은 톱클래스의 기사들이 가지는 그 강인한 힘을 알지 못했다. 하지만 이번에는 싫어도 맞붙게 되었으니 결과는 당연했다.

때맞춰 불어오는 바람에 거대한 화물선의 돛은 팽팽하게 부풀었고, 배 옆에 지네발처럼 나와 있는 수십 개의 노를 일사분란하게 저어 부두를 떠나고 있을 때, 성기사들과 드래곤 슬레이어 일행의 격전은 최고조를 달렸다. 성기사들은 한 명씩 한 명씩 기사들의 검 날 아래서 목숨이 끊어져 갔다. 아무리 신성력에 의존해서 근력 증가를 시켰다 하더라도, 또 오라 소드라는 엄청난 신성 마법 병기를 지니고 있다고 하더라도 기본적으로 검술이 떨어지는 그들은 근위 기사단의 상대가 되기는 힘들었다.

타론은 피 묻은 검을 쓱 닦아서 검집에 집어넣으며 싸늘하게 말했다.

"본국에 증원을 요청해라."

타론의 명령에 마리나는 장거리 통신용 마법진을 그리기 시작했다. 마리나가 통신을 하는 것을 힐끗 보면서 타론은 스펜에게 명령했다.

"너희 셋은 지금부터 도우러 씨를 보호하고, 또 그가 하는 일을 도와라. 그리고 마리나와 베티 사제님을 부탁한다."

"하지만 대장, 드래곤 본을 보호하는 것보다 더 중요한 게 어디 있습니까?"

"멍청한 녀석들! 너희들이 가져온 타이탄은 카마리에다. 그걸 꺼내서 크루마 제국의 근위군이 아르곤에 들어와서 무력을 행사했다는 걸 광고하고 싶냐? 내가 가진 녀석은 아직 알려지지 않은 데다가, 드래곤과 싸우면서 외장 페인트까지 다 날아가서 문장 등의 표식이 하나도 없다. 지원하러 올 타이탄들도 모두 표식이 없는 녀석들이다. 너희들이 끼어들면 오히려 일만 더 복잡해져. 목숨을 걸고 도우러 씨를 도와라. 알겠나?"

"옛, 대장"

"도우러 씨, 뒷일을 부탁하오."

"알겠습니다, 후작 각하. 마음 놓으십시오."

이들이 서로 대화를 나누는 사이에 한쪽 공간에서 뿌연 빛을 뿜으며 여섯 명의 인물들이 나타났다. 그들은 모두 가벼운 갑옷을 입거나 아니면 아예 갑옷 따위를 생략한 인물들이었지만, 하나같이 대단히 좋은 고급 검을 차고 있었다. 그들이 나타나자 타론은 재빨리 다가가서는 그중 옅은 금발 머리를 가진 청년에게 공손히 인사했다.

"루엔 공작 전하, 안녕하셨사옵니까?"

그 말에 청년, 즉 루엔 공작은 살짝 고개를 까딱하는 것으로 인사를 받았다.

"본국에 지원을 청할 정도로 사태가 안 좋은가?"

"예, 전하. 완전히 들통 난 상태이옵니다. 그래서 2단계 작전을 실행 중이옵니다. 일단 놈들의 이목을 딴 곳으로 집중시켜야 하기에……."

루엔 공작은 더 이상 들을 것도 없다는 듯 냉랭한 어조로 잘라 말했다.

"쓸모없는 녀석! 그것 하나 기밀 유지를 못 하다니……. 가자!"

루엔 공작 일행은 강 위를 달리고 있는 화물선을 따라 이동하기 시작했다. 아르곤의 영토 내에서 이 화물선을 지키기 위해 얼마나

많은 피를 뿌려야 할지는 그 누구도 짐작할 수 없었다.

"성기사단이 화물선을 추격 중입니다. 그리고 화물선 주위로 엄청난 실력의 기사들이 호위 중입니다. 증원을 요청한 모양입니다."
껄끄러운 노마법사의 목소리에 살짝 인상을 찡그리던 제임스가 슬쩍 입을 열었다.
"증원이라고? 그럼 호위 무사의 수는?"
"일곱 명입니다."
"일곱? 하! 겨우 그걸로 호위를 하겠다고?"
"겨우 일곱이 아닙니다. 마스터급이 한 명 끼어 있습니다. 대단히 조심해야 합니다."
"마스터급이라고?"
"예, 뷰 마나 포스를 통해 얻은 정보입니다."
노마법사의 말에 제임스는 히죽 미소 지었다.
"마스터라…, 재미있겠군. 일단 눈치 채지 못하게 계속 추격하도록!"
"예."
제임스와 마법사가 한쪽 구석에서 서로 쑤군거리는 것을 슬쩍 곁눈질로 보면서 지미가 말했다.
"더 이상은 위험합니다. 지금 각국에서 타이탄들과 기사들을 투입하는 것 같은데……."
지미가 또다시 설득을 하려고 들자 다크는 그의 말을 도중에 가로막았다.
"그런 말 하지 말랬지? 오늘도 봐! 돈 주고도 못하는 구경을 했잖아? 성기사라는 것들 제법이던데? 그 오라 소드란 것도 대단히 멋있었어. 성기사라는 녀석들이 오라 소드의 위력을 제대로 발휘하는 것 같지는 않았지만, 제법 강력해 보이더군. 밤에 구경했으면 정말 멋있었을 텐데……. 안 그래, 파시르?"

파시르는 약간 얼떨떨한 기분으로 소녀에게 대답했다.

"응."

보통 여자들은 피 튀기는 싸움, 방금 전과 같이 확실히 상대를 보내기 위해 베는 것이 아니라 두 토막을 치는 잔인한 광경을 보면 먹은 것을 다 토해 내든지 기절을 하는 것이 정석이었다. 하지만 이 소녀는 그렇지 않았다. 오히려 그 격전을 흥미로운 표정으로 지켜보기만 했을 뿐이었다. 이런 눈동자를 가진 여자를 보려면 용병단 외에는 없을 거라고 파시르는 생각했지만, 소녀의 나이로 봤을 때 도대체가 솜씨 있는 용병이 될 시간이 있었는지 이해할 수 없었다.

"이봐! 파시르."

"왜?"

"타이탄도 부서졌는데, 이 일 끝나고 나면 뭐 할 거야?"

"용병 일이나 또 시작해야지, 별수 있어? 남들처럼 대단한 가문이 있는 것도 아니고, 또 누구한테 얽매이는 걸 별로 좋아하지 않거든. 지난번처럼 운 좋으면 타이탄 하나 전장에서 주울지도 모르지."

"그러지 말고 내 밑에서 일해 보지 그래. 충분한 자유 시간, 높은 보수, 거기에다가 타이탄도 한 대 줄 테니까 말이야."

소녀의 천진난만해 보이는 얼굴을 보면서 파시르는 피식 미소를 지었다. 타이탄이란 게 그렇게 아무나 줄 수 있는 것이 아니라는 것을 잘 알고 있기 때문이다. 그만큼 타이탄 한 대의 가격은 엄청나게 비쌌다. 파시르는 예의상 이 철없는 아가씨에게 친절하게 대답해 줬다. 나중에 이 말 한마디로 자신의 미래가 어떻게 바뀔지도 모른 채…….

"말만이라도 고맙군."

"교섭이 결렬되었습니다, 단장님."

단장은 은빛 찬란한 성기사의 정식 갑옷을 입고 보고를 올리는 부하에게서 시선을 돌려 항구를 떠난 후 더욱 속력을 내고 있는 화물선을 바라봤다.

"형제들은 어떻게 되었나?"

"모두 샤이하드 님의 품으로 돌아갔습니다. 몇몇 시신의 상태를 봤을 때 아마도 기습을 당한 것처럼 보였습니다."

"흠, 비열한 녀석들! 어쩔 수 없이 싸워야겠군. 20퍼센트만 가져도 충분할 텐데 과욕을 부리다니……. 저 녀석들이 먼저 도발했으니 끝을 봐야겠지."

"하지만 단장님, 저희 기사단에 주어진 임무는……."

"알고 있다. 하지만 먼저 놈들의 실력을 한번 알아보는 것도 좋겠지."

단장은 화물선과 그 화물선을 보호하듯 포진하여 움직이는 기사들을 잠시 노려본 다음 출동 지시를 내렸다.

"모두들 타이탄을 꺼내라."

단장의 지시에 거대한 타이탄들이 속속 공간을 열고 밖으로 튀어 나왔다. 크로티아르 성기사단은 아르곤의 외곽에 주둔 중인 여섯 개의 성기사단들 중 하나였다. 이 여섯 개의 성기사단은 출력 0.62의 구형 타이탄인 헤지곤을 주력으로 가지고 있었다. 물론 0.84의 출력을 지닌 타비곤도 있었지만, 고위급 성기사에게만 주어졌다. 크로티아르 성기사단은 헤지곤 24대, 타비곤 6대, 총 30대의 타이탄을 가지고 있었으며, 성기사 2백여 명으로 구성된 강력한 기사단이었다.

이번 드래곤 본 탈취 작전에 동원된 기사단은 총 4개로, 크로티아르, 크로미아, 카쟈르, 타리아 성기사단이었다. 그중 수도에서 지원차 달려오고 있는 타리아 성기사단은 1.2의 고르곤과 1.12의 라르곤 30대를 장비한 최강급 성기사단이었다. 하지만 타리아 성기사단을 제외하고도 거의 90여 대의 타이탄이 동원된 만큼 타리아 기사단이 투입되기도 전에 드래곤 본의 탈취는 끝나지 않을까 하고 모두들 추측하고 있었다.

단장은 타이탄에 올라타며 외쳤다.

"화물선을 격침시켜라. 강물 속으로 가라앉은 화물은 건지면 된다. 적들이 강한 것 같으면 시간을 끌어라. 두 개의 성기사단이 세 시간 내로 도착할 것이다. 형제들이여! 드래곤 본을 교단에 바치자! 샤이하드의 가호(加護)가 함께 하기를!"

그러자 성기사들도 각자 오라 소드를 뽑아 들고 외쳤다.

"샤이하드의 가호가 함께 하기를!"

"돌격!"

일방적인 전투

"드디어 시작인가?"

소녀의 무감정한 말에 제임스는 고개를 끄덕이면서 동의를 표시했다.

"시작할 때도 되었죠."

제임스는 시선을 앞으로 고정해 둔 채 그의 뒤에 서 있는 마법사 영감에게 지시했다.

"일단 부하들을 불러들여라."

"예, 하지만…, 지금 시작하실 겁니까?"

"아니, 당연히 지금은 아니지. 저 녀석들이 포위망을 돌파해서 랜트 국가 연합으로 간다면, 전쟁은 랜트 국가 연합에서 하는 게 더 좋아. 하지만 아르곤이 이긴다면 어쩔 수 없이 여기서 싸우는 수밖에. 타이밍이 중요하니까 그 녀석들 보고 합류하라고 해라."

"예."

 노마법사는 재빨리 비행 마법을 사용해 날아가 버렸다. 하지만 제임스는 노마법사가 어디로 날아가는지 그런 것에는 신경도 쓰지 않았다. 그의 눈은 계속 드래곤 슬레이어 일행이 사용하는 타이탄에 고정되어 있었다. 제임스는 드래곤 슬레이어 일행이 사용하는 거대한 신형 타이탄을 눈여겨본 결과 몇 가지 사실을 재빨리 알아챌 수 있었다. 놀랍도록 거대한 덩치. 하지만 그 엄청난 덩치를 가지고도 저렇듯 재빠른 움직임이 나오는 것을 보면 엄청난 출력의 엑스시온을 장착한 것이 틀림없었다. 제임스는 미소를 지으며 중얼거렸다.

 "크루마에서 정말 대단한 걸 만들어 냈군. 만약 드래곤 잡는 모습을 보지 못했다면, 저 녀석들이 크루마 소속이란 사실도 몰랐을 테고, 저렇게 엄청난 걸 가지고 있다는 사실은 더더욱 몰랐을 거야. 휴…, 덩치를 보니까 1백 톤은 확실하게 넘겠는데? 아마 역사상 최고로 큰 타이탄이겠군. 앞으로 어떻게 될지 기대되는데? 흐흐흐."

 크로티아르 성기사단이 자랑하는 30대의 타이탄들. 평소 그들의 적은 오우거 같은 초대형 몬스터들이었다. 그들과 상대할 때는 무적의 위력을 자랑했지만 오늘은 달랐다. 성기사단의 타이탄들이 돌격해 들어갔을 때, 상대는 듣도 보도 못 한 거대한 타이탄 7대를 꺼냈다. 족히 1백 톤 이상은 나가 보이는 엄청난 거구의 타이탄들은 덩치에 어울리지 않게 엄청난 스피드로 성기사단을 공격해 왔다.

"화물선을 파괴해랏!"

성기사단장은 부하들에게 소리쳤지만, 그건 통하지 않았다. 운하(運河)이기 때문에 제법 깊은지 몰라도 폭은 그렇게 넓지 않다. 고작 50미터 정도. 그렇기에 타이탄이야 무거워서 못 건너가더라도 성기사들이라면 충분히 건너가고도 남는다. 하지만 그건 상대방의 타이탄들을 이쪽 타이탄들이 막아 줬을 때의 일이었고, 현실은 그렇지 못했다.

푸캉!

육중한 덩치에 비했을 때 놀라운 속도로 돌진해 들어온 정체불명의 타이탄은 그 거대한 방패로 성기사단의 타이탄을 밀어붙였다. 성기사단이 가진 타이탄들과 상대 타이탄의 무게 비율은 거의 두 배. 서로가 방패만 한 번 부딪쳐도 성기사단의 타이탄들은 중심을 잃고 비틀거렸고, 형편없이 뒤로 밀려났다. 심지어 일부 타이탄은 방패에 가격당하자마자 그 충격을 버티지 못하고 뒤로 곤두박질치는 형편이었다.

단 한 번의 검 놀림으로 상대 타이탄의 방패와 팔, 방패와 몸통, 또는 검과 몸통을 동시에 잘라 버리는 괴물을 무슨 수로 상대할 수 있겠는가? 성기사단의 타이탄들은 순식간에 고철 덩어리가 되어 나뒹굴었다. 앞쪽의 다섯 대가 주로 성기사단의 타이탄들을 상대하고 있었다면, 뒤쪽에 쳐져 있던 두 대의 타이탄은 화물선을 향해 뛰어드는 성기사들을 상대했다. 그 거대한 덩치에 어울리지 않게 검기(劍氣)를 한 번씩 뿜어낼 때마다 수십 명의 성기사들의 몸통이 토막 났다. 타이탄을 사용해서 뿜어내는 검기는 보통의 그래듀에이트가 뿜어내는 검기가 어린애 장난이라고 생각할 정도로 강력하다. 그런 검기를 아무리 강력한 신성 병기라고 하지만 오라 소드 따위로 막아 낼 수는 없었다.

정말이지 상대가 안 되는 싸움. 성기사단장은 10분도 안 되는 전투를 벌인 후 후퇴할 수밖에 없었다. 겨우 10분 동안에 성기사단원의 절반이 죽었고, 타이탄은 전멸이었다. 그리고 성기사단장마저도 자신의 타이탄과 함께 생명을 마쳤다.

"샤이하드시여. 사악한 무리에게 어찌하여 저리도 강한 힘을 주셨나이까!"

성기사들은 울분을 토하며, 부상자들을 부축한 채 전장을 빠져나올 수밖에 없었다. 원래가 성기사들의 경우 신성 마법과 오라 소드라는 엄청난 위력의 신성 병기 덕분에 꽤 많은 득을 봤다. 하지만 타이탄끼리의 전면전에서는 오로지 마나만이 필요할 뿐, 신성 마법은 아무짝에도 도움이 되지 못했다. 타이탄을 만든 사람은 신관이 아니라 마법사였기 때문이다.

기준(1.0) 이하의 출력을 내는 타이탄을, 그것도 간신히 그래듀에이트 정도의 마나를 지닌 인물들이 조종해서 상대의 최고급 타이탄을 조종하는 톱클래스의 마나를 지닌 인물들과 싸웠으니 그 해답은 간단한 것이었다.

너절하게 널려 있는 성기사단 소속의 타이탄들을 바라보며 타론은 쓴웃음을 지을 수밖에 없었다. 그는 이제 드래곤을 잡을 때 다 타서 없어져 버렸던 외장 페인트가 재생된 덕분에 은백색과 적색, 금색으로 산뜻하게 도장되어 있는 자신의 안티고네를 슬쩍 바라봤다. 물론 기본 색상 외부에 덧칠했던 문장(紋章)은 재생되지 않았기에 정체를 알아볼 수 없었다. 그는 안티고네를 처음 지급받았을 때, 조종석에 앉아 그 녀석이 뿜어내는 엄청난 파워에 전율을 느꼈었다. 무려 2.2의 출력을 가지는 엑스시온. 헬 프로네의 엑스시온 제작 기법을 발굴해 내어 최강의 전투용 타이탄으로 제작한 것이 바로 이 안티고네였다.

　타론은 110톤이 넘는 거대한 타이탄들이 공간을 열고 사라지는 것을 보며 어쩌면 이번 임무는 아주 쉬울지도 모르겠다는 생각을 했다. 아르곤이 동원 가능한 성기사단은 아마도 11개 중에서 5개 정도……. 하지만 피해가 커지면 아르곤은 어쩔 수 없이 이 먹음직한 먹이를 포기할 수밖에 없을 것이다. 타이탄의 수는 아무리 적어도 2백 대는 유지해야 타국이 깔보지 못하기 때문이다. 아르곤의 이웃 나라는 그 광포한 코린트 제국이다. 만약 아르곤이 만만하게 보인다면 그날로 아르곤은 지도 상에서 사라질 가능성도 있었다.

　이때 타론의 뒤쪽에서 루엔 공작이 비웃듯 이죽거렸다.

　"대제국 아르곤의 힘이 겨우 이것밖에 안 되나? 겨우 이따위 적 때문에 내가 와야 했다니. 안티고네의 실전 테스트치고는 너무 싱겁군 그래. 자, 랜트 국가 연합까지는 얼마 남지 않았다. 랜트 국가 연합에서 랜티르강을 거쳐 바다로 나가면 임무는 끝이다. 가자."

　루엔 공작의 지시대로 근위 기사들은 화물선을 호위하듯 대형을 갖추며 운하를 따라 내려가기 시작했다.

　예상외로 빠른 시간 안에 성기사단이 괴멸되자 제임스는 심각하게 증원병 파견 요청을 고려하기 시작했다. 자신이 끌고 온 병력도 웬만한 나라 하나쯤 박살 내는 데는 아무런 무리가 없는 전력이었지만, 상대방 타이탄에 대한 자료가 전무(全無)한 상태에서 모험을 할 수는 없었다. 제임스는 슬쩍 다크 일행에게서 떨어진 후 목소리를 낮춰 노마법사에게 말했다.

"증원을 요청해라."

"증원을 말씀이십니까? 하지만… 이 정도 병력으로도 상대를 겁낸다고, 잘못하면 공작 전하께 질책당하실 우려가 있습니다."

"질책을 당해도 내가 당한다. 일단 숫자는 맞아야 싸울 거 아니냐?"

"그러시다면……."

노마법사는 통신용 마법진 따위는 그럴 필요도 없다는 듯 곧장 품속에서 주먹만 한 수정 구슬을 꺼내어 제임스 앞에 내밀었다. 곧이어 노마법사가 주문을 외우기 시작하자 수정 구슬 안에 사람이 한 명 나타났다. 그는 제임스를 알아보고는 정중하게 인사했다.

〈무슨 일이십니까? 발렌시아드 후작 각하.〉

"아버님은 어디 계시냐?"

〈공작 전하께서는 폐하와 담소를 나누고 계십니다.〉

"그렇다면 형을 불러 줘."

〈후작 각하께서는 근위 기사단 연습 훈련차 밖에 나가 계십니다.〉

"제길, 그렇다면 근위 기사단 녀석 아무나 바꿔!"

〈잠시 기다리십시오.〉

약 10분 정도 기다리자 수정 구슬 안에 또다시 사람의 형상이 나타났다. 그 사람은 화려한 제복을 입고 있었는데, 화염을 토하는 붉은색의 드래곤이 그려진 문장을 가슴에 달고 있었다. 그 드래곤의 몸통에는 'Ⅱ'란 숫자가 새겨져 있었다.
〈무슨 일이십니까? 발렌시아드 후작 각하.〉
"오, 자네군. 증원이 필요해. 상대방에 강력한 타이탄이 일곱 대나 있다. 흑기사급을 상회하는 파워, 그리고 1백 톤이 넘는 거구를 가진 괴물이야. 그리고 마스터급까지 한 명 있으니까 아무래도……."

제임스의 말에 상대는 도저히 믿어지지 않는다는 표정으로 반문했다.
〈정말이십니까?〉
"이 녀석이! 속고만 살았나? 내가 이 시점에서 농담이나 하고 있을 줄 알아?"
〈알겠습니다. 공작 전하께 말씀 올리겠습니다. 그쪽의 좌표를 알려 주십시오.〉
"저 녀석들은 지금 계속 이동 중이야. 빨리 보내 달라고 전해."
〈예. 하지만 한 시간 이내로 증원이 도착하지 않으면 증원군 파견은 없다고 생각하시면 됩니다.〉
"알겠어."

"왜 증원군은 아직도 소식이 없는 거야?"
상관의 말에 부하는 씁쓸한 표정을 지었다.
"예정대로라면 지금쯤 도착했어야 할 텐데 말입니다. 카쟈르 성기사단에서도 왜 공격을 시작하지 않는지 계속 전령을 보내오고 있습니다. 어떻게 하는 게 좋을까요?"
부하의 말에 크로미아 성기사단장인 레가르는 한숨을 쉴 수밖에 없었다. 크로미아 성기사단은 예정 시간보다 거의 두 시간이나 빨리 도착했지만, 크로미아 성기사단을 기다린 것은 묵사발이 나 버린 크로티아르 성기사단의 생존자들이었다.

10분도 안 되는 짧은 순간에 거의 괴멸당했다는 것은, 상대가 최소한 크로티아르 기사단의 몇 배 이상 강하다는 소리였다. 상대의 발목을 잡아 지연작전을 펴기로 되어 있던 크로티아르 성기사단이 허무하게 거의 괴멸에 가까운 타격을 입은 지금, 구닥다리 타이탄들을 끌어 모아 만든 성기사단 두 개로 공격해 봐야 결과는 뻔했다. 크로티아르 성기사단 생존자들의 증언에 따르면 놈들은 그야말로 최고 정예였다.

'보나마나 어떤 망할 국가의 근위 기사단 놈들이겠지. 도대체 저렇게 간 큰 짓을 하는 놈들이 누굴까? 코린트? 크루마? 그것도 아니면 알카사스? 모두 다 수상하니 짐작을 할 수가 있어야지. 저 정도 괴물을 만들 수 있는 나라는 그 셋 중의 하나일 게 뻔한데……. 휴~ 어쨌든 타리아 성기사단이 도착해야 싸우든지 말든지 하지.'

아무리 생각해 봐도 레가르는 2개 기사단 60대의 타이탄이라고 해도, 상대를 정면 공격해서 승리할 자신이 없었다. 만약 패한다면 60여 대의 타이탄이 고철이 될 것이고, 그렇다면 본국 타이탄의 3분의 1에 가까운 수가 사라진다는 것을 뜻한다.

타국과 힘의 균형 따위를 생각하지 않는다면 무조건 놈들에게 본때를 보여 주는 게 옳겠지만, 잘못해서 이 싸움에서 막대한 피해를 입었을 경우 더욱 큰일을 당할 수도 있었다. 레가르는 한숨을 푹 쉰 후 부관에게 말했다.

"카쟈르에 전령을 보내라. 타리아가 도착할 때까지 놈들을 일정

거리에서 계속 추적한다. 절대로 상대와 정면충돌을 벌이지 말라고 전해라. 그리고 트라팔시(市)에 전령을 보내 해군을 출동시키라고 일러라. 놈들이 랜트 국가 연합을 통과해서 바다로 나가면 바로 격침시켜 버리라고 해."

"옛!"

또 다른 접전

 희미한 빛이 나타났다가 사라지는 그 순간 두 명의 기사가 모습을 드러냈다. 나들이라도 가는 듯한 가벼운 옷차림을 한 두 명이 나타나자 제임스는 실망스러운 어조로 말했다.
 "에게? 아무리 숫자를 맞춰 달라고 했지만 겨우 두 명이야?"
 하지만 그의 눈은 유쾌하게 웃고 있었다. 겨우 두 명의 증원이었지만, 둘 다 코란 근위 기사단의 이름이 부끄럽지 않은 최강자들이었기 때문이다. 특히 황금색 머리카락을 날리고 있는 멋진 청년은 제임스의 둘도 없는 친구였고, 또 검과 여자에 있어서는 라이벌이었다.
 "둘도 많은 거지. 그래 어떤 놈들인데 천하의 제임스 후작 나으리가 증원을 요청하게 만들었지?"
 노랑머리의 말에 제임스는 한숨을 푹 쉬면서 처량한 어조로 말했다.

"휴~ 말도 마라. 크루마에서 신형 타이탄을 만든 모양인데, 정말 대단해. 파워가 거의 '붉은 귀염둥이' 수준이야."

"설마 그놈들 헬 프로네의 엑스시온을?"

"그 '설마'가 맞을 거야. 크루마에서 제작된 2.0을 초과하는 엑스시온은 그것뿐이니까 말이야."

"그럼 2.2잖아? 흑기사가지고는 힘들겠군."

"당연하지. 거기다가 마스터급이 한 명 있어. 미네르바는 아닌 것 같고, 아마 지크리트 루엔 공작인 모양이야."

제임스의 말에 노랑머리는 이제야 상대가 가진 힘에 대해 어느 정도 짐작이 간다는 듯 심각한 표정을 지었다.

"흐음…, 어려운 상대군."

제임스는 피식 미소를 지으면서 유쾌하게 말했다.

"네 녀석한테 심각한 것은 어울리지 않아. 자, 가자. 요 근래에 사귄 녀석들을 소개해 줄게. 상당히 괜찮은 아이들이야."

"좋지. 누군지 궁금한데? 여자야?"

"응, 아직 정체를 확실히는 모르겠지만 아주 독특한 아가씨야."

"야, 너 마흔이 넘어 가지고도 여자를 밝히냐?"

드디어 제임스의 나이가 밝혀지는 순간이었다. 도대체가 그의 젊고 팽팽한 피부로는 이해가 가지 않는 나이였지만 말이다.

"헛소리하지 마. 그러는 네놈은?"

"그래도 네 녀석보다는 낫지. 아무렴 낫고말고."

"내가 먼저 찍어 놨으니까 군침 흘리지 마."

"호…, 아직 건드리지 않은 모양이군. 네가 웬일이냐? 너, 속전

속결이 원칙이었잖아? 흐흐흐…, 하지만 미안하게도 먼저 드시는 사람이 임자야. 네 녀석이 그동안 눈독을 너무 많이 넣어 놓아서 식중독 걸리지 않을까 걱정되기는 하지만……."

노랑머리는 슬쩍 머리카락을 정돈한 후 옷매무새를 가다듬었다. 그런 후 순진한 듯한, 어떻게 보면 노련한 듯한 미소를 지으며 과연 어떤 미녀가 기다리고 있을지 기대되는 표정으로 걸어갔다. 제임스의 여자를 고르는 취향은 매우 까다로웠기에 사뭇 기대되지 않을 수 없었던 것이다. 하지만 그의 복장 점검은 친한 친구의 여자 친구를 만나러 가기 위함이 아닌, 여건만 허락한다면 유혹하겠다는 의미가 더 강했다.

모퉁이를 돌아가자 제임스와 증원군을 기다리고 있는 사람들이 나타났다. 이미 노랑머리가 얼굴을 알고 있는 근위군 소속 기사들이 한곳에 모여 웅성거리고 있다가 노랑머리를 보자 반갑게 인사를 건넸다. 그리고 또 한쪽에 모여 있던 인물들은 새롭게 등장한 이들에게 약간 의심스런 시선을 보내고 있었다. 우선 뛰어난 실력을 갖춘 그래듀에이트급의 기사 한 명. 왼쪽 뺨에 나 있는 깊은 검상이 인상적이었다. 그리고 그의 옆에 서 있는 두 명의 기사들. 아직 햇병아리 수준이었다. 그 두 기사들은 자기 키만 한 도끼를 등에 지고 있는 드워프하고 얘기하고 있었다. 그리고 그 옆에는…….

"헉!"

노랑머리는 재빨리 몸을 숨기며, 제임스를 끌어당겼다. 그는 낮은 목소리였지만 다급한 어조로 말했다.

"어떻게 해서 저 애가 여기 있는 거지?"

그 말에 어리둥절해진 제임스.

"무슨 말이야?"

"왜, 전에 말했잖아. 엄청난 정령술사가 될 만한 소질이 있는 애를 발견했다고……."

"아하, 크라레스에서 납치하려다가 실패했다던 그 여자 애?"

"응, 바로 그 애야. 내 눈이 잘못되지 않았다면……."

"호…, 이거 재미있게 되어 가는군. 그럼 이번 작전 끝나고 난 후 잡아서 돌아가면 되는 건가? 그래! 이제야 이해가 가는군. 저 아이의 그 독특한 분위기, 그래! 정령술사였어."

"그럼 뭔 줄 알았는데?"

"마법사. 마법도 좀 하는 모양이던데? 뷰 마나 포스라든지 그런 거에 포착되지 않는 걸 보면?"

"이런, 이런……. 그러니 정령술사를 친구로 하나 둬야지. 정령술사는 정령을 이용해서 자신의 힘을 감출 수도 있어. 정령의 힘은 마법과는 조금 달라서 마법으로는 알아낼 수 없어. 대신 정령술사는 귀신같이 알아내더군. 뭐 정령에는 독특한 냄새가 난다나? 정령술사라는 것들은 모두 개코를 달고 있는지 원……."

"빨리 나가자. 이러고 있으면 의심한다구."

제임스와 노랑머리는 슬쩍 앞으로 나가서 시선을 저 멀리 운하를 따라 내려가고 있는 화물선에 고정시킨 소녀에게로 다가갔다. 노랑머리는 잠시 헛기침을 해서 소녀의 시선을 자신 쪽으로 돌린 후 유쾌한 어조로 인사했다.

"안녕? 꼬마 아가씨, 여기서 또 만나는군."

짐짓 너스레를 떨며 수작을 걸어오는 노랑머리를 향해 소녀는 차가운 어조로 말했다.

"내 이름은 다크야."

"이름은 벌써 알고 있답니다. 다크 크라이드 남작. 그런데 아르곤까지는 어쩐 일로 왔지?"

노랑머리의 말에 소녀는 의아한 듯 물었다.

"응? 너는 누군데 내 이름을 아는 거지?"

"쯧쯧…, 겉모습과 달리 기억력이 별로 좋지 못하시군. 전에 크라레스에서 만났잖아? 무도회에도 같이 갔고 말이야. 이름이라면 몰라도 내 얼굴도 기억하지 못한다니 섭섭하군."

그 말에 소녀는 약간 생각하는 눈치더니 곧장 뭔가 떠올랐다는 듯 말했다.

"아, 기억났다. 그 호색한이었군. 그런데 여기는 무슨 일이지?"

가슴이 뜨끔해진 까미유의 안색이 약간 일그러졌다. 자신을 기억해 낸 것은 좋은데, 하필이면 그런 세부적인 사항까지 기억할 것은 또 뭐야? 소녀의 말을 옆에서 듣고는 제임스가 억지로 웃음을 참고 있는 것을 까미유는 곱지 않은 시선으로 힐끗 봤다. 까미유는 '네 녀석도 마찬가지면서 날 비웃어?' 하는 생각이 들었지만 그걸 대놓고 말할 수야 없었다. 어쨌든 시간이 얼마 지나지는 않았지만, 그때보다 소녀는 더욱 성숙해 보였고, 키도 좀 더 자란 것 같았다. 잘하면 가능성이 있을지도 모르는데, 거기에 초칠 수는 없는 노릇. 까미유는 점잖은 어조로 여자들이 좋아하던, 부드럽고도 우울한 듯한 눈빛으로 소녀를 바라보았다.

"멍청하고 힘없는 동료가 도움을 요청해서 말이야. 그런데 여기는 어쩐 일로?"

"여행 중이야."

화물선은 거의 시속 10킬로미터 정도의 속도로 기어가고 있었지만, 그래도 증원군과 합류한다고 꽤 많은 시간을 지체했기에 한 곳에서 계속 잡담을 나눌 수는 없었다. 조금만 더 가면 랜트 국가 연합과의 국경선이었기 때문이다. 이제 조만간 어떤 형식으로든 결판이 날 것이라고 생각하며, 둘의 대화를 지켜보던 제임스가 끼어들었다.

"자자, 잡담은 가면서 하자구. 너무 멀어지면 제때 싸우기 힘들어."

코란 근위 기사단의 정규 멤버 일곱 명이 한꺼번에 파견되는 일은 거의 없었다. 그만큼 그들은 강했고, 또 근위 기사단이 직접 투입될 만큼 중요한 일도 거의 없었다. 근위 기사단이 출동했던 가장 최근의 기록은 30년 전 크라레스 제국과의 전면전 때였다. 물론 그 전에는 코란 근위 기사단도 자주 출동했었다. 하지만 국력이 강성해지고, 또 45년 전 강력한 흑기사가 근위 타이탄으로 대체된 후 코란 근위 기사단은 타국에 파견될 일이 거의 없어져 버렸다. 거기다가 30년 전 크라레스의 영토 80퍼센트를 뺏고 더욱 국력이 증강된 후, 세계 최강의 대열에 올라선 코린트의 신경을 건드리는 국가는 아예 없었다.

그렇기에 까미유 백작은 승리는 기정사실이라고 생각하고 그다음 일을 궁리하는 중이었다. '어떻게 하면 저 소녀를 코린트로 끌고 가지?' 하는 것이었는데, 일단은 정석대로 회유책을 써 본 후 먹혀 들어가지 않으면 강제로 납치하는 게 좋을 듯했다. 하지만 그 계획은 소녀가 마법과 정령술을 함께 쓰는 마도사라는 데 문제가 있었다. 마법사는 주문을 외울 시간이 필요하지만 정령술사는 정령과의 친화력을 중시할 뿐 주문 따위를 외우지 않기에 언제 마법이 날아올지 예측하기 힘들다. 그나마 다행인 것은 정령술사는 마법사와 같은 무시무시한 파워를 지니지 못한다는 것이었다.

'그래도 위험하니까 회유 따위는 생략하고, 납치를 먼저 한 후에 회유하기로 하지. 저 예쁜 얼굴에 상처라도 나면 아깝거든. 흐흐흐……'

아무리 화물선이 시속 10킬로미터 정도의 속도로 천천히 이동하고 있다고 하지만, 드래곤 슬레이어 일행이 출발한 무역 도시 아르네이아가 랜트 국가 연합과의 국경선에서 30킬로미터 정도밖에 떨어져 있지 않은 것을 감안한다면 국경에 도착하는 것은 순식간이었다.

처음 드래곤 슬레이어 일행을 쫓던 크로티아르 성기사단은 도착이 늦어지고 있는 크로미아, 카쟈르, 타리아 성기사단을 기다리지 못하고 정면충돌, 괴멸당해 버렸다. 그 덕분에 상대방의 전력이 엄청나다는 것을 확인하는 성과를 거뒀지만, 1개 기사단이 소멸당한 것은 최악의 상황이었다.

한 시간쯤 늦게 도착한 크로미아, 카쟈르 성기사단은 자신들만으로는 상대방에 대한 공격이 불가능함을 깨닫고 중앙에서 파견된 최정예인 타리아 성기사단을 기다렸다. 하지만 10분, 20분이 한 시간이 되고 두 시간이 되어, 이제 랜트 국가 연합과의 국경선은 코앞에 다가왔다. 크로미아와 카쟈르의 기사단장들은 모여서 대책 회의를 할 수밖에 없었다. 손을 써야 하는 게 정석이었지만 잘못되면 덤으로 2개 성기사단이 전멸당할지도 모르니……

"아무래도 더 기다리는 것이 좋겠소."

"하지만, 10분 뒤에는 놈들이 국경을 통과합니다. 그러면 어쩔 수 없이 랜트 국가 연합에서 결전을 벌여야 하는데, 그건 힘듭니다. 랜트 국가 연합은 본국의 오랜 동맹국인 데다가……."

"그러니 잘되었지 않소? 랜트 국가 연합에도 지원을 부탁하면 우리들의 청을 거절하지는 못할 거요. 하지만 랜트 국가 연합의 기사단들도 우리들만큼이나 도움이 안 될 거라는 게 본인의 생각이오."

"맞습니다. 상대는 최고 정예. 어설픈 타이탄으로 덤벼 봐야 피해만 커질 뿐이죠. 하지만 타리아 성기사단으로부터 연락이 완전히 두절된 상태라서……."

"그럼 본국과의 연락은? 나는 서둘러 떠난다고 전체 성기사단을 모두 끌고 오지도 못했소. 먼저 가장 뛰어난 성기사들만 엄선하여 최고 속도로 달려왔으니까, 나머지는 두 시간쯤 뒤에나 도착하겠지. 그쪽에는 통신의 권능(權能 : 신으로부터 받은 능력)을 가진 사제가 지금 있소?"

"있습니다. 하지만 본국에서는 계속 똑같은 지시입니다. '적당 거리에서 적을 추격하라. 절대 교전은 하지 말 것.' 뭐 이런 말이죠."

"그렇다면 국경을 통과해서 적들을 계속 추격할 것인지 물어봤소?"

"예, 물어봤습니다."

"결과는?"

"랜트 국가 연합에 대한 국경 침입은 절대 불가라는 지시입니다.

그리고 랜트 국가 연합과의 공동 작전도 불가하다고 하더군요."

"빌어먹을! 험험……. 미안하오, 아로지에 형제. 말이 잠시 헛나왔소."

"괜찮습니다. 도대체 교단의 뜻이 뭔지 알 수가 없군요."

"성기사단이 추격을 중단했습니다."

마법사의 껄끄러운 목소리가 아니더라도 제임스는 그걸 알 수 있었다. 증강된 1개 성기사단, 혹은 2개 성기사단 정도의 병력이 화물선을 계속 추격했지만 국경선에서 멈춘 것이다.

"이제 시작할 때인가?"

"한 시간쯤 더 기다렸다가 하자구. 국경선 부근에서 맞붙었다가 재수 없으면 저 녀석들 좋은 일 시켜 줄 수도 있으니까 말이야. 적어도 놈들 시야에서는 벗어나는 게 좋겠지."

"좋아. 그런데 탈취한 후에 수송은 어떻게 하지?"

"간단하지. 일단 화물선을 근처 항구에 가져간 다음 각 화물마다 코린트 황실 문장을 찍어서 운반하면 그 내용물을 보자고 들 정도로 간 큰 놈은 없을 거야. 우리가 호위하면서 육로로 옮기면 되지. 어린 그린 드래곤이니까 대형 짐마차 일곱 대면 충분히 실어 나를 수 있겠지."

랜트 국가 연합과의 국경선을 통과한 후 화물선을 가로막는 사람은 없었다. 그래서 국경을 통과할 때까지 계속 뒤따라온 성기사단 덕분에 신경이 약간 날카로워졌던 레디아 근위 기사단 소속 기사들은 다섯 시간이 넘도록 상대가 나타나지 않자 조금씩 긴장감이 풀어지고 있었다. 하지만 상대가 나타나지 않는다는 것도 꽤나 스트레스를 주는 것. 모두들 '놈들은 지금 어디에 있을까' 생각하고 있었다. 드래곤의 뼈를 수송하는 화물선이라는 엄청난 먹잇감이 있는데도 놈들이 나타나지 않는 것이 이상하기 때문이다.

하지만 그들의 고민은 오래지 않아 끝이 났다. 드디어 상대가 모습을 드러냈기 때문이다. 화염을 토하는 레드 드래곤이 그려진 문장을 자랑하면서 말이다.

"공작 전하! 코란 근위 기사단이옵니다."

"코린트도 냄새를 맡았나? 그런데 저 뻘건색을 칠해 놓은 재수없게 생긴 타이탄은 뭐야?"

"흑기사와 함께 나타난 것을 보면 코린트의 신형 타이탄인 모양이옵니다."

"오랜만에 근사한 싸움을 할 수 있겠군. 코란 근위 기사단이라는 이름이 부끄럽지 않은 놈들이길 바란다. 흐흐흐…, 모두들 전투 준비!"

부하들이 타이탄에 탑승하자 루엔 공작은 첫 번째 지시를 내렸다.

"집단 대형! 돌격하랏!"

공작의 명령에 따라 일곱 대의 안티고네는 서로 간의 거리를 바짝 좁힌 채 상대를 향해 육중한 체구를 이동시키기 시작했다. 공작은 약간 꺼림칙한 붉은색을 칠해 놓은 상대방 타이탄이 방패 없이 소드 스톱퍼만을 붙여 놓은 것을 보고, 집단전을 목적으로 만들어지지 않았다는 것을 간파하고 내린 명령이었다.

크루마 쪽에서 일곱 대의 타이탄이 뭉쳐서 돌진해 왔다면, 코린트 쪽은 다섯 대의 흑기사는 뭉쳐서 중앙을 맡고 두 대의 적기사는 좌우 날개로서 상대를 치는 방법을 택했다. 곧이어 두 기사단이 맞붙자 서로 간의 파워 차이는 확실하게 드러났다. 안티고네의 엄청난 무게, 또 그 무게를 활용한 강력한 파워에 흑기사들이 몸싸움에서 밀리기 시작했다.

다섯 대의 안티고네가 다섯 대의 흑기사를 상대로 약간 우위에 선 전투를 벌이고 있었다면, 두 대의 적기사를 맞아 싸운 두 대의 안티고네는 약간 사정이 달랐다. 공작이 직접 몰고 있는 안티고네는 적기사와 거의 대등할 정도의 격투를 벌이고 있었지만, 다른 적기사를 맡은 타론은 연신 뭇매를 맞고 있었다. 그래도 다행이라면 안티고네의 거대한 덩치에 어울리는 파워와 내구력, 그리고 10톤이나 되는 거대한 방패 덕분에 상대방의 예리한 공격을 어느 정도 막아 낼 수 있었다는 점이었다.

물리고 물리는 난타전을 벌이는 동안 흑기사들이 안티고네에게 밀려서 후퇴하기 시작함에 따라 두 대의 안티고네는 주 전장에서 멀어지기 시작했다. 이렇게 되자 주위에 걸리적거릴 타이탄이 없어져서 광대한 공간을 확보한 적기사들이 그 엄청난 스피드를 십분 활용하기 시작했다. 안티고네에 비해 훨씬 가벼웠기에 재빠르게 움직이는 적기사를 막기는 점차 어려워졌다.

적기사는 재빨리 안티고네를 내려쳤고 안티고네는 그걸 방패로 막은 후 재빨리 오른손의 검으로 상대를 후려쳤다. 하지만 적기사는 벌써 거기에 없었다. 일격 이탈 전법. 내려친 후 상대가 튕겨 내는 그 힘을 역이용하여 재빨리 벗어난다. 그 후 옆으로 약간 이동해 또다시 허점이라고 생각되는 부분을 노리고 공격하는 것이다.

각 타이탄들은 자신들을 조종하는 인물들이 최고 클래스의 기사들이라는 것을 자랑하듯 마나를 있는 대로 써 대고 있었다. 검에는 기가 응축되어 약간 푸르스름한 광채가 났고, 그 검을 가로막는 방패에도 푸르스름한 광채가 배어 있었다. 그냥 강철로 만든 방패였다면 그 검에 엄청난 타격을 입었을지도 모르지만 방패도 기를 응축하고 있었기에 그걸 막아 내는 것은 어렵지 않았던 것이다.

적기사를 탄 두 명의 기사들이 제법 반응이 괜찮은 적을 만나 신나는 싸움을 벌이고 있을 때, 그들이 데려온 부하들은 죽을 지경이었다. 흑기사도 안티고네도 둘 다 집단전용 타이탄이다. 두터운 방패, 묵직한 몸무게, 강력한 파워로 서로 난타전을 벌이는 타이탄들이라는 말이었다. 이때는 강력한 파워와 무게가 무거운 쪽이 유리하다. 특히나 안티고네 같은 경우 거의 30년에 걸쳐 흑기사를 상대하기 위해 연구 제작된 타이탄이었다. 동급의 기사가 탑승했을 때 흑기사로 안티고네를 이길 가능성은 거의 없었다.

크루마의 정예 레디아 근위 기사단과 코린트의 정예 코란 근위 기사단이 박 터지게 싸우고 있을 무렵, 크로미아 성기사단장 레가르가 해군 지원을 요청했던 아르곤의 항구 도시 트라팔시에서도 대규모 타이탄 전투가 벌어지고 있었다. 아름다운 천사의 문양이 그려진 타이탄들과 하얀 유니콘이 그려진 타이탄들이 트라팔시에서 맞붙은 것이다.

"제기랄! 증원은?"

스펜은 악을 썼지만 사실 증원 따위가 올지 안 올지 그건 알 수 없었다. 당당한 덩치의 타이탄 '라르곤'에 타고 있는 성기사들은 성기사들 중에서도 상당히 높은 클래스의 인물들이었기에 겨우 세 대의 카마리에로 어떻게 할 수 있는 상대가 아니었다.

"카마리에가 나왔으니 이제 완전히 들통 난 거나 다름없는데, 왜 증원을 안 보내는 거야? 제기랄! 위에서는 무슨 생각을 하고 있는 건지. 이놈이나 저놈이나 그년이나…, 다 죽어 버려랏!"

스펜 등은 베티 사제, 마리나와 함께 도우러 씨를 도와 아르곤 남부의 항구 도시 트라팔시로 왔다. 도우러 씨는 드래곤 본을 화물선에 실어 떠나보낸 후, 창고에서 큼직한 짐마차 일곱 대를 끌고 나왔었다. 그의 말로는 트라팔시에서 선적하여 타국에 수출할 물건이라고 했는데, 그것의 호위를 부탁한다는 것이었다.

스펜 일행은 타론의 지시도 있었기에 도우러 씨의 짐마차를 호위해서 트라팔시까지 왔다. 트라팔시까지의 거리는 잘 포장된 육로로 70킬로미터. 늦어도 세 시간이면 도착할 수 있는 거리였기에 부담 없는 기분으로 따라왔던 것이다. 하지만 짐을 대충 화물선에 실었을 때 아르곤의 성기사단이 들이닥쳤다. 그리고 이어진 타이탄 전투. 아르곤의 타이탄들이 비교적 성능이 떨어지는 저급 타이탄임을 감안해도 상대는 아르곤의 정예 성기사단이었다.

세 대의 카마리에는 정말 엄청난 투혼을 발휘하여 상대와 대치했다. 하지만 그들의 타이탄이 상대보다는 뛰어나고, 또 그들이 근위 기사단의 정규 멤버라고 해도 그 숫자의 열세를 만회하기는 힘들었다. 상대 또한 정예였고, 정규급 이상의 타이탄들을 가지고 있었기 때문이다.

스펜과 아더, 그리고 샤트란은 정말 최선을 다해서 싸웠다. 하지만 순식간에 샤트란의 타이탄이 먼저 파괴되었고, 다음에는 아더의 타이탄이 쓰러졌다. 스펜의 타이탄 '죠르아'는 거듭되는 경고를 주인에게 보내고 있었다.

〈방패 55퍼센트 손상, 1차 장갑 12퍼센트 손상. 손상률이 복구율을 초과한 지 오래다. 후퇴하는 것이 좋겠다.〉

"닥쳐! 누가 몰라서 싸우는 줄 알아? 쓸데없는 곳을 복구할 생각하지 마. 시간을 끌어야 해."

죠르아는 그 거대한 방패를 들어 상대의 검을 막으면서 한편으로는 열심히 검을 휘둘렀다. 하지만 곧이어 등 뒤에서 묵직한 충격과 함께 거대한 검이 몸통 깊숙이 박혔다. 죠르아는 재빨리 뒤로 돌면서 비겁한 상대를 향해 검을 휘둘렀다. 하지만 놈은 그 자리에 없었다. 죠르아가 뒤쪽에 정신을 팔자, 여태껏 죠르아와 격전을 벌이던 세 대의 타이탄이 기회라고 생각하고 재빨리 기습을 가해 왔다. 그리고 죠르아의 그 거대한 덩치가 서서히 아래로 무너졌다. 이때 화물선 위에 희뿌연 빛이 일렁이기 시작했다. 그 희뿌연 빛은 곧이어 사라졌고 바로 그 자리에는 거의 20여 명에 달하는 무사들이 서 있었다.

드래곤 본의 행방

"제길!"

 타론은 정신이 하나도 없었다. 핏빛, 즉 검붉은 기분 나쁜 색으로 도장해 놓은 코린트의 신형 타이탄. 처음에 방패를 들고 있지 않았을 때 대충 눈치 챘지만, 이 정도로 대단할 줄은 예상하지 못했다. 대충 눈어림으로 봤을 때 흑기사하고 무게가 비슷한 것 같았는데, 그 파워는 흑기사는 따라가지도 못할 정도로 대단했다. 거기다가 그 속에 어떤 재수 없는 놈이 타고 있는지, 도대체 인간이라고 보기 힘든 능력을 과시하고 있었다.

 투캉!

 타론이 길이 3미터가 조금 넘는 그린 드래곤 본으로 만든 드래곤 킬러를 내려찍었으나, 상대는 가볍게 소드 스톱퍼로 막으면서 검을 휘둘렀다. 놀랄 만치 재빠른 움직임. 사력을 다해 방패로 막으면 그 방패에서 주어지는 충격까지 이용해 재빨리 뒤로 몸을 날려 도망치는 얄미운 놈. 거기에다가 엄청난 속도와 도약력이 있다 보니 상대의 공격 속도는 정말이지 눈으로 따라잡기도 힘들 정도였다.

벌써 타론의 안티고네는 방패가 너덜너덜해진 상태였고, 1차 장갑 곳곳에 흠집이 나고 패여 있었다. 타론이 이 정도나 버티고 있었던 것도 강력한 드래곤 본으로 만들어진 드래곤 킬러 덕분이었다. 안티고네의 기본 무장으로 채택된 강철검이었다면 벌써 두 토막이 났어도 이상할 게 없을 정도로 상대의 실력은 대단했다.

또 타론이 살아 있을 수 있는 두 번째 이유는 타론이 제법 발악을 하자 고양이가 쥐를 가지고 놀 듯 그걸 즐긴 덕도 있었다. 흑기사들은 안티고네에게 상당히 밀리고는 있었지만, 어느 정도는 버텨 주고 있었고, 루엔 공작이 조종하는 안티고네는 적기사와 거의 대등한 대결을 벌이고 있었다. 타론의 안티고네만이 곤죽이 나고 있었던 것이다.

이때 마나를 충분히 실은 중후한 음성이 터져 나왔다. 그 음성의 주인은 루엔 공작이었다.

"퇴각하랏!"

루엔 공작의 명령이 떨어지자마자 안티고네들은 흑기사들에게 맹공을 가해 거리를 벌렸다. 그런 후 재빨리 뒤로 돌아서서는 타론이 상대하는 적기사 쪽으로 달려들기 시작했다. 적기사는 일순간 앞과 뒤에서 적을 상대해야 하는 난감한 사태에 직면하게 되자 뒤로 조금 물러서며 곧장 검을 수평으로 휘둘렀다. 그와 동시에 시퍼런 강기(剛氣)가 달려드는 안티고네들에게로 폭사되어 날아갔고,

안티고네들은 재빨리 뛰어올라 피했다. 하지만 안티고네를 추격하던 흑기사들은 안티고네의 그 거대한 덩치에 가려 상관이 쏘아 날린 강기를 포착하는 시간이 조금 늦었다. 때문에 그들은 지척에서 도망치던 안티고네들이 뛰어오른 후에야 앞에서 대기를 관통하며 무서운 속도로 접근 중인 시퍼런 강기 다발을 발견했고, 그야말로 기겁을 해서는 회피 동작을 취했다.

흑기사들이 일순간 추격을 늦춘 사이 안티고네들은 급속도로 적기사와의 거리를 좁혔다. 적기사는 일단 포위당하는 것은 면하기 위해 재빨리 뒤로 후퇴했다. 아무리 적기사를 타고 있는 마스터급의 검객이라고 해도, 저런 거대한 덩치들에게 포위당하면 움치고 뛸 공간이 제약되고, 그다음은 죽음이었다.

적기사가 뒤로 재빨리 물러난 틈을 이용해서 안티고네들은 황급히 후퇴를 시작했다. 110톤이 넘는 거대한 덩치의 안티고네들이 시속 1백 킬로미터에 달하는 속도로 달려가자 지축이 흔들거리고, 땅바닥이 푹푹 파이면서 먼지가 솟아올랐다. 이때 부하들과는 달리 가장 뒤에 쳐져서 적기사와 상대하고 있던 루엔 공작은 자신의 마나를 있는 대로 끌어 모아 상대방에게 무시무시한 공격을 퍼부었다.

여태껏 안티고네가 지니는 두터운 장갑과 방패를 이용해서 줄곧 방어만 해 오던 루엔 공작의 공격에 상대가 찔끔한 사이, 안티고네는 살짝 이동해서 화물선과 자신의 사이에 적기사가 자리 잡게 했다. 그런 후 안티고네는 1.5톤이나 되는 그 거대한 검을 번쩍 들어 올리더니 아래로 힘껏 내려치며 시퍼런 강기를 뿜어냈다. 적기사는 그 기동력을 십분 이용해서 재빨리 옆으로 피했다. 강기 다발을 맞받아 칠 수도 있었지만, 그렇게 힘 빠지는 바보짓을 할 필요는 없었기 때문이다.

하지만 루엔 공작이 노린 것은 적기사가 아니었다. 타이탄의 검에서 발사된 마스터만이 형성시킬 수 있는 유형의 검기, 즉 검강 덩어리는 루엔 공작의 의도대로 화물선을 직격했고, 화물선의 주위에 솟아오른 엄청난 물보라와 함께 두 토막이 되어 침몰해 버렸다. 화물선이 박살 나는 광경을 보며 코린트의 타이탄들은 잠시 동안 흠칫하며 동작을 멈췄다. 그사이에 루엔 공작은 재빨리 안티고네를 조종하여 이 난장판을 벗어나 버렸다.

공간 이동해 온 인물들 중에서 한 명이 슬쩍 앞으로 나서서는 난간을 짚고 화물선의 아래쪽을 바라봤다. 난간을 꽉 잡은 손은 투명하다고 할 만큼 한점의 티끌도 없는, 일이라고는 해 본 적도 없는 귀부인의 손처럼 완벽한 아름다움을 지녔는데도 그녀의 허리에는 고풍스럽고 아름답게 세공된 롱 소드가 매달려 있었다. 20대 중반 정도로 보이는 이 아름다운 여인은 허리까지 기른 갈색의 아름다운 머리카락을 그 섬세한 손으로 슬쩍 쓰다듬어 뒤로 넘긴 후 다시금 난간을 살짝 잡아 몸을 기대면서 싸늘한 어조로 외쳤다.

"멈춰랏!"

약간 앙칼진 듯한 그녀의 말을 성기사단이 들을 이유가 없었지만, 성기사단은 동작을 멈췄다. 보통의 성기사들은 모르겠지만 타이탄에 탑승한, 마나를 다룰 줄 아는 성기사들은 상대의 음성에 실린 그 강렬한 마나의 기운을 읽었기 때문이다.

여인은 우뚝 서 버린 성기사단의 타이탄들을 오만하게 둘러본 후 위엄 서린 어조로 말했다.

"여기는 아르곤의 영토. 하지만 본국의 근위 기사단을 공격한 이유를 듣고 싶다. 본국은 '도우러' 라는 상인에게 의뢰해서 아르곤 특산의 양탄자, 금은 세공품, 도자기 등 황실 물품을 수입했고, 그 호위를 저 세 명의 근위 기사들에게 맡겼다. 그대들은 저 화물에 찍혀 있는 크루마 황실의 문장이 보이지 않는가? 저건 황제 폐하께 바쳐질 물건이다. 그런데 그걸 운반하는 것을 저지하는 이유가 무엇인가? 또, 모든 국가가 다 아는 레디아 근위 기사단의 타이탄인 카마리에를 세 대나 파괴한 이유는? 만약 합당한 이유를 대지 못한다면 나, 미네르바의 이름을 걸고 그대들을 응징하겠다."

미네르바와 거의 20여 명에 달하는 기사들의 갑작스런 출현에 성기사단장 지넨은 상당한 혼란을 느꼈다. 그녀가 한 말은 충분히 인정할 수 있는 국제적 관례에 합당한 것이었다. 하지만 자신들은 첩자의 보고를 토대로 확신할 수 없는 사항을 위해 달려왔다. 그리고 곧장 화물선을 향해 공격을 시작했고, 레디아 근위 기사단임이 확실한 상대를 셋이나 해치웠다. 물론 나중에 심문할 목적으로 죽이지는 않았지만 타이탄은 확실하게 저세상에 간 상태였다.

만약 상대가 별 볼일 없다면 우선적으로 해치워 입을 막아 버린 후 뒷수습을 할 방법도 있겠지만 상대는 미네르바 켄타로아. 저 유명한 헬 프로네의 주인들 중의 한 명이었다. 그녀가 왔다는 것은 그녀의 뒤쪽에 서 있는 자들 또한 근위 기사들이라는 말. 그들과 싸워 승리할 가능성은 거의 없었다. 또 확실한 가능성이 없는 상태에서 크루마 황제의 인장이 찍힌 화물을 수색하자는 말을 할 수 없었다. 첩자가 보고했을 때도 화물은 배를 이용하여 랜트 국가 연합을 거쳐 대해(大海)로 빼돌릴 예정이고, 그들은 또 다른 화물을 가지고 마차로 이곳으로 온다고 하지 않았던가? 하지만 위에서는 이쪽이 아마도 '진짜'일 것이라고 보고 주력인 타리아 성기사단을 비밀리에 이곳으로 돌린 것이었다.

하지만 만약에 이쪽이 진짜가 아닌 '미끼'라면? 그걸 모르고 이쪽에서 강경하게 나간다면, 일단 미네르바는 후퇴해서 화물을 검사할 수 있게 해 줄 것이다. 여기는 아르곤의 영토니까 말이다. 그렇게 해서 크루마 제국 황제의 인장을 무시하고 봉인을 뜯어낸 후 화물을 검사했는데, 만약 아니라면 어떻게 될까? 국제적인 망신이었고, 최악의 경우 전쟁까지도…….

지넨은 자신의 타이탄의 머리를 들어 올린 후 상체를 드러내고는 정중하게 미네르바 공작에게 인사를 건넸다.

"켄타로아 공작 전하, 아무래도 서로 간에 오해가 좀 있었던 것 같습니다. 저희들은 상부에서 사악한 무리들이 크루마의 정예인 것처럼 위장하여 본국의 보물들을 가지고 달아나는 중이라는 보고를 들었습니다. 이 배는 곧장 출항할 듯했기에 너무 시간이 없어 바로 수색, 체포를 명했고, 귀국의 근위 기사들이 곧장 타이탄을 꺼내 공격해 왔습니다. 저희들은 처음부터 무력을 사용할 의도가 없었습니다. 저들이 먼저 타이탄을 꺼내 공격을 해 왔기에 부득불 어쩔 수 없었습니다."

물론 지넨의 말은 모두 사실이었다. 도중에 말하지 않고 건너뛴 부분은 많았지만 말이다. 아무튼 샤이하드를 받드는 크로노스교도는 '거·짓·말'을 해서는 안 되는 것이다.

상대가 숙이고 들어오자 미네르바도 어느 정도 수그러들 수밖에 없었다. 성기사는 신을 받드는 사제. 보통의 무사들과 동급에 놓을 수는 없었기 때문이다.

"하지만 그대들의 문장을 보니, 아르곤의 정예인 타리아 성기사단임이 분명한데 왜 수도 근처가 아닌 이런 변방에 있는 거지요? 겨우 해적들 정도라면 변방에 있는 4개의 성기사단들 중 하나만 동원해도 충분한 것으로 알고 있어요. 내가 잘못 알고 있는 건가요?"

"공작 전하의 말씀이 맞습니다. 하지만 본국에는 지금 정체불명의 무리들이 들이닥쳐 그곳에 2개 기사단이 동원되었기에 이번 임무는 어쩔 수 없이 저희들이 맡아야 했습니다."

"좋아요. 그건 그렇다고 하고, 타리아 기사단 정도라면 타이탄 몇 대만 꺼내어 서로 대치하면서 서로 간에 대화를 나눌 수도 있었을 거 아닌가요? 그런데 왜 본국의 그것도 황제 폐하께서 아끼시는 근위 기사단의 기사들을 다치게 만들었나요? 합당한 이유를 들려줘요."

지넨은 여자라고는 상상하기도 힘들 정도의 광포한 기운을 내포하고 있는 미네르바의 눈길을 받으며, 쩔쩔 맬 수밖에 없었다. 처음에 상대가 카마리에를 꺼냈을 때 그걸 짐작했어야 하는데……. 도둑질을 하면서 내가 훔쳐갔다 하고 광고하지 않듯, 누구나 다 알고 있는 크루마의 근위 타이탄을 끌고 대담하게 드래곤 사냥을 한 후 꿀꺽할 가능성은 없었다. 거기까지 생각이 미치자 지넨의 등에는 식은땀이 흐르기 시작했다.

"저희 쪽에서 오해를 한 것 같습니다. 아무쪼록 양해를 바랍니다. 저 타이탄에 탄 기사들은 죽지 않았습니다. 물론 타이탄을 고물로 만든 것에 대해서는 사과와 함께 변상을 해 드리겠습니다."

물론 여기서 '변상'은 이루어지지 않을 가능성이 높았다. 타이탄 한 대의 가격이 술 한 병 정도의 가격이라면 몰라도…….

"좋아요. 그쪽에서 오해했다니, 어쩔 수 없군요. 하지만 외교 경로를 통해 교황(敎皇) 성하(聖下)께 엄중히 항의할 생각이에요."

"예, 그건 지당하신 의견입니다."

"좋아요. 저것들을 실어라."

"옛, 공작 전하!"

미네르바의 명령에 기사 몇 명이 배에서 하선한 후 각자의 타이탄(카마리에)을 불러낸 후, 엄청난 마나의 소모로 기절한 기사들을 꺼냈다. 그리고는 검을 뽑아 들고 솜씨 있게 고철이 된 카마리에를 토막 내기 시작했다. 그래야 화물선에 싣기 편하기 때문이다.

미네르바는 부하들이 토막 낸 카마리에의 잔해들을 화물선에 적재하는 것을 건성으로 바라보며 깊은 생각에 잠겨 있었다. 이곳으로 크루마의 화물이 이동하는 것을 알고 있는 사람은 그렇게 많지 않았다. 이번 작전을 위해 도우러를 고용해서, 일단 황실 소모품들을 구입하고, 그걸 상자에 담았다. 그런 후 그린 드래곤의 뼈 또한 상자에 담았다. 그걸 바꿔치기 한 곳은 창고였고, 창고에서 화물선에 곧장 적재된 화물은 황실 소모품이 들어있는 상자들이었다. 왜 미끼로 황실 소모품을 썼느냐 하면, 그걸 샀다는 것에 대한 정보가 상인들을 통해 널리 퍼질 것이기 때문이다. 그렇게 되면 아르곤은 당황할 것이고, 일단 아르곤 영토 내에서 소수의 정규군으로 전쟁을 벌일 수는 없었기에 조금이라도 시간을 벌려면 어쩔 수 없었다.

어쨌든 그 일은 성공했고, 저기 있는 멍청한 성기사 녀석은 완전히 갈팡질팡하고 있었다. 뭐가 진짜고, 뭐가 가짜인지 알 수 없는 상황에서, 상대국의 황실 소모품을 뒤진다는 것은 자살 행위였기 때문이다.

"출항!"

미네르바가 생각에 잠겨 있는 동안 요란한 종소리와 함께 배를 항구에 묶어 두었던 밧줄들이 풀려 나갔고, 화물선이지만 상당히 날씬하게 생긴 크루마 황실 전속 화물선은 서서히 항구를 벗어나기 시작했다. 보통 연안 화물선이 노예들의 노동력으로 움직이는 갤리선(노를 저어 움직이는 배)인데 반해, 이 화물선은 외해에서도 활동이 가능한 거대한 돛들로 움직이는 배였다. 미네르바는 더 이상 육지가 보이지 않을 정도로 멀리 나오자 생각을 정리하고 천천히 걸음을 옮기기 시작했다.

똑똑.

"예."

맑고 청아한 음성이 방문객을 반겼다. 미네르바는 조금의 망설임도 없이 선실로 들어섰다. 그곳에는 오랜 여행에 지친 아름다운 여인이 침대에 앉아 있었다. 그녀는 커다란 눈망울로 방문객을 잠시 바라본 후, 그제야 상대가 누군지 생각이 난 듯 황급히 일어나서는 정중하게 인사했다.

"공작 전하를 뵈옵니…, 컥!"

미네르바의 검이 언제 뽑혀 나왔는지 보이지도 않았다. 그 아름다운 여인이 인사를 하는 그 짧은 순간 미네르바의 검은 검집을 벗어났고, 곧 그 검은 여인의 몸속에 들어가 있었다. 오른쪽 어깨 깊숙이 검이 꽂힌 여인은 고통에 부들부들 떨면서 가련한 음성으로 말했다.

"왜, 왜……?"

눈물에 젖은 가련한 여인의 눈을 노려보면서도 미네르바의 눈은 여전히 냉랭했다. 미네르바는 얼음장 같은 어조로 말했다.

"베티 도니안 사제, 너는 아르테미스 신을 섬기는 사제라고 했지? 그렇다면 내가 하는 말을 따라 해라. 샤이하드란 신은 없다. 크로노스교는 사이비(似而非) 종교다. 오직 신은 아르테미스뿐이다. 따라 햇!"

하지만 베티는 그 말을 곧장 따라 하지 않았다. 베티의 눈에 갈등이 어리기 시작했다. 구차한 삶을 택할 것인가? 아니면 순교자(殉敎者)가 될 것인가? 하지만 그녀의 생각은 오래 이어지지 않았다. 달의 여신 아르테미스를 섬기는 사제라면 응당 미네르바의 말을 따라 했겠지만, 그것을 순간이나마 망설였다는 자체가 그녀는 아르테미스의 사제가 아니라는 말과 같았기 때문이다. 미네르바의 검은 곧장 옆으로 쭉 그어졌고, 곧 베티의 몸은 두 토막이 난 채 쓰러졌다. 미네르바는 검에 묻은 피를 털어 버린 후 검집에 천천히 꽂아 넣으며 중얼거렸다.

"역시…, 생각대로였어."

미네르바가 베티 사제의 선실에서 나간 후 선원 몇 명이 그 선실에 들어가서 시체를 들고 나왔다. 선원들은 아무런 망설임 없이 잔인하다 싶을 정도로 두 토막 난 시체를 푸른 바다 속에 던져 버렸다. 시체에서 뿜어 나오는 붉은색은 배가 지나감에 따라 생긴 흰 항적에 묻혀 사라져 갔다. 화물선은 멀리 외해로 나간 후 빙빙 돌아서, 혹시나 모를 추격자를 따돌리며 '바다'라는 드넓은 공간 속으로 사라져 갔다.

이렇게 해서 크루마는 엄청난 가치를 지닌 그린 드래곤의 뼈를 세금 한 푼 안 내고 꿀꺽해 버리는 데 성공했다. 물론 차후에 침몰한 화물선에서 나온 잘 포장된 물에 젖은 카펫이나 각종 금은 세공품 따위를 보고, 아르곤은 크루마가 드래곤 본을 털도 안 뽑고 꿀꺽했다는 것을 알고 광분했지만 어쩔 수 없었다. 일단 아르곤과 크루마는 인접한 국가도 아니었고, 서로의 국력은 거의 대등한 상태. 전쟁을 벌일 수는 없었다.

물론 아르곤의 기사단 1개가 괴멸에 가까운 타격을 입었기에 크루마로서도 맨입으로 사건을 무마할 수는 없었다. 크루마는 이를 무마하기 위해 눈물을 머금고, 이번 일을 묵인해 준다면 카마리에에 들어가는 엑스시온 30개를 5년 내에 아르곤에 비교적 저렴한 가격으로 판매하겠다는 제의를 했다. 1.5라는 고출력 엑스시온을 판매하는 나라는 없었기에, 아르곤은 그 제의를 받아들였다.

그들도 이번 전투를 통해 신앙만으로 해결되지 않는 부분이 있다는 것을 깨달았던 것이다. 아르곤이 자랑하는 성기사단의 타이탄은 너무 구형이었고, 아르곤의 미래를 위해서는 신형의 고출력 타이탄이 많이 필요했다. 그 사건을 계기로 아르곤은 대대적으로 타이탄을 신형으로 교체하기 시작했다.

일종의 속임수

"추격 중지!"

제임스의 외침에 안티고네를 추격하여 달려가던 흑기사들이 멈춰 섰다. 제임스는 상대방의 저 강력한 타이탄들 중 한 대라도 박살 내서 본국으로 끌고 가는 것이 좋지 않을까 잠시 갈등했다. 비록 파괴된 엑스시온일망정 그걸 가지고 가면 코린트 제국이 자랑하는 대마법사 그라세리안 코타스가 저 신형 타이탄의 비밀을 하나하나 밝혀낼 수 있을 것이다. 엑스시온에 새겨진 각종 주문은 더없이 중요한 자료들 중의 하나이니까 말이다. 물론 그걸 보자고 멀쩡하게 살아 있는 타이탄을 죽여서 분해할 수도 없는 노릇이니 그가 좋아할 것은 당연했다.

하지만 제임스에게는 적국 신형 타이탄의 포획이 아닌, 드래곤 본의 포획이라는 명령이 먼저 떨어져 있었다. 그렇기에 그는 우선적으로 침몰한 화물선에서 드래곤 본을 꺼내 본국으로 수송해야 하는 막중한 임무가 우선이었다.

"끌어 올려라."

제임스의 지시를 받은 흑기사 한 대가 방패와 검을 놔둔 채 운하 속으로 뛰어들었다. 엄청난 물보라를 일으키며 흑기사는 물속으로 자취를 감췄다. 물론 타이탄은 육중한 무게 덕분에 헤엄치는 것이 아니라 물속을 걸어 다닐 수밖에 없었다. 타이탄의 조종석은 방수가 되는 구조가 아니었지만, 그래도 조종자가 물속에서 버틸 수 있는 순간까지는 상관없었다. 보통 사람이 죽자고 물속에서 호흡을 멈춘다면 3분 정도밖에 못 버티지만, 그래듀에이트급에 이르는 무술의 고수는 3분이 아니라 10분 이상이라도 버틸 수 있었다. 약 8분 정도가 지나고 나자 흑기사는 화물이 들어 있는 상자 몇 개를 가지고 나왔다.

"흐흐흐흐, 이제 드래곤 본은 본국의 것이군."

제임스는 음흉한 미소를 지으며 흑기사가 내려놓은 상자 몇 개를 지켜봤다. 이윽고 부하 한 명이 검을 꺼내서는 상자를 열었다. 잔뜩 기대감 어린 표정으로 상자 안을 들여다본 제임스의 얼굴은 똥색으로 바뀌어 버렸다.

"이, 이게 뭐야?"

그 속에는 물에 잔뜩 젖은 지푸라기로 조심스럽게 감싼 도자기 몇 개가 들어 있을 뿐이었다. 다른 상자들도 마찬가지였다. 제임스와 마찬가지로 자신의 타이탄을 공간 저편으로 보내 버린 까미유가 다가오더니 상자 속을 훑어보았다.

"화물선은 내륙 항해용 중형(中形) 선박이야. 150톤의 화물은 실을 수 있는 놈이었지. 드래곤 본은 제아무리 무거워 봐야 대형 마차 일곱 대로 옮길 수 있을 정도로 가벼워. 그 배에는 드래곤 본 외에도 많은 화물들이 들어 있다는 말이야. 배를 아예 꺼내서 보는 게 빠를 거야."

"자네 말도 일리는 있군. 이봐! 죠드!"

그러자 뒤에서 껄끄러운 노마법사의 목소리가 대답했다.

"예, 후작 각하."

"저 화물선을 꺼낼 수 있나?"

"화물선을 꺼내기는 힘듭니다. 화물선의 전체 무게는 3백 톤이 넘습니다. 설혹 그게 두 토막이 나 있다고 해도 제 능력으로는 들어 올리기가 힘듭니다. 저와 동급의 마법사가 두 명 더 있다면 양방향에서 물을 막고 토네이도(Tornado)를 사용해 물을 퍼낼 수 있겠지만, 그 모든 마법을 6사이클급 마법사 한 사람이 한 군데씩 맡아도 벅찬 작업이죠. 코타스 공작 전하라면 모르겠지만……."

"하기야, 운하를 막고 물을 뺀다는 게 누구 말대로 쉬운 거라면 마법사가 이 세상을 지배했겠지. 어떻게 한다?"

제임스는 죠드의 말을 되새기며 생각에 잠긴 채 무의식중에 고개를 끄덕였다. 하지만 그의 의문에 까미유는 별로 생각해 보지도 않고 곧장 답했다. 마법으로 안 된다면 물리적인 힘으로 해결하면 되니까 말이다.

"끌어당기면 되지. 밧줄 하나 구해다가 토막 난 선체를 묶은 후 타이탄들로 그 줄을 당기는 거야. 간단하게 들어낼 수 있지."

노마법사는 까미유의 말이 끝나기도 전에 제임스의 지시를 기다리지도 않고 비행 마법을 사용해서 어디론가 날아갔다. 노마법사는 거의 해질 무렵이 되어서야 굵직한 밧줄이 가득 실린 마차 한 대를 끌고 돌아왔다. 노마법사가 돌아왔을 때 모든 일행들이 운하 옆에 모여 저녁 식사를 하고 있었다. 일을 벌이기에는 시간이 너무 늦어 버렸기에, 어쩔 수 없이 일은 다음 날 아침에 다시 시작해야 했다.

다음 날 침몰된 화물선을 끌어 올렸지만, 아무리 뒤져도 드래곤 본은커녕, 비룡(飛龍)이라고 불리며 드래곤 사촌쯤으로 취급되는 와이번 뼛조각조차도 나오지 않았다. 그제야 자신들이 완전히 상대방에게 농락당했다는 것을 알고 제임스는 신경질이 머리끝까지 치밀어 올라 기껏 끌어 올린 화물선을 운하 속에 다시 처넣어 버렸다.

"젠장할! 지원까지 받고도 아무런 성과 없이 돌아가야 하다니……. 으윽! 아버지 얼굴을 어떻게 보지?"

뒷일을 상상하며 새파랗게 질려 있는 제임스의 어깨를 부드럽게 툭툭 두들기며 까미유가 능청을 떨었다.

"걱정하지 마. 공작 전하께서 신경질 나 봐야 별일 있었냐? 한 번씩 실수할 때마다 외출 금지에 수련이었잖아? 뭐, 매번 실수할 때마다 일주일씩 그 기간이 늘었으니까, 아마 이번에는 5주일의 수련이겠지. 나야 자네가 부럽다네. 모든 코린트의 젊은이가 꿈에도 그리는 공작 전하와의 비무도 매일 하고 말이야. 이번 수련이 끝나면 또다시 더 높은 경지로 올라가겠군."

하지만 그것은 말이 좋아 비무였고, 실상은 그렇지 못했다. 수준이 비슷해야 비무가 되는 것이고, 또 서로 간에 어느 정도 양보를 해 줘야 비무가 될 것이 아닌가? 게다가 상대는 아버지인 관계로 이쪽은 공격을 하는 데 문제가 있었고, 저쪽은 아들이면서 하급자니까 사정 안 보고 몽둥이질을 한다. 거기다가 그 아버지란 양반은 아마도 세계 최고의 검객이 아닐까 생각되는 인물이다. 그렇다 보니 이건 비무가 아니라 그야말로 개 맞듯 매일 두들겨 맞아야만 했다. 까미유도 그걸 잘 알고 있었기에, 짐짓 위로하는 척하면서 제임스를 놀렸던 것이다.

까미유의 말에 제임스의 안색이 더욱 핼쑥해졌다. 생각하기도 싫은 비무 장면이 기억났던 것이다. 무려 5주일 동안이나 화풀이 대상이 되어 주어야 하는 것이다. 5주일, 35일…, 840시간…, 5만 4백 분…….

"제기랄! 그게 부러우면 네 녀석이 대신 햇!"

제임스의 말에 까미유는 짐짓 몸서리쳐진다는 듯한 행동을 과장해서 표현하며 느글느글하게 말했다.

"무슨 그런 끔찍한 악담을……. 자네니까 그걸 견디지, 보통 사람이면 일주일도 못 버티고 자살할걸? 더군다나 자네도 알다시피 나는 아주 섬세한 사람이라구. 그건 그렇고 자네한테 만회할 기회가 있지."

그 말에 제임스는 솔깃해서 물었다.

"뭔데?"

까미유는 턱으로 슬쩍 운하 옆 바위 위에 앉아서 나른한 듯 하품을 하고 있는 소녀를 가리켰다.

"저 애는 대단한 실력자야. 정령술에 있어 꽤나 높은 실력과 함께 가능성까지 가진 아이지. 또 상당한 실력의 검술까지 익히고 있어. 저 아이를 납치해 간다면 인재를 아끼시는 공작 전하께서 꽤나 흡족하게 생각하실걸? 그런 후 공작의 기분이 좋을 때, 이번 사건에 대해 말하고 크루마의 처분에 대해 말씀드리는 것이 자네 장수에 도움이 되겠지. 어때?"

하지만 제임스는 까미유의 말을 믿을 수가 없었다. 사실상 다크의 마법이라고는 풀 위를 걸어 다닌 것 외에는 본 게 없으니 당연했다. 비행 마법을 이용해서 몸을 가볍게 한 후 풀 위를 걸어 다니는 척하는 거야 별로 고난이도의 기술이 아니었다. 또 마법사라면 뷰 마나 포스 정도의 마법으로 상대의 위치를 잡아내는 것도 매우 쉬울 것이다. 그렇기에 못 믿겠다는 듯이 제임스는 시큰둥한 어조로 말했다.

"정말 그 정도로 대단해?"

"정말이라니까. 지레느의 말로는 잘만 교육시키면 정령왕의 힘까지 사용할 수 있을 거라고 하더군."

"정령왕이라고? 그럼 마법으로 치면 어느 정도야?"

"놀라지 마. 무려 7사이클이야. 그것도 정령 마법의 특성상 주문 없이 7사이클이라구. 1백만 기간트라급의 위력이지. 물론 지금은 그 정도가 아니지만 말이야."

"좋아, 한번 해 보자구."

까미유와 제임스는 머리를 맞대고는 소녀를 어떻게 유괴(?)할 것인지 머리를 쥐어짜기 시작했다. 물론 뒤통수 한 대 때린 후 기절시켜서 운반하는 것이 가장 쉬운 방법이었지만, 납치만 하고 끝낼 것이 아니라 코린트 제국의 정령술사로서 포섭할 것이기에 어린 소녀에게 그런 무식한 방법을 동원할 수는 없었다. 첫인상이 좋아야 그다음 일도 부드럽게 진행될 것이 아닌가?

한참 의논을 한 후 그들은 미끼를 동원해서 제 발로 찾아들게 만드는 것이 가장 좋겠다고 입을 맞췄다. 만약 말을 안 듣는다면 마법으로 잠재우든지, 그도 안 된다면 최후에 무력(武力)을 동원하기로 했다. 또 상대가 정령술사이기에 시동어를 외울 시간을 주지 말아야 하므로, 그들은 함께 천천히 소녀에게 걸어갔다. 소녀를 꾀기로 한 제임스는 소녀의 앞에서 말을 걸고 까미유는 슬쩍 소녀의 뒤쪽에 위치했다. 협상 결렬과 동시에 주문이고 뭐고 외울 시간 여유를 주지 않고 기절시킬 생각으로 말이다.

"다크?"

"왜?"

"혹시 코린트 제국에 가 보실 생각은 없습니까? 전에 보니까 드래곤에 꽤 흥미가 있으신 모양이던데, 코린트에도 드래곤은 많이 살고 있습니다. 지금까지 알려지기로는 열 마리 정도 살고 있죠. 아마도 더 많은 드래곤이 살고 있을 겁니다. 또 마법사시니까 마법에도 꽤 흥미가 있으실 겁니다. 저희 코린트에는 자타가 공인하는 최고의 대마법사 그라세리안 코타스 공작께서 살고 계십니다. 그분께 마법을 배우실 수 있는 영광된 자리를 주선해 드릴 수도 있습니다. 그리고 코린트에는 아주 경치 좋은 곳도 많고 볼거리도 많습니다. 오랜 역사와 전통을 자랑하는 강대한 제국이기 때문이죠. 또 오는 길에 보니까 술도 즐기시는 모양이던데, 코린트의 특산품인 '칼레온'은 독하면서도 그윽하고 깊은 향기를 지녀 많은 사랑을 받는 술입니다. 절대 코린트를 여행하신 것에 대해 후회하지 않으실 겁니다. 어떻습니까?"

며칠 함께 여행하면서 제법 상대의 취향을 파악하고 있던 제임스의 말은 꽤나 다크의 귀를 솔깃하게 만들었다. 드래곤, 마법, 술, 거기다가 새로운 볼거리. 다크가 어느 정도 제임스의 말에 흥미를 가지는 듯한 눈치를 보이자 제임스는 더욱 신이 나서 떠들었다.

"거기에다가 황도(皇都)인 코린티아 시가지(市街地) 주위를 흐르는 도나우강에서 잡히는 민물고기 요리는 매우 유명합니다. 송어, 잉어, 메기 등을 주로 이용하는데, 특히 송어 요리는 모든 여행객들이 즐기는 최고급 요리지요. 거기에 크로나사 지방에서 생산되는 백포도주까지 곁들이면 정말 입에서 살살 녹습니다."

제임스는 교활하게도 배 인양 작업이 다 끝나고 점심때가 다 되어간다는 점까지 이용해서 음식 얘기로 말을 마쳤다. 안 그래도 배가 슬슬 고파오는 형편에 맛있는 음식 얘기까지 들으면 솔깃하지 않을 사람이 누가 있겠는가?

"흐음, 하지만 코린트는 너무 멀잖아?"

"아닙니다. 가져갈 화물도 없으니 바로 마법진을 그려서 공간 이동을 하면 됩니다. 시간도 얼마 안 걸리죠. 점심 식사는 백포도주로 찐 맛있는 송어찜을 드실 수 있을 겁니다. 그리고 식후에는 코린티아 시내에 있는 많은 볼거리들을 구경하실 수도 있을 거구요."

바로 갈 수 있다는 것에 적잖이 마음이 움직인 소녀는 옆에서 지미나 라빈이 제지하기도 전에 승낙하고야 말았다.

"좋아, 코린트에 가기로 하지."

소녀의 말이 떨어지자마자 지미와 라빈이 약속이나 한 듯 동시에 외쳤다.

"안 됩니다!"

한쪽에 쭈그리고 앉아 있던 파이어해머도 한마디 덧붙였다.

"나도 그 악의 제국에 갈 생각은 없소."

파이어해머는 반쯤은 포로나 다름없는 형편이었기에 스리슬쩍 벗어날 방도만 궁리하던 중이었는데, 코린트로 간다면 재수 없으면 사형까지 당할 가능성이 있었다. 소녀는 자신의 의견에 반대하는 이들을 쭉 훑어본 후, 마지막으로 침묵을 지키고 있는 파시르까지 슬쩍 바라보고는 딱딱한 어조로 말했다.

"내가 간다고 했으면 가는 거야."

소녀의 말에 파이어해머는 하마터면 욕설을 퍼부을 뻔했다. 이런 멍청하고, 저 잘난 맛에 사는 어린 계집하고 같이 있다는 것 자체가 신의 저주였다. 자신은 거의 포로나 다름없으니 거기 가서 재수 없으면 사형당할 가능성이 다분했다. 저들이 소녀를 왜 데려가려고 하는지는 잘 이해가 가지 않았지만, 그녀 외의 인물들도 거기에서 환영받을 가능성은 별로 없었다.

코린트 일당의 우두머리로 보이는 저 두 명이 꽤나 관심을 가지고 있는 사람은 소녀 한 명뿐이었기 때문이다. 하지만 파이어해머의 의견은 묵살되었고, 소녀가 한 번 결론을 내리자 반대하던 두 수련 기사들은 입을 다물었다. 파시르야 처음부터 조용했으니 어쨌거나 싫든 좋든 코린트행은 결정되고 말았다.

제임스가 손짓을 하자 노마법사는 재빨리 거대한 이동용 마법진을 그리기 시작했다. 물론 손으로 그린 것이 아니라 품속에서 꺼낸 작은 병 속에 들어 있던 하얀 가루를 조금씩 뿌리면서 마법진을 그리는 방법을 사용한 것이었다. 이런 식으로 마법진을 그리면 바람 한 번 불고나면 마법진이 완전히 없어지므로, 추격자가 있다손 치더라도 이들의 행방을 알아내기는 거의 불가능했기에 마법사들 간에 상당히 애용되는 방법이었다. 마법진이 완성된 후 그들은 모두 마법진 위에 올라섰고, 곧이어 뿌연 광채를 흘리면서 사라져 버렸다.

일행이 공간 이동 마법을 사용한 그곳에 하루쯤 지난 후 또다시 손님들이 찾아들었다. 손님들의 숫자는 여섯 명. 그들 중에는 익히 잘 알고 있던 미카엘, 팔시온이 포함되어 있었고, 또 한 명 아르티어스 어르신도 끼어 있었다.

선두에 서서 여기저기를 관찰하고 있는 기사는 40대 중반쯤으로, 탄탄한 근육질의 몸매를 자랑하는 갈색 머리카락을 어깨까지 기른 노련해 보이는 인물이었다. 그는 뒤늦게 일행에 합류한 아르티어스에게 공손하게 말했다. 상대는 황제 폐하의 전폭적인 신임을 받고 있는 토지에르 공의 친필 서한을 가지고 있는 인물이었다. 거기에다가 그가 여태껏 함께 여행하면서 보통 실력이 넘는 대단한 마법사라는 것을 눈으로 확인했기에 절대로 경시할 수 없었다.

"여기서 흔적이 끊겼습니다."

아르티어스는 팔짱을 낀 채 지면에 여기저기 수놓인 타이탄의 거대한 발자국들을 보았다.

"이건 또 뭐야? 여기서 뭔가 크게 한바탕한 모양이군."

그 기사는 재빨리 지면에 패여 있는 거대한 타이탄의 발자국들을 주의 깊게 살펴보았다.

"예, 상당수의 타이탄이 여기서 싸웠습니다. 원체 발자국이 어지러워 몇 대나 동원되었는지 확실하지는 않지만 세 종류의 타이탄이 싸웠습니다. 두 종류는 코린트 제국의 것이고 한 종류는 크루마 제국의 것입니다."

기사의 말에 아르티어스는 약간 감탄했다는 듯 말했다.

"호, 자네 안목이 대단하군. 마법도 쓰지 않고 어떻게 알았나?"

아르티어스의 질문에 기사는 여기저기 찍힌 거대한 발자국들을 가리키며 공손하게 대답했다.

"예, 마법을 쓴다면 더 확실하게 알 수 있겠지만, 저 발자국은 분명히 코린트에서 사용하는 타이탄들의 발 모양입니다. 또 저 발자국들을 유심하게 살피면 각 타이탄들이 사용한 검법의 검형(劍形)을 알 수 있죠. 저 발자국으로 보건대, 코린트 정규 기사단에서 교육하는 코린티아 검법입니다. 코린티아 검법은 코린트의 3대 무가(武家)라고 할 수 있는 발렌시아드가, 로체스터가, 크로데인가의 검법을 합쳐서 만든 것이죠. 이 발자국들의 깊이 등을 봤을 때 타이탄들의 무게는 1백 톤이 약간 넘는 정도. 그렇다면 결론은 코린트의 근위 타이탄인 흑기사입니다.

또 저쪽에 찍힌 발자국은 1백 톤 내외로 추측되는데, 흑기사는 아닙니다. 왜냐하면 발자국 모양이 코린트 타이탄의 모양이 아닌데다가 흑기사보다 조금 더 가볍습니다. 이 두 대는 다른 흑기사들과 실력 차이가 상당합니다. 한쪽은 정통적인 발렌시아드가의 검법을, 한쪽은 크로데인가의 검법을 사용하고 있죠. 모두들 자신의 실력을 십분 발휘한 덕분에 그들의 검법이 완전히 드러나 있는 겁니다. 그만큼 그들의 상대가 강했다는 말이 되겠지만 말입니다.

상대 타이탄의 발자국 모양은 상당히 특이해서 국적을 알아볼 수 없지만, 그 무게는 110톤 정도. 대단히 무거운 타이탄입니다. 이쪽은 크루마 기사단이 사용하는 크루지에 검법을 사용했습니다만, 저쪽에 발자국이 찍혀 있는 한 대는 정말 대단한 실력입니다. 크루마 쪽의 검법에 대해서는 저희들이 그렇게 깊게 조사하지 못했기에 어느 가문의 검법인지까지는 확실히 알 수 없지만 크루지에 검법은 아닙니다. 아마도 크루마의 이름 있는 명가(名家)의 검객인 모양입니다."

"호, 발자국만으로도 그토록 많은 걸 알아내다니 대단하군. 그래 그들이 어디로 갔는지는 알 수 있나?"

"상당히 대단한 격투가 벌어진 모양이지만 쌍방 간의 타이탄 손실은 없었습니다. 크루마의 타이탄들은 저쪽으로 도망쳤습니다. 그리고 남은 코린트의 인물들과 로니에르 공작 전하께서는 이쪽에서 공간 이동을 하신 것 같습니다. 어디로 갔는지는 알 수 없구요. 아마도 코린트로 갔을 것으로 추측됩니다."

"젠장! 거의 다 따라잡았다고 생각했더니……. 코린트 쪽은 좌표를 모르니까 공간 이동을 할 수가 없잖아!"

아르티어스가 투덜거리자 그의 뒤편에 서 있던 50대 중반쯤으로 보이는 날카로운 인상의 마법사가 공손하게 대답했다. 아르티어스는 마법으로 자신의 모든 기척을 숨기고 있었기에 마법사는 상대가 드래곤이라는 걸 몰랐지만, 아르티어스가 한 번씩 보여 주는 마법으로 그가 자신보다는 훨씬 윗줄의 마법사라는 것을 충분히 인식하고 있었다.

"코린트 쪽은 철저하게 조사가 되어 있습니다. 코린트의 워프 좌표도는 여기 있습니다."

마법사는 품속에서 두툼한 책자를 하나 꺼내서는 아르티어스에게 건넸다. 아르티어스는 그걸 받아 들고 뒤적뒤적 대충 훑어봤다.

"자네는 어디로 공간 이동하는 게 좋을 것 같나?"

"일단 상대는 흑기사를 사용하는 근위 기사단입니다. 그렇다면 코린트의 수도인 코린티아시로 갔겠죠. 코린티아시 가깝게 워프하면 발각될 수 있으니, 적당하게 거리를 두어야 그쪽에서 눈치 채지 못할 겁니다. 거기다가 도나우강이 근처에 흐르니까, 이쯤에 워프하는 것이 좋을 것 같습니다."

마법사가 책자 위에 가리킨 곳은 코린티아시에서 50킬로미터쯤 떨어진 도나우강 위였다.

드래곤의 유희

 30대 중반쯤으로 보이는 정식 궁정 마법사 복장을 한 인물은 화려하고 거대한 문을 열고 실내로 들어섰다. 방 안은 매우 화려하게 장식이 되어 있었다. 하지만 방 안에는 아무도 없었다. 마법사는 망설이지 않고 곧장 방의 한쪽 구석에 있는 문을 열고 들어섰다. 곧이어 마법사는 환한 햇빛 때문에 눈을 찌푸리지 않을 수 없었다. 그 문은 발코니로 연결되는 문이었다.
 발코니는 거대한 시가지가 한눈에 내려다보이는 대단히 경치가 좋은 곳이었다. 넓은 발코니 위에는 널찍한 테이블이 놓여져 있었고, 네 명의 젊은이들이 간편한 복장을 하고 차를 마시며 담소를 나누고 있었다. 마법사는 약간의 시간이 지나 자신의 눈이 빛에 적응이 되자 곧장 발코니를 가로질러 갔다. 마법사는 그 사람들 중에서 한 인물에게 공손하게 말했다. 그 인물은 간편한 복장을 하고 있었고, 겨우 20대 후반 정도로 보이는 젊은이였다.
"대공 전하, 후작 각하의 중간보고가 있었사옵니다."
대공 전하라 불린 그 인물은 자신의 탐스러운 긴 금발머리를 살짝 뒤로 넘겼다.
"보고하라."
"예."
마법사는 즉시 자신이 가져온 큼직한 수정구(水晶球)를 테이블 위에 올린 후 주문을 외웠고, 곧 수정구 안에는 은백색, 적색 그리고 금색이 화려하게 칠해진 타이탄이 모습을 드러냈다.
"후작 각하의 보고로는 이것이 크루마의 신형 타이탄이라고 하옵니다. 무게는 거의 110톤 정도이옵고, 헬 프로네의 엑스시온을 사용한 것이 아닌가 추측될 정도로 엄청난 파워를 지니고 있다고 하옵니다."
"헬 프로네인가?"
대공이라 불린 자가 중얼거리자, 그의 앞에 앉아 있던 한 인물이 끼어들었다.
"크루마라면 헬 프로네의 엑스시온쯤이야 만들어 낼 수도 있겠지. 그래서 전투의 결과는?"
"예, 상대 타이탄 일곱 대와 본국의 흑기사 다섯 대, 적기사 두 대의 격투 결과 적들은 도주했다고 하옵니다. 상대방에 루엔 공작으로 추측되는 마스터급의 검객이 있었던 관계로 적 타이탄의 포획은 불가능했다고 하옵니다. 대신 그들이 운반 중인 화물선은 포획했으니, 인양 후 드래곤 본의 분량을 알아본 후 차후에 보고하겠다고 하셨사옵니다."

"좋아, 잘되었군. 좋은 소식이야. 자네는 가 보게나."

"옛! 대공 전하."

마법사가 문을 열고 사라지자 대공이라 불린 젊은이는 느긋한 어조로 입을 열었다.

"감히 크루마 놈들이 본국에 도전할 생각을 품고 있는 모양이군. 까뮤 자네는 어떻게 하는 게 좋겠나?"

역시 30대 초반 정도로 보이는 까뮤라는 젊은이는 피식 미소를 지으며 대꾸했다. 바로 이 젊은이가 까뮤 드 로체스터 공작으로, 외부에 알려지기로는 코린트의 세 명뿐인 마스터들 중 한 사람이었다.

"어차피 나중에는 키에리, 자네의 뜻대로 할 텐데 왜 물어 보나?"

이죽거리는 까뮤의 말에 키에리 발렌시아드 대공은 당치도 않다는 듯 대꾸했다. 왜냐하면 이 네 명, 현재 코린트를 이끌어 나가는 네 개의 기둥인 이들은 젊었을 때 모두 함께 무예 수업을 하며 오랜 친분을 쌓은 친우들이었다.

"무슨 당치 않은 말을 하는 거야? 내가 자네들의 뜻을 어기고 독선적으로 행동한 적이 한 번이라도 있었나? 자, 모두들 의견을 말해 보게."

"흠, 나는 가급적이면 녀석들이 커지기 전에 박살 내는 편이 더 좋을 것 같아. 녀석들이 드래곤 본을 획득하기 위해 무리수까지 쓰는 것을 보면 신형 타이탄은 몇 대 없을 거야. 있다고 해 봐야 10대 안팎. 그것들이 흑기사보다 강하다고는 해도 30대나 되는 흑기사 전부를 상대할 수는 없겠지. 어차피 드래곤 본은 우리가 빼앗았으니, 녀석들은 신형 타이탄 생산에 들어가는 자금을 마련하는 데 상당한 압박을 받을 게 분명해. 본국이 이 정도나 되는 흑기사를 마련하는 데는 크라레스 제국 침략이 커다란 공헌을 했지 않았나? 크라레스 침략 때 세 대도 안 되던 흑기사가 이제는 30대나 될 정도니까 말이야. 그러고도 돈이 남아서 백기사를 만들었고 말이지. 또 이번에 만든 적기사의 경우 전 대륙에서 적을 찾기 힘든 타이탄이 잖아? 지금 공격한다면 별 피해 없이 녀석들을 멸망시킬 수 있을 거야."

까뮤의 옆에 앉아서 그의 말을 듣고 있던 상큼한 인상의 여자가 까뮤의 말이 끝나기가 무섭게 입을 열었다. 그녀는 흑발을 길게 기른 30대 초반의 여자였는데, 그렇게 미인이라고 할 수는 없었지만 상당한 위엄이 느껴지는 특이한 인상이었다.

"까뮤의 말도 일리는 있지만, 나는 전쟁은 반대야. 사신을 파견하든지 해서 천천히 외교적으로 압력을 가해 그들이 가진 헬 프로네의 엑스시온 설계도를 뺏고, 더 이상 그것을 생산하지 않겠다는 확답을 받아 내기만 하면 돼. 그들은 힘에서 밀리니까 어쩔 수 없이 이쪽의 제안에 따르리라고 생각해."

하지만 까뮤는 그 여자의 의견이 마음에 안 드는지 곧장 대꾸해 왔다.

"리사, 무슨 말을 하는 거야? 그런 식으로 설계도 한 장 뺏고 군비 증강을 하지 않겠다는 약속 따위 얻어 내는 것이 무슨 가치가 있다는 거지? 설계도 따위 얼마든지 복사본을 만들 수 있다구."

리사 드 크로데인 후작 부인. 그녀는 크로데인가를 대표하는 검객이었지만 사실 그녀는 크로데인 가문의 사람이 아니었다. 그녀는 젊은 나이에 크로데인 가문에서 검술 수업을 쌓았고, 코린트에서 여자로서는 유일하게 마스터의 위치를 차지했다.

그녀의 남편은 이제 고인이 되어 버린 쟈크 드 크로데인 후작이었다. 전통적인 검가에서 태어나 갖은 구박을 받으면서도 마법사의 길을 택한 그는 겨우 5사이클 정도밖에 안 되는 마법사였다. 하지만 뛰어난 실력의 음유 시인이었던 그의 구애의 노래 한 방에 이성을 상실한 그녀는 그와 결혼했다.

그 덕분에 크로데인 가문은 중간에 맥이 단절되었음에도 불구하고 여전히 코린트 3대 무가의 명맥을 유지할 수 있었다. 그리고 그녀의 아들인 까미유 드 크로데인이 그녀의 바람대로 우수한 검객으로 자라나 주었기에, 크로데인 가문의 앞날은 상당히 밝았다.

"우리가 드래곤 본을 확보한 이상, 그들은 우리의 적이 될 수 없어. 그 드래곤 본으로 적기사급 엑스시온을 만들어 새로운 전쟁용 타이탄을 대량 생산한다면, 그들도 무리한 군비 확장의 꿈을 버릴 거야. 이봐, 그라세리안. 사실상 획기적인 새로운 핵(核)이 개발되지 않고서는 현재 출력 2.3이 최고잖아? 우리는 그걸 개발해 냈고 말이야. 그런데 왜 까뮤는 타국에 대해 그렇게 신경을 곤두세우는 거지?"

리사의 말에 한쪽 구석에 앉아 있던, 20대 초반 정도로밖에 안 되어 보이는 미녀가 답했다. 하지만 그 미녀의 목소리는 매우 굵직했다. 왜냐하면 그는 미녀가 아니라 황당할 정도로 아름다운 미남이었기 때문이다. 그는 검은색 머리카락을 허리까지 기른 엘프만큼이나 잘생긴 미남이었는데, 엘프는 결코 아니었다. 바로 그가 그라세리안 코타스로 코린트 제국 최고의 대마도사였다.

"리사의 말이 맞아. 루비를 핵으로 삼았을 때 엑스시온 출력의 한계는 2.3이야. 더 이상 출력을 내려고 했다가는 엑스시온의 출력이 대단히 불안정해지고, 곧이어 폭주하기 시작, 대 폭발로 이어지지. 핑크 다이아몬드도 써 봤는데, 그건 효과가 괜찮더군. 하지만 그것도 2.5 이상은 무리였어. 핑크 다이아몬드는 구하기가 어려우니까 엄청난 양을 집어넣어야 하는 엑스시온의 핵으로 쓰기에는 무리가 있지.

지금 본국의 엑스시온 제작 기술은 그 어떤 나라보다 앞서 있다고 자신 있게 말할 수 있어. 그들이 2.2짜리 엑스시온을 생산한다고 하지만, 그건 헬 프로네의 설계도대로 만든 것뿐이야. 설계도만 뺏는다면 그들은 더 이상 그걸 생산할 능력이 없을 거야. 그 정도 실력자도 없을 거고 말이야. 그리고 나도 쓸모없는 전쟁은 반대야. 될 수 있다면 평화롭게 해결하는 것이 좋다고 보네. 드래곤 본을 판 돈으로 출력 2.3짜리 신형 전투용 타이탄을 한 30대 정도 더 만들 수 있을 테니 더 이상 크루마가 본국을 넘볼 수는 없을 거야."

그라세리안의 말을 다 듣고 난 키에리가 입을 열었다.

"자네의 의견도 그럴듯하군. 하지만 크루마에는 두 명의 대마법사가 있어. 둘 다 엘프지. 과거 엘프들이 모여 골든 나이트를 만든 것을 모르나? 엘프들은 그 나름대로 대단한 기술이 있어. 그 엘프들이 우글거리는 곳이 크루마지. 아마도 크루마는 엘프들의 힘을 믿고 까부는 모양인데, 한번 맛을 보이는 편이 좋지 않을까?"

키에리의 말에 리사가 반박했다.

"무력을 쓰지 않고도 충분히 해결할 수 있는데, 왜 꼭 무력을 쓰려고 하지? 설혹 그들이 대폭적으로 군비 증강을 했다고 하더라도 우리나라는 그렇게 약하지 않아. 왜 그렇게 과민 반응을 보이는 거야? 너도 벌써 피 냄새에 찌들어 버렸니?"

리사의 말투가 점차적으로 고음이 되기 시작하자, 키에리는 이쯤에서 회의를 마치는 편이 좋겠다고 생각했다. 동지들끼리 싸워 봐야 하나도 좋을 게 없었다.

"자자, 오늘 회의는 이걸로 마치기로 하지. 나중에 아들 녀석이 돌아온 후 다시 의논해 보자구. 그때쯤이면 모두들 생각이 정리될 테니까 말이야."

"좋아."

그라세리안은 동료들이 발코니를 떠나는 것을 씁쓸한 표정으로 바라봤다. 60년쯤 전 자신이 좋아하는 이 세 명의 동료들을 자신의 레어 근처에서 만났다. 처음에는 웬 간 큰 놈들인가 싶어서 그냥 가지고 놀다가 간식(?)으로 삼을 예정이었는데, 그들의 순수한 열정과 발랄한 패기에 어느덧 마음이 이끌려 여기까지 오게 된 것이다. 그라세리안은 발코니 옆의 난간에 기대어 쏟아지는 밝은 햇살에 빛나고 있는 코린티아 시가지를 바라보며 빙긋 미소 지었다.

"나의 짧은 유희(遊戲)의 결과치고는 제법 근사하군. 그들이 가지고 있던 처음의 그 순수한 열정과 발랄한 패기는 어디로 갔을까? 인간이란 동물들은 짧은 시간 동안에 너무나도 많이 변하는군. 탐욕……. 내가 원한 것은 이런 것이 아니었는데 말이야. 나도 이제 내 보금자리로 돌아가는 것이 좋을 것 같군. 그런데, 응?"

그라세리안은 낮은 목소리로 중얼거리다가 시가지의 한쪽 구석을 흥미롭다는 듯 바라봤다. 희미하지만 그곳에서 용언의 힘이 느껴지고 있었기 때문이다.

"나처럼 짧은 유희를 즐기는 녀석인가? 저 녀석은 좀 더 나은 결과를 얻으면 좋을 텐데 말이야. 크크크……."
시가지의 한 부분을 쳐다보며 슬며시 웃음 짓는 그라세리안이었다.

소녀는 우아한 모습으로 냅킨을 들어 입술을 닦은 후 백포도주 잔을 들어 입가심을 했다. 소녀의 생김새 자체가 원체 아름다운 데다가 행동 하나하나가 꽤나 우아했기에 모두들 실소를 머금을 수밖에 없었다.
"으음, 아주 맛있는 점심 식사였어. 나는 원래 소식주의자(小食主義者)인데……. 오늘은 조금 과식을 했군."
소녀의 말에 일행은 물론이고 그녀의 말을 들을 수 있는 범위에 있는 사람들은 모두들 현기증이 난다는 듯한 표정을 지었다. 저렇게 뻔뻔스레 내숭을 떨다니.
웬만한 대식가인 남자라도 두 마리면 식사 끝인데, 송어찜 두 마리, 송어구이 한 마리, 메기찜 한 마리, 메기구이 한 마리에 디저트로 수플레를 세 개나 퍼 먹은 후, 반주로 백포도주 한 병 반을 마셨다. 도대체가 그 많은 음식들이 어디로 사라졌는지 불가사의한 일이었지만, 그녀가 먹는 걸 보고 있는 사람들의 뱃속이 다 느글거릴 정도였으니 더 이상 말이 필요할까? 그런데도 한다는 말이 조금 과식했다니, 말이 되느냔 말이다.
"저, 이제 식사는 끝내신 모양인데, 어디로 가실 건가요?"
"볼거리를 제공한다고 했잖아? 당연히 그걸 보러 가야지."
"예, 우리나라는 살기가 매우 좋은 곳이죠. 따라오십시오. 그리고 너희들은 저 녀석을 데리고 돌아가라."

제임스가 턱으로 슬쩍 가리킨 인물은 드워프였다. 드워프는 매우 쓸모 있는 존재였기에 여기까지 데려왔으니 그냥 놔둘 리 없었다. 아마 여기서 끌려간다면 죽을 때까지 노예로서 피땀 흘려 각종 장신구나 무기들을 만들어야 할 것이다. 그것을 잘 알고 있는 파이어해머는 자신을 도와줄 가능성이 그래도 조금이라도 있는 소녀를 향해 절망적인 구원의 시선을 보냈다. 혹시나 하는 마음에서 그녀에게 시선을 보낸 것이었는데, 그의 예상과는 달리 소녀는 즉시 응답을 해 줬다.

"잠깐, 제임스."

"왜 그러십니까?"

"저 녀석은 내 동료야. 그를 데려가는 것은 허락할 수 없어."

물론 제임스는 그녀의 말을 안 들어도 별 상관없을 것이라고 생각했지만, 곧 마음을 바꿨다. 우선 소녀를 꼬드긴 다음 나중에 드워프를 압수해도 되는 일이었고, 또 소녀의 직위가 올라간다면 소녀의 노예로서 드워프 한 마리 정도는 필요할지도 모른다. 그녀도 여자니까 드워프가 만든 아름다운 장신구를 가질 권리가 있기 때문이다.

"예, 죄송합니다. 제가 생각이 모자랐습니다. 너희들은 돌아가 봐라. 그리고 아버님께는 내가 직접 보고할 테니까 그렇게 전해라."

"옛!"

제임스와 까미유는 마법사 영감만 남겨 두고 부하들을 모두 성으로 돌려보낸 후 다크 일행을 안내했다. 코린트는 매우 부유하고 강력한 대국이었기에 볼거리가 엄청나게 많았다. 거대한 신전들, 수많은 동상들, 또 분수대들……. 그 모든 곳에 영웅들의 모습을 멋있게 새긴 동상이 적어도 하나씩은 있었다. 아르곤의 동상들이 종교적인 것, 즉 사제들이라든지 유명한 성인들 혹은 천사들을 조각한 것이라면, 코린트는 신전에 있는 것을 제외하고는 거의 모든 예술품들이 영웅들을 그리고 조각한 것이었다.

이곳 수도 코린티아시는 외곽에서 봤을 때 마도 왕국 알카사스의 도시들을 연상시킬 정도로 거대한 마법진으로 얽혀 있는, 특이한 아름다움을 지닌 도시였다. 물론 마법진의 목적은 알카사스와 같이 방어와 실생활의 편의를 위한 것이었지만, 대마법사 그라세리안 코타스가 직접 설계한 것인 만큼 방어력은 세계의 각 도시를 감싸는 방어 마법진들 중에서도 손꼽히는 것이었다. 들리는 말로는 9사이클급 공격 마법까지 방어가 가능할 정도라고 하니 말이다.

사실 타이탄이 발달하면서 적대국의 도시를 마법으로 파괴하는 행동은 중지되었다. 마법으로 도시를 파괴하는 것은 어렵지 않지만 그렇게 해서 그 도시를 뺏는다고 해도 아무런 득이 될 게 없었다. 7사이클급 이상의 광범위 공격 마법으로 상대국 도시를 잿더미로 만들어 봐야 남는 것은 살아남은 시민들의 원성밖에 없었다.

그리고 다른 국가들이 시민들에게 비인도적인 공격을 가했다고 간섭해 올 여지도 있었다. 또 도시를 기반으로 하는 그 일대의 생산력을 고스란히 뺏는 것은 도시 외곽에서 타이탄들로 간단하게 한판 하는 것으로도 충분히 해결되었다. 그 때문에 요즘 들어서 도시를 방어 마법진으로 감싸는 것에 막대한 재화(財貨)를 낭비하는 일은 거의 없어졌다. 하지만 수도나 몇몇 중요한 도시들의 경우 여전히 방어 마법진으로 감싸는데, 수도가 박살 나 버리면 타이탄의 전력이 아무리 강해도 말짱 헛것이기 때문이다.

"이곳이 영웅의 전당입니다."

그날 저녁 마지막으로 그들이 안내한 곳은 코린트의 '영웅의 전당' 이었다. 제법 국력이 강한 나라들의 경우 일반인이 관람할 수 없는 명예의 전당—여기에 이름이 오르면 근위 기사단에 소속된 것과 같다—을 대신해서, 일반인들이 관람할 수 있는 영웅의 전당을 지었다.

영웅의 전당에는 그 나라의 건국 영웅부터 시작해서 가장 최근에 사망한 영웅들까지 수많은 영웅들의 실물 크기 대리석 조각상들이 쭉 나열되어 있었고, 그들의 업적이 기록되어 있었다. 물론 명예의 전당과 달리 그 영웅들 중에는 기사나 마법사 외에도 역대 황제들과 황후들, 시인, 정치가 등도 있었다.

하지만 영웅의 전당에는 현재의 황제, 황후를 제외하고는 절대로 살아 있는 사람의 동상을 놔두지 않았다. 왜냐하면 살아 있는 인간이 황제 폐하와 같은 등급에 놓인다는 것은 거의 모반에 해당될 정도의 커다란 죄였기 때문이다.

"코린트의 역사가 여기에 있습니다. 이분들이 계셨기에 지금의 코린트가 있을 수 있었던 것이죠."

제임스와 까미유는 영웅의 전당 구석구석을 안내하며 그 인물들의 업적에 대해 설명해 줬다. 그러다 보니 밤이 서서히 깊었고, 그들은 영웅의 전당을 떠나 여관을 찾아 이동했다.

제임스가 선택한 여관은 엄청나게 호화로웠다. 물론 제임스의 신분을 생각한다면 그의 선택은 당연한 것이었다. 그의 아버지는 대공이란 칭호를 받은 사람이었고, 그 자신은 후작인 것이다. 어렸을 때부터 온갖 수련으로 육체를 혹사시켰지만, 그것은 수련이었을 뿐 실생활은 호화롭기 그지없었다. 30명의 고용인과 3백여 명의 노예, 그리고 영지에 있는 5만 명이 넘는 농노(農奴)들이 있는데, 그 생활이 호화롭지 않을 수가 없었다.

"편안한 밤 보내시기를 바랍니다. 내일은 저희들이 아침에 볼일이 있으니까 점심때 뵙기로 하죠."

제임스는 소녀에게 인사를 건넨 후, 그녀의 방에서 나와 노마법사를 불렀다.

"죠드!"

"예, 후작 각하."

"나는 까미유와 함께 궁으로 돌아갔다가 내일 점심때쯤 돌아올 거다. 그동안 여기를 부탁한다. 무슨 일이 생기면 즉시 연락하도록!"

"알겠습니다, 후작 각하."

이제 일은 거의 80퍼센트쯤 성공한 거나 다름없었기에 궁으로 돌아가는 제임스와 까미유의 발걸음은 가벼웠다.

희미한 용언의 힘

퍽!

쿠당.

처음에 키에리 발렌시아드 대공은 새로운 인재를 구해 왔다는 보고를 듣고는 매우 유쾌한 기분이었다. 하지만 두 번째 보고가 이어지자 키에리 나으리는 마스터라는 그 이름값을 뽐내고 싶다는 듯 느긋하게 앉아 있던 자리에서 그야말로 순식간에 일어나, 자신이 사랑하는 셋째 아들의 뺨을 사정없이 날려 버렸다. 그야말로 전광석화(電光石火)라는 말이 무색할 정도로 빨랐다. 한 대 맞고 거의 3미터는 날아가서 책장에 처박힌 후 뻗어 버린 아들을 향해 살기 가득한 시선을 보내며 키에리는 으르렁거렸다.

"다시 한 번 더 말해 봐!"

한 방에 기절해 버렸는지 미동도 하지 못하는 제임스를 대신해서 옆에 서 있던 까미유가 재빨리 대답했다. 굳건하게 서 있는 것 같았지만 그의 다리는 미세하게 떨리고 있었다. 겨우 드래곤 본 탈취 실패에 이 정도로 이성을 잃을 것이라고는 생각하지 못했고, 또 키에리의 몸에서 뿜어 나오는 살기는 정말 자신들을 죽일 것 같았기 때문이다.

"드, 드래곤 본의 포획은 실패했사옵니다, 대공 전하. 최신형 타이탄 일곱 대에 호위되고 있던 선박은 격침했지만, 인양해 본 결과 그 안에 드래곤 본은 없었사옵니다. 도중에 어딘가로 빼돌린 것… 같사옵니다."

도중에 까미유의 말이 멈춘 것은 키에리가 그의 멱살을 틀어쥐었기 때문이었다. 한참 까미유를 죽일 듯이 노려보던 키에리는 멱살을 꽉 쥐고 있던 손의 힘을 천천히 풀기 시작했다. 여기서 자신의 동료의 아들이자 명문인 크로데인 가문의 후계자를 두들겨 팰 수는 없었던 것이다. 속마음 같으면 이 둘을 갈아 죽여도 시원치 않겠지만, 사실 가짜 미끼에 현혹되어 따라간 것은 제임스이지 까미유가 아니었다. 까미유는 마지막 순간에 지원을 하기 위해 나갔을 뿐 죄가 없었다. 그것까지 생각이 들자 키에리 나으리는 까미유의 멱살을 풀어 준 후 성질이 풀릴 때까지 사랑하는 셋째 아들을 지근지근 밟았다.

퍽! 퍽! 퍽!

"멍청한 자식들! 겨우 그런 것에 속다니."

한참 제임스를 지근지근 밟아 대던 키에리는 이제 적당히 화가 풀리자 밖에 대고 외쳤다.

"우즈크를 불러 와라!"

그러자 방 밖에서 대답 소리가 들려왔다.

"옛!"

곧이어 60세 정도의 노련해 보이는 마법사가 헐레벌떡 달려왔다. 우즈크는 발렌시아드 가문의 주치의(主治醫)이자 발렌시아드 공국(公國)의 궁정 마법사였다. 발렌시아드 공국은 코린트 외곽에 있는 커다란 국가였고, 발렌시아드 기사단이라는 웬만한 국가들을 상회하는 강력한 기사단을 보유하고 있었기에 궁정 마법사도 몇 명 있었다.

키에리는 자신의 공국에 있는 것보다는 이곳 황궁의 한쪽 구석에 지어진 자신의 궁전에서 생활하는 것을 더 좋아했다. 대신에 자신의 영지는 지금 첫째 아들이 다스리고 있었다.

키에리는 방 안에 들어와서 자신에게 인사를 올린 후 구석에 처박혀 있는 제임스를 향해 안 됐다는 듯한 시선을 보내고 있는 우즈크를 보자 씁쓸한 미소를 지었다.

"저 녀석을 좀 치료해 주게."

"예, 대공 전하."

우즈크는 치료 마법에 매우 정통한 마법사인 듯 마법을 걸고, 포션을 쓰자 제임스는 곧 깨어났다. 제임스가 깨어나는 것을 보고 키에리는 우즈크를 향해 말했다.

"나중에 치료를 좀 더 해 주게나. 지금은 이 녀석들과 의논을 할 게 있으니까 자리 좀 피해 주겠나?"

"예, 대공 전하. 그럼 말씀 나누소서."

제임스가 비틀비틀 일어서서는 까미유의 옆에 서자, 키에리는 한숨을 푹 쉬면서 평상시와 같은 부드러운 어조로 말했다. 이미 그의 화는 다 풀린 상태였다. 키에리는 엄청나게 다혈질인 인물이었는데, 그 자신도 화가 나면 절대로 참으려고 하지 않았기에 그의 성질을 건드린 인물은 언제나 피를 보게 되어 있었다. 물론 그가 마음껏 자신의 아들을 두들겨 팬 것도 마법사가 주위에 대기하고 있기 때문이지, 그렇지 않았다면 그 정도로 패지는 못했을 것이다.

"좀 더 경험 있는 놈들을 보냈어야 했는데, 내가 잘못 처리한 것 같군. 이제 몸은 좀 괜찮느냐?"

'아직도 뼈마디가 쑤신다고 대답하면, 수련이 모자란다며 더 두들겨 팰 거면서 왜 물어요?' 하는 말이 거의 목구멍 끝까지 나왔지만 제임스는 초인적인 노력을 통해 그 말을 다시 안으로 밀어 넣는 데 성공했다. 이것도 몇 번 자신의 아버지에게 죽도록 맞고 얻은 소중한 지식이요, 경험이었다. 제임스는 억지로 미소를 지었다.

"예, 괜찮습니다, 아버님."

"좋아. 데려온 애가 정령술사라고 했느냐?"

"예, 상당한 실력인 것으로 보였습니다. 정령술사인 지레느가 보장했으니까요. 하지만 그녀가 관계하고 있는 정령은 아마도 뇌전의 정령일 것이라고 추정만 하고 있을 뿐, 확실하지는 않습니다. 그녀의 실력을 확실히 알아보려면 좀 더 뛰어난 정령술사를 데려 가야 합니다."

"뇌전의 정령을 다스리는 정령술사라……. 뇌전을 다스리는 정령술사가…, 으음 그렇군. 코타스가 뇌전의 정령을 다스릴 줄 아니까 그에게 부탁해 보거라. 하지만 그가 바쁘다고 하면 딴 정령술사를 소개해 달라고 부탁해라. 나는 마법사 쪽으로는 잘 모르겠으니까 말이다."

"예, 아버님."

"이제 그만 나가 보거라."

"예, 아버님."

"예, 대공 전하."

까미유는 방문이 닫히자마자 휘청거리며 주저앉는 제임스를 부축해서 우즈크가 있는 곳으로 갔다. 키에리 같은 엄청난 고수가 화풀이를 해 댔으니 몸이 멀쩡할 리가 없었지만, 우즈크에게 간단한 치료만을 받고 서 있을 수 있었던 것은 초인적인 정신력 덕분이었다.

제임스와 까미유는 일단 제임스의 치료를 끝낸 후 다음 날 아침 그라세리안 코타스 공작의 저택을 방문했다. 코타스 공작은 코린트 최고의 마도사로서 마법은 7사이클 정도밖에 사용하지 못했기에 그렇게 강한 편은 아니었다. 하지만 최고 수준의 정령 마법을 구사하며, 뇌전의 정령왕 카르스타까지 불러낼 수 있는, 세계에서도 손꼽히는 마도사였다. 하지만 그가 지금 모두의 존경을 받는 이유는 마법의 강함 때문이 아닌, 코린트 최강의 타이탄들의 엑스시온을 설계한 사람이었기 때문이다.

"어서 오너라. 오랜만이구나."

검은 머리카락을 길게 기른 남자가 그들을 반겼다. 까미유나 제임스는 이 남자를 볼 때마다 도저히 인간이라는 생각이 들지 않았다. 놀랍게도 이 간편하면서도 아름다운 복장을 하고 있는 마법사는 60년쯤 전에 그들의 아버지, 어머니들과 만났고, 그때와 변함없는 젊음과 아름다움을 유지하고 있었다. 그것도 인간이라고 생각이 들지 않을 정도의 아름다운 외모를 말이다.

"자주 찾아뵙지 못해서 죄송하옵니다, 코타스 공작 전하."

"자, 이리 앉아라. 이봐, 차를 내오거라."

그의 말에 답하는 하녀의 목소리가 곱게 들려왔다.

"예."

그라세리안은 친우들의 아들들을 정감 어린 눈빛으로 바라보며 부드럽게 말했다.

"딱딱하게 궁정용 언어를 사용할 필요는 없다. 나는 너희 아버지와 어머니들과 오랜 시간 우정을 지켜왔다. 나에게는 너희들이 아들이나 다름없지. 알겠냐?"

"예."

"그래, 무슨 일이냐? 네 녀석들이 나한테 인사차 찾아왔을 리는 없을 테고, 또 뭔가 부탁하려고 찾아왔지?"

정곡을 찌르는 그라세리안의 말에 두 젊은이(?)는 얼굴을 살짝 붉혔다. 그들은 나이만 많이 먹었을 뿐, 그들의 생애 대부분을 무술수련에 보낸 덕분에 비교적 때가 덜 묻은, 아직도 순진한 청년들인 것이다.

"저, 공작 전하. 저희들이 이번에 매우 유능한, 그러니까 아직은 아니지만 상당히 장래가 촉망되는 정령술사를 한 명 데려왔습니다. 그런데 사실 그것도 추측뿐이라서 정확하게 감정을 해 줄 정령술사가 필요합니다."

"정령술사라, 정령술사는 매우 귀하지. 그래 어떤 정령들을 부리는 것을 봤느냐?"

그 말에 일순간 제임스는 주춤했다. 왜냐하면 소녀가 정령 마법을 사용하는 것을 본 적은 한 번도 없었기 때문이었다.

"저, 한 번도 보지는 못했습니다."

"정령을 부리는 것을 보지 못했다면 어떻게 정령술사라는 것을 알았지?"

그 말에 옆에 앉아서 잠자코 있던 까미유가 대신 대답했다.

"예, 지난번 여행에서 지레느가 알려 줬습니다. 그 소녀에게서 정령의 냄새가 난다구요. 하지만 자신이 부리는 불과 바람의 정령도 아니고, 지레인이 부리는 대지와 물의 정령도 아니랍니다. 그렇다면 남은 것은 뇌전의 정령뿐이죠."

그라세리안은 꽤 흥미가 있다는 듯한 어조로 말했다.

"뇌전의 정령을 다스리는 아이는 극히 드문데……. 그리고 뇌전의 정령 하나와만 친화력이 있다면 교육시켜 볼 가치가 있긴 하지. 그래 그 소녀는 어디에 있느냐?"

"수정궁(水晶宮)이라는 고급 여관에 투숙하고 있습니다."

제임스의 답변에 그라세리안은 아차 하는 심정이었다.

"수정궁?"

"예, 아그립파 대로변에 있는 고급 여관 말입니다."

물론 '수정궁'이라는 여관을 그라세리안은 알고 있었다. 그것 때문에 이렇게 놀란 것이다. 드래곤이 성룡의 단계를 넘어서서 그야말로 생의 전성기에 들어서면 다른 드래곤의 용언의 힘을 느낄 수가 있었다. 그걸 이용해서 상대 드래곤의 위치를 잡아내니까 말이다. 그렇지 못하다면 용언 마법으로 자신의 기척을 숨기고 있는 다른 드래곤을 어떻게 찾아가겠는가? 드래곤들끼리 친분을 맺고 수다도 떨고 할 수 있는 것도 다 상대 드래곤의 위치를 파악해 낼 수 있는 능력 덕분이었다.

 그리고 그라세리안은 그 능력 덕분에 지금 이곳 코린티아시에 자신 외에 또 다른 드래곤이 한 마리 놀러 와 있다는 것과 그 드래곤이 아마도 '수정궁' 근처에 있을 것이라는 사실도 알고 있었다. 그렇다면 이 멍청한 녀석들이 뛰어난 정령술사랍시고 모셔 온 아이는 드래곤. 그것도 자신과 같이 뇌전의 정령을 다스릴 줄 아는 블루 드래곤일 가능성이 컸다.

 그라세리안의 표정이 약간 굳어졌다.

 "너희들이 혹시 그 아이에게 뭐 원수질 만한 일을 한 것은 아니겠지?"

 "예, 하지 않았습니다. 하지만 그 아이가 쓸 만하다고 판정되면 그다음은 납치를 해서……."

 그라세리안은 그 뒷말을 들어 보지 않아도 알 수 있었다. 예전에도 몇몇 뛰어난 마법사나 정령술사가 될 만한 재목을 납치해다가 키운 적이 있으니까 말이다. 뛰어난 친화력을 지닌 엘프도 납치해다 써 봤지만 드래곤은……

 "안 돼!"

 "예?"

 "그 아이를 납치하거나 회유하는 것은 내가 허락하지 않겠다. 그냥 여기 구경이나 시켜 주고 돌려보내라."

 "저, 하지만 전하께서 그 아이를 보신 것도 아니잖습니까? 왜 그 아이가 쓸모없을 것이라고 단정을 내리십니까? 상당히 실력이 있어 보이던데요? 전하께서 감정을 좀 해 주시든지, 아니면 다른 정령술사를 소개해 주십시오."

그라세리안은 잠시 고민하지 않을 수 없었다. 만약 그 아이가 드래곤이기 때문에 안 된다고 답한다면, 그에 따른 합당한 증거를 제시할 수 있어야 한다. 하지만 그걸 말했다가 잘못하면 자신의 정체도 탄로 날 우려가 있었다. 아무리 마법사가 강하다고는 하지만 그 마법사보다 더 강한 존재인 드래곤의 정체를 단번에 원거리에서 파악한다는 것은 불가능했기 때문이다.

"좋다. 내가 직접 만나 보기로 하지. 안내하거라."

"예, 전하."

용언의 힘을 가진 인간

　드넓은 도나우강 위에 엷은 빛이 살짝 뿜어져 나왔다가 사라지는 그 순간 여섯 필의 말들과 그 위에 타고 있는 사람들이 나타났다. 공간 이동의 종착역이 마법진이라면 상관없지만, 마법진이 아닌 곳으로 워프할 때는 보통 강 위를 자주 애용한다. 그 이유는 워프가 종료된 후에 높직한 곳에서 떨어졌을 때, 사람은 상관없지만 말에게 피해가 없게 하기 위함이었다.
　풍덩! 풍덩!
　다섯 필의 말과 사람들이 한 덩어리가 되어 도나우강 속으로 다이빙을 했지만 유일하게 한 필의 말과 그 위에 탄 사람은 물 속으로 처박는 대신 우아하게 공중에 떠 있었다. 모두 허겁지겁 놀란 말들을 달래어 강변으로 헤엄을 쳐 나오는 사이 공중에 떠 있던 말과 사람은 유유히 날아 강변에 사뿐히 내려앉았다.

사실 아르티어스 정도의 엄청난 마법 능력을 가진 경우 동료들까지 모두 다 하늘을 날아 우아하게 착륙하도록 만들어 줄 수 있었지만, 그는 그렇게 하지 않았다. 괜히 힘들게 그런 걸 해 줄 필요성이 없다고 느꼈기 때문이다. 아르티어스는 강변에서 저 멀리 보이지도 않는 지평선 쪽을 바라보며 잠시 고민하고 있었다. 그때 물에 빠진 생쥐 꼴을 한 기사 한 명이 아르티어스에게 물었다. 아르티어스의 표정이 좀 심각했기 때문이다.

"왜 그러십니까?"

"흐음, 이상하군. 코린티아에 있는 게 맞을까?"

"예, 거의 정확할 것입니다. 상대가 코린트의 근위 기사니까 말입니다."

상대의 말을 듣고 아르티어스는 잠시 망설였다. 자신이 드래곤이란 것을 이 멍청한 놈들에게 말해 줄 필요는 없었고, 또 자신이 드래곤이기에 용언의 힘을 느낄 수 있다는 것도 말해 줄 필요가 없었다. 아들의 경우 엄청난 마나를 가진 인간이었다. 하지만 자신의 마법으로도 지평선 저 너머 코린티아 쪽에서 그 정도 엄청난 마나를 지닌 존재는 느껴지지 않았다. 그보다 못한 녀석들은 제법 있었지만 엄청난 기억력을 지닌 드래곤인 그가 아들과 다른 녀석들을 혼동할 리 없었다.

그렇다면 마법을 이용해서 자신의 기척을 숨기고 있다는 말이 되는데, 지금 코린티아시 쪽에서 느껴지는 용언의 힘은 두 곳이나 되었기 때문이었다. 그 둘 중 하나는 드래곤이고, 하나는 아들일 가능성이 컸다. 아들 녀석에게 그가 가르쳐 준 것은 용언 마법뿐이었으니까 말이다.

아르티어스는 둘 중에서 좀 더 미약한 용언 마법을 사용하고 있는 상대가 아들일 가능성이 높다고 결론을 내렸다.
"빨리 가자. 자세한 것은 코린티아시에 가서 알아보기로 하지."
"예."

코린티아 시내를 관통하는 드넓은 도로인 아그립파 대로(大路). 돌과 시멘트로 잘 포장된, 마차 네 대가 한꺼번에 지나갈 수 있을 정도로 넓은 이 도로는 코린티아시의 남부와 북부를 연결하는 군사적 목적으로 건설된 도로였다. 또 동부와 서부를 연결하는 대로를 뮤리엘 대로라고 불렀는데, 그 두 대로의 이름은 건설되었을 당시의 황제, 황후의 이름을 딴 것이었다.
아그립파 대로변에 위치한 거대한 여관 수정궁(水晶宮). 수정궁 정도 수준의 여관은 이 넓은 코린티아시에서도 10여 개뿐일 정도로 대단히 호화로운 여관이었다. 그 수정궁의 앞에 서 있는 세 명의 젊은이들. 이들이 여관 안으로 들어가기를 망설이고 있는 것은 결코 돈이 없어서가 아니었다. 그들 중 한 명, 즉 흑발을 길게 기른 상관이 들어가는 것을 망설이고 있었기 때문이었다.
그라세리안은 수정궁 안에서 뿜어 나오는 용언의 힘을 느꼈고, 자신의 짐작이 정확했음을 확인했다. 이 젊은 녀석들이 잡아온 아이는 사람이 아니라 드래곤이었다. 용언의 힘이 그렇게 강하지 못한 것을 보면 나이가 많은 드래곤 같지는 않았다. 아마도 갓 드래곤이 되어서 세상 구경을 하러 다니는 철부지일 것이다. 그렇다면 그 드래곤에게 자신이 뭐라고 충고를 해야 할까? 여기는 내 영역이니까 꺼지라고? 그건 사실이 아니었고, 또 다른 드래곤의 유희를 방해할 수는 없었다. 그렇기에 그라세리안은 잠시지만 갈등했던 것이다.

하지만 그라세리안으로서도 다른 해결책은 없었다. 만약 코린트 쪽에서 그 드래곤을 인간인 줄 알고 협박 같은 걸 하다가 잘못하면 수도가 묵사발이 날 수도 있었다. 젊은 드래곤은 아직 경험이 미숙해서 감정의 조절이 약했고, 또 어떤 경우에는 유희 도중에 그 유희에 휩쓸려서는 그게 진짜 자신의 삶인 것처럼 착각하는 경우도 있기 때문이었다. 그걸 그는 막아야만 했다.

"너희는 여기서 기다리거라."

"예, 공작 전하."

그라세리안은 까미유와 제임스를 밖에서 기다리게 한 후 소녀가 투숙하고 있는 방문을 두들겼다.

똑똑.

"들어와!"

그라세리안은 망설임 없이 곧장 문을 열고 방 안으로 들어갔다. 방 안에는 한 소녀가 창밖의 거리를 내다보고 있었다. 탐스러운 긴 금발, 크고 아름다운 눈, 인간으로서는 너무나도 아름다운 모습이었다. 저 정도의 미모를 지닌 여자들을 볼 수 있는 곳은 신전뿐이었다. 즉, 그것은 자연적인 것이 아닌 인공적인 아름다움이어야만 가능하다는 말이었다.

그라세리안은 찬찬히 소녀를 바라보다가 한 가지 문제가 있다는 것을 느꼈다. 소녀에게서 풍겨 나오는 희미한 정령의 냄새……. 정령과 단 한 번이라도 관계를 맺게 된다면 그 냄새가 몸에 배어 버린다. 그런데 그 냄새는 그의 수하들에게 전해들은 뇌전의 정령이 절대로 아니었다. 그 냄새는 바로 물의 정령. 그것도 정령왕 나이아드의 것이었다. 그라세리안은 오랜 시간을 살아온 드래곤이었기에, 자신이 불러내지는 못한다고 하더라도 정령왕급의 냄새를 모를 수는 없었다. 그런데 이상한 것은 하급 정령인 운디네나 상급 정령인 닉스의 냄새는 하나도 나지 않고 정령왕의 냄새만 났다.

이렇게 되면 문제가 생긴다. 아무리 드래곤이라고 해도 어린 드래곤은 절대로 정령왕급을 불러낼 수 있을 정도로 친화력이 좋지 못하다. 우선은 하급 정령, 그다음은 상급 정령. 나중에 웜급(3천 살 이상)을 넘어서야 간신히 불러낼 수 있는 게 정령왕인 것이다. 그런데 어떻게 저렇게 미약한 용언의 힘밖에 발휘할 수 없는 젊은 드래곤이 정령왕의 냄새를 풍길 수 있을까?

그라세리안은 다른 사람들이 그들의 주고받는 말을 듣지 못하도록 마법 결계부터 쳤다. 그런 다음 천천히 입을 열었다.

"자네의 이름은 뭔가?"

"나? 나는 다크, 너는?"

"그것 말고 진짜 이름을 말하는 거야. 내 이름은 '카드리안'이다. 네 이름은?"

"다크, 다크 로니에르."

"장난치지 말고 진짜 이름을 말해. 나도 내 이름을 말했잖나?"

살짝 신경질을 내고 있는 카드리안을 다크는 유심히 살펴보기 시작했다. 카드리안도 마법으로 자신의 모든 마나의 움직임을 차단하고 있었기에 다크로서는 상대에 대해 알기 힘들었다. 하지만 다크는 카드리안의 눈동자를 유심히 살펴보았다. 뇌전을 다스리는 광폭(狂暴)한 블루 드래곤 특유의 그 순수한 광기에 젖은 눈동자를 말이다.

소녀는 천천히 걸어가서 침대 위에 놓여 있던 검을 집어 들고는 허리에 차면서 부드럽게 말했다.

"엄청난 눈빛을 가지고 있지만…, 너는 인간은 아닌 것 같아. 사람이 제정신으로 그런 눈빛을 가지고 있기는 힘들지. 너는 누구지?"

카드리안은 소녀의 행동을 보고 있다가 믿을 수 없다는 듯한 표정을 지었다.

"그렇다면 너는 진짜 인간이란 말이냐? 어떻게 신께서 드래곤에게만 허락한 용언의 힘을 알고 있지?"

소녀는 피식 웃으면서 자신의 몸을 감싸고 있던 마법을 해제해 버렸다. 이미 그녀는 이 정체불명의 마법사가 들어오면서 외부와 단절시켰다는 것을 눈치 챘기에 더 이상 자신의 정체를 숨길 필요는 없었다.

용언의 힘을 해제하면서 소녀는 이죽거렸다. 소녀는 상대가 마지막으로 내뱉은 '드래곤에게만 허락한 용언의 힘'이란 말에서 드래곤이란 것을 눈치 챘기 때문이다.

"바로 이것 말인가? 이 정도는 별로 어려운 게 아니지."

용언의 힘이 해제되면서 카드리안은 소녀의 단전에 모인 엄청난, 인간 따위가 모을 수 없는 그야말로 엄청난 마나의 덩어리를 포착할 수 있었다. 지금 코린트 최고의 검객이라는 키에리보다도 더 많은 양의 마나. 몸속에 저 정도의 마나를 축적한다는 것은 절대로 그녀가 마법사 따위가 아니라는 증거였다.

"갑자기 나한테 찾아와서 시비를 거는 걸 보니까 별로 좋은 뜻으로 방문한 것은 아닌 모양인데, 나도 그걸 마다하는 사람은 아니야. 언젠가는 드래곤이란 것과 한번 싸워 보고 싶었어."

그 말을 끝으로 소녀는 천천히 검을 뽑았다. 카드리안은 금빛 찬란한 검신을 보며 그 검신이 골드 드래곤의 뼈로 만들어진, 그것도 드래곤 자신이 공들여 만든 최상품이란 것을 알 수 있었다. 왜냐하면 소녀가 뽑아 든 검은 마력검(魔力劍)이었고, 그에 따라 복잡한 주문이 황금빛 찬란한 검신에 복잡하게 새겨져 있었던 것이다.

그런데 문제는 그 검신에 새겨진 주문이었다. 보통의 경우 마력검 종류는 봉인검(封印劍) 계열보다 훨씬 효율이 안 좋기에 진짜 마법에 필요한 마나의 다섯 배에서 열 배 이상까지도 소모한다. 그렇기에 고급 주문을 검신에 새기는 멍충이는 없는 것이다. 그런데 소녀의 검에 새겨진 주문은 8사이클급 주문들 중에서도 대인 공격 주문으로는 최강이라는 헬 파이어(Hell Fire). 이 정도 주문을 새겨 놓고, 또 사용할 수 있도록 만들었다면 이건 드래곤의 작품이었다.

감히 인간 따위가 8사이클 마법을 알고 있을 가능성도 거의 없었지만, 그렇게 효율 나쁜 마력검을 8사이클로 만들었다면 사용할 사람이 아예 없기 때문이었다.

8사이클 최강의 대인(對人) 공격 주문 헬 파이어. 이것은 사실상 작은 목표물을 공격하는 최강의 마법 주문이었다. 왜냐하면 7사이클 이상의 주문들은 대부분이 광범위 마법이기에 부분적으로 봤을 때는 파괴력이 떨어진다. 그걸 유추해 본다면 저 검신에 새겨진 헬 파이어라는 마법이 발동된다면 거의 9사이클급 마법에 직격당하는 정도의 피해를 볼 것은 자명한 일이었다. 하지만 아무리 검이 좋다고 해도 그걸 사용할 수 없다면 위협이 될 수는 없는 노릇. 보통 인간들이라면 저 주문을 발동시키지도 못하고 마나의 고갈로 사망할 것이 분명했다.

그렇기에 카드리안은 소녀의 몸속에 쌓여 있는 마나의 양과 헬 파이어에 사용되는 마나의 양을 살짝 따져 봤다. 충분히 두세 번의 헬 파이어를 쓰고도 남을 정도의 마나였기에 카드리안은 바짝 긴장하기 시작했다. 지금 자신의 몸으로는 5사이클급 용언 마법이 한계였다. 본체로 돌아가 있다면 문제될 것이 없었지만, 지금은 소녀가 마력검에 새겨진 마법을 발동시키는 그 순간 자신이 소멸할 가능성이 컸다. 그만큼 헬 파이어는 강력한 마법이었기 때문이다. 그렇다고 본체로 현신한다면 이곳 코린티아시는 박살이 날 것이다. 또 공간 이동 마법으로 도망친다고 해도 그 마법에 의해 이 일대가 완전히 박살이 날 것이다. 헬 파이어의 위력은 그야말로 자그마한 성(城) 하나쯤은 통째로 박살 낼 수 있을 정도니까 말이다.

카드리안은 무턱대고 한판 하자고 하는 소녀를 향해 다급히 말했다.

"잠깐, 여기는 시가지야. 여기서 싸운다면 많은 사람들이 죽는다구. 어디 조용한 곳으로 가는 게 어때?"

카드리안으로서야 인간이 얼마나 죽든 별 상관없었고, 또 신경쓸 필요도 없었다. 하지만 이곳 코린티아시가 이 정도로 커진 것은 자신의 노력에 의한 성과였기에, 쓸데없는 일로 잿더미가 되는 것을 원하지 않았다. 재미로 만들어 놓은 모래 탑이라도 자신이 만든 것이라면, 그게 무너지는 걸 본다는 것은 약간은 가슴 아픈 일이기 때문이다. 자신이 직접 재미 삼아 때려 부순다면 몰라도…….

상대가 살짝 숙이고 들어오자 다크는 슬쩍 비웃음을 흘렸다. 상대가 드래곤이라고 하지만 인간으로 모습을 바꾼 상태에서는 힘을 별로 못 쓴다는 것을 아르티어스를 통해서 잘 알고 있었기 때문이다. 본체로 변신하기 전 한 칼에 끝장낼 수 있는데, 뭐 때문에 장소를 바꾼다고 난리를 칠 필요가 있을까?

"왜? 까짓 거 몇 명 죽는다고 별 문제될 것은 없잖아?"

소녀의 말에 카드리안은 황당하다는 표정을 지었다.

"너 정말 인간이 맞냐? 여기서 너와 내가 싸운다면 이 도시는 완전히 파괴될 수도 있는데?"

"그건 별로 중요한 게 아니지. 몇 명 죽어 봐야 별 문제될 것도 없고 말이야."

"흐음, 그래도 이곳은 내가 몇십 년이란 시간을 들여서 만든, 내가 아끼는 작품들이 많은 곳이야. 될 수 있다면 딴 곳에서 싸우기로 하지. 어때? 너도 쓸데없이 사람들을 죽이는 것을 좋아할 것 같지는 않은데?"

잠시 상대의 의도를 짐작해 보기 위해 다크는 카드리안의 눈을 쏘아봤다. 하지만 카드리안의 눈에 떠올라 있는 것은 교활함이 아닌, 드래곤만이 지닌 자신감과 광포함이었다. 장소를 옮기는 데 있어서 그 어떤 속임수 따위는 없는 것 같았다. 그렇기에 그녀는 슬쩍 검을 다시 검집에 집어넣었다.

"좋아, 자리를 옮기기로 하지. 어디가 좋을까?"

블루 드래곤 카드리안과 다크가 싸울 장소를 의논하는 그때, 아르티어스 일행은 다크를 찾기 위해 코린티아시로 접근하고 있는 중이었다. 그리고 코린트 제국 중신(重臣)들은 드래곤 본을 입수한 관계로 몇 년 내에 비약적으로 군사력이 증가할 가능성이 있는 크루마를 멸망시킬 모의(謀議)를 하고 있었다. 그리고 크루마에서는?

크루마 또한 코린트와 별로 다를 것이 없었다. 루엔 공작을 대장으로 하는 타이탄 부대가 코린트의 근위 기사단과 맞붙었다는 것은 일찍이 보고되었다. 양측 다 총력전을 펼쳤기에 상대가 누군지는 거의 눈치 챘을 것이 뻔했다. 일단 사력을 다한 한 판이었기에, 자신이 가진 필승의 기술들을 숨겨 놓고 싸울 정도로 한가한 싸움이 아니었기 때문이다.

그렇기에 아마도 코린트도 이쪽의 정체를 대강은 파악하고 크루마를 박살 내기 위한 계획을 짜고 있을 게 분명했다. 이때는 상대보다 먼저 뒤통수를 치는 사람이 이기는 법. 하지만 크루마로서는 자신들보다 월등한 강대국인 코린트와 싸워야 한다는 것이 엄청난 부담일 수밖에 없었다. 코린트와 일대일로 싸우는 것도 힘든 판에 코린트의 동맹국들까지도 계산에 넣어야 하기 때문이다.

거대한 홀의 중앙에는 직사각형의 거대한 탁자가 놓여 있었고 그 탁자의 좌우에는 열두 명의 신하들이 앉아 있었다. 그리고 그 탁자의 끝에는 다른 신하들이 앉은 좌석보다 조금 더 높은 좌석이 마련되어 있었는데, 그곳에는 50세는 족히 넘어 보이는 흰 수염을 멋지게 기른 당당한 체구의 인물이 앉아 있었다. 바로 이 인물이 현재 크루마의 63대 황제인 알카파이네 드 크루마였다.

"그린레이크 경, 어느 정도 의견이 모아졌다면 마법사들을 대신해서 의견을 말해 보라."

황제의 말에 왼쪽에 있던 마법사들 중에서 가장 황제에게 가깝게 앉아 있던 아름다운 용모의 엘프가 입을 열었다. 인간의 기준으로 봤을 때 거의 30대 중반도 안 되어 보이는 이 엘프의 이름은 티란 엘 그린레이크. 이 엘프는 크루마에 둘뿐인 대마법사들 중의 하나였다.

원래 엘프는 평화를 사랑하는 조용한 종족이라고 알려져 있었다. 하지만 그린레이크는 너무나 오랜 시간 인간들과 함께 생활한 때문인지 호전적인 인간의 성격에 많이 물들어 있는 것처럼 보였다.

"저희들의 소견으로는 우선 마법으로 코린트의 중요 도시들을 파괴한 후, 본격적인 전쟁으로 돌입하는 것이 좋을 듯하옵니다. 가장 파괴력이 좋은 도시 공격용 마법은 유성 소환이온데, 그것을 사용했을 때 유성이 지구까지 도착하는 데 시간이 많이 걸린다는 게 큰 단점이옵니다."

이때 황제의 오른쪽에 앉아 있던 노기사(老騎士)가 황제를 향해 말했다.

"폐하, 유성 소환은 절대로 아니 되옵니다. 그것을 사용한다는 것은 기사도에 어긋나는 행동이옵니다. 될 수 있다면 힘없는 백성들에게 전쟁의 피해가 가지 않도록 해야만 하옵니다."

황제는 노기사를 힐끗 보더니 그린레이크를 향해 신중한 어조로 말했다.

"음, 전쟁에 기사도 따위는 그리 중요하지 않소. 문제는 본국이 국제 협약에서 금지한 유성 소환 마법을 사용했을 때, 잘못하면 국제적으로 고립될 우려가 있다는 것이오. 그래, 유성 소환을 했을 때 필요로 하는 시간은?"

하지만 황제의 얼굴에서는 수만 톤짜리 유성이 한 도시에 낙하하여 그 때문에 도시가 파괴되고, 수많은 죄 없는 시민들이 죽어나갈 것이라는 가책감 따위의 표정을 절대로 찾아볼 수 없었다. 승리할 수만 있다면 수만, 아니 수백만의 무고한 시민들을 목매달아도 상관없었지만, 그로 인해 타국의 지탄을 받는다면 끝장이었다. 코린트와 전쟁을 벌여 살아남으려면 타국의 도움이 절대적으로 필요했기 때문이다.

"예, 한 달이옵니다. 폐하."

"한 달이라……. 언제 전쟁이 터질지 모르는 판국에 한 달은 너무 길지 않소?"

"예, 하지만 도시 파괴에는 유성 소환 마법이 최고이옵니다. 그것은 시간이 많이 걸려서 그렇지 웬만한 방어 마법 따위로 막을 수 있는 마법이 아니기 때문이옵니다. 유성 소환과 함께 몇 가지 도시 공격용 마법을 병행하여 사용한다면 코린트에 큰 타격을 줄 수 있을 것이옵니다. 그리고 첩자들을 풀어서 그들의 방어 마법진을 무력화시키는 것을 함께 병행한다면 더욱 큰 효과를 보실 수 있을 것이옵니다."

"금지된 마법인 만큼 효과야 확실할 것 같지만, 한 달이나 시간이 걸린다는 것이 좀 아쉽군. 하지만 상대가 그걸 눈치 채고 방어하지는 않을까?"

"아마 유성 소환 마법이 실행된 직후에 곧바로 방어 체계에 들어갈 것이옵니다. 8사이클급 마법을 사용한다면 상대가 눈치 챌 것은 당연하옵니다. 하지만 유성 소환 마법을 방어하기는 힘들 것이옵니다. 본국의 전 마법사들을 모아서 마법진을 발동한다면 코린트의 42개 중요 도시에 유성 하나씩을 안겨 줄 수 있사옵니다. 42개 도시를 모두 방어한다는 것은 불가능한 일이옵니다."

그 말을 듣던 노기사의 얼굴은 벌겋게 상기되었지만 황제 앞에서 욕지거리를 내뱉을 수도 없는 노릇이다 보니 속만 탈 수밖에 없었다. 지금 크루마의 중요한 기사들은 모두 다 드래곤 본을 획득하기 위한 일명 '초록 도마뱀' 작전에 투입되어 있었다. 그렇다 보니 갑자기 긴급 소집된 회의에서 기사들의 발언권이 상대적으로 마법사들에게 밀릴 수밖에 없었다.

"42개 도시라……. 하지만 그 마법을 발동시킨 후에 모든 마법사들이 탈진되어 며칠은 쉬어야 할 텐데, 그동안에 적들이 행동을 취한다면?"

"코린트 본국의 병력은 그렇게 위협적이지 않사옵니다. 처음부터 강공으로 밀어 붙여 코린트의 동맹국들이 군사 파견을 주저하도록 유도해야만 하옵니다. 하루 정도만 쉬어도 상당수의 마법사들은 기력을 회복할 수 있사오니, 그 후에는 다른 마법 공격으로 적들의 후방을 교란시키면 되옵니다."

"좋소. 하지만 유성 소환은 조금 더 있다가 결정하기로 합시다."

"예, 폐하."

황제는 자신의 오른편에 앉아 있는 노기사를 향해 말했다.

"튜블란 경."

아직도 기사도에 어긋나는 그린레이크의 말에 노기를 억누르느라 벌건 혈색을 유지하고 있는, 위풍당당하게 생긴 노기사(老騎士)가 정중한 어조로 답했다.

"예, 폐하."

"경의 의견은 어떻소?"

"예, 마법사들로만 따진다면 본국이 결코 코린트에 밀리지 않겠지만, 군사력으로 본다면 코린트는 힘든 상대이옵니다. 모든 군비 증강 계획이 완료된 후에나 그들과 맞설 수 있는 만큼, 될 수 있다면 시간을 벌면서 동맹국들을 끌어들이는 작업이 선행되어야 할 줄 아옵니다. 이번에 받은 보고로는 안티고네의 실전 테스트는 완벽했으며, 흑기사를 상대로 줄곧 우위에 선 전투를 벌였다고 들었사옵니다. 이번 전쟁을 승리로 이끌려면 안티고네가 최소한 30대는 있어야 하옵니다."

"하지만 곧 전쟁이 시작된다면 그건 불가능한 주문이란 것을 그대도 알고 있잖소?"

"예, 폐하. 또 이번 전투에서 코린트의 신형 타이탄이 등장했사옵니다. 붉은색의 페인트를 칠한 1백 톤 내외의 거대한 타이탄이온데, 안티고네를 상회하는 파워를 지닌 것으로 추측되옵니다. 그게 전투용이 아닌 결투용으로 제작된 것으로 미루어 짐작해 보면, 전쟁이 시작되면 본국의 후방에 침투하여 게릴라전을 벌일 확률이 높사옵니다. 그 점 또한 대비해야만 하옵니다. 이미 첩자들을 대량으로 코린트에 투입했사옵니다. 일단 전쟁이 시작되면 공간 이동 마법을 통해 기사들을 한 곳에 집중 운용하여, 국지적이긴 하지만 군사력의 우위를 노린다면 그렇게 밀리지는 않을 것으로 생각되옵니다. 그 작전을 실행하려면 마법사들의 지원이 필요하옵니다."

"좋소. 그린레이크 경, 기사단에 마법사들의 파견이 가능하오?"

"가능하옵니다, 폐하. 유성 소환 마법을 위한 마법진을 발동시키려면 많은 마법사가 필요하지만, 그 일이 끝난 후라면 마법사를 각

기사단에 지원해 주는 것은 가능하옵니다."
 "좋아. 르미란 경."
 왼편의 네 번째에 앉아 있는 인물이 즉시 대답했다.
 "예, 폐하."
 르미란은 외교 등 국제적인 일을 맡아 처리하는 관료로서 뛰어난 외교 수완을 지닌 늙은이였다. 그는 주름진 얼굴 사이에 위치한 눈동자를 빛내며 황제의 말을 기다렸다.
 "경은 비밀리에 동맹국들에게 전쟁이 일어날 가능성을 알리고, 그들의 지원을 받아 낼 수 있도록 노력하시오."
 "예, 폐하."
 "경이 생각하기로는 몇 나라나 지원해 줄 것으로 생각하오?"
 "폐하, 소신의 솔직한 의견으로는 상대가 코린트라는 것이 알려지면 다섯 나라도 힘들 것이옵니다. 우선 적이 누군지 철저하게 숨긴 후 큰 무도회 같은 걸 열어서 각국의 왕자나 공주 등을 초청하여 인질로 잡는다면 그들도 마지못해 응할 것이옵니다. 하지만 초전에 코린트에 큰 타격을 입히지 못한다면 인질만으로 그들을 제어하기는 힘들 것이옵니다."
 "우선 무도회를 대대적으로 여는 것이 좋겠군. 동맹국의 중요 인물들의 자제들을 대부분 초대하고 말이야."
 "예, 폐하."
 이렇듯 크루마에서도 강대국 코린트와 어차피 싸우게 된 이상 무슨 짓을 해서라도 승리하기 위해, 머리를 맞대고 각종 모략과 술수를 짜내고 있었다.

드래곤과 인간의 결투

"잠깐!"

모두들 바쁘게 코린티아시로 이동하던 중, 갑작스레 아르티어스가 손을 들어 일행을 제지했다.

"왜 그러십니까?"

"갑작스럽게 기척이 사라졌다."

아르티어스는 '용언의 힘'이라는 말 대신 일행들이 잘 알아들을 수 있도록 '기척'이라는 단어를 사용했다. 여태껏 코린티아시에서 느껴지던 두 개의 용언의 힘은 서로 만나더니 갑자기 사라져 버렸다. 용언의 힘을 쓸 줄 아는 자들이 갑작스레 죽음을 당했을 가능성은 없으니, 그 둘이 함께 공간 이동했을 가능성이 컸다.

"일단 위치를 찾아봐야겠으니, 너희들은 잠시 기다려라."

"예."

아르티어스는 두 눈을 감은 채 중얼중얼 주문을 외우기 시작했다. 길고 긴 룬어로 이루어진 주문을 읊는 동안 그의 주위로는 방대한 양의 마나가 집중되기 시작했다. 본격적으로 아르티어스가 주문을 외우며 마나를 끌어 모으자, 그를 수행하고 있던 마법사의 눈에 일순간 공포가 어리기 시작했다. 아르티어스가 사용하는 주문은 7사이클급은 됨직한 고도의 마법이었기 때문이었다.

엄청난 마나의 집중에 경악을 넘어 공포심까지 느꼈던 그 마법사는 곧이어 존경심을 가득 담은 눈으로 젊디젊은 아르티어스를 바라봤다. 자신의 생전에 이렇듯 강력한 대마법사를 직접 보게 될 줄은 꿈에도 생각해 보지 못했고, 또 전 대륙을 통틀어도 다섯 명이 안 된다는 대마법사들 중 한 명이 자신들의 편이라는 것에 자부심을 느낀 것이다.

조금씩 헛되이 시간이 지나가고 마법을 이용해서 검색하는 범위가 넓어질수록 아르티어스는 점점 더 초조해지기 시작했다. 아들의 능력을 믿기는 하지만 아무리 그래도 상대는 드래곤이었다.

'잘못되면······?'

마법을 사용하는 도중에도 계속 잡념이 일어나자 아르티어스는 자신이 드래곤이라는 존재, 즉 무지막지한 정신력을 가진 존재라는 사실에 짜증이 났다. 이 정도 고급 마법을 사용하게 되면 거의 모든 지적 생명체들은 정신력이 모자라 허덕이게 된다. 그런데 드래곤인 자신은 그러고도 정신력이 남아서 잡생각이 떠오르는 것이다. 그것도 매우 안 좋은 방향으로······. 하지만 아르티어스는 거기서 상상을 멈췄다. 그 뒷부분의 해답을 꺼내 놓기가 겁이 났던 것이다.

10분 정도 지났을까? 엄청난 마나의 폭풍을 일으키던 아르티어스는 감고 있던 눈을 갑자기 떴다. 그리고 그와 동시에 그의 주위에 들끓고 있던 마나의 움직임 또한 한꺼번에 흩어져 버렸다. 아르티어스는 사라진 이들이 어디로 갔는지 알아냈지만, 일단 동족에 관계된 일이었기에 자신들을 안내해 온 일행들을 그 장소로 데려가는 것이 망설여졌다.
　"너희들은 여기서 기다려라."
　"예? 어디로……?"
　여태껏 그를 안내했던 기사가 당황한 표정으로 물었지만, 그의 말이 채 끝나기도 전에 아르티어스의 주위에 순간적으로 마법진이 나타나더니 그와 동시에 사라져 버렸다. 기사는 이제 당황을 넘어서서 황당하다는 표정으로 잠시 아르티어스가 사라져 버린 지점을 응시했다.
　"어떻게 된 일이냐?"
　질문을 받은 마법사 역시 멍청한 표정으로 힘없이 대답했다.
　"예? 믿을 수 없을 정도로 빨리 공간 이동 주문을 사용했습니다. 어떻게 인간이 그렇게 빨리 마법을 사용할 수 있는지 이해가 안 가는군요."
　마법사의 대답에 지휘자인 기사는 한숨을 푹 쉬었다. 자신에게 아무런 설명도 하지 않고 단독 행동을 한 아르티어스를 향해 원망이 서린 한숨이었다.
　"휴~ 공간 이동을 했다면 여기서 기다리는 수밖에 없군. 이봐. 모두들 휴식을 취해. 일단 여기서 대기한다."

"경치가 좋은 곳이군."

자신에게 등을 돌린 채 주변의 경치를 감상 중인 소녀를 어이없는 눈으로 보고 있던 카드리안은 쌀쌀한 어조로 말했다.

"우리는 이곳에 경치 구경하러 온 것이 아니야."

"아… 실례, 깜빡했군. 그래 어떻게 싸울 텐가? 마법? 검?"

소녀의 말에 카드리안은 음흉한 미소를 지었다.

"당연히 마법이지. 흐흐흐흐……."

그와 동시에 카드리안의 몸은 밝은 청색 광채에 쌓이면서 엄청난 크기로 증가하기 시작했다. 그와 동시에 웜급의 드래곤에게서나 찾아볼 수 있는 강대한 마나의 폭풍이 주위를 휩쓸기 시작했다. 카드리안은 인간인 상태로도 싸울 수 있을 거라고 생각은 했지만, 상대에게 엄청나게 강력한 마력검이 있었고, 또 그의 무술 실력이 엄청났기에 그런 도박을 할 수는 없었다. 조금 귀찮기는 했지만 드래곤으로 변신한 후 이 무례하기 그지없는 계집애를 재빨리 없애 버리고 왕궁으로 돌아갈 생각이었다.

이때 카드리안이 예상하지 못했던 문제점이 발생했다. 공간이 열리면서 날렵하게 생긴 타이탄이 튀어 나왔던 것이다. 카드리안은 오랜 세월 코린트에서 타이탄의 생산에 관여해 왔기에 그것이 카프록시아와 매우 유사하게 생겼지만 카프록시아와는 달리 매우 날씬하게 생겼다는 것을 한눈에 알아봤다. 어깨 높이는 5.2미터 정도로 상당히 높은 편이었지만 매우 날씬한 것으로 보아 80톤도 나가지 않을 것 같았다. 방패도 없이 그저 검만을 가진 공격용 타이탄. 카드리안은 그 타이탄이 자신이 최근에 몇 대만 제작한 실험용 타이탄인 적기사처럼 아예 방어 따위는 생각도 안 하고 만들어졌다는 것을 직감할 수 있었다. 그걸 몰고 다니는 것을 보면 이 소녀는 검술에 매우 자신이 있는 모양이었다.

타이탄의 본체에 새겨져 있는 검은 드래곤과 'Ⅱ'라는 숫자. 카드리안은 이 문장이 상당 부분 자국이 자랑하는 코란 근위 기사단의 문장을 모방했다는 생각이 들었다. 코란 근위 기사단의 문장과 이 문장의 차이는 드래곤의 색상이 적색과 흑색이라는 것, 그리고 불을 뿜고 있느냐 그렇지 않느냐는 차이점. 그 둘을 제외하고는 모양이 거의 똑같았다.

다크가 타이탄을 끌어내어 탑승하는 매우 짧은 시간, 그동안에 카드리안 역시 오랜 세월을 살아온 노련한 드래곤답게 이미 변신을 끝마친 상태였다. 거대한 푸른색의 금속성 광택이 나는 아름다운 몸체. 그 거대한 날개를 접은 채, 키드리안은 이마에 단 하나만 삐죽하게 솟아 있는 거대한 뿔 양쪽 아래에 붙어 있는 눈으로 다크가 불러낸 타이탄을 흥미진진하게 바라봤다. 그 타이탄은 그렇게 강해 보이지는 않았다. 물론 정격 출력인 1.0은 상회하는 엑스시온이 탑재되어 있는 것처럼 보였지만, 그 정도 출력의 싸구려 타이탄은 자신에게 위협이 될 수 없었다.

카드리안은 뇌전의 기운을 천천히 끌어 모으면서 상대방을 향해 의사(意思)를 보냈다. 드래곤인 상태에서는 말을 할 수 없었기 때문이다.

〈크라레스에서 왔나?〉

"그건 몰라도 돼. 안 그래도 눈에 띌 것 같아서 타이탄을 한 번도 써먹지 못했는데 잘되었군. 어디 맛 좀 봐라."

상대방 타이탄 속에서 이죽거리는 소녀의 목소리가 들려왔다.

그와 동시에 타이탄은 천천히 검을 검집에서 뽑았다. 얼핏 생각하기에 매우 멋있는 장면이었지만, 그걸 보면서 카드리안은 실소하지 않을 수 없었다. 타이탄은 매우 무거웠기에 가급적이면 가볍게 만들려고 노력했다. 물론 필요한 부분은 충분한 두께와 무게를 줄 필요가 있었지만, 그렇지 않은 부분은 최대한 가볍게 만들었다. 몸체가 완전히 철로 만들어져 있는 타이탄에게 있어서 검집은 정말이지 쓸모없는 것이었다. 상대방의 앞에서 폼을 잡으며 검을 천천히 뽑는 것은 아주 멋있어 보이고, 또 검을 호화롭게 장식한 검집에 넣어 두는 것은 매우 모양이 나는 게 사실이었지만, 검집이란 것은 너무나도 무거웠다. 최소한 1톤의 무게는 들여야 만들 수 있었기 때문이다.

〈겉멋만 잔뜩 든 녀석, 맛 좀 봐라!〉

그와 동시에 카드리안의 이마에 솟아 있던 그 거대한 뿔에 스파크가 번쩍이더니 곧이어 엄청난 뇌전의 기운이 타이탄을 향해 뿜어져 나갔다.

이 뇌전의 기운은 당연히 카드리안의 전력을 다한 공격은 아니었다. 그냥 건방진 인간에게 '이 위대하신 본인의 힘은 이 정도니까 알아서 기어라' 하는 경고의 의미를 담고 있었다. 하지만 앞에서 뿜어지는 엄청난 뇌전의 기운을 보고도 타이탄은 피하지도 않고 그대로 마나를 이용해 방어막을 쳤다. 겨우 그따위 뇌전의 기운은 피할 가치도 없다는 듯이……

뇌전의 기운이 방어막에 밀리면서 옆으로 굴절되어 흘러갔지만 비교적 방어막의 강도가 낮았던 밑 부분이 깨지면서 곧 그곳으로 엄청난 뇌전의 기운이 흘러 들어갔다.

하지만 전기란 것은 전기가 통하기 쉬운 방향으로 흘러가는 성질을 가졌다. 따라서 그 뇌전의 기운은 타이탄의 위쪽으로 흐른 것이 아니라 대지를 향해 곧장 흘러 버렸기에 다크에게는 아무런 위협도 되지 못했다. 그러나 타이탄의 발에서 대지로 엄청난 양의 뇌전이 흘러나갔기에 그 부분의 강철이 벌겋게 달아오르다 못해 녹아 버렸다.

물론 카드리안의 공격은 몇 초도 안 되는 짧은 시간에 걸쳐 벌어진 것이었고, 그 공격이 끝나자마자 타이탄은 자신의 주인의 마나를 흡수하여 곧장 다리를 수리해 버렸다. 다크가 의외로 강력한 공격을 퍼부은 상대에 대해 '썩어도 준치'라는 단어를 떠올리고 있을 때, 카드리안은 아무리 자신이 봐주면서 살살 공격했다고 해도 상대에게 아무런 타격도 주지 못했다는 사실에 차츰 열 받기 시작했다.

〈훗, 그래. 믿는 게 있으니까 까불었겠지. 이제는 죽어 봐랏!〉

카드리안은 이번에는 상대를 끝장낼 생각으로 있는 대로 뇌전의 기운을 끌어올리기 시작했다. 카드리안의 머리 쪽에는 뇌전이 포화 상태에 이르도록 집중되기 시작했고, 그의 머리 부분의 곳곳에서 번쩍번쩍하는 스파크가 쉴 새 없이 일어났다. 그러다가 일순간 폭발적으로 뇌전의 기운이 뿜어져 나갔다.

다크는 드래곤의 힘이 어느 정도로 강한지 알아보고 싶은 욕망 때문에 어리석게도 그 막강한 브레스에 정면으로 도전했다. 자신이 지닌 모든 공력을 쏟아 부어 방어벽을 형성하면서 뇌전의 기운을 정면으로 받아 낸 것이다.

타이탄이 뿜어낸 거대한 방어막을 뚫고 들어오려는 뇌전의 기운은 먼저 공격과는 차원이 다를 정도로 강력했다. 그 때문에 다크는 방어막에 자신이 가진 공력을 있는 대로 집어넣고 있었고, 카드리안 또한 브레스에 뇌전의 기운을 있는 대로 쏴서 넣고 있었다.

주변에 있던 나무와 돌들이 무지막지한 전류의 흐름에 흔적도 없이 녹아 버리거나 불에 타 버리면서 방어막이 형성된 타이탄 주변으로 반월형의 거대한 도랑을 형성해 나가고 있었다.

한 1분 정도 뇌전의 기운을 뿜어냈을까? 카드리안은 전력을 다한 브레스를 막아 낸 상대를 향해 감탄 어린 눈길을 보냈다.

〈웜급에 올라선 나의 브레스를 견디다니 대단하군. 아마도 타이탄이 좀 더 좋은 것이었다면 마나의 소모가 그렇게 많지 않았겠지만……. 인간으로서 이 정도 버틴 것만 해도 대단한 거야. 나는 너희 인간들의 시간으로 3천 년이 넘는 시간을 살았지만 그대처럼 강한 인간은 보지 못했다. 어때? 지금이라도 용서를 빈다면 살려 줄 용의는 있다.〉

드래곤의 풀 파워 브레스는 상상을 초월할 정도로 강력했다. 처음의 공격이 가졌던 강도만을 생각하고 '저따위 도마뱀쯤이야…' 라고 생각하며 정면으로 브레스를 받아 낸 다크는 지금 후회 막심한 심정이었다. 한낱 미물(微物)의 힘이 그렇게 강할 것이라고는 생각하지 못했던 것이다.

그 덕분에 그녀는 브레스를 막아 낸다고 엄청난 공력을 소모했다. 물론 그걸 다시 채워 넣는 데 시간이 많이 걸리는 것은 아니었지만, 그걸 기다려 줄 상대가 아니었기에 어떻게 할까 궁리 중인 그녀에게 '도로니아'가 경고성을 보내왔다.

〈너의 마나는 방금 전 무리한 방어로 인해 거의 바닥에 가까운

상태다. 될 수 있다면 상대의 의견을 듣는 게 좋을 것이다. 너는 지금 휴식이 필요하다.〉

원래 시키면 더욱 안 하는 다크의 성질을 모르는 도로니아의 조언 덕분에, 그녀는 이제부터 어떻게 할 것인지 기분 내키는 대로 정해 버렸다.

"닥쳐. 네 녀석은 내가 하는 대로 따라 하면 돼. 겨우 이따위 공력 소모는 나한테 아무것도 아니야."

그런 후 건방을 떨고 있는 드래곤을 향해 소리쳤다. 그녀의 목소리에는 충분한 마나가 실려 있었기에 멀찍이 떨어져 있는 드래곤의 귀에는 거의 우렛소리만큼이나 잘 들렸다.

"네 녀석이나 용서를 빌어랏!"

〈훗! 죽고 싶은 모양이군. 소원이라면……. 죽어랏!〉

그와 동시에 무시무시한 뇌전의 기운이 다시금 대기를 가르고 다크에게로 뿜어져 나갔다. 하지만 다크는 이번에도 그걸 피하지 않았다. 자신의 마나는 거의 고갈된 상태, 그리고 상대는 아직도 생생했기에 피하면서 싸운다면 그 공력의 소모를 어떻게 대체할 방법이 없었다. 대신 그녀는 이번에는 뇌전의 기운을 막는 것을 포기하고 흡수하기로 작정했다.

무공비급에도 쓰여 있듯 '천지(天地) 간에 가장 강한 힘은 뇌(雷)의 기운(氣運)'이라고 하지 않았던가? 북명신공을 통해 대자연의 기(氣)를 흡수할 줄 아는데, 대자연의 기운들 중 한 가지인 뇌의 기운을 흡수하지 못할 이유는 어디에도 없었다. 그 기운이 좀 강하다는 것 외에는…….

다크의 강력한 의지에 의해 도로니아의 엑스시온은 역으로 움직이기 시작했다. 평상시에는 증폭되지만, 이번에는 역으로 외부의 강력한 기를 타이탄의 외부에서 흡수하여 엑스시온을 통해 축소했고, 그걸 곧장 엑스시온 위에 앉아 있는 다크에게 전달했다. 밑에서 뿜어져 나오는 뇌전의 기운이 곧이어 다크를 감싸기 시작했다. 다크는 온몸이 찌릿찌릿한 이 뇌전의 기운을 필사적으로 흡수하기 시작했다.

"크으으으으으……."

지독한 고통 때문에 그녀의 악 다문 입에서는 피가 조금씩 배어 나오기 시작했다.

도로니아의 엑스시온은 그 와중에도 다크의 마나를 일정량씩 빼앗아 무지막지한 전기의 흐름에 의해 손상된 부위를 복구하면서, 한편으로는 그 역작용까지 해냈다.

카프로니아는 그 모태가 되는 근위 타이탄들 중에서도 상당한 걸작이라는 카프록시아의 심장을 가지고 있었다. 즉, 출력 1.3이나 되는 강력한 엑스시온이 있었기에 이러한 작업이 가능했던 것이다. 도로니아의 엑스시온은 4천만 기간트라에 이르는 강력한 마법에 의해 만들어져 있었기에, 외부에서 뿜어져 들어오는 지독한 뇌전의 기운을 견뎌 낼 수 있었던 것이다.

두 번째의 풀 파워 브레스를 뿜어낸 카드리안은 아직도 상대가 살아 있다는 것에 놀랐다. 그리고 상대에게서 느껴지는 마나의 양이 자신과 싸우기 전보다도 더욱 많다는 것에 거듭 놀랐다. 원래가 마나란 것이 싸우면 싸울수록 소모되는 것이 정상인데, 상대는 이번 브레스를 자신의 마나로 흡수해 버린 것이 분명했다.

타이탄 도로니아는 카드리안의 공격이 끝나고 나서 잠시 가만히

서 있다가 이윽고 앞으로 천천히 움직이기 시작했다. 도로니아가 움직이는 데 따라서 도로니아에 씌워져 있는 장갑판들이 흔들리며 그 사이사이에서는 미세한 전기 스파크가 일어나고 있었다. 그 주인이 뇌전의 힘이 주축인 마나를 공급하고 있었기 때문에 일어나고 있는 기이한 현상이었다.

"좋아. 이제 마나도 모였고……. 모든 준비가 끝났으니, 드래곤 슬레이어가 되는 일만 남았군. 호호홋!"

사악한 미소를 지으면서 낄낄거리는 그녀의 이빨 주위로 전기 스파크가 튀는 것을 그녀 자신도 느끼지 못하고 있었다.

검을 위로 치켜들며 도로니아가 전투태세에 들어가자, 카드리안은 바짝 긴장하기 시작했다. 자신의 풀 파워 브레스가 두 번이나 무위로 끝난 것이다. 이제 한 번 정도 브레스를 더 쓸 수 있었지만 그걸 쓴다고 해도 상대에게 타격을 줄 수 있을 것 같지 않았다. 그렇다고 마법을 쓰자니, 상대는 웬만한 마법은 통하지도 않는 마법 병기 타이탄에 타고 있는데, 그게 통할 리 없었다.

자신이 직접 타이탄을 만들어 봤기에, 타이탄의 대마법 방어 주문이 얼마나 효과적인지 잘 알고 있었다. 브레스도 막아 내는 저 정도 인물이라면 단일 표적에 대해 최고로 강력하다는 금지된 마법인 헬 파이어를 쓴다고 해도 끄떡없을 게 뻔했다.

원래 타이탄의 대마법 주문은 주인의 마나를 흡수하여 발동하기에, 주인의 능력에 따라 그 방어력에서 상당한 차이가 났다. 카프 록시아 같은 근위 타이탄의 경우 7사이클급의 마법은 웬만한 기사가 타고 있어도 막아 낼 수 있었다. 하지만 보통 근위 기사급이라면 8사이클급 정도도 막아 낼 수 있었다. 그렇다면 저놈은? 9사이클로도 힘들었다.

　천천히 검을 들어 올리며 공격 준비를 하는 상대를 보며 카드리안은 헬 파이어를 날릴 준비를 했다.

　'먼저 헬 파이어 세 방을 날린 후 그다음 놈의 행동을 보고 더 날리기로 하지.'

　본체로 돌아간 카드리안에게 헬 파이어쯤이야 용언 마법으로 순식간에 날리는 것은 일도 아니었다. 그렇기에 한 방 정도로는 놈이 꿈쩍도 안 할 테니까 그는 물량 공세를 취할 작정이었다. 헬 파이어를 이곳에서 열 번 정도 쓴다면 주위가 완전히 묵사발 나겠지만, 일단은 자신의 생명이 더 소중했다.

　이렇듯 작정을 하고 대치하는 중에 카드리안은 드래곤 한 마리가 자신의 주위에 다가오는 것을 느꼈다. 카드리안이 그쪽을 향해 시선을 슬쩍 돌리자 붉은 머리카락을 휘날리는 아름다운 아가씨가 거의 1킬로미터쯤 떨어진 곳에서 드래곤과 타이탄의 말도 안 되는 싸움이 벌어진 것을 발견하고는 구경할 준비를 하는 것이 보였다.

　그 드래곤은 카드리안의 이웃에 사는 레드 드래곤이었는데, 아마도 밖이 소란스러우니까 무슨 일인가 하고 나온 모양이었다. 자신의 망토를 벗어서 바닥에 깔고는 느긋하게 앉아서 '드래곤 슬레이어'라는 헛된 꿈을 꾸는 인간이 떡이 되는 것을 구경하려고 마음먹은 그 이웃집 드래곤을 향해 카드리안은 다급하게 의지를 보냈다.

　〈이봐, 빨리 여기서 피해. 조금 있으면 이 주변은 완전히 폐허가 될 거야. 저 녀석을 쓰러뜨리기 위해서는 아마도 헬 파이어를 열 번 정도 연속으로 써야 할 것 같으니까 말이야.〉

그 말에 '이웃'은 놀라서 눈이 휘둥그레지더니 재빨리 마법으로 방어벽을 치기 시작했다. 놀란 김에 그 붉은 머리의 아가씨는 용언 마법으로 간단한 방어벽을 친 후, 이제 조금 시간 여유가 있다고 생각했는지 주문을 외워서 결국은 막강한 방어벽을 형성하고야 말았다.

인간으로 트랜스포메이션했다고 하더라도 드래곤이 지닌 그 강인한 정신력은 변함없기 때문에, 9사이클급까지 마법을 사용하는 것은 어렵지 않았다. 물론 이때는 다소 긴 주문을 외워야 한다는 불리함을 안고 있었지만 말이다.

일단 마법을 이용한 두터운 방어벽을 형성하고 나자 그 붉은 머리의 아가씨는 다시 느긋하게 앉아서 싸움을 구경하기 시작했다. 물론 사정이 여의치 않으면 드래곤으로 현신하면 된다는 그 뒷배경 덕분에 생긴 느긋함이었지만…….

타이탄은 자신의 주위에 깊게 파여 있는 반월형 도랑을 간단하게 건너뛴 다음 어떻게 공격을 감행할지 궁리하기 시작했다. 그리고 카드리안 역시 용언 마법을 날릴 준비를 한 채 상대가 먼저 움직여 주기를 기다렸다. 일단 몸이 움직이기 시작한 상태, 즉 동(動)의 상태로 들어서면 적의 앞에서 만반의 대비를 하고 기다리는 정(靜)의 상태보다 상대의 공격에 대한 회피가 조금 더 힘들다는 것은 뻔한 이치다. 그렇기에 이 둘은 만반의 공격 준비와 방어 준비를 한 채 상대가 먼저 움직여 주기를 기다렸다.

카드리안의 뿔에서 또다시 전기 스파크가 번쩍이기 시작하는 것을 보면 이제 남은 최후의 브레스를 쓸 생각인 모양이었다. 블루 드래곤은 드래곤 중에서 유일하게 입이 아닌 이마에 길게 솟아 있는, 하나뿐인 뿔을 통해 브레스를 뿜는다. 그 덕분에 블루 드래곤은 브레스를 쓰는 중에도 용언 마법이나 기타 마법을 사용할 수 있었다. 입을 따로 놀릴 수 있었기 때문이다.

카드리안은 바짝 긴장한 채 이 인간 같지도 않은 인간을 향해 자신이 가진 힘을 있는 대로 뿜어낼 준비를 하고 있었다. 그리고 그 거대한 덩치를 자랑하는 블루 드래곤 앞에서 검을 겨누고 있는 타이탄의 몸체 곳곳에서도 역시 전기 스파크가 튀고 있었다. 다크 역시 자신의 마나를 최대한 끌어 모은 채 대비하고 있었기 때문이다.

그런데 그 둘이 대치하고 있는 곳 거의 1백 미터쯤 상공에서 흰빛이 번쩍이더니 아르티어스가 튀어 나왔다. 그는 자신의 몸이 아래로 떨어지기 전에 비행 마법을 시전하여 곧장 아래로 내려왔다. 아르티어스는 재빨리 푸른색 드래곤과 타이탄 사이에 위치한 후 외쳤다.

"이봐, 싸움은 그만 두라고. 한 식구끼리 싸울 필요가 있나? 응?"

카드리안은 아직도 브레스를 언제든지 발사할 수 있는 준비를 한 채 대꾸했다. 상대는 만난 적은 없었지만 느껴지는 존재감만으로도 거의 에인션트급에 다다른 골드 드래곤이었기에 그의 말을 무시할 수는 없었다.

〈한 식구라니요? 저 녀석은 드래곤이 아니라 인간이라구요.〉

"대신 내 양자(養子)이기도 하지. 나이가 한 살이라도 더 먹은 자네가 참게나."

카드리안은 슬쩍 허공에 떠 있는 아르티어스를 향해 눈길을 준 후, 다시금 시선을 타이탄 쪽으로 돌리며 천천히 머리에 몰려 있는 뇌전의 기운을 몸통으로 돌려보내기 시작했다. 그에 따라 머리 쪽에서 푸직거리며 방전되던 전기의 기운은 급속도로 사라졌다. 하지만 카드리안은 상대를 향해 완전히 무방비 상태로 전환한 것은 아니었다. 끊임없이 상대를 향해 주의를 하며 언제든지 용언 마법을 연속으로 날릴 준비는 하고 있었다.

카드리안은 그런대로 아르티어스의 말을 들어줬지만, 그놈의 방탕한 아들 녀석은 듣지 않았다. 타이탄 속에서 들려온 불만 가득한 목소리가 그녀의 심정을 대변하고 있었다.

"좀 있으면 끝나니까 기다려요. 여기서는 드래곤 슬레이어를 아주 높게 쳐 주는 모양이던데, '드래곤 슬레이어의 아버지'라고 하면 좋지 않아요?"

"뭐? 당장 그 고철 덩어리에서 못 내려? 내가 드래곤인데, 내 종족을 죽인 아들을 두란 말이냐?"

그러자 들려오는 퉁명스런 목소리.

"종족은 아니잖아요? 아버지는 금색이지만, 저 녀석은 푸른색인데?"

"하지만 같은 드래곤이잖아. 잔말 말고 못 내려?"

"제길! 좋다 말았네……."

이제 공력도 회복되었겠다, 또 상대의 능력이 어느 정도인지 대강 감을 잡았겠다, 신나게 한판 벌이는 일만이 남았는데, 그걸 방해받았기에 다크는 투덜거리면서 타이탄에서 뛰어내렸다. 투덜거리기는 했지만 다크는 아르티어스가 자신에게 보여 준 사랑이 있었기에 그의 말을 거역하기는 힘들었다.

소녀가 타이탄에서 뛰어내리고, 그 타이탄이 공간 속으로 사라지는 것을 본 후에야 카드리안은 마음을 놓았다. 정말 잘못하면 오늘로 생의 종지부를 찍는 게 아닐까 하는 생각이 들 정도로 위험한 상대였다. 하지만 타이탄이 없다면 아무리 인간의 능력이 대단하다고 하더라도 자신을 어떻게 할 수는 없었다. 그렇기에 한숨 돌린 후 오늘 처음 만난 골드 드래곤을 향해 정중하게 인사했다. 자신보다 훨씬 연장자였기에 그 정도 대접은 해 주는 게 드래곤들 간의 예의였다.

〈저는 카드리안이라고 합니다. 현명하신 골드 일족의 후예시여.〉
"아, 그런가? 나는 아르티어스라고 한다네."
〈오, 얘기는 많이 들었습니다. 말토리오 산맥의 지배자시여. 그런데 요즘은 유희를 거의 즐기지 않으신다고 들었는데요?〉
그 말에 아르티어스는 씁쓸한 미소를 지었다.
"자네도 내 나이쯤 되면 이해할 걸세. 요즘은 그냥 조용하게 지내고 있었지. 저 아이 때문에 나왔어. 웬만한 동족쯤은 상대가 안 되기에 저 녀석은 꼭 드래곤과 한판 하고 싶어 했거든. 그래도 상대가 자네였기에 망정이지 안 그랬으면 '드래곤 슬레이어의 아버지'로 역사책에 기록되는 걸 막을 수 없을 뻔했다네. 그렇게 되면 골드 일족의 개망신이지……. 그런데 저기 있는 아가씨는 또 누군가?"

아르티어스는 거의 1킬로미터나 떨어져 있는 곳에 망토를 펴 놓고 다소곳이 앉아 있는 붉은 머리카락의 아가씨를 가리켰다. 카드리안이 채 대답하기도 전에, 그쪽에 앉아 있던 드래곤은 벌써부터 마법을 사용해서 이쪽의 대화를 듣고 있었는지 재빨리 날아와서 아르티어스에게 사뿐하게 인사했다.

"안녕하세요? 저는 바미레이드라고 합니다, 아르티어스 님."

그녀의 이름을 통해 아르티어스는 그녀가 레드 일족이라는 것을 알 수 있었다. 레드 일족의 이름 첫 자는 'B'로 시작되기 때문이다.

"흠, 레드 일족은 참 만나기 힘든데……. 아무튼 반갑군. 소개하지, 저기 있는 녀석은 내 양아들인 다크야. 인간들의 성은 자주 바뀌니까 외울 필요는 없겠지만 지금은 로니에르라고 하더군."

"성이 자주 바뀐다면 귀족인가요?"

"공작이라고 하더군."

제법 궁정 생활을 오래했기에 그쪽으로는 지식이 많은 카드리안이 끼어들어 그녀에게 설명했다.

〈저 아이 정도의 실력이면 그랜드 마스터 정도 될 거야. 마스터 급은 훨씬 상회하니까 말이지. 그 정도라면 어떤 나라에 가도 공작 소리를 들을 수 있지.〉

바미레이드는 어느 정도 이해가 가는지 고개를 끄덕였고, 아르티어스는 그 모습을 힐끗 쳐다본 후 아들에게로 시선을 돌려 부드러운 미소를 지었다. 아들은 과거 자신과 있을 때와는 달리 요즘은 너무나도 자신감에 넘치는 듯한 표정이었다. 하기야 드래곤과도 상대할 수 있는 인간이라면 그 엄청난 능력에 따른 패기와 자신감이 밖으로 은근히 노출되지 않을 수 없을 것이다.

그런데 표정은 그렇다 치고 그녀의 머리카락은 꼭 번개라도 맞은 것 모양 사방으로 삐죽이 서 있었다. 그녀는 솟아오른 머리카락을 제자리로 돌리려고 애썼지만 잘 되지 않고 있었다. 그녀가 머리카락을 쓰다듬을 때마다 미세한 스파크가 튀어 올랐다.

"정말 오래간만이구나. 으갸갸갸꺅!"

아르티어스는 그녀의 손을 잡았다가 비명을 지르기 시작했다.

완전히 무방비 상태였는데, 그녀의 몸 쪽에서 엄청난 전기가 흘러나왔기 때문이다. 자신은 아무것도 한 것이 없었기에, 갑자기 감전된 것처럼 비명을 질러 대는 아르티어스를 보고 다크는 이해할 수 없다는 듯이 물었다.

"왜 그러세요?"

"아그그, 전에는 이렇지 않았는데, 왜 몸에서 전기가 흘러나오지?"

"글쎄요······. 저 드래곤이 뿜어내는 전기를 흡수해서 그런가?"

"전기? 맞아. 블루 일족은 전기의 힘을 사용하지. 그걸 흡수했다는 말이냐? 드래곤의 브레스는 흡수할 만큼 만만하지가 않은데···, 그 녀석이 도와준 건가?"

"그 녀석이라뇨?"

"으음, 나이아드 말이다. 그건 그렇고······."

아르티어스는 다시 카드리안에게로 시선을 다시 돌렸다. 하지만 그는 아직도 본체인 상태로 있었기에 아르티어스는 한참 위쪽으로 고개를 꺾어야만 했고, 슬슬 짜증이 나기 시작했다.

"이봐. 카드리안."

〈예?〉

"내가 인간인 상태인데 자네 계속 드래곤으로 있을 건가? 목이 아프잖아."

〈아···, 실례했습니다.〉

카드리안은 곧이어 여태껏 인간 세상에서 생활해 왔던 긴 검은 머리의 미청년으로 변신했다. 이렇게 놔두고 보니, 머리카락의 색상은 조금씩 달랐지만 모두들 미남미녀라서 그런지 어떻게 보면 꼭 형제자매들이 모인 것 같은 느낌마저도 들었다. 특히나 아르티어스는 타는 듯한 붉은 머리카락이었고, 바미레이드는 그 정도는 아니었지만 조금 짙은 검붉은 머리카락이었기에 둘은 정말 남매처럼 보였다.

"아르티어스 어르신."

"왜 그러나?"

"저 아이의 검을 직접 만들어 주셨습니까?"

그 말에 아르티어스는 흡족한 미소를 지으며 고개를 끄덕였다.

"그럼, 그럼. 아주 멋있지 않나? 꽤 신경 써서 만들어 줬지."

"그 얘기가 아니라구요. 저 검에 새겨진 주문은 헬 파이어. 거기에다가 저 아이는 그 주문을 발동시킬 정도의 능력이 있어요. 인간이 가지고 있기에는 너무 위험한 물건입니다."

카드리안의 불만에 가득 찬 말에 아르티어스는 피식 미소를 지었다. 물론 8사이클급 마법을 쓸 수 있는 마력검은 매우 위험한 것은 사실이었다. 그런데도 아르티어스가 미소를 지은 것은 카드리안이 아직도 다크가 그것보다 더 위험한 물건도 가지고 있다는 것을 눈치 채지 못하고 있었기 때문이다.

"내가 준 물건은 그렇게 위험하지 않아. 사실 그때 너무 정신이 없어서 아들 녀석에게 시동어도 안 가르쳐 줬거든. 저 녀석은 저 검이 그냥 모양만 잔뜩 내 놓은 튼튼하고 멋진 검 정도로밖에는 생각하지 않고 있지."

아르티어스의 의외의 답에 카드리안은 멍해져서 되물었다.

"시동어를 안 가르쳐 주셨다구요?"

"응, 하지만 그건 그렇게 문제가 되지 않아. 저 녀석이 끼고 있는 반지는 '아쿠아 룰러'니까 말일세. 그걸 사용하면 헬 파이어 정도는 정말로 아무것도 아니지."

카드리안은 아르티어스의 정신 상태를 의심했다. 아쿠아 룰러는 정말이지 욕심 많은 인간이 가지기에는 너무나도 위험한 물건이었기 때문이다.

"설마…, 그것까지 저 아이에게 주신 것은……?"

"내가 준 것은 아니야. 카렐이라고, 그 키아드리아스하고 같이 살고 있는 엘프가 준 것이지."

"카렐이라고요? 그 검에 미친 엘프가 설마……. 진짜 미친 것 아닙니까? 그런 물건을 인간에게 주다니……."

"미친 것 같지는 않더군. 그런데 왜 여기서 싸우기 시작했나?"

아르티어스의 말에 카드리안은 약간 난처한 표정을 지었다.

"그게…, 아드님이 저한테 시비를 거는 바람에……."

하지만 어떤 대화가 오고 갔는지 확실히 알지 못하는 아르티어스로서는 아들보다는 카드리안을 탓할 수밖에 없었다. 아르티어스의 눈에는 아직도 다크가 사랑스런 소녀일 뿐이니까 말이다.

"쯧쯧, 좀 더 오랜 시간 살아온 자네가 참았어야지, 원…, 어린 애가 시비 건다고 싸울 것은 또 뭔가? 뭐 다행히 잘 끝나기는 했지만……. 그건 그렇고 여기서 이럴 게 아니라 어디 딴 곳으로 가서 얘기를 나누기로 하지."

"제 레어로 가시죠. 여기서 멀지 않으니까 말입니다."

"그러세나."

『〈묵향8 : 외전-다크 레이디〉에서 계속』